남편이 떠나면 고맙다고 말하세요

남편이 떠나면
The Overdue
Life of Amy Byler
고맙다고 말하세요

켈리 함스 지음 · **허선영** 옮김

스몰빅아트 SMALLBIG ART

차례

일러두기

◆ 독자의 이해를 돕기 위해 옮긴이가 각주를 넣었다.

1장

사랑하는 엄마에게

있잖아, 엄마. 엄마가 이번 일로 한바탕 호들갑을 떨 거라는 거 알아. 엄만 내 엄마고, 책밖에 모르는 괴짜인데다 엄마도 자신을 어쩔수 없을 테니까.

엄마는 이번 일로 캠페인 구호 같은 걸 만들어 티셔츠에 새기고 인터넷에 널리 알릴지도 모르지. 하지만 어쨌거나 내가 하고 싶은 말은 엄마가 옳았다는 거야.

물론 내 책 읽기에 관해서는 아니야. 엄마! 책은… 내가 엄마를 사랑하니까, 그리고 대학에 들어가야 하니까 읽는 것뿐이야. 엄마가 준책들은 학교 공부 때문에 읽은 책보다는 덜 지루했어. 그래도 지루하긴 하더라. 엄마가 골라준 책 중에서 절반이나 영화로 만들어진 거 알아? 그만큼 독자들이 '아, 이건 책보단 영화가 더 재미있겠다'라고 생각했다는 거야.

어쨌든. 아빠에 관해서는 엄마가 옳았어.

나는 엄마 말이 옳지 않았으면 했어. 엄마가 행복하길 바랐지만, 아빠에 관해서는 엄마 말이 틀렸으면 했거든. 상황이 흑백논리처럼 분명하기를 바랐나 봐. 그래야 이해하기 쉬우니까. 솔직히 아빠가 형편없는 사람이라서 우리 가족에게 그 모든 일이 벌어졌다고 생각하는 게 훨씬 받아들이기 쉬웠어. 하지만 알고 보니 아빠는 형편없는 사람이 아니었어. 그냥 정말, 정말로 복잡한 사람이었을 뿐이지. 지난 석 달간 많은 일을 겪은 지금, 엄마가 내게 "우리 가족이 어떻게 이 지경까지 왔을까"라고 묻는다면 아마 나는 이렇게 말할 거야. "어… 나도 잘 모르겠어."

하지만 엄마, 내가 어떻게 병원에 누워 있는 지경까지 왔는지는 '정확히' 알고 있어. 기계음이 삑삑거리는 병실에 누워 팔과 코에 이런 거추장스러운 것들을 꽂고 있는 이 순간까지 내가 내린 결정 하나하나가 얼마나 어리석었는지 뼈저리게 느끼고 있어. 그래서 시간을 되돌릴 수 있다면 다시는 똑같은 짓을 반복하지 않을 거야.

이런 게 후회겠지? 아빠가 올봄에 처음 나타난 후, 엄마가 아빠에게 기회를 주자고 조와 나를 설득했던 건 우리가 나중에 후회하지 않길 바랐기 때문이겠지. 그런데도 나는 물밀 듯이 밀려오는 후회에 잠겨 있고, 아마 이번 일을 바로잡을 기회조차 없을지 몰라. 그래서 나는 지금 아빠 심정이 어떨지 누구보다 잘 알 것 같아. 그래서 이제 아무도 이렇게 후회하지 않았으면 좋겠어.

그러니까, 엄마. 아빠에 관해 어떤 결정을 내리든 나는 괜찮아. 그건 전적으로 엄마가 선택해야 할 문제니까. 그 문제로 애처럼 징징거리지 않을게. 나는 나대로 원하는 것이 있고, 조도 나름대로 원하는 것이 있을 거야. 하지만 우리가 엄마에게 무엇보다 원하는 것은 책밖에

모르는 따분한 '애들 엄마'의 인생에서 벗어나 이번 한 번만은 엄마가
행복해질 만한 결정을 내리라는 거야.

그리고 일단 결심했으면, 끝까지 밀고 나가봐.

사랑을 담아
엄마가 가장 좋아하는 딸 코리가

석 달 전

펜실베이니아의 작은 동네에선 우연히 마주칠 것이라 예상되는 이
들이 몇 있다. 절친 레나와 나는 거의 매일 마주친다. 같은 학교에서
교사로 일하고 있는 우리는 일부러 만날 약속을 잡지 않아도 어떻게
든 서로 마주친다. 복도와 교사 휴게실에서는 물론이고 주차장에 세
운 자동차에서 4월까지 내리는 서리를 긁어내다가도 마주친다.

내 딸의 절친 트리니티도 있다. 트리니티와 마주치지 않는 날은 해
가 서쪽에서 뜰 날이다. 학교에서, 우리 집에서, 딸이 수영 수업을
받는 수영장의 주차장에서도 자기 차에 앉아 있는 그 아이를 마주친
다. 내 딸이 수업을 마치면 같이 시내를 돌아다니며 남자아이들을
자세히 뜯어보려는 속셈이다.

내가 다니는 치과의 치위생사도 자주 마주친다. 그녀는 매주 토요
일 농산물직판장에서 교회의 다른 여자들과 함께 수제 비누와 양초
를 판다. 내가 부스에 잠깐 들러 인사를 하지 않으면, 그녀는 짧은
편지를 써서 우편으로 우리 집에 보낼 것이다. 몹시 인색한 그녀의

성격을 알기에 우푯값이 아까워서 얼마나 속이 쓰렸을지 눈에 훤하다. 편지에는 아마도 이렇게 쓰여 있을 것이다.

에이미에게

안 보여서 걱정했어. 너와 아이들 모두 잘 있는지 소식 전해줘. 하느님의 사랑이 함께 하길. 미리엄.

한편 마주치리라 기대할 수 없는 사람들도 있다. 드라마 〈아웃랜더〉의 '제이미'는 TV로는 열심히 만나고 있지만 실제로는 절대 마주칠 리 없다. 시장에서도, 학교에서도, 아들이 참가한 '세계 창의력 올림피아드'에서도 그를 만날 수 없다.

게다가 오프라 윈프리도 볼 수 없다. 오프라는 한 번쯤 마주쳤으면 좋겠다. 함께 책 이야기를 하면 얼마나 재미있을까.

절대 마주칠 수 없는 사람 중엔 내 남편도 있다.

그런데 그가 지금 저기 앞에 있다. 남편과 결혼한 지는 18년이 되었다. 마지막으로 봤을 때가 3년 전으로, 딸이 열두 살, 아들이 여덟 살 때였다. 남편은 바퀴 달린 기내용 여행 가방 안에 내가 다려준 셔츠와 내가 골라준 넥타이, 갈아입을 정장과 운동복 몇 벌, 면도용품과 각기 다른 여섯 가지 항불안제를 챙겨 홍콩으로 출장을 갔다. 그러고는 돌아오지 않았다.

그런데 그가 돌아왔다!

우리 동네 약국의 밴드 진열대 옆에 서 있는 저 사람은 남편이 틀림없다. 그는 억지웃음을 지으며 나를 보고 있다. 지난 몇 년간 두려워했던, 그리고 언젠가는 반드시 일어나리라 예상했던 순간이다. 가

승이 아리게도 나는 그가 왜 여기 있는지 대번에 알아차린다.

남편은, 자기 삶을 되찾으러 온 것이다.

자아실현을 이룬, 성공하고 능력 있는 성인 여자라면 이런 상황에서 누구라도 그러하듯, 나는 면봉 진열대 뒤에 몸을 숨긴다.

의미 없는 행동이다. 존은 내게서 불과 3미터 거리에 서 있으니 나를 보지 못했을 리가 없다. 게다가 방금 그는 내가 어디서든 알아볼 수 있는 특유의 당황한 미소를 지었다. 그런 미소를 지을 때면 그는 어깨를 살짝 으쓱한다. '미안해. 집에 오는 길에 우유 사 오는 걸 깜빡했는데, 힘든 하루를 보내서 너무 지쳤고 다시 밖에 나가기에는 너무 늦었으니까, 내일 아침에만 아이들에게 우유 없이 마른 시리얼을 먹게 하면 안 될까?'라는 의미의 미소다. 내가 가르치는 학생들도 비슷한 버전의 미소를 짓는다. '제 노력을 봐서 A를 주시면 안 될까요?'라는 미소.

하지만 문제는 존이 깜빡한 것이 집에 오는 길에 우유를 사 오는 심부름 따위가 아니라는 점이다. 존은 집에 오는 것을 깜빡했다! 그는 지난 3년간 집에 와서 아이들을 키우고, 공과금을 내고, 아내에게 충실한 남편이 되는 것을 잊었으니 이런 경우엔 진짜, 진짜 지금과는 다른 표정을 지어야 하는 게 아닐까? 예를 들어, 전처가 뭉툭한 도구로 머리와 어깨를 여기저기 두드려 패려고 할 때 누구라도 짓고 있을 표정 말이다.

구급약품이 있는 통로 끝의 진열대에 웅크리고 있던 나는 뭉툭한 도구를 찾아 주위를 둘러본다.

보이는 것이라고는 형광 분홍색 훌라후프뿐이다. 요란한 색을 발광하는 플라스틱 훌라후프로 사람을 인사불성으로 두드려 패기는 어려울 것이다. 그런데도 나는 '한번 해볼까' 하고 속으로 흐뭇한 상상을 한다.

존이 묻는다. "에이미? 당신 맞지?"

존은 웅크리고 있는 형체가 나라는 것을 안다. 나도 거기 서 있는 남자가 존이라는 사실을 안다. 그가 어디에 있든 나는 그를 알아볼 수 있다. 남편이 떠나고 거의 1년간은 차를 몰고 시내를 다닐 때마다 계속 다른 차에 탄 그가 보였다. 그러면 심장이 멈추는 것 같았고, 다시 확인한 후엔 심장이 철렁 내려앉았다. 그렇게 소소한 가짜 경보를 받을 때마다 나는 이루 말할 수 없는 허탈함에 맥이 풀려버렸다.

한번은 존이 떠나고 몇 주밖에 되지 않았을 무렵, 집 앞 도로를 지나는 어떤 자동차 뒷좌석에서 존과 비슷한 체형의 남자를 봤다. 모퉁이를 돌아 집 앞 도로로 막 들어선 차에는 '통근차 함께 타기' 스티커가 붙어 있었다. 순간, 남편이 틀림없다는 확신을 넘어 그냥 직감적으로 '저건 남편이다'는 느낌이 들었다. 그러자 심장이 두근거리며 초조해지기 시작했고, 왜 그런지는 모르겠지만, 물과 음식도 없이 협곡에 갇혀 있는데 누군가가 나를 구하러 밧줄을 가지고 오는 것만 같았다. 차를 갓길에 대고 그 차가 우리 집 진입로로 들어오기를 기다렸다. 그러나 그런 일은 일어나지 않았다. 내가 자동차에 앉아 룸미러로 지켜보는 가운데 그 차는 속도를 줄이지도 않고 내 차를 지나쳐 갔다. 나는 너무 상심한 나머지 운전할 엄두를 내지 못하고 20분간 멍하니 앉아 있었다.

그러나 이번엔 다르다. 이건 실제 상황이다. 그는 진짜로 돌아왔고, 나는 그가 내미는 밧줄을 잡느니 차라리 죽고 말 것이다.

"존?" 나는 그제야 남편을 알아본 척하며 말한다. 모퉁이를 돌아 그가 서 있는 통로로 들어선다. 냉찜질용 팩과 거즈 패키지, 항생제 연고가 있다. 내가 자그마한 아이들 장난감과 비타민 D가 담긴 초대형 병으로 존을 때려눕힌다면 그를 치료하는 데 필요한 물품들이 거기 모여 있다.

"당신이 여기 있다니 믿기지 않는군"이라고 말하는 그를 얼빠진 얼굴로 빤히 바라본다. 내가 여기 있는 게 믿기지 않는다고? 우리가 거의 20년을 함께 산 이 동네에서? 우리 아이들이 처음으로 온전한 단어를 말했던, 처음으로 걸음마를 했던, 지금도 내가 쇼핑한 물건들을 가지고 집으로 돌아오길 기다리는 이 동네에서? 애초에 여기 왜 왔는지를 까맣게 잊고 있던 나는 그제야 바구니 안을 들여다본다. 전자레인지 조리용 팝콘, 생리대, 여드름 연고가 보인다.

"내 말은, 당신과 얘기하려면 집으로 가야 하나 생각하고 있었거든. 그리고 당신이 이 상황을 어떻게 받아들일지, 애들을 만나기 전에 단둘이 만날 수 있는 방법은 없는지 고민했는데, 이게 더 나은 것 같지 않아? 당신 영역을 침범하지 않고 말할 수 있으니까 말이야."

나는 그를 계속 노려본다. 소리를 지르고 싶고, 울고 싶다. 나란 사람이 손톱을 세워 다른 이의 얼굴을 할퀼 수 있는 사람이었으면 좋겠다. 하지만 나는 그런 사람이 아니고, 우리는 약국에 있으므로 그냥 노려보기만 한다.

그가 묻는다. "에이미? 에이미, 당신 괜찮아?"

나도 모르게 이런 말이 튀어나온다.

"꺼져. 당신이 왜 여기 있는지 모르겠지만, 우린 당신이 필요 없어. 꺼지라고. 당장!"

손에 든 바구니가 갑자기 팔이 아플 정도로 무겁게 느껴진다. 나는 바구니를 바닥에 내려놓고는, 공원에서 너무 가까이 내려앉는 새를 쫓아버리듯 손을 힘없이 휘젓는다.

그가 말한다. "미안해. 너무너무 미안해. 하지만 가진 않을 거야."

순간 약국에서 지팡이를 판다는 사실이 번뜩 떠오른다. 지팡이라면, 특히 균형감을 더하기 위해 밑바닥이 세 발로 된 지팡이라면, 정말로 그를 때려눕힐 수도 있다.

"에이미?" 그가 다시 나를 부른다. 혹시 내가 미소를 짓고 있나? 심지어 활짝 웃고 있나? 오늘이 내가 마침내, 진짜로, 제대로 미쳐버리는 날인가? 이유는 모르겠지만 웃음이 곧 터져 나올 것만 같다.

"당신 좀 앉아야 하지 않을까?" 존이 손을 뻗어 내 팔을 잡는다.

나는 순간 있는 힘껏 소리를 지르려 한다. 존이 용납할 수 없고 도리를 벗어난 짓을 했기에, 구경꾼들이 있든 말든, 가십거리가 되든 말든, 악다구니를 쓰고 싶다. 하지만 나는 가까스로 참는다.

나는 "이거 놔"라고 말하며 그 손을 뿌리친다. 그러다 불현듯 분별력을 되찾는다. 존을 두드려 패겠다거나 소리를 지르고 몸을 숨겨야겠다는 모든 상상이 서서히 사그라지면서 마침내 이건 현실이라는 사실을 깨닫는다. 크게 숨을 들이마신다.

"존, 당신이 지금 여기서 뭘 하고 있는지 모르겠지만, 당신 얼굴을 본 지 3년이나 됐어. 나와 우리 아이들, 셋이 살면서 같은 침대를 쓰고, 같은 테이블을 쓰고, 삶을 매일매일 공유한 지 3년이나 됐다고! 3년! 1,000일도 넘는 시간이 지났어. 그러니까 당신은 여기 내가 다니는 약국에서, 내가 애용하는 밴드 진열대에서 밴드를 사면 안 될

뿐 아니라 내가 병약한 사람이라도 되는 양 내 팔을 잡으면 안 돼. 그 수많은 나날이 지나는 동안 나는 혼자서 주택 담보 대출금과 공과금을 감당했고, 빌어먹을 치과에 다니는 고역까지 다 치러냈는데 이제야 이러면 안 되지. 안 돼. 나한테 이럴 수는 없어."

존은 수치스러워 보인다. 어색하게 미소를 띠었던 그의 얼굴이 내 표정처럼 넓고 깊은 고통을 드리우며 일그러진다. 나는 대번에 협곡에 갇힌 사람이 내가 아니라 존이었다는 사실을 깨닫는다. 그리고 이제 그가 나를 밧줄을 쥐고 있는 사람으로 여기고 있다.

존이 고개를 흔들며 말한다. 그가 하는 모든 말은 몇 년 전 그가 우리를 떠나고 온 세상이 무너졌을 때 간절히 듣고 싶었던 말이다. 그런데 이제야 그 말이 또렷이, 그리고 아프게 내 귓전을 울린다.

"당신 말이 맞아. 내가 끔찍한 짓을 저질렀어. 정말, 정말로 미안해. 하지만 당신에게 또 상처를 주려고 여기 온 건 아니야. 상황을 바로잡으려고 온 거야."

"당신이 어떻게 바로 잡을 수 있을지 모르겠네." 내가 솔직하게 말한다.

"방법을 찾는 건 당신 몫이 아니야." 그의 말에 마음이 한결 누그러져 나는 잠시 할 말을 잃는다. "그건 내 몫이야. 그래서 여기 온 거고. 원래 내가 해야 했던 역할을 이제라도 하고 싶어. 우리 아이들에게 진짜 아버지가 되고 싶어. 아이들에게 걸맞은 좋은 아버지가 되려고 노력할게."

존은 바닥에 내려놓은 내 바구니를 집어 든다. "난 이 상황을 바로 잡고 싶어."

"아빠가 이제 와서 뭘 원한다고?"

딸 코리와 아들 조, 나의 절친 레나가 우리 집에 앉아 있다. 우리 집은 내가 일하는 학교에서 걸어서 갈 수 있을 만큼 가까운 곳에 멋지고 네모반듯하게 서 있다. 멋진 것들이 대부분 그렇듯 우리 집도 유지비가 많이 들어서, 내가 조금이라도 돈을 모으는 꼴을 못 본다. 아이들을 데리고 일주일간 국립공원에 가려고 집안 여기저기에 백 달러를 감춰둘라치면 집은 어딘가를 고장 내고 만다. 녀석은 버림받을까 봐 불안한 정신적 문제가 있는 것 같다.

남편이 여기 살 때는 그게 큰 문제가 아니었다. 그는 손재주가 굉장히 좋은 데다 집에 있는 걸 좋아해서 온종일 유튜브 영상으로 수리법을 배워 고쳐야 할 것들을 뚝딱뚝딱 고쳐냈다. 어쩌다 도전에 실패해서 수리업체를 부를 때에는 대형 식품업체의 내부 자문위원인 그의 탄탄한 월급이 수리비를 감당해냈다.

이 집은 처음부터 장기 프로젝트나 다름없었다. 우리가 이사 올 때 이미 백 살이었고, 그 후로 조금도 젊어지지 못했으니까. 하지만 한 번에 하나씩 고쳐나갔다. 전기 배선을 규격에 맞췄고, 벽에 핀 곰팡이를 긁어냈다. 지하실의 방수 처리를 다시 했으며, 나무로 된 벽은 세월의 흔적을 세련되게 살려서 보수했다. 한 번에 하나씩, 서두르지 않고 집을 손봤다. 현대 기술 문명을 거부하고 소박한 농경 생활을 하는 아미시 공동체에서 자란 존이 직접 했다고는 믿기지 않을 만큼 뭐든지 솜씨 좋게 고쳐냈다.

하지만 자기 자신만큼은 예외였다. 그는 자기 삶의 잘못된 부분을 고치기 위해 두 가지 접근법을 취했다. 1단계, 아무도 잘못된 것을 눈치채지 못하도록 자신의 감정을 철저히 숨긴다. 2단계, 아내와 자식에게서 도망친다.

"아빠가 원하는 건…." 나는 머리를 굴려 다음 할 말을 찾는다. 절대 우리 아이들이 아빠가 쓰레기 같은 인간이라고 생각하게 해서는 안 된다. 길고 외로웠던 지난 3년간 아빠의 명예와 아이들의 추억을 지켜왔는데 이제 와서 망쳐버릴 수는 없다.

"아빠가 너희들과 시간을 보내고 싶대. 아빠는 너희를 너무너무 사랑하고 있어. 그런데 너희 옆에 있어 주지 못해서 그걸 많이 후회하나 봐."

코리 입에서 십 대 특유의 콧방귀가 튀어나온다. 그것은 아마 원시 시대부터 줄곧 이런 의미였을 것이다. '헛소리하고 있네. 아무것도 모르는 주제에', '그게 거짓말인지 모를까 봐? 그만 좀 해' 이런 콧방귀는 재채기하는 사람을 간지럽히면 나올 법한 소리다. 길고 힘든 산고를 두 번이나 겪은 내가 그 소리를 흉내 내다간 오줌을 찔끔 지릴지도 모른다.

내가 말한다. "그럼 아빠가 무슨 말을 할지 들어보자. 조촐하게 가족끼리 모여서 아빠가 하고 싶은 얘기를 들어나 보자." 그러고는 밴드 진열대 앞에서 마침내 존의 말이 귀에 들어올 만큼 진정됐을 무렵, 그가 내게 했던 말을 아이들에게 전한다. 생각만으로도 속이 뒤집히지만 아무렇지 않은 척 말한다.

"여름방학이 곧 다가오잖니? 아빠는 방학 첫 주를 너희와 보내고 싶어 해."

"뭐라고?" 코리가 소릴 지른다. "싫어. 절대 안 돼!"

존이 내게 부탁했을 때 처음 머릿속에 떠올랐던 대답과 정확히 일치한다. 절대 안 되고말고!

"네 기분이 어떤지 알아"라고 말한 나는 이내 실수를 깨닫는다.

"엄마는 내 기분이 어떤지 절대 몰라. 엄마네 아빠는 엄마가 열두 살이 되는 주에 엄마를 버리지 않았잖아."

"맞아, 그렇지만 내 남편은 직업도 없고 돈도 없는 내게 멋진 두 아이와 근사하고 비싼 집을 남겨놓고 떠나버렸잖니. 그런 상황을 고려하면 나도 네 기분을 공감할 자격은 충분한 것 같은데."

코리가 눈을 굴린다. "하지만 아빠가 되찾고 싶은 건 엄마가 아니잖아."

맞는 말이다. 역시 십 대 소녀들은 비밀스러운 초능력이 있다. 그럴 의도는 아니었겠지만, 코리의 말은 언제나처럼 정곡을 찌른다.

하지만 존이 나 때문에 다시 돌아왔을지도 모른다는 생각을 전혀 하지 않았다면 그건 거짓말이다. 존이 3년 만에 내 이름을 불렀을 때, 헤어질 때 나를 껴안으려고 하는 순간에, 갈망하는 듯한 눈길로 나를 볼 때. 어떻게 그런 생각을 전혀 안 할 수 있겠는가?

나는 벌어진 입을 다물고 말한다. "지금 제일 좋은 그림은, 더는 드라마 같은 상황을 만들지 말고 이 문제를 냉정하게 논의하는 거야. 너희가 싫다면 억지로 보내지는 않을 거야. 우리 넷이 모여서 함께 결정을 내리자고."

"난 이미 결정했어. 싫어."

그 엄마에 그 딸이다. 존이 처음 아이들과 일주일을 보내게 해 달라고 부탁했을 때 내가 존에게 딱 그렇게 말했다. 3년간 곁에 없었던 세월을 보상한다면서 기껏 일주일이라니. 턱없이 부족하고 어림없는 소리다.

"그럼 가족 모임이나 한번 해 보자." 나는 짐짓 무관심한 척 말한다. "엄마는 너희가 아빠에게서, 그리고 너희에게 역경을 안겨 준 사람과 대면하는 경험에서 뭘 배울 수 있을지 궁금하거든."

"첫째." 학구적인 아들이 말한다. "아빠는 가족 모임에 올 수 없어. 가족 모임이란 가족만 모이는 거니까."

코리가 과장되게 고개를 끄덕인 후 팔짱을 끼며 따라 말한다. "가족만!" 나는 웃음이 터진다. 아이들이 어릴 적, 끊임없이 이어지는 녀석들의 말다툼이 힘에 부칠 때면, 가끔 협박하듯 말했었다. "아빠가 두 시간 후에 집에 오신다는 걸 잊지 마라." 그러면 녀석들은 언제 그랬냐는 듯 힘을 모아 갑자기 절친한 친구처럼 굴었다. 이번에도 둘은 아빠가 나타난다는 말에 금세 동맹이 된다.

조가 이어 말한다. "둘째, 난 아빠한테서 배울 게 없어. 엄마가 내가 배웠으면 하고 바라는 게, 신경쇠약에 걸려 가족을 버리고 홍콩에서 어린 여자를 이용해 어떻게 자존감을 회복할지에 대한 것이 아니라면."

나는 이를 악문다. 조가 열두 살의 어린 나이에도 이런 감정을 표현할 수 있으니 조의 훌륭한 상담치료사에게 화를 내야 하는 걸까, 고마워해야 하는 걸까?

"내가 말해도 될까?" 레나가 조심스럽게 말문을 연다. 우리는 모두 고개를 끄덕인다. 좀 이상해 보이긴 하지만 레나도 우리 가족이다. 지난 3년간 그녀는 자연스레 가족이 되었다. 존이 떠났을 때 절친인 레나가 다가와 아이들 양육을 도와주고, 취직하라고 나를 설득하고, 밥을 차려주고, 흐느껴 울 때 손을 잡아주지 않았다면 나는 살아남지 못했을 것이다. 레나가 없는 3년은 상상도 할 수 없다.

레나가 차분하지만 힘있게 말한다. "법률적으로 말해서, 만약 우리가 너희 아빠와 영원히 관계를 끊기 위해 법정에서 불리한 판결을 받게 할 생각이라면 무엇을 증명해야 하는지 생각해 봐야 해. 내가 드라마 〈굿 와이프〉의 광팬이라는 건 너희도 알지? 그 드라마를 폭넓게 연구한 결과, 우리는 너희 아빠가 집을 떠나서 너희에게 실질적이고 회복할 수 없는 피해를 줬는지를 증명해야 해."

모든 법정 드라마의 열성 팬을 자처하는 코리는 귀 기울여 듣는다. 논리를 좋아하지만 대체로 TV에 관심이 없고, 드라마에는 특히 관심이 없는 조도 인내심 있게 기다린다.

레나가 묻는다. "너희 아빠가 너희에게 실질적이고 회복할 수 없는 피해를 줬니? 나는 그렇지 않다고 말하고 싶어. 왜냐하면 너희 엄마는 정말로 굉장한 사람이니까. 너희 엄마는 정말이지 순식간에, 집에서 아이들 뒷바라지만 하던 전업주부에서 학교 도서관 사서로 변신했잖아. 그래서 너희가 수업을 단 하루도 빼먹지 않고 근사한 사립학교에 계속 다닐 수 있었던 거야. 게다가 눈 깜짝할 사이에 담보대출을 이자가 더 싼 대출로 바꿔서 너희 아빠에게 양육비를 받지 않고도 너희에게 피자랑 레고랑… 또 수영복을 사 줄 돈을 마련해냈잖니. 삶의 질을 놓고 보면, 너희들은 아빠가 떠났어도 전혀 고통받지 않았어."

나는 레나를 본다. 생각은 더없이 자상하지만, 듣고 보니 내가 엄청나게 고통받았다는 사실이 분명해진다. 나 자신이 낮은 등급의 만성질환으로 고통받는 인물의 전형처럼 느껴진다. 어떤 광고회사가 고통을 30초짜리 영상으로 만든다면 내 모습을 저속 촬영하면 될 것이다. 처음에 등장하는 모습은 허리가 고무줄로 된 삼색 교사용 바지를 입고 새벽 5시에 삽으로 20센티미터나 되는 눈을 치운다. 그래야 우리 아이들이 아침 일찍 있는 취미활동에 늦지 않고 갈 수 있기 때문이다. 그다음에는 분에 넘치게 특권을 누리는 250명의 학생에게 장장 10시간 동안 학교 컴퓨터로 포르노를 보면 안 된다고 가르친다. 그러고는 하루를 마무리할 즈음이 되면 너무 지친 나머지 진동 안마기를 켜는 것은 고사하고 찾지도 못한 채 드라마 〈아웃랜더〉 앞에 쓰러지고 만다. 정말이지 우울하기 짝이 없는 비디오일 것이다.

레나의 말은 계속된다. "자, 겉으로는 그다지 드러나지 않았지만, 감정적 고통과 괴로움은 증명할 수 있을 거야, 그렇지? 아빠가 떠났을 때 상처받은 건 사실이니까. 하지만 그 상처는 회복할 수 있을까? 그게 바로 지금 아빠가 대답을 원하는 질문이야. 아빠는 잃어버린 시간을 보상할 수 있을지 알고 싶은 거야."

코리가 끼어든다. "아빠가 뭘 알고 싶은지 뭐가 중요해요? 우리가 원하는 게 중요하지."

레나가 대답한다. "좋아. 너희가 원하는 건 뭐니? 아빠를 용서하고 함께 시간을 보내는 것이 평생 아빠에게 원한을 품고 사는 것보다 한결 마음이 편하지 않을까? 다시 말해서, 아빠에게 벌을 주는 게 너희한테 최선일까?"

코리는 다 들리게 "끙"하고 앓는 소리를 낸다. "레나 이모. 이모는 아빠를 영원히 미워하는 게 부당한 일인 것처럼 말하네요."

"누구든지 영원히 미워하는 건 부당한 일이야." 나는 코리에게라 기보다 나 자신에게 말한다. "레나 말이 맞아, 늘 그랬듯이."

코리는 어깨를 으쓱하더니 나를 보면서 의기양양하고 능글맞게 히죽거리며 "어련하시겠어요?"라고 한다.

나는 아이들에게 말한다. "난 너희 아빠가 맘에 들지 않아. 사실,

솔직히 말해서 아빠가 떠났을 때 엄마는 엄청나게 상처받았어." 그리고 훨씬 더 솔직히 말하자면, 오늘 그를 다시 본 순간에도 심장에 일격을 당한 기분이었다.

"내 말이!" 코리가 대꾸한다.

"처음에는 나도 아빠를 벌주겠다는 생각에 끌렸지만, 삶에서 가장 원하는 게 무엇인지를 기억해야 했어. 내가 무엇보다 원하는 건 너희의 행복이야. 그런데." 나는 속마음을 덧붙여 말한다. "그건 사실이 아니야. 솔직히 무엇보다 원하는 건 너희 둘 다 무사히 대학을 졸업하는 거야. 그다음이 너희의 행복이지. 그래서 엄마는 너희가 아빠랑 시간을 보내면서 아빠가 저지른 잘못을 용서하려고 노력하는 건 너희가 더 행복해지는 길이라 생각해."

내가 정말 그렇게 생각했을까? 용서할 수 있다고 강하게 믿었을까? 그 믿음을 바탕으로 나는 정말로 존을 용서할 수 있을까? 그가 한 짓을 잊어버리고, 아무 일도 없었던 듯 그를 다시 내 인생으로 들일 수 있을까?

아마 아닐 것이다. 하지만 아이들에게는 그렇게 해주길 바라고 있다.

"자, 너흰 아빠가 아무 이유 없이 우리를 떠난 게 아니라는 걸 알 거야. 물론 당시에는 그렇게 느껴졌겠지만. 아빠는 자기가 없어야 우리가 더 행복할 거라고 진심으로 믿었기 때문에 우리를 떠났어. 너무 슬프고 속상한 나머지 자기가 너희에게 나쁜 아빠라고 생각했기 때문에, 그래서 일단 떠났다가 나중에 돌아와서 상황을 바로잡는 게 낫다고 생각했으니까 떠난 거야." 나는 눈 하나 까딱하지 않으려고 애쓴다. 사랑하는 남자가 다시 행복해지려면 멀리 떠날 수밖에 없다고 말할 때, 아무리 그가 수천 번 내게 개인적인 감정은 없노라고 맹세했더라도, 어떻게 그 말을 있는 그대로 받아들일 수 있겠나?

"그리고 아빠가 너희를 한시도 잊지 않았다는 걸 알잖아. 그 우스꽝스러운 카드 하며…." 나는 존이 아이들 생일에, 명절에, 어느 해는 노동절에도 터무니없이 큰 금액의 수표와 함께 보냈던 카드를 언급한다. "그건 모두 아빠가 '옳은' 일을 하고 있지 않았던 때도 '뭔가'를 하려고 노력했다는 증거야."

조가 특유의 생각하는 표정을 짓는다. 레나와 코리와 나는 조를 바라본다. 다음 순간 조의 입에서 나올 말이 무엇이든 아마 온 가족이 찬성할 것이다. 조는 그만큼 합리적인 아이다. 뼛속 깊숙이 합리적인 생각이 배어 있는 아이다. 나는 약간 희생자인 척하고, 코리는 약간 과장하는 편이고, 존은 늘 약간 이기적이다. 조는 우리의 좋은 점만을 타고나서 너그럽고, 직관적이며 노력을 아끼지 않는 데다 무엇보다 매우, 매우 똑똑하다. 나는 녀석을 이해할 수 없지만, 그래서 더 사랑스럽다.

"레나 이모." 조가 말한다. 나는 철학적인 질문이 튀어나오리라 예상한다. 사립학교 선생님이 되기 전에 수녀였던 레나에게 조는 가끔 진지한 질문을 하기 때문이다. "이모는 용서가 체스처럼 연습으로 배울 수 있는 기술이라고 생각하세요, 아니면 음정에 맞춰 노래하는 능력처럼 타고난 재능이라고 생각하세요?"

"그래." 레나가 자기만의 방식으로 대답한다. "어떤 사람은 용서를 연습하기도 해. 하지만 절대 타고난 사람과 같을 순 없을 거야. 그런 사람들은 겉으로는 아주 멋지게 용서를 해내지만 속으로는 항상 곱씹으며 살지. 그렇지 않으면 절대 용서하지 않은 채 코끼리만큼 거대한 상처를 부여안고 죽겠지. 이모도 주의를 기울이지 않으면 금세 그런 사람이 될 위험에 처해 있어서 잘 알아."

그런 다음 나를 향해 고개를 끄덕인다. "너희 엄마 같은 사람들은 용서를 잘하도록 타고나서 그런 일이 있었는지조차 알아차리지 못한단다. 그런 사람들은 너무 빨리 용서하니까 남들보다 두 배는 자주 상처받지만, 미움을 놓아버리는 타고난 능력 덕분에 남들의 절반만 느끼는 거지."

나는 입술을 손으로 비튼다. 동의할 순 없지만, 어쨌든 아이들에게 실제보다 쿨한 엄마를 만들어준 레나에게 고맙다.

코리가 한숨을 쉬며 말한다. "난 트리니티가 나랑 똑같은 색의 립스틱을 사서 아직도 화가 나는데. 그건 내 트레이드마크와 같은 건데……." 나는 트리니티에 관해 나쁜 말을 하지 않으려고 혀를 깨문다. 트리니티는 코리의 친구 중에서 내가 그다지 탐탁지 않게 여기는 친구다.

"아빠가 한 짓은 그보다 훨씬 나빠. 그래서 아빠에게 2년은 더 삐져 있고 싶어. 나 그래도 돼?"

내가 말한다. "물론 그래도 되지. 좋은 기회를 놓치는 셈이지만, 괜찮아. 너는 어때, 조?"

"난 누나가 하는 건 뭐든지 따라 할래." 조가 영리하고 공평하게 말한다. "누나가 아빠랑 같이 지내고 싶지 않다면, 나도 아빠랑 같이 있지 않을 거야. 딱 일주일이라고 해도."

레나가 미소를 지으며 느긋하게 몸을 뒤로 기댄다. 그녀는 내가 알아차리기도 전에 방금 무슨 일이 일어났는지를 정확히 알아차린다.

코리가 한숨을 푹 내쉬며 조에게 말한다. "좋아, 바보야. 딱 일주일. 일주일이라면 나도 좋아."

조가 레나와 내가 보는 줄 모른 채 살짝 미소를 짓는다. 레나와 나도 아이들이 보는 줄 모른 채 서로 눈빛을 교환한다.

내가 말한다. "여름방학이 시작하는 첫 주야. 고작 일주일이잖니. 모두에게 멋진 시간이 될 것 같은데? 혹시 그렇지 않다고 해도 엄만 멀리 있지 않을게. 약속할게. 무슨 일이 생기면 엄마가 너희 옆에서 사태를 수습할게."

그 순간 나는 다가오는 이번 모험이 끝나기도 전에 재앙을 맞이하는 쪽이 나일 것이라고는 꿈에도 생각지 못한다.

2장

엄마에게

여름방학이 끝날 때까지는 엄마가 '독서록'이라 부르는 이 노트를 보지 않을 걸 알아. 그런데도 나는 여기에 정식으로 불만을 몇 가지 제기하고 싶어.

1. 학기가 아직 끝나지도 않았는데, 왜 벌써 여름방학 읽기 과제를 시작해야 해?
2. 여름방학 읽기 과제는 도대체 왜 해야 하는 거야? 여름방학의 전반적인 포인트는 '읽기'가 아니잖아?
3. 엄마가 '도서관 사서'가 아닌 아이들도 이런 걸 해야 할까? 엄마 자신에게 한번 정말로 물어봐 줘. 치과의사를 부모로 둔 아이들은 여름 내내 하루에 세 번 특별 치실질을 해야 할까? 엄마 아빠가 군인이면 애들은 매일 사격장에 가야 해? 어쨌거나 두말할 것도 없이 나는 차라리 치실질을 하고 총을 쏘겠어.

4. 엄마가 고른 책 《한밤중에 개에게 일어난 의문의 사건》에 관해 한
   마디 할게. 영국에 살고 애완용 쥐가 있는 자폐증 소년에 관한 책을
   읽을 때 내가 공감할 수 있는 부분이 있을까? 1도 없어. 엄마!

    엄마의 도서 목록에 순응하다 보면, 나는 앞으로도 계속 백 년 전에
살았던 사람들, 나치와 싸운 사람들, 미래 세계에 사는 사람들, 그리고
디즈니 영화에 나오는 상상의 왕국에서 온 사람들에 관한 이야기를
읽고 있을 거야.

    엄마. 존 그린(미국의 영 어덜트 소설가-옮긴이)이나 스테파니 메이어(《트
와일라잇》시리즈를 집필한 미국 소설가-옮긴이)는 못 들어봤어? 《헝거 게임》
같은 액션물을 보면 내가 죽기라도 해? 엄마의 바람이 책을 숭배하는
아인슈타인 집안에서 태어난 벌로 나를 고통스럽게 하는 거야?

    이건 옳지 않은 것 같아. 왜냐하면, 음…, 옳지 않으니까.

    다음 생에는 엄마가 여름 내내 수영장에서 트리니티와 지내는 벌을
받길 바라.

    사랑을 담아
    엄마의 바보 같은 딸 코리가

    여름방학이 시작하는 달의 첫 주 월요일. 학교에 가서야 방학이 시
작하면 일주일간은 아이들도, 학교 일도, 할 일도 없다는 사실을 깨
닫는다.

    도서관 앞에서 우연히 한 학생이 여름방학에 갈 성가대 캠프에 관

해 친구에게 하는 말을 엿듣는다. 그제야 달력을 보고 여름방학이 상업적 우주여행이나 비키니 왁싱처럼 추상적인 일이 아니라 3주 후면 실제로 일어날 현실이라는 것을 깨닫는다. 3주 후면 내 남편이, 아니 전 남편이 아이들을 데리고 간다. 아이들은 부모로서 아이들 전문가인 나와 함께 있지 않을 것이다. 조가 왜 조갯살이 들어간 클램차우더 수프를 먹지 않는지, 어떻게 하면 코리의 머리색이 수영장 물에 함유된 염소 때문에 초록색으로 변하지 않게 할 수 있는지 아는 사람은 나밖에 없다. 존이 떠날 때 아이들은 어렸지만 이제는 훨씬 위험한 존재가 되었다. 존은 십 대들을 어떻게 컨트롤할지 알고 있을까? 그는 아이들에게 안 된다고 말할 수 있을까, 아니면 하고 싶은 대로 하라고 그냥 굴복하고 말까? 아이들이 존과 마지막으로 함께 있을 때는 둘 다 키가 지금보다 30센티미터쯤 작았기 때문에, 훨씬 더 사람을 잘 믿었던 것 같다. 존이 아이들에게 다시 상처를 주지는 않을까? 아이들은 아빠가 다가오도록 여지를 줄까? 아이들은 안전하다고 느낄 수나 있을까?

이번 주에 벌써 세 번째, 나는 자습 시간에 교사 휴게실에 숨어들어 존에게 전화를 한다.

"안녕, 에이미." 그가 무덤덤하게 전화를 받는다. 존의 목소리는 짜증스럽지 않고, 나도 그의 반응이 놀랍지 않다.

"조가 벌에 쏘이면 어떻게 할 거야?" 나는 인사도 생략하고 대뜸 따지듯 묻는다.

잠시 정적이 흐른 후 그가 대답한다. "교묘한 질문이네. 조는 벌에 알레르기가 없잖아."

나는 인상을 찌푸린다. 어쨌거나 남편이 틀리기를 바랐다. "그래도 아프긴 할 거야." 내가 생각해도 시비를 거는 듯한 말투로 대꾸한다.

존이 대답한다. "좋아. 만약 그렇다면 베이킹소다 찜질제를 바를 거야. 다음엔 얼음찜질."

나는 고개를 끄덕인다. "맞아…"라고 말하며 그를 정말 쩔쩔매게 할 질문을 생각하려 머리를 굴린다. 코리의 사회 보장 번호는? 사실은 나도 잘 모른다. 7자리나 되니까.

"에이미, 다 괜찮을 거야. 애들이 내게 뭘 집어던지든 난 준비돼 있어."

"아이들은 당신에게 화나 있어"라고 말하며 속으로는 '사실 화나 있는 건 바로 나야'라고 생각한다. "걔들은 당신에게 지옥을 선사할지도 몰라."

존이 대답한다. "알아. 한동안 그게 두려워서 숨었었어. 하지만 아이들과 나 사이에 그런 장벽을 만든 건 나니까 그걸 허물어야 하는 사람도 나라고 생각해."

내가 고개를 저으며 말한다. "허물 수 있을 거라 생각해?"

"그래도 노력하는 게 내가 할 일이지. 혹시 누가 알아? 모두에게 다 좋을지."

종이 울린다. 속이 뒤틀린다. 서둘러 전화를 끊고 다음 수업을 하러 달려간다. 급하게 뛴 덕분에 땀이 줄줄 흐른다. 하지만 다행히 에어컨 바람 덕분에 땀이 식는다. 불현듯 학교에 설치된 규격화된 에어컨은 십 대들을 꽁꽁 얼려서 페로몬을 과도하게 분출하지 못하도록 설계된 것은 아닐까 하는 생각이 든다. 아이들과 인사하고 각자 단말기에 앉아 공부를 시작하게 한 다음, 도서관 사서라면 불안감이 밀려올 때 누구나 할 법한 일에 착수한다. 리스트 만들기다.

다음은 아이들이 무책임하고, 믿음직스럽지 못한 아버지의 보살핌을 받는 동안 일어날 만한 몇 가지 상황들이다.

- 아이들은 흡연과 음주, 섹스를 빠른 속도로 연달아 시작할 것이다.
- 코리는 임신하고, 조는 대상포진에 걸릴 것이다.
- 존과 아이들이 셋이서 똑같은 문신을 할 것이다. 무엇을 새길지는 모르겠다.
- 코리는 목에 문신을 할 것이다.
- 존이 영화 〈빅〉에 나오는 으스스하고 한물간 시골 축제 같은 데서 아이들을 잃어버려서 코리와 조는 어쩔 수 없이 길바닥에서 길고양이들이랑 종이박스를 덮고 자고, 주사기로 헤로인을 맞다가 마침내 내가 찾아 데려오게 될 것이다.

그리고 이 모든 일이 일어날 확률만큼, 가장 최악의 상황이 일어날 가능성도 있다.

'아이들은 잘 지내고, 오히려 내가 잘 지내지 못할 수도 있다.'

아이가 없는 레나는 이번이 '굉장한 기회'라고 내게 말하지만, 나는 이렇게 오랫동안 아이들과 떨어져 지내면서 내 시간을 즐기는 데는 조금도 관심이 없다. 일주일간 기차를 타고 유럽 여행을 하고 싶지는 않다. 내 안에 숨은 수채화가나 도예가의 재능을 찾는 데 시간을 쓰고 싶지도 않다. 미국의 모든 엄마처럼, 지친 몸과 마음을 달래기 위해 며칠씩 깨지 않고 잘 수도 있다. 하지만 그다음 무엇을 할까? 3일 동안 내내 내가 좋아하는 인테리어 케이블 채널을 볼까? 테이크 아웃 피자를 먹고 마트에서 싸구려 와인을 홀짝이면서? 쇼핑 목록도 없이 코스트코를 느긋하게 돌아다녀 볼까?

나는 아이들이 없는 텅 빈 집과 갈 곳이 적히지 않은 빈 일정표를 상상해 본다. 잠시의 휴식과 외로움이 뒤섞인 역겨운 칵테일을 마신 기분이다. 작년에 3일간의 연휴에 친정 부모님이 아이들을 워싱턴 DC에 있는 박물관과 유적지에 데려가셨을 때가 생각난다. 첫째 날은 드라마 〈길모어 걸스〉를 연속으로 보았고, 스무 번쯤 세탁기를 돌려 빨래를 해치웠으며, 집 안 구석구석을 청소했다. 그래도 시간이 남아 이케아 책장을 조립했고, 도서관 사서 팟캐스트를 다섯 시간 동안 들었으며, 아기 모자까지 뜨개질했다. 둘째 날은 냉장고 앞에서 울었다. 셋째 날은 볼티모어에 있는 수족관에 하루 일찍 '깜짝 등장'해 아이들을 놀라게 했다. 내 인생에서 그다지 자랑스럽지 않은 일화다.

나는 '그동안 놓친 드라마나 봐야지'라고 생각한다. '아니면 주방을 페인트칠해 볼까?'

나는 내 미디어랩을 사용하는 학생들을 대충 훑어본다. 지금은 내가 출석을 확인하는 시간이라 학생들 모두 자기 아이패드로 무엇인가를 하고 있다. 아마 쉴 새 없이 문자메시지를 보내기도 하고, '전교 정기 프로젝트'를 위해 약간의 사전 조사를 하고 있을 것이다. '전교 정기 프로젝트'는 봄방학부터 여름까지 이어지는 긴 진흙탕 싸움에서 아주 조금이나마 아이들의 주의를 돌릴 생각으로 기획된 대규모 컨트리 데이 스쿨(중산층이 사는 교외에 있고, 기숙사 없이 통학하는 사립학교—옮긴이) 프로젝트다. 고등학교 2학년과 3학년 학생들은 자신이 전공하고 싶은 것을 선택한 다음, 매일 첫 30분을 전공 체험으로 보낸다. 대학 학과 가이드를 바탕으로 자신이 들을 수업을 골라 가짜 시간표를 작성하는 일부터 자기 과목에 맞춰 논문 프로젝트를 연구하기도 하며, 그 업계에서 체험학습 프로그램을 수행하기도 한다. 만약 어떤 학생이 의예과를 전공으로 삼고 싶다면, 어떻게 의대의 학비를 조달할지 조사해야 한다. 그뿐만 아니라 학업 시간을 어떻게 적절히 조절할지, 선행학습은 어떻게 수강할지, 어떤 실험실에 들어갈지, 교과서 비용은 얼마나 들지, 어떤 학회에 가입해야 하는지도 조사해야 한다. 그런 다음 학생들은 적어도 열 페이지의 소논문을 쓰고, 의대 입학시험에 관해 숙지하며, 마지막으로 여름방학 전 마지막 주에 그 분야의 전문가를 따라다니며 일을 배운 후 전문가에게서 추천서를 받는다. 점수는 그 추천서와 교육 계획서, 학비 조달 계획서와 학생들이 쓴 논문을 바탕으로 매겨진다. 학생들의 점수를 매기는 교사진은 정규 기말고사를 채점해야 하는 부담이 없는 교사들, 다시 말해 바로 나같은 사람이다. 도서관 사서, 상담 교사, 특수 과목 교사들, 운동 코치들, 심지어 양호 교사까지 포함된다.

내 교실에 앉은 아이들은 그 프로젝트와 비슷한 일을 하고 있고, 나는 그 아이들 중 몇 명의 점수를 매기게 될 것이다. 나는 아이들 모두 자부심을 느낄 수 있도록 A를 받았으면 좋겠다. 나는 천천히 칠판으로 다가간다. 칠판에는 프로젝트 마감까지 남은 날의 카운트다운이 적혀 있다. 내가 15를 지우고 14라고 쓰자 불안한 침묵이 내려앉는다. '전교 정기 프로젝트'가 마감되기까지 14일이 남았다. 그리고는 의미심장하게 카운트다운 아래 이렇게 쓴다.

'교육 계획서는? / 학비 조달 계획서는? / 논문은? / 추천서는?' 아무 말도 하지 않은 채, 수행해야 할 목록과 학기의 남은 날짜를 보며 아이들이 긴장감을 느끼도록 한다. 나는 정신을 바짝 차리고 아이들의 화면을 지켜보면서 내 태블릿을 꺼내 레나에게 메시지를 보낸다.

에이미　애들이 아빠에게 가면 나 너랑 지낼래.

레나　안 돼.

에이미　나 너랑 진짜로 같이 있고 싶어.

레나　싫어.

에이미　재미있을 거야. 내가 저녁 식사를 만들어 줄게. 우리 같이 대니얼 크레이그(007 영화 시리즈의 가장 최근 제임스 본드－옮긴이)가 나오는 영화를 모조리 보자.

레나　우린 토요일마다 그러고 있잖아.

에이미　왜 전통을 거부하는 거야?

레나　넌 인생을 좀 즐겨야 해.

에이미　수녀는 상냥해야 하는 거 아니야?

레나　어디서 그런 말을 들었는지 모르겠네.

좋다. 그렇다면 그 일주일을 레나와 보내지 않겠다. 플로리다에 계신 부모님께 가야지. 타는 듯 작열하는 탬파(미국 플로리다주 서부에 있는 항구도시－옮긴이)의 햇볕을 받으며, 부모와 얼굴은 똑같지만 성격은 전혀 딴판인 나와 부모님에 대해서 생각해봐야겠다. 우리 부모님은 오로지 폭스 뉴스만 보시는데, 전동 드릴 소리보다 약간 크되 간신히 영구적 뇌 손상은 면할 정도의 볼륨으로 TV를 틀어놓으신다.

이 일주일간 혼자서 해야 할 일이 분명히 있을 텐데. 빨래보다는 더 의미 있는 일이. 나는 아이들이 태어나기 전부터 모든 일에서 손을 놓고 일주일을 쉬어 본 적이 없다. 틀림없이 나는 지난 15년간 충족되지 못한 갈망과 욕망으로 가득 차 있을 것이다. 아니면 그밖에 해야 할 책임이 있을지 모른다. 그간 미뤄왔지만 꼭 해야 할 일들. 업무 역량 강화를 위한 직무 연수는 어떨까?

'아하! 직무 연수, 바로 그거야' 이제 할 거리를 찾았다. 사립학교 교사들은 매년 직무 연수 학점을 이수해야 한다. 일주일 동안 몇 시간의 수업을 듣고 새로운 소프트웨어를 배우거나 새로운 교과과정을 검토하면 된다. 그다음엔 집에 돌아와서 코리가 휴대폰으로 뭘 하는지 감시하고 여름방학 내내 조가 하루에 한 번은 밖으로 외출하도록 채근할 준비를 하면 될 것이다.

나는 직무 연수 방법을 찾으려고 '미국 도서관 교육자 협회' 홈페이지에 접속했다. 그 사이트는 사서인 내 방식대로 두 가지 라벨로 즐겨찾기가 되어 있다. 하나는 '업무'라고 쓰인 초록색 라벨이고, 하나는 '책'이라고 쓰인 파란색 라벨이다. 처음 떠오른 생각은 아니지만, 두 카테고리가 화면 위에서 합쳐져서 청록색이 됐으면 좋겠다.

웹사이트의 일정표가 천천히 화면에 뜬다. 아마 매일 차로 왕복할 만큼 가까운 도시인 스크랜턴에 무언가가 있을지도 모른다. 아니면 차라리 온라인 수업이면 좋겠다. 그러면 집에서 파자마를 입은 채 수프를 먹으며 공부할 수 있다. 제발 내가 수강하지 않은 온라인 수업이 있기를….

- 지역 : 뉴욕주, 뉴욕
- 일시 : 6월 1~4일
- 장소 : 컬럼비아대학교

• 내용 : 미래의 학교 도서관 – 공립학교와 사립학교를 통틀어 전국에서 미래에 대한 대비를 가장 잘하고 있는 학교에서는 어떻게 새로운 자료들이 활용되고 있는지 배워봅시다. 여러분의 교과과정에 미래기술을 반영하면서도 과거에 효과가 좋았던 방법을 유지할 새로운 방식을 연구해 봅시다. 10년 후 학생들의 일상적인 모습은 어떨까요? 멀티스크린 태블릿? 프로젝션 손목시계? 접히는 휴대폰? 다가오는 6월. 뉴욕에 미래가 있습니다!

• 직무 연수 10학점 부여 – 발표 지원자 받습니다.

'아! 뉴욕이라.'

그래! 뉴욕. 존이 뭔가 잘못하면 집으로 달려올 수 있을 만큼 가깝고, 제대로 된 휴가라 할 만큼 멀다. 게다가 존을 만난 후로는 뉴욕에 통 가 보질 못했다. 예전엔 뉴욕을 좋아했었다. 대학 시절 룸메이트였던 탈리아와 나는 기회가 있을 때마다 기차를 타고 뉴욕으로 가서, 소파 위나 허름한 호텔에서 지냈다. 새벽 4시까지 춤추고 놀았던 어느 날은 세인트 레지스 호텔 로비에 놓인, 벨벳으로 된 긴 의자 두 개에서 잠시 눈을 붙이기도 했다. 야간 근무를 하는 직원에게 둘러댔던 악의 없는 거짓말이 통한 덕분이었다.

아, 우리가 뉴욕에서 했던 멋진 경험들이 떠오른다. 나는 우리가 한 모험의 대부분을 존에게 함구했다. 아이들에게는 더군다나 그런 모험담을 공유할 수 없었다. 그래서 지난 15년간 뉴욕에 관해 거의 생각하지 않고 지냈다. 존과 내가 피임을 그만두고 코리를 임신한 이후로는. 안정된 삶과 지금처럼 예쁜 주방이 있는 큰 집을 갈망하고부터는. 물론 3년간 양육비 지급도 없이 사라져버리는 남편을 갈망하지는 않았지만, 이 삶은 거의 모두 내가 원했던 대로였다.

원하는 대로 가질 수 없던 때가 있긴 했다.

아주 오래전, 화려하고 소란스럽고 즐거웠던 시절. 내가 지금과는 다른 사람이었던 시절이었다.

나는 다시 태블릿 메시지창을 연다. 탈리아에게 마지막으로 문자 메시지를 보냈던 때가…, 아마 존이 떠나고 1년쯤 후였던가? 탈리아가 다니는 잡지사에서 승진한 직후였던가? 어느 쪽이든, 너무 오래됐다. 당황스러우리만큼 오래전이다.

하지만 탈리아가 이해해 주리라 믿는다. 우리가 다시 같은 방에 앉으면, 마치 하루도 지나지 않은 것처럼 느껴질 것이다. 탈리아와 나 사이는 늘 그랬다. 갑자기 탈리아가 다시 보고 싶어졌다. 아이들과 남편이 없는 삶은 어떨지, 치약과 팬티 라이너를 사러 마트에 간 김에 거기서 산 옷들로 거의 채워진 내 옷장과 탈리아의 옷장이 어떻게 다른지 보고 싶었다. 나는 타이핑한다.

에이미 안녕. 나 6월 첫 주에 뉴욕에 가. 커피나 술 어때?

답이 없다. 얼마 후, 글을 쓰고 있다는 표시인 점 세 개가 뜬다. 그런데 아무런 메시지가 오지 않는다. 나는 약간 초조해진다. 한동안 연락하지 않았다고 나한테 화가 났나? 내 전화번호를 갖고 있기나 한 걸까? 그래서 덧붙인다.

에이미 나 에이미야. 에이미 바일러.

그러자 점 세 개가 다시 뜬다. 좋아. 내 메시지를 본 거야.

탈리아   에이미…. 에이미!

좋은 조짐인 것 같다.

탈리아   에이미 바일러, 도대체 어디 있었던 거야?

나는 사과의 변명을 입력하기 시작한다. 계속 바빴다고. 살다 보니 정신없이 시간이 흘렀다고. 그녀를 내 레이더에서 그만 놓치고 말았다고….

탈리아   우리 집에 나랑 같이 묵어.

나는 입력하던 말을 삭제하고 다시 입력한다.

에이미   정말?!?!??! 내가 묵을 방이 있는 거 확실해?
탈리아   지금은 문자 못해. 회의 중이거든. 뉴욕 오기 전에 전화해.

나는 행복한 놀라움에서 벗어나지 못한 채 태블릿을 응시한다. 그럼 이제 학회에서 만났던 아이다호 출신의 이상한 도서관 사서와 침대를 같이 쓰지 않아도 되고, 그런 특권을 누리려고 하루에 200달러를 쓰지 않아도 된다. 학교가 일일 경비를 지급한다면, 제대로 된 음식을 먹는 데 그 돈을 쓰면 된다. 아니면… 술도 좋고.

에이미   알았어. 너무 잘 됐다. 고마워! 내가 전화할게.

탈리아   나중에 연락하자. 나 일하는 중이야.

에이미   미안. 너무 신이 나서.

탈리아는 답을 하지 않는다. 점도, 이모티콘도, 아무것도 없이 대화는 끝난다. 나는 태블릿을 내려놓는다. 흥분으로 몸이 떨린다. 이렇게 쉬울 수 있을까? 이렇게 삶이 딱딱 맞아떨어져도 되는 걸까? 동료 책벌레들과 어울리려고 대도시로 짧은 여행을 가는데, 홀몸에 자유분방한 옛 친구와 다시 연락이 닿은 것도 모자라 이 모든 일이 내 예산으로 가능하다고? 그동안 내 아이들은 한때 옆에 없었던 애들 아빠가 돌봐주고? 이게 현실일까 아니면 우주가 놓은 일종의 이상한 덫일까?

태블릿이 나를 보고 눈을 깜빡인다. 화면을 다시 켜고 새 메시지를 확인한다. 탈리아다. 지도가 링크되어 있다. 지도를 클릭하자 브루클린에서 너무나 힙한 동네로 나를 데려간다. 여기가 탈리아가 사는 곳이라니. 지도 위에는 위치를 나타내는 깃발들이 꽂혀 있다. 잡지에서 본 바와 레스토랑들, 장인이 운영하는 근사한 상점까지. 정말 굉장하다. 탈리아는 너무 '멋지다'.

태블릿이 다시 깜빡이자, 나는 메시지 앱을 다시 클릭한다. 탈리아가 간단명료한 두 단어로 자신의 멋짐을 두 배로 만들어버린다.

'파티는 준비됐어.'

운명이든 아니든 상관없이 나는 여전히 나다움을 발휘한다. 존이 집에 와서 우리와 저녁을 먹으며 방학 동안의 일주일을 어떻게 보낼지 함께 논의해야 한다고 고집을 부린다. 그리고 나는 여전히 나답게, 우리가 논의할 협의 사항을 작성한다.

【가족회의에서 협의할 사항】

- 모임 일시 : 5월 9일, 화요일, 오후 5 :30〜
- 이전 회의 : 회의록 없음
- 여름방학 첫 주 계획 : 일과 샘플, 주간 의무 사항 논의
- 행동 담당 : 조
- 행동 담당 : 코리
- 육아 담당 : 존
- 기본 규칙들
- 매일 의사소통 계획
- 개별 지도 : 우연히 땅콩을 섭취했을 경우 에피펜(알레르기 응급처치 주사

  약-옮긴이) 사용하기
- 파기한 안건 :

  왜 존은 에이미를 떠났나?

  왜 존은 이제야 갑자기 돌아왔나?

  존은 여전히 에이미를 사랑할까?

  언제 에이미는 남자와 다시 섹스할까?

말할 필요도 없이, 나는 이 협의 사항을 회의 참가자들과 공유하지 않을 계획이다.

존은 15분 일찍 도착했다. 그런데 나는 이런 상황을 맞을 마음의

준비가 되어 있지 않다. 그는 문가에 서서 기대에 찬 눈빛으로 나를 보고 있다. 나는 잠시 그를 바라본다. 그는 여전히 너무 잘생겼고, 어깨가 떡 벌어졌으며, 가슴이 넓고 튼튼하다. 물밀듯이 모든 기억이 되살아난다. 가족이 함께한 저녁 식사에서 그가 한 농담. 동네에서 벌어진 포켓몬 사냥. 코리가 아장아장 걷기 시작할 때 했던 터치 풋볼에서 존이 조를 공인 척 터치할 때마다 "꺄악" 소리를 지르며 자지러지게 웃던 코리. 존의 흠 잡을 데 없던 도널드 덕 흉내.

"애들은 어디 있어?" 그가 묻는다. 도널드 덕 목소리는 아니다.

내가 대답한다. "30분쯤 후에 올 거야. 코리는 논문을 끝내고 있고, 조는 토론 중이야. 코리는 학교에서 공부하다가 조의 일과가 끝나면 함께 집까지 걸어와."

"난 애들이 집에 있는 줄 알았어." 존이 내게 말한다.

나는 미안한 기색 없이 말한다. "그래. 워낙 바쁜 애들이라서."

"그렇겠지. 난 회사에서 일찍 조퇴했어. 너무 보고 싶었거든."

"이제야 갑자기 간절하게 보고 싶더란 말이지." 내가 비꼰다.

존은 아무 말이 없지만, 정곡을 찔린 표정이다. 나는 분노를 삼키려 애쓰지만, 이 집에서 남편을 다시 보고 있노라니 초신성이 되기 직전의 별처럼 몸이 뜨겁고 벌게지는 것을 느낀다. "나 좀 도와줄래?" 나는 가까스로 아무렇지 않은 목소리로 그에게 부탁한다.

"지금은 식탁을 공부 책상으로 쓰고 있어. 당신이 그걸 다시 식탁으로 돌려놔야 할 것 같아."

방과 후 활동이 없는 날이면 아이들은 집에 와서 6인용 식탁의 양쪽 끝에 앉아 숙제를 한다. 코리가 대수학 풀이의 고통을 견디다 못해 동생을 방해하는 일이 잦아서 나는 종이박스로 만든 과학 박람회 발표용 보드 두 개를 맞붙여 작은 칸막이를 만들었다. 조는 그 칸막이 한 면에 자기만의 비전 보드를 만들었다. 거기에는 과거에 받았던 좋은 성적표, 가고 싶은 대학들, 더 많이 알고 싶은 직업들이 붙어 있다. 이 불쌍한 아이는 고작 열두 살이라는 사실을 다시 상기시켜 둔다.

반대쪽 면에는 코리가 드라마 〈애로우(낮에는 바람둥이, 밤에는 악당을 물리치는 히어로 애로우 이야기 – 옮긴이)〉에 나오는 주인공 스티븐 아멜과 베네딕트 컴버배치 사진을 붙여 놓았다. 우리는 그를 그냥 '배치'라고 부른다.

하루 중 이맘때쯤 내가 주로 시간을 보내는 주방에서는 코리 쪽만 보이지만 나는 그 사실을 전혀 개의치 않았다.

존이 눈썹을 치켜뜨며 책상을 훑어본다.

"이쪽이 코리 책상이라면 좋겠는데." 그가 셔츠를 입지 않은 스티븐 아멜을 가리키며 내게 말한다. 조는 메이시 페더스라는 소녀에게 체스에서 보통 지는 편인데, 자기보다 약간 연상인 그 아이에게 반해서 속앓이하는 낌새가 있었다. 그런데도 나는 존의 편협함에 화를 터트리고 만다.

"뭐라고? 내가 당신 아들이 게이가 되도록 내버려 둘까 봐 걱정돼?" 그러고는 능청스럽게 덧붙인다. "만약 조가 게이라면 어쩔 거야?"

남편의 얼굴이 붉어진다. 당연히 그래야 한다.

"미안해. 당신 말이 옳아. 어느 쪽이든 난 상관없어. 그냥 좀 어색하고 긴장했었나 봐."

내가 그에게 말한다. "당연히 어색하고 긴장해야지. 당신은 끔찍한 짓을 저지른 가해자고, 우리는." 나는 배치도 우리 가족의 일원인 양 책상을 가리키며 말한다. "당신이 저지른 짓의 피해자니까."

존이 한숨을 쉰다. 우리는 시간이 지난 후에 사이가 조금 나아지긴 했지만, 존이 떠난 후 처음 몇 달간 나는 그에게 꽤 규칙적으로 전화를 걸어 음성사서함에 악담을 퍼부었다. 얼마나 추잡한 인간인지 말하기 위해 '조각난 지렁이만도 못하다'는, HBO 오리지널 시리즈에서만 들어봤던 말들을 난생처음 써먹기도 했다. 그래서 내 분노가 존에게 완전히 새롭지는 않을 것이다.

"당신 시간이 3년간 멈췄다는 거 알아." 그가 대답한다.

"그렇지 않아." 나는 화가 치밀어 방어적으로 대꾸한다. "시간만 멈춘 게 아니라 모든 것이 제자리에 얼어붙었어. 계속 일하고 두 아이를 돌보면서, 아이들이 좋은 학교에 가고 좋은 음식을 먹고 좋은 집에서 계속 살도록, 내가 필요하고 원하는 것을 모두 희생해왔어. 덕분에 어떻게 교사 월급만으로 살 수 있는지 배웠고, 어떻게 배관공을 부르지 않고 변기를 고칠 수 있는지 배웠고, 어떻게 헌 옷 매장에서 산 옷으로 엘리자베스 시대의 의상을 만들 수 있는지도 배웠어. 어떻게 해야 커피로 잠을 쫓다가 사무실에서 쪽잠을 자고 세일하는 냉동식품을 먹으면서 살아남을 수 있는지 배웠어. 너무 너무 너무 바빴으니까!" 나는 쏘아붙이고 만다. 미친 사람의 절규 같다.

"시간이 멈출 새도 없이 바빴다고." 나는 한결 차분하게 덧붙인다. 하지만 너무 지나치게 항변했다는 생각이 든다.

존은 죄책감과 짜증이 반씩 섞인 표정이다. 이미 충분히 뉘우치고 있으니 불난 데 부채질하지 말아 달라는 듯하다. 그런 표정을 보고 나면 나는 늘 너무 심했다는 후회가 밀려온다.

그가 힘없이 묻는다. "그럼 내가 어떻게 할까? 미안하다고 수십 번 말했잖아."

신통한 대답이 나오지 않는다. "시간을 거꾸로 돌려서 우리를 무일 푼으로 남겨둔 채 홍콩으로 사라지지 않으면 되겠네. 그 생각은 해 봤어?" 거기에 덧붙여 '훨씬 더 많이 거슬러 올라가서 그보다 2년 전 으로 가든지. 그래서 이번엔 그 상황이 닥치면 나를 위해 이겨내 줘' 라고 말하고 싶어진다.

존이 피곤한 듯 한숨을 쉰다. 그는 늘 당하는 쪽이니 오늘도 다르 지 않을 것이다.

"에이미, 지금 난 여기 있잖아. 아이들이 집에 오기 전에 조금이라 도 덜 고통스럽게 있으면 안 될까?"

나는 그 말에 대꾸하지 않은 채 말한다. "식탁이나 치워 줘."

그는 식탁을 치우고 나는 요리를 한다. 5분 후면 우리는 꽤 괜찮은 커플을 흉내 내는 매우 부자연스러운 커플이 되어, 가족이라는 이름 으로 함께 모여 식탁에서 저녁을 먹을 것이다. 이 모든 일이 매우 익 숙하면서도 동시에 매우 서글프다. 어쨌든 이런 순간들은 존을 잃었 을 때 내가 잃었던 것의 일부다. 이건 3년 동안 내게 필요치 않다고 자신을 세뇌했던 일이다.

나는 바질 페스토를 만들기 위해 바질과 마늘을 거칠게 다진다. 많 은 양의 샐러드가 레드 와인을 넣어 만든 비네그레트 드레싱이 뿌려 지기를 기다리고 있다. 고급 요리는 아니지만, 우리가 평소 월요일 마다 먹던 냉동 야채 볶음밥과 군만두는 아니다. 곁눈질로 보니 존 은 식탁을 차리면서 어렵지 않게 싱크대 서랍에서 필요한 물건을 찾 아낸다. 모든 것이 그가 떠날 때 두었던 자리에 그대로 있다. 심지어

나까지도.

'나는 왜 집밥을 요리하면서 존에게 좋은 인상을 주려고 애쓰고 있지? 도대체 왜 그러는 거야?' 나는 속으로 의아해한다.

파스타 물이 끓고 믹서기에서 페스토가 윙윙 소리를 내며 갈리고 있을 때 나는 아이들이 오기 전에 존과 얘기해야 할 것들이 떠오른다. 아빠와 있는 동안 아이들이 지켜야 할 행동의 한계와 규칙, 제약들. "존." 나는 다이닝 룸을 향해 소리친다. "지금이 규칙에 관해 얘기하기에 좋은 시간인 것 같지 않아?"

하지만 존은 식당 방에 없다. 내 눈길이 닿는 어디에도 없다. 나는 믹서기를 끄고 거실 쪽으로 향한다. 그는 낡은 회색 천 소파에 앉아 손으로 머리를 감싸고 있다. 그 옆에는 아이들이 작년 크리스마스에 내게 만들어 준 '이제 우리를 꼬맹이라고 부르지 마세요'라는 이름의 사진첩이 있다. 그 안에는 1년간 다양한 활동을 한 아이들의 모습이 담긴 스냅사진으로 가득 차 있다. 다이빙, 연설, 핼러윈, 바보 같은 털모자를 쓰고 일요일 아침에 부리토를 만드는 사진까지 다양하다.

나는 그 자리에 얼어붙는다. 우리의 결혼생활을 통틀어 나는 존이 우는 모습을 서너 번밖에 보지 못했다. 그는 남성과 여성의 이분법적 가치를 높이 떠받드는 보수적인 가정에서 자랐다. 존은 내게 자기 아버지가 우는 모습을 한 번도 보지 못했다고 말했다. 존은 두 아이가 태어났을 때 울었고, 홍콩에서 전화로 내게 다시 돌아가지 않겠다고 말할 때 울었다. 그 통화에서… 우리는 무슨 말을 하는지 도무지 알아들을 수 없을 정도로 둘 다 너무 많이 울었고, 내뱉는 말이 심지어 말처럼 들리지도 않았다. "미안해"라고 그가 말하고 또 말했다. "미안해. 이렇게 할 수밖에 없어. 나는 죽어가고 있어."

그 말을 들은 순간 나의 뇌는 중요한 정보를 서리 같은 것으로 덮어버렸다. 그리고 자기가 다룰 수 있는 것만 골라내는 이상한 대처법을 작동시켜 존이 한 말 중에 "나는 죽어가고 있어"라는 말만 골라냈다. 나는 잠시 생각했다.

'아, 그렇다면. 만약 존이 죽어가고 있다면 괜찮아. 나를 떠나는 게 아니야. 그는 죽어가고 있는 거야. 하느님, 감사합니다. 아주 잠시 존이 나를 떠난다고 생각했지 뭐예요.'

그러나 다음 순간 뇌는 서리를 걷어 내어 나로 하여금 이성적인 생각을 하게 한다. '그는 정말로 죽어가고 있는 게 아니잖아. 쓰레기 같은 자식.'

"당신이 죽어가고 있다고? 나랑 사는 게 죽을 만큼 힘들다고?"라고 물었던 기억이 난다. 내가 워낙 심하게 울면서 훌쩍거렸기 때문에 그가 "뭐라고?"라며 세 번쯤 되물었다. 그러자 목이 메듯 흐느끼는 울음 속에서 그가 어떻게든 알아듣지 못했다는 사실에 더 화가 나서 나는 분노를 넘어 크게 상처받았고, 같은 말을 계속 반복했다.

"당신은 아주 끔찍한 인간이야. 나쁜 새끼. 넌 정말 끔찍한 짓을 저지르고 있어"라고 의미 없는 랩을, 되풀이했다. 어느 시점엔가 전화가 끊겼지만, 나는 몇 달간 그 랩을 내 말을 들어주는 모든 친구와 친정 부모님, 시부모님에게도 반복했다. 세상에서 딱 두 사람, 코리와 조만 빼고.

나는 깊이 심호흡을 하고 그의 옆자리에 앉는다. 나는 "존"이라고 부드럽게 말하며 한 손으로 그의 등을 다독인다. 의도가 있다기보다 몸이 기억하는 오래된 동작이지만, 그를 만지자마자 그러지 않았더라면 좋았겠다고 생각한다.

"이건 돌이킬 수 없어." 나는 아이들과의 관계를 말하고 있다. 하지만, 내뱉고 나자 예상치 못하게 위층 보석함 가장 구석에 숨겨둔 결혼반지가 머릿속에 떠오른다. 나는 결혼반지를 없애지 않았다. 힘든 날을 대비해 돈이 필요할지도 모른다고 나 자신에게 되뇌었다. 그 당시에도 이미 힘든 날이었지만 반지를 팔 마음은 없었다.

그는 나를 올려다본다. "여러 해가 지났어. 조의 삶에서 4분의 1이야."

나는 고개를 끄덕인다. 고통이 시간을 갉아먹고, 우리를 짓눌러 힘겹게 터벅터벅 걷게 해서인지 실제로 지나간 시간의 절반만 흐른 것처럼 느껴진다.

"하지만 아이들은 당신을 미워하는 것 같지 않아. 당연히 반감은 있을 테니 아마 말하기 힘든 질문을 많이 던질 거야. 하지만 아이들은 절실히 원하고 있을 거야. 당신이 이번 일을 잘 해내기를." 나는 물론, 아이들을 대변해 말하고 있다. 나 자신을 대변해 말하고 있는 것이 아니다. 적어도 그렇게 생각한다.

그는 패배자처럼 고개를 흔든다. 항상 생각이 부족하고, 항상 너무 빨리 포기한다. 나는 분노가 다시 끓어오르는 것을 느낀다.

"벌써 포기하지 마, 존. 당신이 이번 일에 몸과 마음을 다해 노력하지 않을 생각이라면, 단 일 초도 여기 머물지 마. 내가 당신이 여기 일 초라도 머물게 허락하지 않을 거야. 당신의 최종 목적이 아이들을 다시 실망시키는 게 아니라면." 또는 '나를 실망시키는 게 아니라면.'

존이 고개를 흔든다. "물론 아니지. 난 그저… 겁이 나서 그래."

"당연히 겁이 날 거야. 나도 겁이 나. 하지만 문제는 우리 아이들이 우리보다 훨씬 더 똑똑하다는 거야. 만약 우리가 이걸 꾸며서 연기한다면 아이들은 금방 꿰뚫어 볼 거야. 만약 당신이 아이들을 일주일만 보고 그다음에 다시 3년을 안 볼 거라면, 아이들은 당장 알아차릴 거라고. 아이들은 당신이 흔들리는지 보려고 당신을 괴롭힐 거야. 당신이 헌신적인지 확인하려고 당신을 밀어낼지도 몰라. 그러니 헌신할 준비가 돼 있지 않다면, 우리 시간을 낭비하지 마."

"아니, 난 헌신할 거야. 다른 무엇보다 이번 일을 원해. 당신을 겁주려는 건 아니지만, 우리 아이들과 진짜 기억에 남을 만한 일을 하고 싶어. 난 지금 부사장이라 여름 내내 재택근무를 할 수 있거든. 혹시 회사에 문제가 생긴다 해도, 시카고 사무실까지는 비행기로 금방이야. 9월까지는 홍콩으로 돌아갈 필요가 없고, 이번에 승진한 덕에 다음 몇 년간은 점점 더 자유시간과 자율권이 많아질 거야. 아이들과 이번 일주일은 단지 시작일 뿐이라고… 내 말은, 당신이 앞으로도 허락해 준다면 말이야."

나는 충격을 받아 핼쑥해진다. 내 몸의 모든 엄마 세포가 두려움으로 떨기 시작한다. 남편은 양육권을 요구할 생각이었나? 지금 내 아이들을 빼앗으려 하는 것인가?

"알았어. 지금 하는 생각은 그대로 머릿속에 백업해 둬." 그가 내 얼굴에서 패닉을 보고 말한다. "당신이 방금 내게 장기적으로 헌신할 건지 물어봤잖아. 그래서 그렇다고 말하는 거야. 머릿속으로 변호사를 고용하는 드라마에서나 나올 법한 상상은 안 해도 돼."

나는 깊이 심호흡을 하고 고개를 끄덕인다. 물론 그의 말이 옳다. 어떻게 몇 년간 같이 있지 않았던 사람이 여전히 세상 누구보다 나를 잘 알 수 있을까? 어떻게 그가 말한 옳은 답이 나를 이토록 두렵게 할 수 있을까?

"아이들은 나랑 살아." 그에게라기보다 나 자신을 안심시키려고 말한다.

존이 고개를 끄덕인다. "그래. 아이들은 당신과 살아. 당신이 엄마니까. 나는 그냥… 약간 더 좋은 아빠가 되고 싶을 뿐이야."

내가 눈썹을 끌어올린다.

"아니, 그냥 아빠 노릇이나 제대로 하고 싶어." 존이 수정한다.

"그렇다면 내가 당신을 도울게"라고 말하며 속으로는 이 모든 게 매우 부당하다고 생각한다. 그가 아이들에게 저지른 짓을 바로잡게 돕다니. 그는 나에게도 같은 짓을 저질렀는데 말이다. "하지만 정확히는 당신을 돕는 게 아니야. 아이들을 돕는 거지"라고 나는 분명히 말한다.

하지만 교활하고, 희망에 차 있고, 바보 같은 내 속마음 어딘가에서 내가 듣지 않는다고 생각하며 나 자신에게 속삭인다. '그게 나 자신도 돕는 일일 거야.'

3장

엄마에게

좋아. 엄마가 뭐라고 말할지 이미 충분히 짐작하고 있어. 독서록을 책에 관한 불평으로 채우면 안 된다고 말하겠지. 알아들었어. 그 주에 읽은 책에 관해 무엇을 느꼈는지 써야 하는 거라고 말할 거야. 그치? 그것도 이렇게 고급 노트에 손으로 써야만. 공룡들이 지구를 어슬렁거리던 그 옛날에 사람들이 어떻게 살았는지 배울 수 있겠지.

하지만 엄마, 나는 문자가 훨씬 자연스러운 대화라고 생각해. 상대가 내 말을 알아들었는지 못 알아들었는지 바로 알 수 있잖아. 이렇게 글을 쓰는 건 너무 부자연스러워. 일기에는 반응이 없으니까. 무의식에 대고 소리치는 거나 마찬가지라고. 이 글을 읽기는 할 거야? 언제? 지금 웃고 있어? 아님 대충 훑어보고 있어? 나한테 뭐 할 말 없어?

엄마를 사랑해, 진심이야. 하지만 엄만 전혀 이해를 못 하는 것 같아. 그러니까… 청소년이 뭔지를 말이야. 그건 완전히 새로운 사람이 되는 거야. 지금 내가 그렇다고. 나는 열다섯 살이 됐고, 열다섯 살은 세상을 이해할 시간이지 케케묵고 지루한 일을 할 때가 아니란 말이야. 그리고 엄마가 지혜와 경험에 관해 내게 잔소리를 늘어놓기 전에, 내가 한마디 할게. 엄마랑 아빠가 신혼여행을 파리로 다녀왔다는 건 아는데, 그 이후로는 어떤 경험을 했어? 재미로 뭘 '해 본' 적은 있기나 해? 내 눈에 보이는 엄마의 경험이라고는 학교 일하고 나랑 조들들 볶는 것밖에 없던데.

그래도 괜찮아. 마지막 문장을 쓰고 보니까. 아마 현재 엄마에게는 삶을 즐길 여유가 없을 테고, 그건 엄마가 선택한 삶이 아니라는 걸 알겠어. 아빠의 선택 때문이지. 엄마가 학교에서 일하고 마트에서 장보기밖에 하지 않는 건 모두 아빠 잘못이라고 생각해. 아빠가 집에 계속 있었다면, 엄마는 파리에 다시 갔을지도 몰라. 아마 그랬을 거야. 아빠가 집에 계속 있었다면, 우리 모두 파리에 갔을까?

어쨌든 심사숙고한 후 내가 내린 결론은 《한밤중에 개에게 일어난 의문의 사건》은 읽지 않기로 했다는 거야. '매우 중요한' 책인지는 모르겠지만 확실히 '매우 재미있지'는 않으니까. 그 대신 다니엘 스틸(미국의 로맨스 소설 작가-옮긴이)이 쓴 《파리에서의 5일간》을 읽을 거야. 사실은 벌써 읽기 시작했는데 시작부터 흥미진진해. 어떤 상원의원의 아내가 다른 부유한 남자랑 사랑에 빠지는 이야기야. 그 뒤는 어떻게 되는지 엄마도 알겠지.

와우! 엄마는 나랑 싸울 수가 없네? 이건 문자가 아니라 일기니까.

어쨌든, 난 마음을 굳혔어.

사랑을 담아
엄마의 무식한 딸 코리가

다음 날 학교에서 종이 울리자마자, 나는 말 그대로 껑충거리며 레나의 사무실로 뛰어간다.

"레나!" 나는 소리를 낮춰 속삭이듯 말한다. "레나. 뭘 하고 있었든 그만하고 나랑 커피 마시러 가자."

"안 돼." 레나가 컴퓨터 모니터를 향해 몸을 숙이며 말한다. "'찐 대박' 사이트에서 엄청난 세일을 하거든." 전직 수녀였고, 가치관과 윤리를 가르치며, 나는 물론이고 우리 아이들의 정신적 지도자이기도 한 레나는 인터넷 쇼핑 중독자이기도 하다.

"나 지금 이 핸드백이 필요하거든."

나는 레나의 책상 옆에 놓인 의자를 끌어당겨 모니터를 자세히 들여다보며 말한다.

"너도 알겠지만, 첫 번째 단계는 너한테 문제가 있다는 걸 인정하는 거야."

"항상 그게 이상했는데 말이야. 첫 번째 단계는 나한테 문제가 있다고 '생각하는' 거 아니야? 그런 다음에 인정하는 거고? 내가 그렇다고 생각하기도 전에 인정해버리면 그게 무슨 소용이야?"

"넌 문제가 있어. 확실해." 내가 단호하게 못을 박는다.

"난 열정이 있을 뿐이야." 레나가 내 말을 정정한다. "이것 좀 봐." 그녀가 화면을 내 쪽으로 돌린다. 레나의 스타일은 아니지만, 예쁘고 괜찮은 가방이다. 롱샴 브랜드의 수수하면서도 따분한, 지극히 클래식한 디자인이다.

"10분 후에는 가격을 10% 내릴 거야. 가격을 내리자마자 다른 사람이 못 사게 '새로 고침'을 눌러야 해."

"네 시간이 10%의 가치보다는 더 나갈 것 같은데." 나는 레나가 뭐라고 반박하는지 기대하며 귀를 기울인다.

"하지만 수업이 끝나고 첫 10분은 가치가 0달러나 마찬가지야. 우리가 학교 담장 너머 어디를 간다고 해도 학생들이 있을걸? 커피숍, 주차장, 젤라토 가게, 심지어 공구 매장에도 있을 거라고. 다시 교실로 돌아가는 것만 빼고 3시 15분에 학생들이 가지 않을 장소는 사실상 전혀 없을 테니까. 나랑 얘기하고 싶어? 그럼 문을 닫고 내가 '새로 고침'을 누르는 동안 편하게 있어. 여기야말로 이 동네 전체에서 엿듣는 학생이 하나도 없는 유일한 곳이니까."

나는 어깨를 으쓱한다. 레나의 말마따나 그녀에게는 정말로 꽤 편안한 의자가 있다. 레나가 길에서 주운 침실용 작은 의자에 요란한 꽃무늬가 프린트된 천과 스테이플 건으로 직접 천갈이를 했다. 레나는 사람들이 편안한 의자에 앉아야 더 말을 많이 한다고 생각한다. 아마 바로 그 이유로 레나 자신은 오피스디포에서 산 평범한 '교사용 의자'에 앉는지도 모른다.

"존이 어젯밤에 집에 왔어." 나는 부드러운 의자에 엉덩이를 붙이자마자 입을 뗀다.

내가 그녀의 사무실에 들어온 이후 처음으로 레나가 컴퓨터에서 눈을 떼고 나를 본다. 그녀는 "오호"라고 나지막이 외치며 눈썹을 올리고 곤혹스러운 표정을 짓는다.

"존이 울었어." 내가 말한다.

"적절한 반응처럼 보이네"라고 대답하며 레나는 다시 화면을 응시한다. "또 뭘 했는데?"

"내 요리를 칭찬했지. 애들을 잘 키웠고, 성적도 좋다고. 그리고 애들 식탁 매너도 좋다고 하면서 엄청 알랑방귀를 뀌더라고. 그것도 좀 지치던데, 정말로."

"지친 거야 아니면 매우 만족하는 거야?"

레나는 나를 너무 잘 안다. "둘 다겠지. 아마."

"그럼 애들은?" 레나가 묻는다.

"나는 매처럼 매섭게 아이들을 살펴보고 있었어. 어젯밤에도 그리고 오늘 아침에도. 스트레스를 받거나 속상한 조짐이 있는지 찾아보려고. 그런데 애들은… 멀쩡해. 나보다 더 멀쩡해. 진짜로."

"아이들은 믿을 수 없을 만큼 회복력이 좋다니까." 레나가 말한다.

"나도 알아. 하지만 존이 떠난 후 아이들은 꽤 오랫동안 믿을 수 없이 휘청거렸어." 나는 어젯밤 아이들이 문을 열고 들어서자마자 존을 쳐다보던 눈길을 생각한다. 적어도 처음에는 냉기가 돌았다. 존은 사과로 말문을 열었지만, 전에도 아이들에게 사과는 했었다.

나는 레나의 고해성사 의자에 몸을 깊숙이 맡긴다.

"3년이야, 레나야. 어떻게 아이의 인생에서 3년 동안이나 사과를 하는 사람이 있지?"

레나는 이 문제를 곰곰이 생각한다. "보통은 그러지 않지. 그냥 더 잘 할 수 있다는 걸 증명하면 되니까. 존은 그럴 계획이 있대?"

나는 잠시 말을 멈춘다. 어젯밤 많은 계획이 실행되었지만, 모두 내 맘에 들었던 건 아니었다. "어제 존이 썼던 계략을 말해 줄게."

레나는 마우스를 클릭하고, 화면을 보면서 의자 뒤로 몸을 기대며 말한다. "말해 봐."

"처음 30분 정도는 유난히 경직됐더라고. 조와 코리는 마치 아빠를 지구를 침략한 외계인 보듯 노려보고, 나는 아이들을 유리 동물원 속에 있는 듯 바라보고, 존은 탭댄스라도 당장 시작할 것처럼 정말 애를 쓰더라. 코리가 트리니티 집에 가겠다고 계속 협박을 하는 와중에 조는 그냥 나뭇결 속으로 섞여버리고 싶은지 의자에 잔뜩 몸을 웅크리고 있었어. 나는 모든 상황에서 손을 떼고 멀찌감치 떨어져 있었지. 그러자 존이 자기 주머니에 손을 넣더니 작은 라벤더 오일 병을 꺼내는 거야."

"라벤더 오일?" 레나가 묻는다.

내가 대답한다. "괴물 스프레이. 조가 옷장 괴물을 무서워했던 거 기억나? 조가 네다섯 살 때, 존과 코리가 가짜 '괴물 퇴치제'라는 라벨을 만들어서 접착제로 라벤더 오일 방향제에 붙이고는 조에게 괴물 퇴치제 냄새가 코에 스치기만 해도 괴물이 그 자리에서 다 죽는다고 믿게 한 거야. 그때와 정확히 똑같은 병을 존이 어젯밤 들고 왔더라고. 존은 그걸 코리에게 주면서 너희가 정말로, 진심으로 아빠가 사라지길 바란다면 언제든 아빠에게 그걸 써도 된다고 말했어. 그러면서 아빠는 자신의 삶을 사랑하는 것보다 너희들을 더 많이 사랑한다고, 그래서 여기 있고 싶지만, 아빠가 있는 것이 너희에게 상처가 된다면 그냥 그렇게 말만 하면 된다고 하더라."

"오, 와우!" 레나가 감탄사를 내뱉는다.

"나도 알아." 내가 맞장구친다. "그러자 모든 게 바뀌었어. 코리가 병을 보더니 그걸 열었고, 냄새를 한번 맡자 그 향기가 공기 중으로 퍼져 나갔어. 조가 어렸을 때 이후로 나도 그 냄새를 처음 맡았는데, 향기가 어떤 마술을 부리는지 너도 알잖아." 레나가 고개를 끄덕인다. "모든 게 그냥 떠올랐어. 집안을 돌아다니며 어두운 구석과 가구 아래 여기저기 라벤더 향수를 뿌리던 기억이. 우리는 웃고 욕을 퍼부으면서 괴물들이 시들고 바스러져 먼지가 되는 모습을 지켜보았지. '저기 하나 간다! 너 방금 하나 놓쳤잖아!' 그리고 결국 조의 침대에서 한바탕 깔깔거리면서 눈에 보이지 않는 괴물 시체들을 다 치우는 데 얼마나 오래 걸릴지 투덜거렸어."

"너희는 피도 눈물도 없는 가족이었구나"라고 말하며 레나가 부드러운 미소를 짓는다.

나는 고개를 끄덕인다. "그러고 나서 코리가 그 병을 조 옆에다 뒀어. 조는 병을 손에 쥐더니 아주 잠시 그걸 존을 향해 놓는 거야. 우린 모두 숨을 죽였지. 그런데 조가 병을 자기 접시 옆에 내려놓고는 말했어. '엄마, 배고파 죽겠어. 먹을 거 없어?' 그게 다였어."

"와우. 정말 굉장한걸."

나는 이 문제를 생각한다. 그래, 정말 굉장하지. 존을 향한 배신감과 혼란스러움이 뒤섞인 감정의 찌꺼기가 내 시야를 흐리는 걸 무시한다면. 하지만 내 감정은 제쳐두고, 내 아이들이 3년 만에 떨어져 있던 아빠와 재회하는 것은 정말로 꽤 굉장한 일이다. 이런 마음이 바로 모성애가 아닐까?

"그래서 그게 네가 말한 계략이었어?"라고 레나가 묻는다.

나는 그 말에 몽상에서 재빨리 벗어난다. "아니야. 그건 다음에 나와. 페스토를 건네주고 파스타를 먹으면서 분위기가 점점 더 편안해졌어. 그리고 맹세하는데, 존이 내 와인잔을 매의 눈으로 보고 있더라고. 언제든지 낚아챌 준비가 된 매처럼 말이야. 내가 자기 옆에서 얼큰하게 취할 만큼 바본 줄 알고? 어쨌든 모두가 조금씩 마음을 열면서 짜증이 날 만큼 분위기가 화기애애해졌어. 아이들은 여러 면에서 아빠랑 닮았으니까."

"그래?" 레나가 묻는다. 레나와 존은 사교적으로는 친했지만, 매우 가까운 사이는 아니었다.

나는 고개를 끄덕인다. "생각에 잠겨 있는 조의 표정을 보면 아빠랑 똑같아. 게다가 위험이 느껴질 때나 긴장한 상황이 발생하면 맞서 싸우기보다 피해버리는 경향이 있지. 둘 다. 마치….."

"마법사 같구나? 늑대인간이 아니라." 레나가 말한다.

"맞아. 마법사 같지. 늑대인간이 아니라." 내가 맞장구친다. "코리는… 반은 여잔데, 반은 호랑이 같아."

"호랑이 인간." 레나가 받아친다.

"그런 건 없거든." 내가 반박한다.

레나는 내 말을 못 들은 척한다. "그럼 코리는 어떤 면에서 존이랑 비슷한데?"

"유머 감각. 홍콩에 둘이 같이 있었더라면 거기서도 항상 같은 쇼를 봤을 거야. 식탁에서 코미디언 지미 펄론 이야기를 많이 하더라. 마치 그 사람이 우리랑 같이 식사를 하는 것 같았어. 게다가 좋아하는 밴드 음악까지 부녀가 똑같더라니까. 어떤 면에서는 첫 데이트 같기도 했어. '오, 너 그 그룹 좋아해? 나도 걔네들 좋아해! 저번에 걔네가 투어공연 왔을 때 라이브 연주를 직접 들었잖아. 걔들이 스컹키 맥기를 연주했어!' '진짜? 걔네는 평소에 스컹키 맥기를 절대 연주하지 않는데, 대단하다' 이런 얘기를 하더라."

"그런데 스컹키 맥기가 뭐야?" 레나가 말을 자른다.

"그냥 내가 힙한 노래 이름을 지어내 봤어"라고 내가 말한다.

"너 진짜 그런 거 못 하는구나"라고 말하며 레나가 '새로 고침'을 누른다.

"그래." 나는 순순히 인정한다. "멋지게 들리는 이름을 지어내지 못할 거면 스스로 멋지지 않다는 걸 인정해야지."

"멋진 건 네 분야가 아니야."

"진짜 그래. 문제는 아이들과 존이 서먹한 분위기를 깰수록, 점점 같이 보낼 일주일간 뭘 할지 다들 신이 났더라고. 그러더니 어느새 대화가 '그 일주일간 아이들이 뭘 하면서 신나게 놀까'에서 '아이들이 없는 동안 내가 뭘 하면서 신나게 놀까'로 바뀌는 거야. 그래서 한동안 아무 말도 하지 않다가 결국 뉴욕으로 여행 갈지도 모른다고 자백했지. 그랬더니 모두 웃음이 터져버렸어."

"너 뉴욕으로 여행 가?" 레나가 끼어들어 거의 소리 지르듯 말한다. "그거 정말, 정말 잘됐네!"

나는 시선을 옆으로 돌리며 말한다. 나는 이미 도서관 학회에 참가 신청을 마쳤다. 게다가 학교에서 참가 신청비를 지원받기 위해서는 최소한 한 번은 발표를 해야 하기 때문에 올봄부터 시도하고 있는 '몰입독서법'에 대해 발표하겠다는 신청서도 함께 제출했다.

"컬럼비아대학에서 도서관 학회가 있어서 가는 거야." 내가 레나에게 말한다. "보람있을 것 같아. 더군다나 직무 연수 시간도 미리 채울 수 있고."

레나가 인상을 쓰면서 흥미를 잃는다. "네가 뉴욕에 가서 파티장도 좀 다니면서 낯선 남자들과 잠자리를 했으면 싶었는데."

"내가 퍽이나 그러겠다." 내가 비꼬는 투로 말한다. "어쩌면 거기 있는 동안 문신을 새길지도 모르지."

"허리 아래쪽에 무한대 기호라도 새기게?" 레나가 묻는다.

"120.125." 내가 농담으로 받아친다.

레나가 질문하는 듯한 눈빛으로 나를 본다.

"무한대를 의미하는 '듀이 십진분류법이야(메빌 듀이가 고안한 도서 분류 체계─옮긴이).' 지금은 사용하지 않지만."

"너무 심오해." 레나가 투덜거린다. "오예! 샀다."

"뭘 사?"라고 물으며 나는 듀이의 십진분류법에서 대분류 120 카테고리를 아직 생각하고 있다. 그건 인식론이다. 지식에 관한 지식. 내가 가장 좋아하는 카테고리 중 하나다.

"가방 말이야. 봐!" 레나가 화면을 다시 내쪽을 향한다. 인터넷 쇼핑몰 창 옆에 롱샴 사이트가 있다. 같은 가방인데도 1,000달러나 비싸다.

"도대체 100달러짜리 중고 가방을 가지고 뭘 할 거니?"

"이베이에서 팔 거야." 레나가 아무렇지도 않게 말한다. "내가 산 값보다 500달러 비싸게."

"웃기지 마. 사람들이 중고 가방을 그렇게 많은 돈을 주고 산다고?"

레나가 어깨를 으쓱한다. "저번에 몇 번 그렇게 팔았는데? 그 사람들도 아마 돌아서서 바로 900달러에 팔았을지 몰라. 누가 알겠어?"

내가 말한다. "내가 한 말 다 취소할게. 10분 공들일 만하네."

레나가 미소를 지으며 고개를 끄덕인다. "내 말이 맞지?"

"네 주머니에 들어온 그 차액 500달러로 정확히 뭘 할 건데?" 내가 레나에게 묻는다. 내가 아는 레나는 늘 여윳돈이 많지 않았는데, 전에는 그 이유가 쥐꼬리만 한 교사 월급과 핸드백 쇼핑 중독 때문이라고 생각했다.

"마이크 스탠드 하나랑 새 무선 마이크를 살 거야."

나는 당황한 표정으로 레나를 본다.

"청소년 가정 폭력 서비스 캠프에서 장기자랑 대회가 있거든." 레나가 열정적으로 참여하는 자원봉사단체다.

"레나야. 너 진짜 대견하다."

"내가 쓸 가방으로 이것도 살래." 그녀가 인터넷 쇼핑몰에서 35달러에 파는 귀엽고 고상한 캔버스 슬라우치 백을 클릭하며 말한다.

"이건 레나 너랑 훨씬 잘 어울리겠네."

"네가 원하면 언제든지 빌려줄게. 뉴욕 갈 때 가져가도 되고."

"뉴욕에 가면."

"제발 뉴욕에 가라. 거기 있는 동안 어떻게 재미나게 놀지도 좀 생각해 보고."

"존이 애들 앞에서 한 말하고 비슷하네. 내가 인생을 즐기지 못한 게 자기 잘못이 아닌 듯 말하더라."

"존이 너더러 좀 재밌게 즐기라고 말했다고? 그게 뭐가 나빠?"

"나한테 자꾸 자기 신용카드를 주려고 하잖아." 내 입에서 내뱉듯 그 말이 튀어나온다.

레나가 깜짝 놀라서 책상을 밀치고 나를 올려다본다.

"자기가 아이들과 지내는 동안 나를 대접하고 싶대. 그렇게 말하더라. 그 말을 들으니까 토할 것 같았어."

"어떤 남자가 네 아이들을 성심껏 돌봐주면서 그동안 마음대로 쓰라고 백지수표를 줬다고? 그런데 그 말을 듣고 너는… 토하고 싶었다고?"

나는 레나에게 눈을 흘긴다. "내 몸은 내가 건사할 수 있어. 돈으로 매수당하고 싶지 않아."

"그 말을 그렇게도 생각할 수 있겠구나."

"난 존의 돈을 받지 않을 거야. 더러운 돈이니까. 존은 나를 정말로 돈에 쪼들리게 해 놓고 달아났어. 나는 이미 존의 소득수준에 맞춰 사는 데 길들여져 있었고, 전업주부로 아이들과 집에만 있었잖아. 그때는 도서관학 석사학위도 장롱에 묵혀둔 지 12년쯤 됐었나? 만약 이 일자리가 제때 나타나지 않았다면, 그래서 교사들에게 주어지는 수업료 할인 혜택을 받지 못했다면… 내 아이들의 삶은 엉망이 됐을 거야. 정말 끔찍한 시간이었어. 무일푼의 도서관 사서에게 두 아이를 맡겨놓고 떠나는 건 정말 비열한 짓이었어."

"맞아. 비열한 짓이지. 하지만 넌 엄청난 일을 정말 멋지게 잘 해냈어. 그러니까 존에게 일주일간 쓸 돈을 받는다고 네 노력이 물거품이 되진 않아."

나는 이를 악물고 고개를 흔든다.

"그래서 존에게 싫다고 했어?"

"그래. 고맙지만 사양한다고 말했어. 그랬더니 이번엔 아이들이 그 신용카드를 받아야 한다고 나한테 압력을 넣기 시작하는 거야."

"그랬겠지! 걔들은 네 편이니까. 나처럼."

나는 레나의 말을 들으려고 하지 않는다. "아이들은 그냥 남의 돈 쓰기를 좋아하는 거야. 코리는 TV에서 본 뉴욕 레스토랑 얘기를 해대고, 조는 자연사 박물관의 장관을 계속 늘어놓지, 뭐니. 거기다 교통 박물관하고 로어 이스트사이드 주택박물관 얘기까지. 아, 그 아이는 참. 하느님, 제발 조가 가진 모든 재능을 역사학 학위에 낭비하지 않도록 해 주세요."

레나가 웃는다. "이제 조가 역사 학위를 따지 않길 바라는 거야?"

"나는 조가 '평생 행복한 조'라는 분야에서 학위를 따길 바라지. 그거 말고는 법대가 어떨까 해."

"사실 그 두 전공은 정반대인 것 같은데. 하지만 내가 뭘 알겠니? 난 윤리 선생인데."

나는 레나의 말에 웃으며 고개를 젓는다. "내가 선택할 내 미래가 아니란 건 알지만, 무엇이 아이들을 행복하게 할 줄 알면서 모른 척하거나, 뭐랄까… 그 방향으로 아이들을 내몰지 않기가 정말, 정말 어려워. 조는 마음이 너무 착해. 나는 조가 사회복지사나 공립학교 교사처럼 그 가치를 제대로 인정받지 못하는 일을 하다가 그 작은 영혼이 부서질까 봐 두려워."

"그럴 수도 있겠네. 아이들이 실수하게 좀 내버려 두면 기분이 어떨까 나는 겨우 짐작만 할 뿐이니까"라고 말하는 레나는 엄마이자 교사라는 나의 두 가지 입장을 부드럽게 일깨워준다. 그런 기술이야 말로 부모가 지녀야 할 가장 중요한 도구가 아닐까. 하지만 아이들이 실수할 걸 알면서도 모른 채 하기란 정말 어렵다.

"무슨 말인지 알아들었어. 조에 관해 예측할 수 없는 것 중 하나는 조가 항상 아주 훌륭한 선택을 한다는 거야. 지금껏 조가 스스로 내린 결정이 잘못됐던 적이 없었으니까."

레나가 나를 보고 미소 짓는다. "그렇다면 때가 되면 진로에 관해 조가 스스로 좋은 결정을 내리겠네. '자신'을 위한 좋은 결정을."

나는 고개를 끄덕이고는 자연스럽게 이어 말한다. "그런데 아이들은 내가 눈치 없이 흥을 깨는 사람이라도 되는 양 굴고, 존이 계속해서 고집을 부리는 바람에 결국 어쩔 수 없이 비상 상황이나 우발적 사건이 발생할 때를 대비해서 존의 카드를 받았어. 그래서 지금은 전남편의 아메리칸 익스프레스 카드를 자랑스럽게 가지고 있지. 그런데 더 최악의 문제가 있어. 들을 준비 됐니?"

레나가 고개를 끄덕인다. "털어놔 봐."

"저녁 식사를 하는 바로 그 자리에서 내 입장을 말했어. '어쨌거나 남자 이름으로 되어 있는 카드를 내가 쓰면 남들이 이상하게 볼 텐데 내가 받는다고 무슨 의미가 있겠어. 안 그래?' 그랬더니 존이 뭐라고 했는지 아니? '내가 이미 카드 회사에 당신 이름으로 된 카드를 발급해 달라고 신청했어. 이틀 후면 여기 도착할 거야.' 그러는 거 있지. 그래서 내가 '뭐라고? 카드 회사에서 당신 전처 이름으로 된 카드를 발급해 준다고 했단 말이야?'라고 물으니까 존이 아이들 앞에서 이렇게 말하더라고. '근데, 당신은 아직 내 전처가 아니잖아?'"

레나가 흠칫 놀라더니 의자를 휙 하고 돌리며 말한다.

"너 존이랑 아직 결혼한 상태야? 나는 몇 년 전에 서류를 다 제출한 줄 알았어."

"분명히 서류를 제출했지. '사실이혼' 같은 게 있지 않아?"

"사실이혼 같은 건 없거든." 레나가 확신에 차서 대꾸한다. "네가 잘 알겠지. 나한테 시치미 떼지 마."

나는 어깨를 으쓱한다. "존은 홍콩에 있는데, 변호사는 비싸잖아. 처음에는 이혼 절차를 밟는 게 너무 고통스러울 것 같았고, 시간이 지나면서는 그냥 전혀 필요 없을 것 같았어."

"음, 어떻게 필요 없을 수가 있어? 법원 명령으로 양육비를 받아내야 하지 않아?"

나는 한숨을 쉰다. "판사가 양육비를 지불하라고 말하지 않아도 존은 양육비를 줬어야 했어. 내가 그걸 요구할 필요가 없어야 했지. 존은 법원 명령 없이도 자기 아이들을 돌보면서 여기 있어야 했다고."

레나의 눈썹이 천장까지 치솟을 기세다. "그래서 너는 존과 맞서 싸우기보다 희생자처럼 너 자신을 희생하시겠다?"

"희생한 게 아니고 자립한 거야." 내가 정정한다. "그리고 어쨌든 더 잘된 일인지도 몰라. 우리 재산의 대부분은 집에 투자돼 있었고, 지금도 그런 상황인데, 존이 내게 한마디 말도 없이 집 명의를 내 앞으로 돌려놨잖아. 더군다나⋯." 나는 다음 부분을 레나에게 말하기 주저한다. 어쩌면 나 자신에게조차 내 이기심을 드러내고 싶지 않아서였는지 모른다.

"뭔데?"

"아이들을 내가 데리고 있잖아." 나는 혹시나 존이 양육권을 요구할까 봐 이혼을 밀어붙이는 일이 얼마나 두려웠는지 인정하지 않는다. 법률적 출발점이 50대 50의 양육권 분할에서 시작하므로 만약 존이 자기 몫을 원한다면 내가 아이들과 계속 같이 지내기 위해서는 앞길이 험난했을 것이다. 무엇보다 존이 떠나고 가슴이 찢어질 듯 아팠기 때문에, 나는 그 고통에 더해 아이들과 격주로 지내는 상황까지 심사숙고할 마음의 준비가 되어 있지 않았다.

레나가 놀라움을 금치 못하고 고개를 흔들며 말한다. "그래서 넌 아직 결혼한 상태구나."

내가 동의한다. "아직 결혼한 상태야. 존이랑."

"3년이나 별거했는데도?" 레나가 믿기지 않는다는 표정으로 말한다.

"너한테 뭐라고 말해야 할지 모르겠다. 할 일 목록에 있었던 일이긴 했어."

"당연히 목록에 있었어야지."

나는 다른 방식으로 설명하려 애쓴다. "살아남기 위해 하찮은 일

따위는 무시해야 하는 혼란스러운 시기에는, 이혼이 그런 하찮은 일 중 하나일 수도 있어. 비유하자면 내가 1년간 미용실에 가지 않은 거랑 비슷해. 그러다 어느 날 상황이 조금 진정되어 머리를 잘라야 한다는 걸 알아차렸고, 그래서 머리를 자른 거야. 별일 아니잖아."

"그런데 이제 너는 이혼이 필요하다는 사실을 알아차렸잖아. 그러니까 가서 이혼하면 되겠네, 그것도 별일 아니지?"

나는 눈을 깜빡인다. 그렇게 심한 비유로 일격을 당해본 적이 여태 없었다. 결국 "그렇지"라고 말한다.

하지만 나는 전혀 그렇게 생각하지 않는다. 마음속 깊은 곳에서는 이혼할 생각이 전혀 없음을 느낀다. 지금은 상을 뒤엎을 때가 아니라고 생각한다.

하지만 레나에게 그렇게 말할 수는 없다. 솔직히 말해, 나는 이혼을 너무 많이 생각하고 싶지도 않다.

나는 쓸데없이 덧붙여 말한다. "존은 쓰레기일지도 몰라. 하지만 합리적인 사람이긴 해. 이혼은 그냥 펜을 들고 종이에 서명만 하면 될 문제야. 머리를 자르는 것과 똑같아. 별일 아니라고."

그러고는 레나의 불신이 가득한 표정을 못 본 척한다.

일주일 후 나는 침실에서 짐을 싸고 있다. 떠나려면 아직 일주일이나 남았는데, 지금 짐을 싸는 건 너무 빠르다. 하지만 코리는 학기가 끝나기 전까지 닷새 동안은 정신없이 바쁠 테고, 나도 발표 준비와 읽어야 할 논문 그리고 쉴 새 없이 이어지는 기말고사와 채점, 성적표 작성으로 바쁠 것이다. 게다가 오늘은 트리니티도 오지 않는다. 그래서 뉴욕으로 가져갈 옷의 바느질 한 땀 한 땀까지 열다섯 살 딸에게 자문하고자 한다면, 지금 이 기회를 잡아야만 한다. 그래서 미리 짐을 챙긴다. 코리가 이 구역의 패션 권위자니까.

널찍한 침실에서 코리는 침대 발치에 놓인 천을 씌운 벤치에 옷을 걸쳐놓고는, 주변에 널브러진 내 신발 무더기를 발로 밀치면서 자기 눈에 거슬리지 않는 것을 찾아내고 있다. 코리는 여덟 살 무렵부터 적어도 하루에 한 번은 이 벤치에 큰대자로 누워서 마음속에 숨긴 비밀이나 친구들에게 벌어진 드라마 같은 일들을 내게 조잘거렸다. 존이 떠난 후 모든 역경에도 불구하고 이사를 하지 않아도 됐던 행운에 새삼 감사한 마음이 든다.

우리는 주택 융자를 많이 받았지만, 융자금을 제외하고도 집에 투자된 자산이 많았는데, 그건 모두 존의 탓이었다. 존은 항상 빚을 찜찜하게 여겼기 때문에 전체 대출금의 일부를 하루라도 빨리 조기 상환해서 상환 기간과 매달 갚을 대출금의 규모를 줄여야 한다고 고집을 부렸다. 그가 떠나자 나는 15년 상환 대출을 30년 상환으로 바꿨지만 조금도 언짢지 않았다. 그래서 매달 갚을 대출금을 훨씬 낮출 수 있었고, 근처 다른 곳으로 이사 갈 경우 지불할 월세보다 적은 비용으로 추억이 가득한 사랑스럽고 넓은 우리 집에 머물 수 있었다.

더군다나 우리 집은 정말 좋은 집이다. 아이들은 각자 자기 방이 있고, 옷장의 수납공간도 넓다. 물론 그 공간은 레고 세트와 정장을 수납하는 공간에서 조의 만화책과 코리의 쇼핑몰 스웨터로 꽉 들어찬 공간이 되어버렸지만. 내 딸은 쇼핑몰에서 파는 스웨터는 모조리 가지고 있다. 어떤 옷은 색깔별로 구매하기도 한다. 코리를 쇼핑몰에 데리고 가면 그 아이는 언제든 스웨터를 손에 들고 나타난다. 코리는 재고정리 세일을 두 번 거치며 가격표가 두 개나 붙은 스웨터들과 단골 할인권을 흔들며 다가와 옷들이 말도 안 되게 싼 가격이라고 말한다. 하지만 나는 그 아이가 그 옷들을 쌓아놓는 방식이 너무 싫다. 코리는 스웨터를 딱 한 번 입고는 바닥에 쌓아 놓은 옷더미 위에 내팽개친다. 스웨터들은 거기서 남은 생을 마감한다.

그러나 코리는 항상 멋지다. 젊어서 멋지기도 하겠지만, 내게는 없는 색과 디자인에 대한 안목이 있어서다. 쇼핑몰에서 내가 집에 가져온 옷은 무엇이든 가격표를 떼기 전에 코리의 검사를 거쳐야 한다. 코리는 쇼핑백에 들어있는 옷을 꺼내지도 않은 채 들여다보고는 눈썹을 위로 치켜뜨고 이렇게 말하기 일쑤다. "백날 가르쳐봐야 발전이 없는 사람을 사랑하는 것도 참 지친다, 정말." 혹은 이렇게 말하기도 한다. "일부러 이상한 옷만 골라 사는 거야?"

오늘도 나는 그런 쇼핑백을 하나 들고 왔다. 마트에서 100달러 예산에 맞춰 옷을 사려 했지만 나도 모르게 재고정리 판매대에서 무제한으로 흥청망청 집어 들어서 결국 셔츠와 바지 한 무더기를 샀다. 오늘은 평소처럼 임부복 코너와 탈의실 앞에 있는 매우 촌스러운 출근복 코너로 곧장 향하지 않았고, 가게의 앞쪽 3분의 1 정도에 위치한 아동복 코너로 정신없이 달려가지도 않았다. 내 쇼핑백에는 약간 목이 파인 '트렌디한' 색의 셔츠와 레이스와 자수가 달린 치렁치렁한 블라우스 비슷한 옷이 있다. 솔직히 말해 어떻게 치마를 입어야 하는지 전혀 모르면서 무릎 바로 위까지 올라가는 스커트도 몇 벌 샀다. 5월 말에는 치마에 부츠를 신어야 할까, 팬티스타킹을 신어야 할까? 맨다리를 내놓을 자신은 없다. 내가 그럴 수 있을까? 맨다리를 내놓아도 된다고 공공연하게 합의된 연령제한이 있을까?

나는 확연히 다른 컷으로 디자인된 짙은 색 청바지 두 벌도 집으로 가지고 왔다. 적어도 그중 하나는 영 잘못 골라서 코리가 핀잔을 할 줄 뻔히 알면서도 그 바지를 사고 말았다. 내가 청바지를 보는 눈이 없다는 것은 내가 남의 도움 없이 쇼핑할 능력이 전혀 없음을 고스란히 드러내는 증거다. 그러나 내가 가진 바지 중 어느 것이 유행에 맞는 것이고, 어느 것이 아줌마 청바지인지 확실히 구별할 수 없는 증상은 노화의 일반적인 증상이 아닐까?

나는 코리가 예리하게 지켜보는 가운데 옷들을 꺼내 침대 위에 놓는다. 내가 조심스럽게 말한다. "내 생각에는, 이 상의가 이 바지랑 어울리고, 이것들은 치마랑 어울릴 것 같아, 그러면 짐을 많이 가져가지 않아도 될 거야."

"신발은?" 코리는 이 말밖에 하지 않는다.

"어, 그래. 당연히 신발은 신고 가야지."

코리가 한숨을 쉰다. "이것 보세요. 뉴욕에서는 말이지, 학회와 회의, 저녁 식사, 그리고 데이트로 스케줄이 빽빽하잖아. 신발이 엄마 짐 무게의 대략 절반을 차지해야 하는 거라고."

나는 눈을 깜빡인다. "그런 과학적 연구 결과도 있니? 엄마가 다시 검토할 수 있게 말해 주면 안 될까? 그리고 데이트 얘기는 누가 한 거야?"

"엄마. 이상하게 굴지 마. 엄마는 데이트를 할 거니까."

나는 그렇지 않다고 말하려다 그만둔다. 내 데이트 상대가 어디서 나타날지는 모르지만, 사실 데이트도 괜찮은 생각인 것 같다. "그럼 이 옷은… 데이트에 적절할까?"

코리는 옷들을 꼼꼼히 내려다본다. "글쎄… 아마도…." 코리는 침대 위에 놓인 청바지 쪽에서 가장 깊게 파인 상의를 집어 올려 침대의 치마 쪽으로 옮긴 후 길고 쨍그랑거리는 목걸이와 함께 매치한다. 그러더니 치마를 허리춤에서 두 번 말아 올린 다음, 훨씬 짧아진 치마를 그 상의와 매치하여 내려놓는다. 그리고는 '잠깐만 기다려'라는 의미로 내게 손가락을 흔들더니 자기 방으로 사라진다. 코리가 잠시 후 돌아왔을 때는, 내가 미리 알았더라면 틀림없이 허락하지 않았을 신발 한 켤레를 들고 있다. 코리는 그 신발을 매치시킨 의상 아래 놓고 말한다. "데이트 의상이야. 최고급 데이트용은 아니지만, 어쨌든 엄마도 그렇게 고급은 아니니까."

나는 딸아이가 순식간에 유행하는 스타일로 바꿔버린 라지 사이즈 아줌마 옷을 멍하니 쳐다본다. "코리야, 난 이거 못 입어."

"뭘 입어도 상관없잖아? 아무도 데이트 얘기는 안 했으니까." 코리가 나를 향해 눈썹을 씰룩거린다.

아주 잠시 나는 뉴욕에서 누군가를 만나는 생각에 빠진다. "이 신발 진짜 예쁘다"라고 말하며 나는 예쁜 장식이 달린 스트랩 샌들 한 짝을 집어 들고 나랑 발 사이즈가 같은 패셔너블한 딸을 둬서 얼마나 행운인지 감탄한다. 발가락 부분에 검정과 금색의 기하학 프린트가 찍힌 신발은 약간 80년대 풍으로, 영락없는 30년 전 '내 스타일'이다. 발목을 따라 고리 모양으로 구부러진 끈도 검은색 가죽이다.

자그마한 금색 버클도 달렸다. 여성적이면서도 위엄이 있고, 절제되어 있으면서도 섹시하다. 내가 본 신발 중에 가장 예쁜 신발이다. 이런 신발이 잘 어울리는 사람이 되고 싶다.

"나 진짜로 이거 빌려도 돼?"라고 딸에게 묻는다.

"당연하지, 엄마. 어차피 난 아빠 앞에서는 신고 다닐 수 없을 테니까. 아빠가 전형적인 아빠라면, 이걸 신게 허락하지 않을 거야. 뒤꿈치가 낮은데도 이상하게 섹시하다니까, 그렇지?"

"네 말이 맞아. 넌 이걸 신으면 안 돼."

코리가 나를 보고 웃는다. "어쨌든 거의 공짜나 마찬가지였어"라며 코리는 어떻게 그걸 샀는지 이야기하기 시작한다. 메이시스 백화점에서 40% 할인을 했는데, 마침 15달러 할인되는 카드가 있어서 어쩌고저쩌고. 나는 잠시 아이의 말을 듣지 않고 고개를 옆으로 기울인 채 짧은 치마와 스트랩 샌들, 섹시한 상의를 입고 이른 봄 맨해튼을 돌아다니면 어떤 기분일까 상상한다. 틀림없이 꿈인지 생시인지 믿을 수 없을 만큼 좋을 것이다.

"내가 그 신발 살게." 나는 코리가 말하는 중간에 끼어들어 말한다. "아니면 다른 신발을 사 줄게. 조금 덜… 어른스러운 걸로."

코리가 활짝 웃는다. "좋아! 여기." 코리는 자기 휴대폰을 내게 건넨다. 코리는 우스꽝스럽게 생긴 끈으로 묶는 청록색 검투사 신발을 이미 골라 놓았는데, 그 아래에는 20달러라고 쓰여 있다. "이게 스트랩 샌들을 대신할 신발이야"라고 말한다.

나는 잠시 신발을 본다. 바닥이 평평한 플랫슈즈다. 플랫슈즈.

"이거 플랫슈즈잖아." 내가 큰 소리로 말한다. "그렇다면… 이건 브라이언 때문에 사는 거야?"

코리가 한숨을 깊게 내쉬고는 고개를 옆으로 갸웃한다. "맞아. 브라이언 키가 너무 작아서."

내가 말한다. "하지만 귀엽잖아. 네가 브라이언보다 크니?"

"똑같아. 엄마, 걔한테 키 작은 남자 콤플렉스가 있을까?"

"걘 아직 크는 중이잖아, 코리야. 게다가 그건 사람들이 키로 남자를 판단하는 경향을 정당화하려고 만들어낸 거야."

"하지만 나폴레옹도 있잖아?" 코리가 내게 묻는다.

내가 말한다. "권력에 굶주린 미친 남자는 각양각색으로 있기 마련이야. 브라이언의 키를 걱정하기보다 걔가 너한테 걸맞은 녀석인지 알아보는 게 먼저야."

십 대 딸에게서 한숨이 더 많이 새어 나온다. "브라이언한테 어떻게 고백해야 할지 모르겠어."

내가 대답한다. "천천히. 바지는 벗지 말고."

코리가 내게 눈썹을 치켜뜬다.

"그 정도는 나도 알아"라고 코리가 말하자, 내 몸에 숨은 뼈 마디마디가 엄마로서의 만족감으로 노래를 하는 것 같다. "어떤 사람이 나한테 걸맞은지 아닌지를 알아내려면 뭘 찾아봐야 해?"라고 코리가 묻는다.

"글쎄. 넌 네가 좋아하는 사람들의 어떤 면이 가장 좋니? 너 자신을 포함해서."

코리는 잠시 생각한다. "나는 마음이 따뜻한 사람이 좋아. 그리고 진실을 말하는 사람도. 오겠다고 말하면 꼭 오는 사람이 좋아. 아, 그리고 자기가 제일 잘났다고 생각하지 않는 사람."

나는 고개를 끄덕인다. "그 정도면 브라이언에게서 찾아볼 것들의 목록으로 훌륭해. 나는 그 모든 게 너한테서 보여. 그러니까 너는 그 이상의 사람을 만날 자격이 있어."

코리가 입술을 깨물며 입을 삐죽거린다.

"왜?" 내가 묻는다.

"가끔 나는 남들보다 잘난 것처럼 연기하기도 해. 엄마도 알다시피 남자애들은 자신감이 넘치는 여자를 좋아하잖아."

나는 미소 짓는다. "그건 연기가 아닐지도 몰라. 그래도 엄마는 내가 아는 여자애 중에 네가 최고라고 생각해."

"엄만 내 엄마니까 그런 거야."

나는 딸에게 고개를 젓는다. "그렇지 않아. 너는 아주 놀라운 아이야. 어쨌든 나도는 소문도 놀랄 만큼 많으니까. 걸어 다닐 때 네가 턱을 치켜들고 도도하게 걷고 있지는 않은지 명심해."

"엄마가 그러면 나도 그럴게."

"엄마가 어떻게 하면?" 내가 되묻는다.

"잘난 척하지 않는 것. 엄만 남자들에 비해 그렇게 잘나지 않았어."

"뭐라고? 내가 그렇다고 대체 누가 말했어?"

"그렇지 않으면 왜 3년 동안 한 번도 데이트를 안 했어?"

나는 할 말을 잃고 눈만 깜빡거린다. 내가 뭐라 말할 수 있겠나? 나한테 애교가 없어서 존이 떠났다고 확신했기 때문에? 내가 마흔이나 먹은 아줌마 몸매의 도서관 사서라서? 그러니까 안경을 쓰고 긴 머리를 쪽진 포르노 타입의 도서관 사서가 아니라 통굽 샌들에 헐렁한 바지를 입은 평범한 도서관 사서이기 때문에? 내가 일상에서 만나는 남자는 모두 학부모 중 하나거나 내 아이들의 선생님이기 때문에? 어찌어찌 이렇게 시간이 흐르긴 했지만 내가 아직 전남편과 혼인상태이기 때문에?

"엄마? 내 말 듣고 있어?" 코리가 내 얼굴 앞에서 손을 흔든다. "여기는 지상관제소, 엄마 응답하라."

"미안해, 잠시 멍했어. 뭘 좀 생각하느라고…." 나는 방으로 눈길을 돌리다 시계를 바라본다. "네 동생 생각하고 있었어. 오늘 밤엔 오렌지를 사 와야 해. 우리 오렌지 있니? 조 태우러 가기 전에 웨그먼스 마트에 다녀오는 게 좋겠어. 너는 뭐 필요한 거 있어?"

딸의 관심을 돌리기엔 이 방법이 최고다. 코리는 웨그먼스에서 파는 초밥을 너무 좋아한다. "초밥!" 코리가 환호성을 지르자 데이트 이야기는 언제 그랬냐는 듯 잊힌다.

"좋아. 초밥." 내가 대답하며 말한다. "엄마가 1시간 30분 뒤에 올게. 내가 없는 동안 이상한 옷들은 봉투에 담고 나머지 옷들로 매치 좀 해 줄래?"

"알겠어. 그리고 남는 1시간 29분 동안은 내가 뭘 했으면 좋겠어?"

나는 고개를 돌려 코리에게 말한다. "항공기 수하물 중량 제한에 대비한 신발 싸기 기술에 관해 대학 입학 에세이를 쓰는 건 어때?"

"넵. 즉시 착수하겠습니다." 코리가 빈정거리며 대답한다.

"아니면 브라이언에게 문자나 보내든지." 코리가 무관심한 척하지 못하게 방을 나가면서 덧붙인다. "그냥 생각해 봐."

마침내 떠날 때가 되자 나는 마치 내 아이들이 나를 여름방학 캠프에 배웅하는 듯한 기분이 든다. 존, 레나 그리고 이웃인 재키가 서 있다. 재키는 우리 집을 살펴봐 주었고, 아이들을 급하게 봐줄 사람이 필요할 때 기꺼이 비상대책이 되어 주었다. 거창한 작별 인사를 하러 모인 셋을 보니 나는 점점 더 집 밖으로 쫓겨나는 기분이 든다. 우물쭈물하고 있는 사이 다들 나를 안심시키고 있다. 존이 다 잘 될 것이며 영상통화를 많이 하겠다고 한다. 재키는 우리 마당과 우편물을 잘 챙기겠다고 말하고 레나는 나머지 다른 것들을 처리하겠다고 말한다. 우리 모두 작별 인사를 나눌 때 존은 매우… 유능해 보인다.

존은 예약한 콘도의 사진을 아주 많이 가져왔는데, 사진으로 본 콘도는 티끌 하나 없이 깨끗하고 시설이 잘 갖추어져 있었다. 게다가 볼보까지 렌트해서 운전하고 왔다. 나는 어쩔 수 없이 이렇게 생각한다. '괜찮아. 아이들한테도 좋은 기회야.' 하지만 바로 그 순간 내 엄마로서의 본능이 소리를 지른다. '안 돼! 지금 뭐 하는 거야? 아이들을 떠나지 마!'

그런 느낌이 너무 강렬해서 나는 실제로 무엇인가를 빠뜨린 척 택시를 돌려서 집 앞으로 돌아간다. 하지만 집에 가까워졌을 때, 집 앞 계단에서 존의 양옆에 앉아 무엇인가를 내려다보는 아이들의 모습이 보인다. 존이 가져온 하이킹 코스 안내 책자가 그의 무릎 위에 놓여 있고, 책 뒷면에 붙은 지도가 넓게 펼쳐져 있다. 존은 느긋하고 편안해 보이는 자세로 몸을 뒤로 기울인 채 양손으로 두 아이의 등을 받치고 있다. 코리와 조는 지도를 보며 웃고 있다.

코리가 오늘 아침에 내게 뭐라고 말했지? "엄마로서 일은 이제 끝났어." 나는 그 말을 듣고 코웃음을 쳤다. 내 일은 절대 여기서 끝나지 않을 거야. 하지만 지금은 가야 할 시간이다. 나는 택시기사에게 괜찮으니 돌아가자고 말했고, 택시는 다시 돌아서 역으로 향했다. 그러면서 나는 지난 5년간, 어쩌면 더 오래 일어나지 않았던 일이 내 어깨에서 일어나고 있음을 느낀다.

어깨의 긴장이 풀리고 있다. 그전에는 존재조차 몰랐던 어깨 위의 낯선 짐이 미끄러져 내려가는 것을 느꼈고, 목과 머리 아래쪽에서 긴장이 풀리며 상쾌함도 느꼈다.

'나는 너무 오랫동안 극도의 긴장 속에서 살았다. 도대체 왜 그러고 살았을까?' 궁금해진다.

그러자 문득 아이들에게 굴복해서 집으로 게임기를 들였던 크리스마스가 생각난다. 게임기 사용 규칙은 지금도 꽤 엄격한데, 첫 번째 규칙은 아이들이 하는 게임은 뭐든지 나도 한다는 것이었다. 〈콜 오브 듀티〉 같은 게임을 우리 집에 몰래 들여오는 것은 불가능했다. 조는 컨트롤러에 작은 운전대를 부착해야 하는 운전 시뮬레이션 게임을 하고 싶어 했다. 조는 용돈을 모으고 또 모아서 결국 컨트롤러와 그 게임을 샀고, 집에 오자마자 내게 넘겨야 한다는 것을 잘 알면서도 그걸 집에 가져왔다.

나는 그걸 받아서 개봉했고, 조는 내게 게임 요령을 설명해줬다. '운전하되 부딪치지 마라, 떠다니는 동전을 모아야 한다, 터보 포인트를 사용해라'였다. 그건 내가 고등학생 때 사내애들 집에서 했던 운전 게임과 거의 똑같아 보였다. 차이점이라면 그래픽이 더 나아졌고 배경음악이 매우 인상적이라는 것뿐이었다. 전혀 어렵지 않겠다고 생각했다. 하지만 일단 게임을 시작하자, 나는 엉망진창이었다. 운전과 터보 작동을 동시에 하지 못했고, 술 취한 사람처럼 계속 여러 장애물과 충돌했다. 내가 웅덩이에서 차를 빼내려고 운전대를 잡고 고군분투하고 있을 때 마침내 조가 오른쪽으로 기울어진 내 어깨를 잡고 말했다. "엄마, 컨트롤러로 운전하라고, 몸으로 하지 말고."

딱딱한 나무 벤치에 앉아 뉴욕행 기차를 기다리고 있는 지금에야 내가 그동안 몸으로 내 인생을 운전하고 있었다는 것을 깨닫는다. 어떻게든 내 걱정과 슬픔과 불안감을 내 어깨 위에 짊어지려고 애썼음을, 마치 존이 떠난 후부터 내가 느낀 모든 상처와 두려움을 똘똘 뭉쳐 배낭 안에 욱여넣은 다음 그걸 매고 인생이라는 산을 오르려 했음을 깨닫는다. 조의 사교적이지 못한 성격 때문에 초조해할 때나

자는 척 누워서 코리가 통금시간을 지키는지 매처럼 날카롭게 귀를 기울이고 있을 때마다, 또는 내 수입과 우리의 각종 청구서를 보면서 어떤 돈을 갚지 못할지 고민할 때마다 나는 그것들을 배낭에 넣어 내 어깨 위에 지고 다녔다. 그래서 어깨가 무겁고 아팠지만 지금 이 순간까지 그런 사실조차 알아차리지 못했다.

나는 일부러 크게 심호흡을 한다. 온 정신을 그 불쌍한 근육과 힘줄과 혈관에 집중하며 생각한다. '긴장을 풀어라.' 나는 아이들을 안전하게 돌볼 애들 아버지와, 그를 감독할 재키와, 재키를 감독할 레나를 떠올리며 다시 생각한다. '긴장을 풀어라.' 나는 탈리아의 호화로운 아파트에서 나를 기다리는 게스트 룸과 컬럼비아대학에서 듣게 될 수업을 생각한다. 그리고 뉴욕의 어느 식당에서 점심으로 먹을 푸짐하고 신선한 샐러드와 천천히 음미할 산뜻한 와인을 떠올린다. 그러자 난생처음으로 나는 상상이 현실이 되는 것을 느낀다. 긴장이 서서히 풀리면서 기분이 더할 나위 없이 좋다.

4장

엄마에게

엄만 지금 뉴욕에 있겠네! 인생을 즐기면서! 엄마가 너무 자랑스러워. 엄만 우리 모두에게 경이로움의 대상이자 영감을 주는 사람이라고나 할까. 혹시 못 알아들을까 봐 하는 말인데, 나 지금 완전히 비꼬는 중이야. 하지만 엄마가 드디어 휴가를 갔다는 사실은 진짜로 자랑스러워. 물론 진짜 휴가가 아니라 도서관 일의 연장이고, 엄마가 그 휴가를 가기 위해 우리의 일주일을 희생할 수밖에 없었다는 건 좀 아쉽지만. 여기서 확실히 말해두는데, 우릴 돌봐줄 사람으로서 아빠가 1순위는 아니니까. 하지만 우린 여기 왔고, 아빠는 별명을 붙이자면 미스터 해피 치어리더야. 죄책감 때문인지 우리가 요구하는 건 뭐든지 들어주고 있어.

엄마 그걸 알아? 조가 우주 캠프를 노리고 있어. 지금 아빠가 우리 요구를 뭐든 들어주니까 이때다 싶은 거지. 녀석에게 그런 앙큼한 구석이 있는지 몰랐지 뭐야.

엄마는 뉴욕의 화려한 특급 호텔 침대에 누워 밤새 책을 읽으며 따분한 일주일을 보내겠네. 그러게 나를 데려갔어야지. 그럼 내가 이번 휴가 전체를 어떻게 보내야 할지 제대로 알려줬을 텐데. 우리는 스파에 갔을 거야. 여기서 말하는 스파는 12달러짜리 네일샵이 아니라 록스타가 다니는 그런 스파야. 엄마의 외모를 완벽하게 변신시킨 다음 소호의 맛집인 발타자르 레스토랑에 가서 외식하고, 브로드웨이 뮤지컬 〈해밀턴〉도 보러 갈 거야. 반으로 접어 먹는 피자도 먹을 거고, 미술관에도 가고, 엄만 내가 화이트 와인을 마시게 허락해 줄지도 몰라.

그런데 나는 지금 엄마가 여기 있었다면 했을 꽤 많은 일을 엄마가 없는데도 똑같이 하고 있어. '누군가'가 아빠한테 코치가 준 여름방학 규칙을 복사해 준 덕에 나는 통금시간도 있고, 끼니마다 아빠가 주는 샐러드를 먹고 있어. 게다가 이런 일도 있었어. 우리가 처음에 아빠 콘도에 갔을 때는 다이어트 콜라가 여기저기 엄청 많이 있어서 심장이 터질 만큼 좋았어. 그런데 욕실에서 머리를 손질하고 있는 사이에 정말로 다이어트 콜라가 싹 사라진 거야. 엄마가 아빠한테 다이어트 콜라는 안 된다고 문자 보냈어? 엄마는 어떻게 다이어트 콜라를 싫어할 수 있어? 다이어트 콜라는 미국의 기반이야. 엄마는 도대체 이 나라를 왜 그렇게 싫어해?

아빠 말에 의하면 나는 하루에 한 번, 낮 12시 전에, 그것도 운동을 한 후에야 다이어트 콜라를 먹을 수 있대. 게다가 밀싹주스를 하루에 한 잔씩 마셔야 한다는 조건을 달았어. 그래서 내가 물었어. "그 밀싹주스는 어디서 나는 거야? 벅스 카운티 시립수영장 매점에서 파는 거야? 슬러시 기계 바로 옆에 있나?" 그랬더니 아빠가 뭐라고 대답했는지 알아? "너희 스포츠팀에는 착즙기가 없어?"라고 하는 거야.

진짜야, 엄마. 나는 '개 풀 뜯어 먹는 소리 하시네'라고 말하려 했는데, 내가 지금 인명구조요원이 되기 위한 어휘를 익히는 중이라 이렇게 말했어. 농담 아니야. "헤이, 바보 아저씨. 어떤 행성 사립학교 스포츠 팀에 착즙기가 있어?" 그랬더니 아빠가 〈하버드 비즈니스 리뷰〉에 걸어놓은 링크를 열어서(그걸 정기 구독하는 것 같더라고), NFL 미식축구 선수들의 연습 효율을 획기적으로 끌어올린 어느 주스 프랜차이즈 회사에 관한 기사를 보여줬어. 그러고는 아마존 앱으로 들어가더니 글쎄, 우리 팀을 위해 밀짝 착즙기를 사 주는 거야.

엄마, 아빠 다른 행성에서 온 사람 같아. 부자 행성. 하지만 그게 나쁘기만 한 건 아니야. 이제 우리 팀은 착즙기가 생겼고, 나는 〈하버드 비즈니스 리뷰〉 구독권이 생겼고, 저기 위 문장에서 '효율을 획기적으로 끌어올린'이란 표현을 적절히 사용했으니까 모두 윈-윈-윈이잖아! 아빠는 우리 사랑을 얻었고, 나는 어휘력을 얻었고, 팀은 착즙기를 얻었어. 그러고 보니 엄마만 패배자가 된 것 같네. 내가 지금껏 본 모든 십 대 영화에 따르면 내가 엄마한테 그걸 상기시켜줘야 하더라고.

하지만 엄마 기분이 조금 나아질까 해서 하는 말인데, 엄마가 나한테 문자를 보내서 다음 책을 읽게 시킬 때마다 엄마가 거의 여기 있는 것처럼 느껴져. 좋은 의미는 아니지만. 발끈하지 마. 곧 계속 읽을게. 지금 막 상원의원의 아내와 그녀의 부자 유부남 남자친구의 러브스토리가 내 마음을 흔들어 놓고 있으니까.

엄마 독서 목록에 따르면, 다음으로 나는 《책 도둑》을 읽어야 해. 1장은 읽었는데, 간단히 말해서 너무 '엄숙해'. 꿀팁 하나. 엄마, 만약 화자가 실제로 '죽음의 화신'이라면 그건 여름용 도서가 아니지. 있잖아, 엄마가 아무 잡지나 펼쳐서 '여름 해변에서 읽기 좋은 도서 목록'

을 봤는데 거기 '죽음'이 주인공인 책이 있으면 나한테 말해 봐. 그때까지 나는 《트와일라잇》이나 다시 읽을래. 어차피 고스(록 음악의 한 형태. 가사가 종말, 죽음, 악에 대한 내용임. 검은 옷을 입고 흑백으로 화장한 고스 음악 애호가를 말하기도 함-옮긴이)가 될 거라면 적어도 섹시한 고스가 돼야지.

거봐, 적어도 뭐든 읽고는 있잖아.

사랑을 담아
비타민 같은 엄마의 딸 코리가

뉴욕은 내가 떠나던 때와 똑같기도 하고 완전히 다르기도 하다. 굴 요리 전문점은 아직 그대로다. 왁자지껄한 소리가 여전히 시끄럽고, 사건, 사고도 계속되고 있다. 하지만 사람들의 옷은 다르다. 가게들도 낯설다. 전에 여기 와 본 적이 있지만, 이제는 완전히 길을 잃은 것 같은 느낌이 들 정도다.

나는 소리가 나는 복도를 따라 당당하게 걸으면서 탈리아 집으로 가는 올바른 계단을 찾고 있다. 동시에 당황하는 모습을 보이지 않으려 애쓴다. 그러다가 기내용 여행 가방이 회전문에 끼이자 그만 태연함을 단념한다. '헤이, 뉴욕! 너에게 열광하는 시골뜨기 하나를 또 씹다 뱉을 준비를 하는구나!'

지난주에 탈리아에게 곧 간다고 문자를 보내자 탈리아가 컬럼비아 대학교는 자기 집에서 엄청나게 머니까 학회는 집어치우고 애들 키우느라 지치고 기운 없을 테니 그냥 아파트에서 빈둥거리며 와인이나 홀짝이는 게 어떻겠냐고 나를 설득했다. 나는 단식투쟁을 한다

해도 기운 없어 보일 리 없으므로, 내 계획을 고수하기로 했다. 그러면서 지하철에서 왕복 두 시간을 보내는 것이 최악의 선택은 아닐 것이라 위로해 본다. 책을 읽을 수 있는 평화로운 시간이 될 테니까.

 하지만 때는 러시아워라서 나는 일반 지하철에 몸을 억지로 욱여넣는다. 처음 두 편의 급행 지하철은 너무 만원이라 내 몸뚱이는 고사하고 여행 가방조차 밀어 넣을 수가 없었고, 따라서 그 뒤에 일어날 상황에 평화 따위는 찾아보기 힘들었기 때문이다. 지하철에는 사람들이 너무 빽빽하게 들어차서 똑바로 서 있으려고 손잡이를 잡을 필요도 없었다. 하지만 여행 가방에 달린 회전식 바퀴는 공항을 서둘러 통과할 때는 매우 요긴하겠으나(나는 한 번도 그래 본 적이 없지만) 지하철에서는 치명적인 단점이 된다. 지하철이 멈출 때마다(역이 한 400개는 되는 것 같다) 그 가방은 '움직이는 물체는 계속 움직이려는 경향이 있다'라는 관성의 법칙을 여실히 보여주면서 내 옆 사람에게 굴러가 정강이를 찧는다. 나는 여행 가방을 붙잡아 두려 하지만 내 뒤에 서 있는 근육맨이 나를 계속 밀고 있는 데다, 남자가 조금씩 움직일 때마다 그가 맨 더플 백이 내 옆구리를 가격하고 있어 어떻게 할 수가 없다. 그렇게 우리는 계속 간다. 내 여행 가방은 정강이를 멍들게 하고, 근육맨의 더플 백은 나를 멍들게 하면서. 손만 뻗으면 닿을 듯한 거리에는 정장을 입은 중년의 남자 여덟 명이 객차 좌석에 마치 개인용 안마의자에 앉듯 다리를 쩍 벌리고 정확히 4등분으로 접은 신문을 들고, 오른손에는 휴대폰을 필사적으로 움켜쥔 채 앉아 있다. 지하철에서 자리를 차지하는 것이 기적이라는 생각을 하고 있을 때쯤, 배가 산 만한 임산부가 지하철에 올라탔다. 여자는 땀에 흠뻑 젖어 있었다. 내게 양보할 자리가 없어서 마음이 씁쓸하다. 그런데 임산부와 제법 거리가 있는 남자 한 명이, 다음에는 둘이, 그다음에는 세 명의 남자가 패닉에 가까운 표정으로 자리에서 벌떡 일어난다. "부인." 남자들이 크게 말한다. "여기 앉으시죠?" 그녀가 자리에 앉자 아까 일어났던 남자 중에 임산부에게 자리를 넘겨줄 행운까지는 없었던 남자 하나가 휴대폰을 치우고 임산부의 커다란 쇼핑 봉투를 가는 내내 자기 무릎 위에 올려 놓았다.

아, 이 얼마나 마음 훈훈한 장면인가! 이 작은 연극이 하루에도 천 번씩 일어나는 곳. 결코 가만히 있지 않는 도시 뉴욕.

지하철이 브루클린 하이츠에 도착해서 문이 열리는 순간, 나는 샴페인 코르크 마개처럼 지하철에서 튀어나온다. 그리고 비스듬한 십자 교차로에서 몇 번 길을 잘못 들어 잠시 머뭇거리다가 결국 휴대폰의 내비게이션이 시키는 대로 방향을 꺾으며 길을 걷는다. 다행히 여기는 뉴욕이라서 무슨 짓을 해도 눈길을 끌지 않는다. 나는 확실히 눈에 띄지 않는 사람이다.

마침내 탈리아가 사는 빌딩을 찾았다. 하지만 내 예상과는 다르다. 페이스북의 업데이트와 그녀가 매달 쓰는 편집자 칼럼과 내 기억을 바탕으로 하면 탈리아는 매우 화려하다. 그러나 이 건물은 화려하지 않다. 이건 크지도 않은 빨간 벽돌 건물로 매우 획일적이다. 귀여운 연철 문이 달린 갈색 사암으로 지은 집도 아니고, 한번에 구름 위까지 '붕' 하고 가는 엘리베이터가 한 줄로 늘어선 반짝이는 통유리 건물도 아니다. 10층 정도 높이에 실용적인 디자인을 한 그 건물은 나를 안으로 들여보내 주지도 않는다.

그래도 나는 손잡이를 잡고 당겨본다.

문이 잠겨 있다.

나는 고개를 갸우뚱하고는 다시 당긴다. 잠겨 있다. 이 문은 완전히 잠긴 상태다. 나는 손을 얼굴에 대고 안을 들여다보려고 애쓴다. 복도에 늘어선 문들과 책상 하나가 놓인 작은 로비가 보인다. 누가 봐도 안내데스크라고 생각할 책상이다. 겉보기에는 무거운 짐을 들고 닫힌 문 앞에서 끙끙거리는 나를 보고 이쪽으로 다가와 문을 열어 줄 사람의 책상이다.

그러나 책상에는 아무도 없다. 로비에도 없다! 누군가 로비에 있었다는 흔적도, 이것이 버려진 셔츠 공장이 아니라 실제로 아파트 빌딩이라는 표시조차 없다. 우편함은 있겠지? 현관에는 우편함이 보이지 않는다. 도대체 어떤 무인 경비 건물이 현관에 우편함도 없단 말인가?

그런데 나는 왜 이 아파트에 경비원이 있다고 생각했을까? 게다가 나는 왜 탈리아가 멋진 아파트에 살 거라고 생각했을까? 몇 주 전 내가 묵을 방이 있냐고 물었을 때 탈리아가 대답했던가? 나는 우리가 나눈 문자를 다시 찾아본다. 탈리아는 대답하지 않았다. 하지만 당시에는 '그렇다'는 대답으로 보였다. 만약 탈리아가 원룸에 혼자 살면서 나더러 소파에서 자라고 하면 어떡하지? 그렇다면 뭐, 소파에서 자는 수밖에 없겠다고 생각하며 나도 모르게 실망감에 빠진다. 적어도 내가 잘 침대 정도는 있으리라 생각했었다.

뭐, 어찌 됐든 나는 다 큰 어른이니까, 내 나이쯤에는 주방에서 고작 1미터 떨어진 소파에서 일주일을 지내야 한다는 것이 불쾌한 일일 수 있겠지만, 1,000달러짜리 호텔 청구서에 비하면 훨씬 덜 불쾌할 일이다. 게다가 탈리아는 너무 재미있다. 그녀가 어디에 살든, 재미있을 것이다. 그녀의 아파트까지 오는 길에 지나쳤던 수많은 트렌디한 앙증맞은 장소들을 생각해 보라. 장인이 만드는 수제 초코바와 민트 초콜릿을 파는 사탕 가게. 전체가 샛노란 마카롱으로 만들어진 웨딩 케이크를 눈에 띄게 진열해 놓은 케이크 가게. 오래된 술집처럼 디자인되었지만 새로 생겼음을 과시하듯 번쩍번쩍 광이 나는 어느 바. 바의 밖에 내놓은 칠판에는 빈티지한 분위기를 풍기며 복잡하게 얽힌 손글씨로 '멀리서든, 가까이서든 우리는 블라츠 맥주를 마십니다'라고 쓰여 있다. 그 옆에는 어디서나 볼 수 있는 면 스포츠웨어 상점이 있는데, 아랫부분이 T팬티처럼 생긴 레오타드(발레나 체조선수들이 입는 신축성 있고 몸에 딱 붙는 옷 – 옮긴이)와 키가 1미터 정도 되는 아이들 몸에나 맞게 재단된 저렴한 미국산 티셔츠가 뽐내듯 진열되어 있다.

젊고 아름다운 사람들이 있는 이 브루클린에서 일주일을 즐기려면 제대로 된 침대 따위는 필요 없다. 우리는 굉장한 시간을 보낼 거니까. 나는 탈리아에게 문자를 보낸다.

너희 아파트에는 어떻게 들어가?

재깍 답이 오지 않는다. 그렇다면. 자세한 설명을 기다리는 동안 공정무역을 통해 유통된 원두를 직접 볶고 갈아서 내린 커피를 마시러 가야겠다고 생각한다. 여행 가방을 아주 단출하게 하나만 싸서 오길 정말 잘했다.

시간이 얼마나 지났을까? 7.5달러짜리 커피 두 잔을 마시고 난 후에도 탈리아에게서 연락이 오지 않는다. 시간을 보내려고 문자를 보낸 여러 사람에게서도 답이 없다. 아이들에게도 아무 소식이 없다.

아마 지금쯤 코리의 다이빙 대회에 가 있을 것이다. 존은 엄지척을 하고 있는 이모티콘과 수영을 하는 이모티콘를 보냈는데, 자신도 '똑같은' 포즈를 취하고 있다. 레나에게도 연락이 없다. 레나는 임시 노숙자가 된 외로운 친구를 즐겁게 해주려고 휴대폰 옆에 앉아 전화를 기다리고 있을 게다. 이웃 재키는 '거긴 어때?'라는 내 문자에 답장했으나 '다 좋아. 재미있게 지내길 바래!'라는 말이 전부였으므로 그 말을 수다나 떨자는 초대로 받아들일 수가 없다.

나는 가지고 있는 전자책 단말기를 꺼내 새로운 청소년 도서를 읽는다. 그러다 멈춘다. 내 까다로운 독서 취향을 만족시킬 만한 책이 아니다. 그러고는 탈리아가 보내준 주소를 백 번쯤 확인했고, 날씨와 학회 안내 페이지를 확인했으며, 시간을 때울 때 할 만한 일들을 모조리 했다. 이제 낮으로 접어들었으니 두 시간 후에는 칵테일 모임을 하며 학회에 온 사람들과 인사를 나누고 있을 터이다. 거기까지 가는 데 족히 한 시간은 걸린다는 사실을 알기에 초조해지기 시작한다.

나는 다시 탈리아에게 문자를 보내면서 그녀가 예전에 보냈던 주소를 다시 보내고 이렇게 쓴다.

이 주소가 맞아? 중요한 사항을 미리 확인하지 않아서 미안해. 난 너희 아파트에 경비원이 있는 줄 알았어.

그런 후 5분을 기다렸다가 탈리아에게 전화한다. 전화를 받지 않는다. 나는 음성사서함에 최대한 차분한 목소리로 용건을 남기고 나서 크게 소리친다. "젠장. 큰일이네."

다행히 여기는 뉴욕이니까 아무도 눈 하나 깜짝하지 않는다.

나는 내 물건들을 주워 담고 다시 그 빌딩으로 돌아간다. 여전히 경비원도, 우편함도, 초인종도, 들어가는 입구도 없다.

나는 10분을 기다린다. 문을 여는 것은 고사하고 거리를 걸어가는 사람조차 없다.

나는 옆집 사람들에게 도움을 청할 생각으로 초인종을 더 열심히 찾는다. 초인종 자체가 없다. 대체 어떤 우주에 경비원도 없고 초인종도 없는 아파트가 있을까? 여기는 제대로 찾아온 곳일 리가 없다. 나는 탈리아가 내게 보낸 숫자와 문에 쓰인 숫자를 세 번이나 확인한다. 주소는 맞다. 자기 집 주소를 잘못 알고 있는 사람이 있을까? 혹시 내게 거리 이름을 잘못 알려준 건 아닐까?

하지만 대체 누가 그러겠나?

벌써 열 번째 나는 우리의 아주 간략한 여행 계획을 스크롤 해본다. 탈리아는 내게 오기 전에 문자를 보내라고 말했다. 나는 문자를 보냈다. 그녀가 아파트로 곧장 가라고 답장하면서 '아래층 사람들에게 내가 올 것이라고 말해 놓겠다'고 했다. 그래서 나는 경비원이 있으리라 짐작했다. 아래층에 어떤 다른 사람들이 있을 수 있겠는가? 집주인이나 건물 관리인? 하지만 그런 사람이 출입할 수 있는 아파트 지하층도 없고 내 눈에는 건물 뒤쪽으로 가는 길도 보이지 않는다. 단지 쓰레기를 버릴 때 사용하는 것 같은 창문 없는 옆문만이 잠겨 있을 뿐이다.

나는 완전히 당황하여 거리의 반대편으로 걸어간 다음 건물을 올려다본다. 여기는 크고 놀라운 도시다. 사람들이 모든 시간에 일을 한다. 틀림없이 집에 있는 사람이 있을 것이다.

하지만 유리창은 모두 시커먼 색이라 이렇게 맑고 화창한 날에 누가 집에 있는지 알 방법이 없다. 아니면 여기 누가 살기는 하는지. 아니면 대체 무슨 일이 일어나고 있는지.

나는 다시 탈리아에게 전화한다. 이번 음성사서함은 약간 더 겁에 질린 목소리다. 전화를 끊고 나는 이 빌딩을 포기하고 플랜B로 가야 할 때라는 걸 깨닫는다.

하지만 대체 내 플랜B는 무엇일까?

존이 떠난 후 딱 한 번, 길게는 아니지만 실제로 죽어야겠다고 생각했던 때가 있었다. 다름 아닌 돈 때문이었다. 돈과 깨진 이와 야뇨증 때문이었다.

코리가 아직 기저귀를 차고 있을 때였다. 코리는 할머니네 농장에 놀러 갔다가 이웃 농장에서 온 더 큰 아이들과 어울려 놀았다. 그러던 중 코리가 집 안에 화장실이 없었던 그 아이들에게 왜 문에 달 모양 구멍이 있는 작은 집으로 들어가느냐고 물었다. 짐작건대 아이들은 기저귀에 오줌을 누는 것은 아기들이나 하는 짓이라고 꽤 분명히 말했던 모양이다. 그날부터 코리는 내가 집밖에 유아용 변기를 놓아두고 급하게 방수포를 둘러 만든 임시 화장실에서 소변을 보았다. 그때가 겨울이었더라면 어떻게 했을까 싶다. 그러고는 몇 주 후에 코리는 집 안으로 들어와 진짜 변기 위로 올라가서 응가를 하고는 쿠키를 달라고 했고, 그것이 배변훈련의 전부였다.

하지만 조는 그렇게 수월하지 않았다. 조에게는 문화적으로 인정받은 모든 수단을 총동원했는데, 개중에는 아랫도리를 훌러덩 벗겨 놓고 집안을 걸어 다니게 내버려 두는 방법도 있었다. 그 결과 조는 화장실만 '빼고' 집 안 모든 방에 오줌을 누었다. 결국 장난감 기차를 사 주겠다고 사탕발림을 해서 썩 괜찮은 성공을 거두기도 했지만, 밤에는 여느 엄마들이 인내하는 기간보다 1년은 더 오래 기저귀를 차고 잤다. 특히 우리 엄마는 이런 모습을 소름 끼치게 싫어해서 친정집에 갈 때마다 탐탁지 않은 엄마 표정에 속상해 울었던 기억이 난다. 하지만 이렇게 긴 인내 후에 마침내 조가 대소변을 가려서 낮에 '어린이용 팬티'를 입게 됐을 때도, 몸이 아프거나 악몽을 꿀 때, 자기 전에 물을 너무 많이 마셨을 때에는 거의 다섯 살까지 이불을 적신 채 잠에서 깨었다.

그리고 3년 후, 아빠가 사라지자 조는 매트리스 패드 위에 다시 오줌을 쌌다. 조가 여덟 살 때였다.

나는 이미 지쳐 있었다. 코리는 매사에 짜증을 냈다. 내게 욕을 퍼부으며 내가 못생겨서 아빠가 떠났다고, 그리고 자기가 못생겨서 아빠가 떠났다고 말하면서 아빠가 죽었으면 좋겠다고 악담을 쏟아냈다. 신발 한 짝을 잃어버렸거나 시험이 어려웠을 때처럼 살면서 일어나는 소소하고 평범한 좌절을 겪을 때마다 길길이 날뛰다가 20분 정도 지나고 나면 내가 두른 팔을 순순히 받아들이며 울고 또 울었다. 그 무렵 조는 새벽 4시경에 조용히 내 침대로 파고들어 이리저리 뒤척거리다 다시 깊이 잠든 후에는 나를 차기까지 했다. 나는 아들의 이층 침대와 소파 중에 하나를 골라 해가 뜰 때까지 눈을 부쳤다. 돈이 궁했지만, 나는 집을 팔 생각이 없었다. 그래서 학교 도서관 사서일을 하며 받는 얼마 안 되는 월급으로 여러 청구서를 지불하는 한편, 카드를 만들 수 있다는 사실을 알자마자 저금리 사회초년생 카드 셋 중에 하나를 만들어서 새로운 청구서는 그 카드로 메꾸고 있다. 그러나 어떻게 해야 싱글 워킹맘이 되는지는 아직 알아내지 못했다. 나는 혼란스러웠고 슬픔에 잠겨 있었으나 상황에 굴복하지 않았다. 이 모든 일이 일시적이며, 존이 우리 삶으로 돌아오는 것은 시간문제라고 생각했다.

그렇게 우리는 가까스로 살아남아 있었다.

그러다 내가 감기에 걸렸다. 그냥 지극히 평범한 감기였지만, 우리의 소중한 통장 잔액을 탕진하기에는 충분했다. 온종일 일하고 와서 요리를 할 수 없었기 때문에 피자를 주문했더니 카드값이 더 많이 늘어 사용 한도의 최대치를 찍었다. 온종일 감기약에 취해서 직장에서는 질책을 받았고, 차에서 몰래 우는 모습을 코리한테 들켰다. 그 다음엔 코리가 립스틱을 훔치는 모습을 내게 들켰다. 그리고 조가 밤에 침대를 오줌으로 적시기 시작했다. 그래서 자다 일어나 시트를 갈고 아이를 다시 재우느라 밤에 깨어 있는 시간이 늘었고, 낮에 걱정하는 시간도 덩달아 늘었다. 조와 내가 야뇨증 때문에 감당할 여력도 없는 아동 심리치료사를 찾아 상담하는 동안, 코리는 어떤 친구의 스케이트보드를 타다가 넘어져서 앞니가 절반이나 깨졌다. 그 빌어먹을 친구 엄마는 내게 전화를 하지 않고 하필이면 911에 전화를 했다. 치과에서 10분 거리에 있는 막다른 골목에서 이가 부러졌지만, 나는 결국 앰뷸런스 출동비를 지불해야 했다.

천만다행으로 그들이 응급실에서 완전히 진료 수속을 밟기 전에 코리를 만났다. 나는 아이를 한 바퀴 돌게 해서 다른 부상은 없는지 살펴본 다음 뇌진탕에 관한 안내 책자를 받아 누군가 내 신용카드를 낚아채기 전에 코리를 거기서 데리고 나왔다. 이는 복구되었고, 아이의 심리치료사도 나를 안심시켰으며, 응급실 진료비도 간신히 피했다. 위기는 끝났다. 그러나 그날 밤 새벽 2시경, 한 번도 겪지 못했던 공황 발작이 엄습했다.

그 순간에는 내가 죽을 것 같았다. 확실히 죽을 것만 같았다. 어쩌다 보니 굴러떨어진 이 힘든 삶에서 한 발짝만 더 나아가면 쓰러질 것 같았다. 모든 것을 멈춰야만 했다. 침대에 앉아 쌕쌕거리며 숨을 몰아쉬자 방이 깜깜해지기 시작했다. 나는 깜깜한 터널 속에 있었다. 공기가 더는 들어오지 않았다. 숨을 쉬어 보지만, 공기가 폐까지 미치지 않았다. 코를 킁킁거리며 빛을 느꼈다. '내가 죽고 있구나'라고 생각하면서도 죽음이 두렵지 않았다. 나를 두려워 떨게 하는 것은 이런 하루가 또 오는 것이었다. 이런 날이 하루라도 더 온다면 살아남을 것 같지 않았다. 몇 분, 아니 몇 시간, 이런 공황이 얼마나 오래 지속되었는지 모르지만 나는 그동안 상황을 벗어나기 위해 가능한 모든 계획을 짰다. 집은 충분한 값에 팔릴 것이다. 존이 올 때까지 친정엄마가 오셔서 아이들을 돌봐 줄 것이다. 아니면 생명 보험금을 위해 자살할 용기를 끌어모을 수도 있다. 그 방법이 최선으로 여겨질 만큼 당시의 공황 상태는 끔찍했다. 아니면 최대한 멀리 도망가서 남은 생에 다시는 진정한 기쁨을 느끼지 못한 채 홀로 늙을 수도 있다는 생각을 했다.

그 순간에는, 그것만이 내가 고를 수 있는 선택이었다. 신에게 감사하게도 나는 그날 밤 잠이 너무 부족했다. 결국 그 치명적인 공황을 이겨내게 만드는 것은 탈진과 혼란뿐이었다. 나는 너무 피곤한 나머지 어느 약을 먹어야 할지도 헷갈렸고, 과연 그 일을 해낼 기운이 있는지도 의문이었다.

다음 날 아침 일찍, 나는 레나에게 전화했다. 레나에게는 모두 말하지 않았지만, 그럴 필요도 없었다. 나는 이렇게만 말했다. "너무 힘들어. 못하겠어."

레나는 "넌 할 수 있어"라고 말하지 않았다.

"하지만 넌 해야 해"라고도 말하지 않아 더 좋았다.

레나는 "10분 후에 그리 갈게"라고 말했고, 정말로 왔다. 그녀는 알레르기약 베나드릴 반 알을 주면서 나를 침대에 눕혔고 자고 싶은 만큼 자라고 말했다. 내가 아이들에게 소리 지르듯 잔소리를 하자, 레나는 침대 시트를 끌어 올리며 단호하게 말했다. "그만해." 나는 너무 피곤해서 그녀가 불을 끄자마자 곯아떨어졌다.

그렇게 자거나 죽거나 두 가지 선택밖에 없을 때, 나는 잠을 잤다. 그리고 이틀 후에 깨어났다. 아이들은 레나에게 내가 너무너무 피곤해서 잠자고 있다는 말을 들었다고 했다. 그리고 어른 둘과 아이 둘로 구성된 가구가 아니라, 그냥 세 명이 사는 가구의 동등한 일원으로서, 자기들의 새로운 지위에 걸맞게 집안일을 거들 새로운 의무가 생겼다는 말을 들었다. 레나는 교사용 게시판 중 하나에다 규칙적으로 해야 하는 모든 집안일의 목록을 적은 다음 조와 코리에게 자기가 할 수 있는 일을 전부 체크하게 했다. 처음 두 개는 '돈 벌기'와 '운전하기'였다. 아이들은 스스로 그 두 가지 일을 할 수 없으니 다른 일을 많이 떠맡는 편이 낫다는 것을 간파했다. 아이들은 여러 번 잔소리를 해야 겨우 집안일을 했고, 용돈 받는 시간이 임박해서야 미루다 해치웠지만, 그때부터 자기 몫은 충분히 해내고 있다. 레나는 집에 나뒹구는 급여명세서를 사용해 식품 구매권을 지급받을 수 있는 '영양 보조 프로그램'을 신청하도록 도와 주면서 자부심에 관해 엄중한 강의를 늘어놓았다. 정부는 매달 식료품비로 거의 350달러를 내게 보내기 시작했다. 나는 밀린 청구서 대금을 조금씩 갚았고, 겨울 동안 자신의 보트를 보관하려는 사람에게 차고를 임대했다. 또한 스트리밍 서비스를 취소했으며, 내 물건 중에 필요 없는 것들을 팔았고, 보험회사가 조의 상담치료비를 지급할 때까지 화를 내며 싸웠다. 나는 위기가 끝날 때까지 한 번에 한 가지씩 문제를 해결했다. 그리고 마침내 위기가 끝나자 다시는 존과 있을 때처럼 누군가에게 의지하는 사람이 되지 않겠다고 다짐했다.

그래서 오늘은 뉴욕에서 혼자 잘 곳을 찾아보는 것이 좋겠다고 생각한다.

알고 보니 플랜B는 어떻게 지하철역으로 돌아가는지를 기억해 내는 것이었다.

다시 한번 나는 짐을 들고 낑낑거리며 내비게이션이 가리키는 대로 왔던 길을 여섯 블록쯤 되짚어가고 있다. 마침내 역에 도착해 휴대폰에서 눈을 떼고 정신을 차리자, 휴대폰에 의지해 길을 찾기 위해 천천히 움직이는 나 같은 허술한 목표물을 약탈하지 않는, 생각보다 친절하고 상냥한 뉴욕에 이상하게 실망 비슷한 감정이 든다. 그리고 나는 지하철을 기다린다. … 10분, 15분, 그다음 20분이 되자 승객이 꽉 들어찬 맨해튼행 지하철이 플랫폼에 멈춘다. 그제서야 나는 컬럼비아대학교로 가는 지하철이 멈추는 플랫폼이 아닌 엉뚱한 플랫폼에, 아니 설상가상으로 엉뚱한 역에 있음을 깨닫는다.

지금부터 올바른 역을 찾아 뒤늦게 학회에 도착하더라도, 나는 여행 가방을 끌고 스트레치 바지(신축성 있는 천으로 만든 편안한 바지－옮긴이)를 입은 멍청이가 되고 말 것이다.

이곳에서 목적지까지 가는 동안 어떻게 정장으로 갈아입어야 할지 도무지 생각나지 않는다. 스타벅스에서 커피를 마신다고 해도 안전하게 옷을 갈아입을 장소를, 말하자면 병에 걸리지도 않고 바퀴벌레도 마주치지 않으면서 신발을 벗을 수 있는 화장실을 만날 수는 없을 것이다.

나는 탈리아의 사무실을 지도에서 찾아 거기서 탈리아를 만날 수도 있지만, 그녀가 거기 있다는 어떤 단서도(또는 살아 있다는 단서조차) 없다. 탈리아가 일하는 잡지사는 맨해튼 중심부에 위치한 국제적인 멀티미디어 대기업의 일부이므로, 혼자서 정문 로비를 지나갈 자신도 없다.

하지만 그때 탈리아와 내가 오래전 세인트 레지스 호텔에서 썼던 특별한 작전이 생각난다. 내게 호텔 직원을 속일 배짱이 여전히 남아 있을까?

알아낼 방법은 하나밖에 없다.

존과 내가 딱 한 번 뉴욕에 함께 왔을 때, 우리는 어퍼 웨스트사이드에 있는 별 세 개짜리 예쁜 비즈니스호텔에서 묵었다. 딱 컬럼비아대학교로 가는 길에 있다. 그 호텔에는 내가 가 본 곳 중에 가장 예쁘고 깨끗하고 볕이 잘 드는 멋진 프랑스 식당이 있다. 그 식당은 벽 대신 유리문이 있어서 따뜻한 오후에는 테이블을 인도까지 펼쳐 놓아 햇살을 받은 화이트 와인잔이 눈부시게 반짝였다.

그 호텔 숙박비는 상당히 비싸서 아마 그전에 머물렀던 가장 멋진 호텔의 두 배 정도 되었으므로, 싱글맘이 된 지금은 그 비용을 도저히 감당할 수 없다. 하지만 대학 시절 탈리아에게 배운 계략을 시도한다면 실제 방을 잡을 필요가 없다.

나는 지하철을 타고 어퍼 웨스트사이드로 가는 내내 계략을 시도할 배짱을 끌어모으는 동시에 그 속임수가 통할 사람처럼 보이려고 애썼다. 지하철을 두 번이나 갈아탄 끝에 나는 자리를 잡았고, 짐을 뒤적거려 립스틱과 마스카라, 그리고 코리를 임신했을 때 존이 사준 매우 비싼 금목걸이를 찾았다. 나는 입고 있는 옷 매무새를 정리한 후 신고 있던 통굽 샌들을 코리가 준 검은 스트랩 샌들로 갈아 신는다. 마지막으로 검은색 나일론 여행용 가방을, 레나가 이번 여행에서 쓰라고 준 비장의 무기인 진품 셀린느 핸드백으로 바꾼다. 가방은 아름답고 부티 나는 검정 가죽에 금색 체인이 특징이다. 게다가 중앙에 로고가 떡하니 새겨져 있다. 내가 성공한다면, 모두 이 가방 덕분일 것이다.

나는 79번가로 나온다. 높은 건물과 빽빽한 거리 사이로 들어오는 햇빛이 브루클린 하이츠에서보다 약간 덜 밝지만, 여전히 밝고 화창하다. 나는 마트에서 산 선글라스가 싸구려 물건처럼 보이지 않기를 바라며, 수년 전에 와봤던 호텔을 찾아 두어 블록을 걷는다.

호텔은 거기 있었다. 프랑스 식당도 하나도 변하지 않고 그대로 있다. 문이 열려 있고, 인도에 놓인 테이블에는 일찍 식사하는 사람들 몇몇이 이른 저녁노을을 즐기고 있다. 그곳 주위에는 기분 좋은 웅성거림이 있다. 많은 사람이 호텔을 들어가고 나온다. 딱 내가 원하던 대로다. 그럼, 이제 시작이다.

나는 깊이 심호흡을 하고 〈완다라는 이름의 물고기〉라는 영화에서 사기꾼 여자 역할을 하는 제이미 리 커티스가 되는 데 집중한다. 호텔 문을 열고 들어가며 빨리 상황을 판단한다.

자, 좋아, 데스크에 한 명, 체크인하려고 늘어선 줄. '생각보다 쉽겠는 걸.' 나는 기다리는 사람처럼 줄을 서 있지만, 줄 앞까지 도달할 의도는 없다. 그래서 사실 차고 있지도 않은 시계를 확인하는 척한다. 한숨을 크게 쉬면서 주위를 둘러본다. 그러다 이미 나를 보고 있는 벨맨을 발견한다. 나는 스페인어로 말문을 연다.

"Desculpe. Necesito un favor?"(죄송한데요, 부탁 하나만 들어주실 래요?)

벨맨이 너무 빠르게 대답해서 간신히 알아듣는다. 나를 유창한 원어민처럼 대하는 걸 보니 속아 넘어간 것이 분명하다. 자신감을 얻는다.

나는 온순하게 미소를 지으며 말한다. "체크인하려고 기다리고 있는데 줄이 기네요. 제가 5분 후에 남편과 한잔하려고 만나기로 했거든요. 짐을 당신에게 맡겼다가 나중에 체크인해도 될까요?"

"물론이죠, 부인." 그가 영어로 대답한다. "성이 어떻게 되십니까?"

혹시라도 벨맨이 이름을 방 번호와 맞춰볼 가능성이 있음을 알기에 나는 이렇게 말한다. "그런데, 먼저 제가 사용할 수 있는 화장실이 있다면, 빨리 몸단장을 한 다음 가방을 맡길게요. 어딘지만 알려주시겠어요?"

친절이 몸에 밴 벨맨이 화장실 위치를 알려준다. 나는 여자 화장실로 돌진한다. 물론 그곳은 예쁘고 깨끗하며 갖가지 사랑스러운 화장실용품이 있다. 거기서 나는 샤워 없이 최대한 내놓을 만한 모습으로 변신한 다음 급히 밖으로 나온다. 이제 나는 치마와 주름질 일이 없는 짧은 소매의 예쁜 레이온 블라우스, 그리고 가벼운 울 재킷을 입고 있다. 이제야 사람처럼 느껴진다. 도서관 사서이긴 하지만, 그래도 사람이다. 오늘 아침 다리털을 밀어서 너무너무 다행이다.

5분 후 나는 밖으로 나와서 친절이 몸에 밴 벨맨을 찾아 그에게 가방을 맡기고, 매우 다급한 척 행동한다. 이 시점에 나는 매우 다급한 것이 사실이므로 연기하기도 쉽다. 벨맨에게 팁으로 10달러를 주고 그가 내게 다시 이름을 묻자 이렇게 소리친다. "그냥 손드라라고 써 주세요! Gracias!(고마워요!)" 그리고 벨맨이 그 문제를 물고 늘어지기 전에 문밖으로 달려 나간다. 내가 그렇게 말한 이유는 손드라가 세상에서 가장 우아한 이름이고, 손드라라는 이름을 가진 사람이라면 누구나 어디를 여행하든 이런 아름다운 호텔에 머물 것 같아서다. 나는 햇빛 속으로 다시 뛰쳐나와 머릿속에서 나 자신에게 하이파이브를 하며 그 도시에 말한다. "뉴욕, 봤지? 난 아직 널 아주 잘 다룰 수 있다고."

5장

엄마에게

엄마가 이걸 정말로 읽는다면 한 가지 물어볼 게 있어. 엄마랑 아빠는 행복한 적이 있었어? 돌이켜 보니 엄마, 아빠가 특별히 행복하거나 슬퍼했던 모습이 기억나지 않아. 지금 아빠는 믿을 수 없을 만큼 행복해 보이지만, 우리가 함께 즐겁게 지내고 있다고 느끼게 하려고 억지로 행복한 척하는 건지, 원래 행복한 사람인지 잘 모르겠어. 그리고 난 궁금해. 우리가 같이 살던 때에도 아빠는 행복했어? 말하자면 엄마, 아빠는 주방에서 함께 요리하다가 춤을 추거나 조와 내가 공원에서 놀고 있는 동안 손을 잡고 있거나, 그런 걸 해본 적 있어? 미안. 두 개 다 영화에서 본 장면이지만, 현실에서 결혼한 부부의 행복한 모습을 본 경험이 많질 않아서 말이야. 트리니티의 엄마가 또 이혼한다고 내가 말했던가? 우리 아빠가 쓰레기라고 생각할 때마다, 트리니티네 집을 보면서 생각했어. '더 나쁠 수도 있다'고. 트리니티, 미안해. 하지만 사실이야.

그래서 묻는 건데. 아빠가 엄마를 행복하게 해 줬어? 아빠랑 사랑에 빠져서 엄마는 행복했어? 둘이 사랑에 빠지기는 했어? 엄청 쉬운 질문이야.

브라이언은 나를 행복하게 해 주는 것 같아. 걔는 내가 말한 대로 키가 그리 크진 않지만, 여전히 매우 귀엽고 나를 많이 칭찬해. 난 그게 좋아. 그것 말고 전체적으로는 잘 모르겠어. 브라이언은 나한테 엄마보다 문자를 많이 해. 걔 문자는 바보 같아. 예를 들면, '안녕'이라고 한 다음에 똥 이모티콘을 보내. 그런 짓은 정말로 칭찬해주고 싶지 않아. 그래서 답장을 하지 않으면 이번에는 10분쯤 후에 '화났어?'라고 하면서 또 똥 이모티콘을 보내는 거야. 그 정도면 편지쓰기 기술에 관해 강의를 할 만큼 충분한 조건이지만 나는 그러지 않아. 왜냐하면 나는 누구랑 달리 마흔이 넘은 도서관 사서가 아니니까.

브라이언과 어울리기 시작하면서 그 아이가 점점 더 흥미로워. 걔는 학교와 우리의 미래에 관해 똑똑한 말을 많이 하거든. 예를 들어, 내가 대학에 관해 어떤 곳은 장학금이 좋고 어떤 곳은 학자금 대출 조건이 좋다고 얘기했더니 브라이언은 과거가 아니라 앞으로 변화할 세상에서 우리의 꿈을 계획해야 한다고 말했어. 데이트에서 말이야. 그러고는 자기 아빠가 신문기자가 되려고 대학에 가서 학자금 대출을 어마어마하게 받았는데, 졸업할 때가 되니 신문사가 하나도 남지 않았다고, 그래서 아빠가 자기 인생을 싫어한다고 말해 줬어. 그러면서 가장 중요한 것은 과거에 우리 미래를 저당 잡히지 않는 거라고 하더라.

정말 멋진 말이지 않아? 엄마는 우리에게 계속 일 얘기를 할 만큼 엄마 일을 좋아하는데, 내가 대학을 졸업할 땐 도서관이 남아 있기

나 할까? 우리는 작가나 택시 운전사나 우편배달부처럼 사라져가는 직업들에 대해서 몇 시간 동안 얘기했어. 우리는 자율주행차에 관한 SNS 글을 읽고 미래를 얘기했어. 미래엔 우리가 뭔가 필요할 땐 개인용 3D프린터기로 뽑기만 하면 된대.

맞아, 그게 브라이언이야. 몇 주간 이론을 제시하는 멋진 미래학자의 모습을 보고 사귀자는 말에 내가 동의했어. 오늘은 내가 브라이언과 다른 흥미로운 주제로 얘기를 하려는데, 걔는 계속 나를 만지려고 하면서 이렇게 말하는 거야. "미래 따윈 잊어버려. 우리는 현재를 살면 된다고!" 그래서 내가 "나한테서 손 떼!"라고 했어.

엄마, 어떻게 해야 할까? 나는 여름방학이 시작할 무렵 남자친구를 사겼고, 여름 내내 혼자이고 싶지 않으니 9월까지는 걔랑 붙어 있어야 하는데…. 나는 브라이언에게 기대가 큰 만큼 실망도 커. 그렇다고 브라이언이랑 헤어지고 남들 모두 짝지어 다니는 밤에 매일 집에 있고 싶지는 않아. 트리니티가 데인이랑 열렬한 사랑에 빠져서 둘이 얼굴만 쳐다보고 있느라 난 트리니티 뒤통수밖에 볼 수 없는 지경이거든. 걔들이 헤어지면 나는 싱글 친구를 갖게 될 테니, 사회적으로 왕따가 될 걱정은 하지 않아도 될 거야. 사실 브라이언이랑 같이 있으면 정말 재미있거든. 걔 문자가 좀 거슬리긴 하지만. 게다가 브라이언은 키스도 잘해.

추가 장점 : 아빠는 틀림없이 브라이언을 미워할 거야.

사랑을 담아
엄마의 매정한 딸 코리가

컬럼비아대학교 중앙 도서관의 대강당은 북새통이다. 미국 도서관 교육자 협회는 전국에서 작은 행사를 많이 열지만, 이건 큰 행사 중 하나다. 개최지가 와보고 싶은 곳이기 때문이기도 하지만 시골이나 도시 할 것 없이 미디어 흐름에 정통한 교사에게 지급하는 보조금 때문에 출석률이 높다. 학회에는 도서관학 예비 석사부터 이미 연금은 모아두었지만 생활방식을 바꾸지 않은 반백의 베테랑들까지 모든 이들이 모인다. 나는 정확히 중간쯤에 해당한다. 괜찮은 학위와 비싼 학교에 근사한 직장까지 있지만, 개인적으로 초청받는 박사들이 모인 학문적인 무리는 아니니까.

오늘 저녁 행사는 아동 도서 출판업자의 후원이어서 그런지 친숙한 캐릭터들이 방 여기저기에 붙어 있다. 많은 초등학교 교사들이 교무실에 사진을 걸어두려고 플라스틱 와인 컵을 내려놓고《플랫 스탠리》(제프 브라운이 쓴 미국 유명 어린이 도서 시리즈─옮긴이) 옆에서 포즈를 취하고 있다. 초등학교 도서관 사서에게, 플랫 스탠리와 찍은 사진은 아이들에게 제대로 먹힐 비장의 무기가 될 것이다.

음식 쟁반들이 지나가자, 나는 사람들 발에 치여 넘어질 걱정 없이 와인을 먹을 수 있도록 음식 나르는 사람들이 처음으로 지나가는 문 근처에 자리를 잡는다. 그러고는 자그마한 키슈파이를 내 몸무게만큼 먹어 치울 기세로 입에 넣는다. 게걸스럽게 먹으면서 나는 등록할 때 출판사 홍보 담당 젊은 직원이 건네준 프로그램 안내 책자를 가방에서 꺼내 훑어본다. 그러면서 계속 휴대폰을 확인한다. 탈리아는 아무 소식이 없다. 나는 그녀가 출근하는 길에 택시에 치이는 시나리오를 상상하기 시작한다. 이건 정말 터무니없는 걱정이다. 탈리아는 물건을 여기저기 늘어놓고 정리를 못 하기로 유명하니까 아마 휴대폰을 어딘가에 두고 잃어버렸는지조차 모르고 있을 것이다. 하지만 나는 몇 시간 후에 행사가 다 끝날 때까지 탈리아에게 아무 연락이 없다면 그때는 대체 어떻게 해야 할지 고민하고 있다. 병원에 전화해 볼까? 오하이오에 계신 탈리아 엄마에게 확인할까? 어디서부터 그녀를 추적해야 할지 갈피도 못 잡겠다.

내가 휴대폰과 학회 소책자, 그리고 게살 타르트를 두 개씩이나 들고 이리저리 옮겨가며 저글링을 하는 바로 그때 어떤 여자가 내게 다가와 큰 소리로 말한다. "그러면 안 돼요."

나는 위를 올려다보다가 소책자를 떨어뜨리고 그다음엔 휴대폰을 떨어뜨린다. 어떤 대가를 치르더라도 게살 타르트는 사수한다.

여자는 키가 컸으며, 디즈니의 여자 악당의 얼굴을 한 인상적인 외모다. 여자의 코는 실제로 내게 위협이 될 만큼 날카롭다. "제가 길을 막았나요?"라고 내가 묻는다. 달리 뭐라고 해야 할지 모르겠고, 약간 겁을 먹기도 했다.

여자가 내 휴대폰을 주워주며 웃자 눈매가 부드러워진다. "여기요, 제가 들고 있을 테니 그거나 드세요."

나는 순종적으로 타르트를 입안에 채워 넣은 후 자유로워진 손으로 휴대폰을 돌려받는다.

"공짜 와인이 동나기 전에 먼저 마구 마셔야 해요. 그다음에 자그마한 음식을 해치우는 거예요"라고 말하며 그 낯선 여자는 자기의 레드 와인잔을 머리로 까딱하며 가리킨다. "그리고 그런 멍청한 소책자 따위는 볼 필요도 없어요. 거기 중요한 정보는 하나도 없으니까요."

나는 머리를 여자 쪽으로 기울인다. "중요한 정보가 뭔데요?"

"가장 중요한 정보란 당신이 직무 연수 학점을 받을 수 있는 학회 중 지루한 강의가 얼마나 적은가 하는 거죠. 예를 들자면, 이 파티에는 초청 연사가 두 명 있어서 공짜 술과 음식이 있지만, 내일 아침 일찍 있을 두 번의 강의와 똑같은 학점으로 인정된답니다. 거긴 연한 커피랑 바나나밖에 없거든요."

나는 인상을 찌푸린다. 나는 내일 아침 일찍 여기에서 강의하기로 되어 있다. "아, 그렇군요. 그래서 여기 사람이 이렇게 많군요"라고 내가 말한다.

"혹시 초청 연사로 여기 온 건 아니죠?"라고 말하는 여자의 목소리가 따뜻하면서도 약간 거슬린다.

"음, 제가 교통 대란 때문에 저녁을 놓쳐서요… 그래서 일단은 게살 타르트 때문에 왔다고 말해야겠네요. 하지만 위에 음식을 더 채워 넣고 나면, 그땐 연사로서 강의에 가장 관심이 많을 겁니다."

"모범 시민이군요"라고 그녀가 말한다. "아니면 와인이 좀 필요하겠네요. 저는 캐서린이에요. 시카고 공립학교에서 왔는데, 여기 달리 아는 사람이 없지만 대체로 참석자들이 클리블랜드의 비 오는 날만큼 즐거워 보이네요. 자수로 장식된 폴로 가방을 이렇게 많이 본 적 있어요? 화이트 와인이요, 레드 와인이요?"

"레드로 주세요." 내가 대답한다. "만나서 반가워요. 저는 에이미 바일러에요. 펜실베이니아에서 왔어요."

"곧 돌아올게요, 에이미 바일러."

캐서린이 내게 와인 한 잔을 갖다주는 동안, 나는 마지막으로 휴대폰을 다시 확인한다. 나는 탈리아에게 문자메시지와 페이스북 메시지를 남긴 후 이제 오늘 밤 앞으로 벌어질 일은 내 손에서 벗어났다고 생각한다. 저녁 행사가 끝날 때까지도 연락을 받지 못하면, 나는… 어떻게 하지? 데이즈인(미국의 호텔 체인 - 옮긴이)에서 방을 찾아보면 되겠지? 전국에서 가장 호화로운 도시에도 데이즈인은 있을 테니까. 아마 한 달 식비는 족히 들겠지만, 달리 방법이 없지 않은가? 나중에 집에 가서 학교에 비용을 청구해 볼 수도 있다.

캐서린이 돌아오자 나는 쓸모없는 휴대폰을 그냥 치워버린다. "아이들은요?" 그녀는 넉넉하게 담긴 와인잔을 내게 건네며 묻는다.

"K-12(유치원에서 고3인 12학년까지를 의미함 - 옮긴이) 사립학교에 있는데, 저는 주로 중고등학생을….""

"아뇨, 제 말은 아이들이 있냐는 말이었어요." 그녀가 끼어든다.

"아." 내가 고개를 끄덕이며 말한다. "네. 둘이요. 둘 다 고학년이에요. 딸 하나, 아들 하나요. 여자애는….""

"저는 기저귀를 찬 아이가 둘이에요." 캐서린이 다시 끼어든다. "하나는 한 살이고, 또 하나는 거의 세 살이 됐어요. 둘 다 아들이죠. 둘 다 골칫덩어리에요. 첫째를 임신한 후부터 적어도 한 놈은 항상 몸 어딘가에 달고 집 밖으로 나와야 했어요. 오늘까지요. 근데 그거 알아요? 내가 지난 3년보다 지난 3시간 동안 한 생각이 훨씬 더 명료했어요. 지금까지 이 학회에서 내가 엉덩이를 닦아 준 사람이 몇 명인 줄 알아요?"

"어….""

"하나도 없어요. 그리고 다음 3일 동안 누구의 엉덩이도 닦지 않을 거예요. 그러면 난 내 엉덩이만 책임지면 되죠. 호텔 방에 비데가 없다면요! 정말 굉장하지 않아요?"

"어….""

"게다가 엉덩이 하나는 제가 보통 닦아야 하는 엉덩이의 3분의 1이니까, 이번 주가 내 인생에서 가장 위대한 한 주랍니다."

"저도 그 시절이 기억나요." 내가 생각에 잠겨 말한다.

"차차 쉬워진다고 말해줘요." 캐서린이 말한다. "선생님은 해냈으니까. 어쨌든 아직 차를 절벽 아래로 추락시키지는 않았잖아요."

나는 고개를 끄덕인다. "차차 훨씬 더 쉬워져요. 적어도 우리 십대 녀석들은 배변 훈련은 완전히 마쳤으니까요."

캐서린이 웃는다.

나는 이어 말한다. "그리고 선생님도 아이들의 성격을 좀 더 알게 되면 정말로 애들이 사랑스러워질 거예요. 시간이 좀 걸리지만, 결국 그렇게 돼요. 그러고 나면 상황이 조금씩 덜 힘들어지죠. 아이들은 혼자서 옷을 입고, 알아서 놀고, 알아서 챙겨 먹고, 그러다 어느 날 운전면허를 따겠다고 선생님을 놀라 나자빠지게 할 거예요." '그리고 아직 전남편이 아닌 전남편과 시간을 보내겠다고 당신을 버릴 거예요'라고 속으로 덧붙인다.

"그 말을 들으니 훨씬 안심되네요."

"선생님은 지금 육아로 한창 바쁠 때네요." 내가 말한다.

"지금 당장은 바보 같은 남편이 한창 바쁘겠죠. 내가 남편에게 말했어요. '당신이 이 아이들을 내 뱃속에 만들었으니, 이제 당신 혼자서 아이들을 좀 봐야 해. 나는 그동안 정신없이 맛있는 음식과 술을 마시고, 매일 아침 9시까지 늘어지게 잔 다음 호텔 케이블TV로 시트콤 〈골든 걸스〉나 연속해서 볼 거야'라고요."

내가 미소를 짓는다. "그거 탁월한 계획이네요."

"고마워요. 선생님은 여기 왜 왔어요?"

"무슨 말이에요?" 질문의 의도를 몰라 내가 묻는다.

"선생님도 아이들에게서 도망쳐 왔어요?"

"아, 아니요. 음… 아니에요. 제 말은… 절대 그런 건 아니에요. 도망쳤다면, 아이들이 제게서 도망쳤겠죠." 내가 마침내 말을 마무리한다.

"그건 무슨 뜻이죠?"

"그러니까…." 나는 와인을 벌컥벌컥 마시면서 이 명랑하고 친절하지만 확실히 가벼워 보이는 여자에게 어디까지 말을 해야 할지 저울질한다. "제 전남편이 한동안 외국에 있다가 돌아와서는 아이들과 일주일을 보내고 싶대요. 그래서 저는 달리 할 일이 없어서 왔어요."

"세상에. 선생님은 세상에서 가장 운 좋은 여자네요."

나는 웃는다. "선생님이 왜 그렇게 말하는지 알 것 같아요."

"그래서 이제 아이들도 없이 뉴욕에서 일주일을 온전히 혼자 지내시겠네요? 그건 정말… 내 일생일대의 꿈이에요. 선생님은 꿈같은 삶을 살고 계시네요. 어디에 머무세요?"

나는 숨을 들이마신다. "저는… 아직 확실치가 않은데…. 학회가 끝나면 대학 시절 친구네 집에서 묵기로 틀림없이 약속했는데, 오늘 하루 종일 연락이 되지 않네요. 그래서 호텔을 찾아야 하나 생각 중이에요."

"호텔 예약을 안 했다고요?"

나는 어깨를 으쓱하며 패닉이 나를 엄습하지 않은 척 연기한다.

"여긴 뉴욕이잖아요. 호텔은 많아요."

"관광객도 많지요."

나는 자신감 있는 미소를 억지로 짓는다. "어떻게든 되겠지요."

"여기 호텔은 너무 비싸요."

나는 와인을 홀짝인다. 이제 슬슬 겁이 나기 시작한다. 결국 오늘 밤 날이 밝을 때까지 공원 벤치에 웅크리고 있는 건 아닐까?

"오늘 밤 첫 연사의 강의는 몇 시죠?"라고 나를 무섭게 하는 새 친구에게 묻는다.

캐서린은 뼈가 앙상한 손목에 매달린 예쁜 금시계를 들여다본다. "첫 연사가 시작할 때까지 30분 남았어요. '우리 아이 첫 책'이라는 20권짜리 《바보 멍청이 얼간이》 시리즈를 쓴 작가요. 흥."

나는 동의하지 않을 수 없다. 오늘 밤은 출판사들이 자기네 문학 작품의 왕관에서 보석을 꺼내어 내놓는 자리지만, 이 특정한 보석이 모든 유아 독서지도 교사들 입장에서는 일종의 가시처럼 여겨진다. "어쨌든 그 작가는 많은 아이가 독서에 흥미를 갖도록 했잖아요." 내가 너그럽게 말한다.

"쳇. 방귀에 관한 독서겠죠"라고 캐서린이 말한다.

나는 와인을 마시다 그만 사레들린다. 다시 호흡을 되찾았을 때 "그리고 코딱지도요"라고 덧붙인다. "오늘 또 누가 나와요?" 5분 전에 바보 같은 프로그램 안내 책자를 들여다 봤지만 이번 학회에서 제공하는 많은 기조연설을 바로 찾을 수 없었기 때문에 캐서린에게 묻는다.

"작년에 '올해의 도서관 사서'로 뽑힌 사람이요. 섹시해요." 그녀가 신이 나서 덧붙인다.

"섹시한 도서관 사서가 있는 줄은 몰랐네요"라고 내가 말한다.

"우리 둘은 빼고 하는 말이죠?" 캐서린이 명랑하게 웃는다. "있어요. 초등학교 4학년인가부터 셰익스피어를 읽게 하겠다는 '위험한 생각을 지닌' 어느 도시 출신의 엄청나게 섹시한 남자 선생님이요."

어디선가 들어본 것 같아서 나도 고개를 끄덕인다. "셰익스피어가 아니었어요. 브래드 버리(미국의 미스터리 소설 작가-옮긴이)였고, 6학년이었어요. 하지만 한 학기가 끝날 즈음엔 아이들이 학년 수준보다 높은 책을 읽고 있었어요. 그래서 꽤 놀라웠어요."

그녀가 고개를 끄덕인다. "게다가 엄청나게 섹시하기도 하고요. 보면 알 거예요. 아! 선생님 싱글이죠? 아까 듣기로 싱글인 것 같았는데? 섹시한 올해의 사서도 싱글인지 궁금하네요. 우리 어떻게 알아낼까요?"

"아마 사람들이 그 사람을 소개할 때 이렇게 말하겠죠. '우리 섹시한 올해의 사서는 캘리포니아공과대학에서 공부하셨고, ELL(영어가 모국어가 아닌 학생들-옮긴이) 지도가 전공이시며, 해변에서 오래 걷는 걸 좋아하신답니다'라고요."

"와! 완벽해요. 그렇다면 우린 그 선생님하고 별자리만 맞춰보면 되겠네요. 그럼 준비 끝이에요."

내가 천천히 말한다. "캐서린. 괜찮으면 바보 작가 강의 시간에 제 자리 좀 맡아주시겠어요? 호텔 걱정 때문에 식은땀이 나기 시작했거든요."

캐서린이 친절하게 미소를 지으며 말한다. "당연히 괜찮죠. 어쨌든 선생님이 여기서 제 유일한 친구인걸요"라고 그녀가 유혹하듯 말하자 나는 로맨틱 코미디에 나오는 못된 직장 상사처럼 생긴 여자가 실제로는 매우 유쾌하고 다정해서 웃음이 난다.

"게살 타르트 옆에 서 있기만 한다면 친구는 한 명이면 충분하죠. 제가 전화 몇 통만 하고 기조연설이 시작하기 전에 올게요. 오늘 밤

누울 침대를 찾는 데 오래 걸리지 않으면 좋겠네요."

"선생님이 실패하더라도, 섹시한 올해의 사서가 있잖아요." 캐서 린이 손을 흔들며 말한다. "침대를 같이 쓰면 그 남자도 틀림없이 행복할 거예요."

나는 어퍼 맨해튼 데이즈인에 전화한다. 근처 세 곳의 비슷하게 낮은 별점의 숙소에도 전화를 한다. 모두 예약이 끝났다고 한다. 금요일이기도 하고, 그들 말로는 공교롭게도 시내에서 도서관 컨벤션이 열려서 평소보다 방이 없다고 한다.

나는 로어 맨해튼에서 숙박비를 감당할 수 있는 호텔로 전화해 보지만, 거기도 예약이 다 찼다. 블로거들의 컨벤션에 간호사 컨벤션, 컨벤션 참가자들을 위한 컨벤션까지 있다고 한다. 세상에서 가장 환상적인 도시에서 여름의 첫 주말에 미국 전역, 아니 전 세계에서 예산에 맞춰 사는 모든 사람이 지금 뉴욕 시내에 있다. 그리고 그들 모두 호텔을 예약을 했다. 덕분에 내 예산 범위에 맞는 호텔 방은 없다.

나는 온라인에서 방을 찾을 수 있을까 하고 확인해보지만, 그런 행운은 없다. 사이트에서는 오후 6시 이후에 당일 예약을 허용하지 않는다. 나는 오늘 밤 집으로 돌아갈 수 있을까 하고 기차 시간표를 확인한다. 틀렸다. 마지막 기차가 4분 후에 떠난다. 나는 탈리아에게 다시 문자를 보낸다. 멋져 보이려는 모든 환상과 민폐를 끼치지 않으려는 모든 희망이 사라지자 나는 그냥 'SOS, 노숙 신세임'이라는 문자를 보내고 2분간 휴대폰 화면을 쳐다본다. 탈리아가 내 메시지에 응답 중임을 보여주는 점 세 개가 뜨기를 기다리면서. 점 세 개는 없다. 나는 그녀의 잡지사에 전화한다. 나는 천천히 전화 안내 서비스에 그녀의 성을 입력하고자 곧장 음성 사서함으로 넘어간다.

마침내 나는 '호텔 라 프로방스'로 전화한다. 어찌 됐든 내 짐이 지금 몇 시간째 거기서 환대를 받고 있으니까. 딱 하룻밤만 부자처럼 살아보는 것도 괜찮겠지. 나중에 그 비용을 갚으려고 계속 아르바이트를 해야 할지도 모른다. 아마 이번이 튀김 전문 요리사가 될 기회일지도 모르지.

"여보세요." 기계음이 아닌 사람 목소리가 호텔 라 프로방스에 전화해주셔서 감사하다고 인사하자 나도 모르게 내뱉어놓고 어색하다고 느낀다. "오늘 밤 묵을 수 있는 방이 있을까요?"

"아, 네. 방이 있을 것 같습니다"라고 친절한 여자 목소리가 말한다. "더블 침대가 두 개인 방을 드릴까요, 킹사이즈 침대가 있는 방을 드릴까요?"

"음… 저기." 어차피 어느 쪽이든 감당할 여유가 없으므로 별 상관이 없다는 생각에 이렇게 말한다. "어떤 요금 등급이 남았나요?"

"요금 말씀이십니까, 부인? 현재는 특별 할인이 적용되는 방은 없습니다. 정가 요금인 방만 있을 겁니다. 잠깐만 기다려주시겠습니까?"

나는 기다린다. 여자가 뭐라고 할지 상상해 본다. 만약 150달러 아래로 말한다면, 방을 예약할 것이다. 어디든 잘 곳이 필요하니까. 하지만 더 많이 부른다면? 그렇더라도 예약을 하겠지만, 꽤 속이 쓰릴 것이다.

여자가 전화로 돌아온다. "아주 좋은 소식입니다, 부인. 킹사이즈 침대 방이 하나 있는데, 현재로서는 가장 싼 요금이고, 정가에서 30% 할인이 적용됩니다. 그 방으로 예약해 드릴까요?"

"음, 그래서 얼만데요?"

나는 타이핑하는 소리를 듣는다. "세금과 수수료를 공제하기 전 요금이… 오! 1박에 270달러밖에 안 되네요."

내 뇌는 작동을 멈추고 입에서는 크게 신음이 터져 나온다. 학회가 열리는 3일간 거기 머물러야 한다면, 예상치 못했던 호텔비로만 800달러를 지출하게 될 것이다. 그 돈이면 여러 날 아이들과 피자를 시켜 먹을 수 있고, 웨그먼스 마트에서 몇 번이나 쇼핑할 수 있으며, 아이 하나가 일주일짜리 여름 캠프를 다녀올 수 있다. 그 돈을 뉴욕에서 빌어먹을 호텔 방에 쓰고 싶지는 않다. 어차피 호텔에 머무는 시간은 몇 시간 되지 않고, 그마저도 대부분은 잠들어 있을 테니, 이 상황이 나를 미치게 한다.

"그걸로 예약할게요." 내가 말한다.

"알겠습니다. 그러면 언제 체크아웃하시겠습니까?" 그녀는 내가 성범죄자처럼 휴대폰에 신음하는 소리를 방금 들어놓고도 정중하게 묻는다.

"내일이요. 감사합니다"라고 내가 말한다.

"알겠습니다. 1박이요. 그럼 예약에 어떤 신용카드를 사용하시겠습니까?"

그러자 번뜩 떠오른다. 신용카드. 비상용으로 쓰라고 존이 내게 준 신용카드가 있었지. "이건 비상 상황이야." 내가 머릿속에 있던 말을 크게 내뱉는다.

"죄송합니다만, 부인. 방금 비상 상황이라고 하셨습니까? 제가 도움을 요청하길 바라십니까?"

"아니, 아니에요. 죄송해요. 저는 그냥… 잠깐만 기다려 주세요.

제가 카드를 꺼낼게요."

내가 존의 신용카드 번호를 읽자 여자가 총액을 말했는데, 그 말에 나는 다시 한번 움찔한 후 억지로 웃으려 애쓴다. 카드는 이럴 때 쓰라고 있는 거 아니야? 이런 비상 상황에서. 존이 내게 카드를 쓰라고 말했다. 하지만 그는 틀림없이 내가 300달러나 쓸 거라고는 생각하지 못했겠지만, 그래서 뭐? 이번에 제대로 뜯어먹어야지. 존은 감정적인 상처라는 면에서 내게 그보다 훨씬, 훨씬 더 많은 빚을 졌으니까.

그렇더라도… 혹시 존이 화를 낼까? 집에 돌아가면 내가 사과해야 할까, 아니면 이 돈을 갚기라도 해야 할까?

하지만 이 중 어느 질문에도 답을 모르겠기에 나는 카드 정보를 읽어주고서 가장 좋은 쪽으로 해결되기를 기도한다. 전화를 끊기 직전에 나는 여자에게 '손드라 소여'라는 이름으로 예약을 하라고 말한다. 그렇게 해야 내가 맡겨둔 짐과 맞아떨어질뿐더러 그 이름이 아까 말한 대로 세상에서 가장 우아한 이름이기 때문이다.

결국 에이미 바일러는 라 프로방스 호텔에 묵지 않는다. 하지만 손드라 소여는 전 남편의 아메리칸 익스프레스 카드를 사용해 거기 묵는다. 그리고 그녀는 룸서비스까지 주문할지도 모른다.

다음 날 아침 내가 깨어난 삶은 현실이 아니다. 손드라 소여의 삶이다. 아름답게 다림질된 면과 리넨 혼방시트, 거위 털 베개, 희미하게 라벤더 향이 나는 침대보가 있는 호화로운 킹 침대에 누워 있다. 내 옆에는 윗부분이 대리석으로 된 침실용 탁자 위에 탄산수 한 병이 놓여있고, 몇 분 안에 누군가 따끈한 아침 식사를 가지고 내 방문을 노크할 예정이다. 오, 여기 아침 식사가 왔다! 호텔에서 제공한 슬리퍼랑 수면 마스크와 정확히 매치시킨 호텔 가운을 별 감흥 없이 집어서 티셔츠와 파자마 바지 위에 걸치고 문을 연다.

나는 동화 속 공주 같은 기분이다. 어제는 십 대 딸의 수영 모자에서 흰곰팡이를 문지르고 있었다. 오늘은 미소를 띤 젊은 남자가 내게 아침 식사를 배달해 주고, 이제는 침대 위에 아침을 차리기까지 한다. 커피가 담긴 유리병이 있고(그것도 유리병 가득이다), 페이스트리와 갓 짜낸 주스, 장인이 만든 베이컨이 있으며, 아스파라거스 위로 수란이 놓여있다. 완벽하다. 나는 죽어서 천국에 왔다고 생각한다. 곧 직원이 나가고 잔칫상과 함께 다시 혼자 남겨지자 내 행운이 믿겨지지 않는다. 나는 침대에 편히 기대어 음식 쟁반을 가까이 끌어당긴다. 내 아이 중 누구라도 이런 행동을 했다간 한바탕 잔소리를 들어야 할 짓이다. 나는 TV를 켜서 마음을 편안하게 해주는 아침 방송을 배경 음향으로 틀어놓고 아침을 먹는다.

음식, 호텔 방, 서두르지 않아도 된다는 사실 중에서 어느 것이 더 기분 좋은지 모르겠다. 음식을 한 입 한 입 음미하면서, 내 몸에 어떻게 씹고 맛보고, 숨 쉬고 먹어야 하는지 차례차례 상기시킨다. 나는 작은 커피잔에 커피를 따라 완벽한 양의 크림을 넣고 아직 뜨거울 때 한 모금씩 마신다. 오늘은 어딘가로 태워다줘야 할 사람도 없고, 어디 있는지 찾아야 하는 물건도 없다. 만들어야 할 아침 식사도 없으니 당연히 맛없다고 비난받을 일도 없다. 20분 후에 학교에 가져가야 하는데 아직 구하지 못한 준비물을 놓고 아이와 당황스러운 대화를 하지 않아도 된다. 소변을 보면서 이를 닦지 않아도 된다. 둘 다 따로 할 시간이 있으니까. 그리고 아무도 내가 화장실에서 나오기를 기다리지 않는다. 이건 정말로 황홀한 천국이다. 내가 해야 할 일이라고는 세 시간 후에 컬럼비아대학에 가서 강의만 하면 된다. '차세대 독서광을 위한 전자책 도서 목록'이 내 강의의 제목이다. 제목이 간결하지 않는 데다 어젯밤 캐서린이 한 말이 옳다면, 나는 감당할 만큼 적은 청중에게 내 하찮은 구상을 제시한 다음, 다른 사람들의 발표에서 내가 좋아하는 일을 더 잘 해낼 방법을 배우며 남은 하루를 보낼 것이다. 점심 메뉴가 태국 음식이던가? 아마 책을 보면서 혼자 먹겠지. 맙소사! 이런 멋진 평화가! 몇 년 전에는 왜 이렇게 살지 않았지?

당연히 아이들 때문이다. 하지만 애초에 나는 왜 아이를 가졌지?

내 생각에 어이가 없어 피식 웃으며 전화를 집어 들고는 여전히 비어 있지 않은 커피잔 사진을 코리와 조에게 보낸다. '침대에서 먹는 아침! 엄마도 이런 생활에 익숙해질 수 있었는데….'

'제발 엉뚱한 생각하지 마.' 코리가 대번에 답장한다. 좋아. 아침 7시인데, 일어났구나. 평상시 스케줄을 유지하고 있다.

나는 존에게 문자를 보낸다.

'잘 지내고 있어?'

존이 바로 답장을 한다.

'어젯밤 열 시하고 똑같아. 코리는 10분 후에 염소 아침 식사(코리의 수영 코치가 여름방학 동안 야외 시립수영장에서 하는 새벽 훈련에 붙인 이름이다)를 하러 갈 거야. 그리고 조와 나는 코리가 수영하는 모습을 본 후에 진짜 아침 식사를 할 거야.'

'과일이랑 같이'라고 내가 답한다.

'네네, 대장님. 라임 맛 젤리도 과일에 들어가?'

나는 엄지손가락을 아래로 내린 이모티콘으로 답한다. 내가 귀찮게 하고 있다는 것을 알지만, 그것을 굳이 그가 내게 상기시킬 필요는 없다. 귀찮게 구는 것은 부모가 해야 할 일 중 엄청난 부분을 차지함에도, 지난 몇 년간 그는 그 일을 한 번도 하지 않았으니까. 존이 분위기를 파악하고 전화로 답한다.

"비꼬듯 말해서 미안해." 내가 전화를 받자마자 그가 말한다. "계속 조언 문자 보내줘. 난 그게 필요해!"

그래야지. 한결 낫네. 나는 마음이 누그러져 침대로 들어간다.

"아이들과 재밌게 지내고 있어?"

"아주 재미있지. 어젯밤에는 우리가 제일 좋아하는 영화를 각자 하나씩 골라서 연속으로 보면서 좋았던 점을 얘기했어. 조가 팝콘을 다 먹어 치우더라고. 어색한 분위기를 깨는 데 딱이었어. 아이들이 어떤 성격인지 벌써 조금은 파악한 것 같아. 물론, 갈 길이 아직 멀지만."

질투심에 속이 뒤틀리는 것 같아 나는 앞에 펼쳐진 아침 식사와 아름다운 호텔 방을 돌아본다. '황홀한 평온'이라고 속으로 되뇐다. 설거지도 없고, 급할 것도 없고, 염소 아침 식사도 없다.

"아이들은 무슨 영화를 골랐어?" 나는 속으로 추측하면서 묻는다. 조는 스타워즈 시리즈 중에서 자기가 가장 좋아하는 〈스타워즈-제국의 역습〉을 골랐을 것이다. 그리고 정떨어지는 야수 같은 우리 코리는 아마… 〈웨딩 크래셔〉? 〈앵커맨〉? 아니면 〈내 여자친구의 결혼식〉?

"조는 〈레이더스〉를 골랐어. 사실 좀 놀랐어. 조를 작고 순수한 아이라고 생각했는데, 나치 얼굴이 녹아내리는 걸 보면서 환호성을 지르니까 이상하더라. 내 말은 그 부분이 영화에서 중요한 부분이라는 뜻이야. 훌쩍 커 버린 거지. 다시 한번 내가 따라잡아야 할 것들이 많다고 생각했어."

허. 좋아. 꽤 비슷하게 추측했으니까. 조지 루카스 대신 스티븐 스필버그라. 하지만 같은 영화배우에, 같은 고전 영화고, 같은 장르니까.

"코리는 뭘 골랐어?"

"당신은 짐작이나 할까? 〈노트북〉이야. 맙소사. 어느 시점이 되면 십 대 소녀는 누구나 그러나 봐."

"〈노트북〉이라고?" 나는 그저 따라서 말한다. 코리와 내가 함께 봤을 때 우리는 끊임없이 그 영화를 비웃었다. '왜 라이언 고슬링은 셔츠가 저렇게 안 어울리지?', '이 모든 문제가 두어 번 만나 이성적으로 대화하면 해결되는 거 아니야?', '왜 쟤네들은 비를 피할 수 있는 곳에서 키스하지 않는 거야?'

우리 둘 다 너무 좋아하는 로맨스 영화는 〈노팅 힐〉이다. '나는 그저 소녀였다. … 어떤 소년 앞에 서 있는….' 모녀가 그에게 반해 졸도할 지경이었다. 어쨌든 나는 그렇게 생각했다.

"코리가 마지막에는 가슴을 움켜쥐고 눈물을 흘리는 거야. 난 이해가 안 돼."

생판 처음 듣는 말이라는 걸 인정하고 싶지 않아서 나는 정신을 가다듬고 묻는다. "당신은?" 예의상 한 말이다. 어쩌면 알고 싶어서였을지도 모른다.

"아, 그건 쉽지. 〈섹시한 아줌마, 맨해튼을 점령하다〉. 그거 고전인데, 당신 못 봤어?"

"농담이겠지."

"농담이야. 내가 진짜 좋아하는 영화는 청소년 관람 불가이기도 하고, 당신과 처음에 상의하지 않았으니까 애들과 같이 보지는 못했어. 대신 내가 고른 영화는 〈후레치〉였어. 재미있고 바보 같은데다 너무 옛날 영화라 애들이 이미 봤을 리가 없으니까."

"〈후레치〉. 잘했네. 당신이 진짜로 좋아했던 영화는…. 아니야, 기다려 봐. 내가 알고 있지 않아?"

"오래전이야. 아마 잊어버렸을 거야."

"〈노인을 위한 나라는 없다〉." 내가 단언한다.

"맞아. 남자다움에 관한 영화야. 가끔은 내가 아이들과 당신을 떠나기 전에 그 영화를 충분히 보지 않았다는 생각이 들어."

나는 포크를 떨어뜨린다. 그가 회개하는 모습을 보이자 내가 짜증이 나는 걸까 아니면 기분 좋은 걸까? 어느 쪽이든, 아주 많이 불편하긴 마찬가지다. "나 아침 식사를 즐기던 중이었어."

"미안해. 요점은 우리는 다 잘 지내고 있다는 거야. 즐겁게 지내고, 아이들 걱정은 너무 많이 하지 마."

"넵. 아이들 걱정하지 말라는 말을 듣고서 진짜로 걱정하지 않는 '전 우주' 역사상 최초의 엄마가 될게."

"좋아. 애들 때문에 속 태우는 당신 마음이나 걱정해. 우린 잘 지내고 있으니까."

나는 고개를 끄덕이며 불쌍하게 대답한다. "그래. 이제야 당신답네."

작별 인사를 마친 후, 아침 식사를 내려다보니 의기양양함이 아까보다 열 배쯤은 줄었다. 그냥 아침 식사일 뿐이다. 일주일 중 언제든 직접 아침을 차릴 수 있고, 그랬다면 아마 돈이 열 배쯤은 덜 들었을 것이다. 우리 집에도 멋진 침실이 있는데. 그토록 침대에서 먹고 싶었다면 내 멋진 아이들이 자는 동안 내 멋진 집에 있는 내 멋진 침실에서 멋진 아침을 먹을 수도 있다.

그랬다면 당연히 설거지는 내 몫이 되겠지만. 그리고 시트에 묻은 베이컨 기름을 없애려면 빨래도 내 몫일 것이다.

하지만 적어도 아이들은 나와 같이 있겠지. 여러 면에서 오랜만에 만난 절친처럼 느껴지기도 하고 한편으로는 완전히 낯선 사람처럼 느껴지는 어떤 남자랑 같이 있지는 않을 것이다.

내가 결혼했던 존은 자기가 한 일에 결코 후회하는 모습을 보이지 않았다. 후회는 애초에 그의 유전자에 없었다. 처음에 나는 그것을 자신감으로 여겼지만, 오래된 관계에서 늘 그렇듯, 처음에 나를 열광케 했던 점이 나중에는 나를 미쳐버리게 했다. 그는 직장에서의 일시적 침체에도 며칠 밤잠을 못 자는 등 작은 좌절에 감정적으로 상처받았고, 자기 잘못이 아닌 다른 사람의 잘못으로 여겼다. 나는 그의 자기 확신이라는 허세 아래에 작지만 위험한 '자격'의 급류가 흐르고 있다는 것을 알았다. 그가 떠나기 약 2년 전, 경제적으로는 윤택해졌지만 삶이 힘들어졌을 때, 정말 참을 수 없을 만큼 너무 힘이 들었던 존은 어떻게 대처해야 할지 몰랐다. 그는 틀림없이 어떻게 도움을 청할지, 아니면 어떻게 미안하다고 말할지 몰랐던 것 같다.

홍콩으로 간 후 지금까지 존은 아무것도 하지 않았다.

그래서 나는 궁금해진다. 그는 새사람이 된 걸까? 지난날을 회개하고 갑자기 양육에 관심을 보이며 '비상용' 신용카드를 주는 걸 보면? 오, 이런! 신용카드! 뉴욕에서 호텔비로 쓴 과도한 지출에 관해 존에게 알려주는 걸 깜빡했다. 그리고 여전히 탈리아에게서는 소식이 없으니, 아직 지출의 끝이 보이지 않는다. 혹시나 일주일 내내 탈리아에게 연락이 오지 않으면 어떡하지? 그럴 가능성도 있겠지? 그러면 어쩌나? 풀죽은 몰골로 그냥 집에 가서 혼자서 일주일이나 휴가를 보낼 수가 없었다고 인정할까?

막 심사숙고의 토끼 구멍으로 빠져들고 있을 때 휴대폰이 울리자, 나는 신이 나서 휴대폰을 마구 흔든다. 탈리아일지도 모른다.

아니면 아이들이거나.

아니면 아이들을 잃어버렸다고 말하는 존이거나.

나는 화면을 본다. 수신자 부담 전화다. 어이쿠, 커피를 너무 많이 마셨는지 심장이 두근거린다. 나는 통화버튼을 누른 다음 약국이나 뭐 그런 곳에서 걸려 온 자동녹음 전화일 것이라 예상하고 듣는다.

"여보세요." 느긋하고, 섹시한 여자 목소리의 자동녹음 멘트다. "여기는 아메리칸 익스프레스 프로 골드 패밀리 카드의"—잠시 멈춤—"사기 방지 부서입니다. 잠시 기다리시면 직원과 연결됩니다."

아, 당연하겠군. 새로운 도시에서 새로운 카드로 비싼 호텔비를 결제했으니까. 아마 그걸 쓴 사람이 나라는 걸 확인해줘야겠지.

곧 낮고 다정한 목소리의 여자가 전화를 받는다. 그녀는 자기를 마를린이라고 소개하면서 확인을 위해 내 사회 보장 번호의 마지막 네 자리와 비밀번호를 묻는다. 나는 비밀번호가 '프레스토'이리라 짐작한다. 존이 항상 암호로 선택하는 단어니까. 그런 다음 여자는 수상쩍은 사용명세 때문에 내 계정에 표시가 되었다고 말한다.

나는 명랑하게 대답한다. "여기 수상한 일은 없어요. 제가 뉴욕에서 일주일간 머물 예정이거든요."

마를린이 내 말을 자른다. "사실, 부인. 카드 결제가 여러 곳에서 감지되고 있습니다. 그래서 부인과 확인해보려 합니다. 카드 결제가 타당하면 그렇다고 말씀해주세요."

"네"라고 말하면서도 살짝 혼란스럽다. 존이 펜실베이니아에서 카드를 쓰고 있는 것이 분명하니 이런 전화는 그에게 하는 것이 더 나으리라 생각하면서도, 어쩌면 형식상의 절차일지도 모른다고 생각한다. "말씀하세요."

"첫 번째가 뉴욕주 뉴욕시 79번가에 있는 호텔 라 프로방스에서 결제되었습니다. 청구액이 킹 디럭스룸 숙박비로 292.4달러. 동부 시간으로 어제 오후 6시 45분에 청구되었네요."

"네, 맞아요."

"그다음 결제는 동부 시간으로 밤 10시 44분. 센트럴 홍콩의 웰링턴가 2번지, 스핑크스 왁싱 전문점에서 92.65달러를 결제한 것이 맞습니까?"

"어…." 뭐라고? 존은 분명히 어제 홍콩에서 왁싱을 받았을 리가 없다. 그랬다면 아이들이 말했을 것이다.

"그리고 그다음이 다시 호텔 라 프로방스에서 오늘 아침 7시 2분 접객비로 26달러가 청구되었습니다."

"맞아요, 그건 확실히 타당하네요. 다른 건 잘 모르겠지만요. 어떻게 된 일인지 생각해 보고…."

"그리고 마지막 결제가 있습니다. '어도러블 기프트 닷컴'에서 여성 의류로 482.96달러가 청구되었네요. 온라인 매장이지만, 저희 사기 방지 부서에 따르면 주문한 주소가 홍콩 IP로 나오네요. 이 결제가 카드 소유자에 의해 적법하게 사용된 거래가 맞습니까?"

"아뇨, 아뇨. 절대 아니죠. 저기, 잠깐만 기다리세요"라고 말하고 이 퍼즐을 풀려고 애쓴다. 존은 아이들과 분명히 펜실베이니아에 있다. 나는 뉴욕에 있다. 존이 홍콩에서 온라인으로 뭔가를 주문했을까? 내 노트북이 가까이에 있었으므로, 노트북을 낚아채어 '어도러블 기프트 닷컴'을 입력한다. 내가 봐왔던 중에 가장 공들인 매혹적인 란제리가 내가 한 번도 되어보지 못할 사이즈로 화면에 나타난다. 일부러 동전을 떨어뜨리고 다리를 올려다볼 젊고 매력적인 모델들의 사진이다.

"마를린?" 내가 조심스럽게 묻는다. "이 계정으로 발행된 카드가 몇 개나 되는지 아세요?"

"네, 부인. 두 개네요. 하나는 남편분 성함으로 되어 있고 하나는 부인 이름으로 되어 있습니다."

가슴이 철렁 내려앉는다.

"표시된 거래의 배송 주소를 알고 있나요?"

"네, 부인. 수신자가 미즈 마리카 쇼네요."

"그렇다면, 제 생각에는···." 나는 여자에게 그 거래가 사기라고 말할까 생각한다. 그 카드는 취소되어야 하고 마리카 쇼는 자기가 놓은 비싼 왁싱이라는 덫에 걸려들어야 한다고. 하지만 그 대신 나는 이렇게 말한다. "혼란스럽게 해서 미안합니다. 거래는 모두 타당합니다." 나는 한숨을 쉰다. "우리가 당분간 다른 장소에서 우리 카드를 사용할 예정이라고 계정에 메모할 방법이 있나요?"라고 내가 묻는다.

"물론이죠, 부인. 카드가 이전 장소, 그러니까 몇 년간 서비스를 이용하셨던 장소에서 사용되면서 동시에 뉴욕처럼 새로운 장소에서 사용되면 계정에 표시를 하는 것이 프로토콜입니다. 이제 확인했으니, 다시 귀찮게 하는 일은 없을 겁니다."

"고마워요, 마를린." 나는 최대한 친절하게 말한다. 그건 마를린의 잘못이 아니라 존이 아직도 그의… 뭐, 그 여자도 이제 서른셋이 됐겠지… 서른셋 먹은 내연녀가 왁싱하고 레이스 속옷을 차려입은 채 그가 돌아오기를 기다리게 한 탓이니까.

나는 침대에 털썩 주저앉아 울지 않으려 인상을 찌푸린다. 마리카 쇼는 존이 나를 떠난 후 사귀던 여자다. 나는 1년을 꼬박 그 여자를 온라인에서 스토킹하다가 레나에게 딱 걸려서 그만두게 되었다. 그녀에 관해 내가 아는 것이라고는 존의 회사에서 일한다는 것, 홍콩에 산다는 것, 그리고 소셜 미디어에는 프렌치 불도그와 요크셔테리어 사진밖에 올리지 않는다는 것이다.

왜 그런지는 모르겠으나 나는 둘의 관계가 오래전에 끝났다는 결론에 도달했다. 하지만 왜일까? 왜 나는 그들이 헤어졌다고 생각했을까? 아마 존이 집에 돌아왔기 때문일 것이다.

존이 나를 다시 원한다고 생각했나 보다.

당연히 나는 그렇게 생각했다. 정말 바보천치다.

나를 봐라. 나는 전문적으로 왁싱을 받고 고급 란제리로 치장하는 여자들과는 거리가 먼 사람이다. 나는 물컹한 아줌마 몸매에 낡은 티셔츠를 입은 채 배경음악으로 TV의 CBS 방송을 틀어놓고 소설책 한 권을 들고서 침대에 앉아 탄수화물을 먹고 있다. 우주의 어떤 남자도 이런 내게 오겠다고 화려한 내연녀를 떠나지는 않을 것이다. 당연히 아니다. 그는 평소처럼 다시 회사로 돌아가기 전에 자기 노선에서 잠시 벗어나 일주일간 아빠 노릇을 하고 있을 뿐이다.

그런데 나는 존의 신용카드를 받았다고 죄책감을 느꼈다니! 이런 와중에도 그가 마리카에게 500달러짜리 검정 란제리와 황새 깃털이 달린 슬리퍼를 사 주고 있는데!

나는 베개를 주먹으로 내리치고, 이불을 집어 던진 후 욕실로 성큼성큼 걷는다. 침대에서의 아침 식사는 완전히 망했다. 나는 분노의 샤워를 하고 분노하면서 옷을 입고 컬럼비아대학으로 돌진해서 매우 중요한 발표에 집중하려 노력할 것이다. 비록 불성실한 전남편(사실은 전남편도 아니지만)을 향한 분노가 머리끝까지 치솟고 있지만. 그다음에 나는….

휴대폰이 다시 울린다. 내 이율배반적인 마음이 다시 누그러진다. 상황을 설명하는 존의 전화가 틀림없다. 마리카와는 헤어졌지만 그녀가 가진 신용카드를 뺏고 싶지는 않았다고 말할까? 아니면 그가 떠날 때 마리카가 카드를 훔쳤을까? 아니면 아마….

탈리아다.

"살아 있었네." 내가 화난 목소리로 말한다. 분노가 사방으로 흘러넘치고 있다. 탈리아도 조금은 내 분노를 받아도 싸다고 생각한다.

"간신히. 그리고 네 메시지를 보고서, 오 마이 갓, 거의 울 뻔했어. 정말 미안해. 어젯밤 네가 정말로 노숙했다고 생각하고 싶지 않아. 분명히 호텔을 찾았을 거야, 그렇다고 말해줄래?"

"호텔을 찾았어. 그리고 그 비용을 전남편 신용카드로 결제했지. 그랬더니 방금 신용카드회사로부터 홍콩에서 누군가가 500달러짜리 왁싱과 란제리를 결제했다면서 그걸 확인하는 전화를 받았어. 서른셋에 44사이즈를 입는. 오 마이 갓, 그 여시같은 매춘부년!"

탈리아는 센스 있게 잠시 가만히 있는다.

"존은 지금 아이들과 같이 있어. 그놈이 내 아이들을 데리고 있다고."

"음." 탈리아가 부드럽게 끼어든다. "너한테 존의 신용카드가 있다고?"

나는 한 박자 멈춘다. "그래."

"그렇다면 이쯤에서 복수할 기회가 보이지 않아?"

분노는 빨리 충격으로 바뀐다. "난 절대 그런 짓은 못 해."

"그렇지. 물론 못하겠지. 너는 착하고 친절하고 사려 깊고 고결한 사람이니까."

"음." 지금 당장은 그중 어느 것도 해당하지 않는 것 같지만 말한다. "어쨌든 고마워."

탈리아가 말한다. "나는 그런 자질이 좀 부족해. 그러니까 혹시 내 아파트에 실수로 카드를 아무 데나 두고 싶은 충동이 들면 그걸 명심해."

웃을 기분은 아니지만 웃음이 난다. "꼭 그렇게 할게. 그리고 솔직히 말하면 나 지금 어퍼 웨스트사이드에 있는 멋진 호텔에 있어. 방금 존의 돈으로 침대에서 아침을 해치웠어. 그래서 상황이 전부 나쁜 것만은 아니야. 아마 오늘 밤에는 체크아웃하지 않고 유료 영화를 결제한 다음에 보지도 않을 거야."

"아주 사악한 여잘세."

"그래. 그건 안 할 거야. 오늘 밤 너희 집에 가도 돼?"

"음…. 아니. 왜냐하면 일요일 밤까지는 아파트로 돌아갈 수 없어. 듣자 하니 아파트에서 작은 살인사건이 있었대."

"그럼 이제 어떻게 해?"

"그거 봐. 어젯밤에 너를 골탕 먹인 데는 그럴만한 이유가 있었다니까."

"이제야 상황이 이해되기 시작했어! 어떻게 된 거야?"

"말하자면 길어. 요점은 살인사건 자체가 내가 아는 누구에게도 일어나지 않았고, 내 집에서도 일어나지 않았다는 거야."

"그럼 다행이네"라고 말하는 나는 영락없는 시골뜨기가 된 기분이다.

"하지만 내 휴대폰이 아파트에 있었지, 뭐니. 그 뭐냐… 살인이 일어난 시간에. 휴대폰을 집에 두고 왔고, 온종일 촬영지에 있었던 데다, 휴대폰을 가지러 들어가려는데 어떤 바보도 오늘 아침까지 나를 아파트 안으로 들여보내 주지 않는 거야. 아마 복도에 법의학 증거 같은 뭐 그런 게 있었나 봐. 그래서 나는 '휴대폰을 되찾으려면 누구를 죽여야 하지?'라고 생각할 정도였어."

내가 다시 웃자, 분노가 또 저만치 흘러가 버린다. "그래서 너는 얼마나 오래 밖에 있을 거야, 그리고 어디서 묵고 있어?"

"아, 알면서. 어떤 남자가 있어."

"정말? 진지하게 사귀는 남자야?"

탈리아가 웃음으로 대답한다. "그냥 일요일에 집에 돌아가면 너무 반가울 거라고만 말해두자."

"그럼 학회 끝나고도 너랑 같이 지낼 수 있다는 말이야?"

"물론이지. 일요일부터는 숙소 제공이 가능하다는 말을 네가 믿을 수 있게 내 잡지 더미에 손을 얹고 맹세할게. 얼마나 오래 있을 거니? 두 달?"

나는 웃음이 터진다. "일주일만 지내보자. 나한텐 애들이 있거든, 기억하지?"

"그리고 걔들은 아버지가 있단다, 기억하지?" 그녀가 농담을 받아 친다. "이런, 미술 감독이 지금 시작한다. 안녕!"

"안녕?" 내가 말하지만, 내 말이 끝나기도 전에 전화를 끊는 기계음이 뚜–뚜–뚜 세 번 울린다. 그래도 괜찮다. 내 뇌가 마지막 20분간 굉장히 많은 합선을 일으켜서 다음에 뭘 해야 하는지조차 잊어버렸기 때문이다.

아, 이런! 발표! 시계를 보고는 샤워하고, 옷을 차려입고 컬럼비아 대학교까지 갈 시간이 30분밖에 남지 않았음을 깨닫는다. 제시간에 도착하려면 작은 기적이 필요하다. 여기서 작은 기적이란 역시 택시다.

다행히 이 신용카드에는 택시비를 지불할 여력이 충분히 남아있다.

6장

엄마에게

아빠가 나한테 300달러나 줬어. 현금으로.

아빠는 그 돈으로 옷도 사고 브라이언과 데이트도 하라고 말했어.

엄마, 아빤 최악이야.

그래서 난 그 돈을 쓰고 있어.

엄만 그래도 괜찮아? 혹시 모르니, 책도 한 권 살게.

사랑을 담아

돈을 밝히는 딸 코리가

이동하면서 화장할 시간을 벌 수 있으니 택시는 역시 훌륭한 물건이다. 화장은 그다지 진하게 하지 않는다. 뭘 하든지 아줌마처럼 보이는데 굳이 왜 그러겠는가? 그래서 그냥 립스틱과 로션, 마스카라만 해도 정말로 치장한 기분이 든다. 나는 발표 내용을 노트북에 담았는데, 정말 좋은 내용이다. 사실 꽤 공을 들인 작품이다. 교육자들이 '마지못해 읽는 독자'라고 부르는 아이들이 평균보다 많은 반에서 수업할 때 발생하는 문제점을 다뤘다. 모든 학생이, 아니 매우 똑똑한 학생들조차 목마른 낙타가 오아시스를 찾듯 책을 읽지 않는다. 그리고 일반적으로 영어 교사와 도서관 사서들은 비교적 책읽기를 좋아한다. 우리가 책에 열광하는 독자가 아니었다면, 잘 알다시피 사회 과목을 가르치거나, 월급을 많이 받는 일을 하고 있을 터이다. 그래서 독서 과제가 주어질 때 눈 깜짝할 사이에 읽어 내려가지 못하는 학생들에게는 보통 이런 종류의 의도치 않은 평가절하가 있다.

나도 바로 이런 문제로 난처했던 경험이 있어서 잘 알고 있다. 다른 학생도 아닌 바로 우리 딸에게서.

코리는 절대 내 학생이 되어서는 안 되었다. 그것이 내게는 큰 문제였다. 나는 교과목 선생님이 아니라 도서관 사서이므로, 우리 학교처럼 매우 작은 규모의 사립학교에서도 언제든 내 자식에게 직접 점수를 주는 책임을 떠맡으면 안 된다. 하지만 학교를 위해 내가 직접 만든 코리의 7학년 영어 수업의 독서 커리큘럼 때문에 코리는 계속 고역을 치뤘다. 과제는 매일 책 한 꼭지를 읽고 독서록을 쓰는 것이었다. 그래서 매일 밤 코리는 징징거리고, 미루고, 알랑거리며 비위를 맞추는 등 책을 읽는 것만 빼고 뭐든지 다 했다. 나는 방법을 찾을 수 없었다. 과제였던 책 《파리 대왕》은 어려운 책이 아니었다. 사실 코리는 나이에 비해 낮은 독서그룹에 속해 있어서, 그 책이 유급하지 않고 읽을 수 있는 가장 쉬운 선택이었다. 주제도 7학년생이 공감할 수 있는 내용이었다. 그 책은 모든 아이들이 읽었고, 정말로 많은 아이가 그 책에 공감대를 형성했다.

　내가 책을 읽기 싫어하는 이유가 무엇이냐고 묻자 코리는 전 세계 도서관 사서들의 마음에 비수를 꽂는 말을 했다. "미안해, 엄마. 하지만 난 그냥 책 읽는 게 싫어."

　정말이지 우울한 날이었다.

　다음 날 아침이 되자 나는 도전을 받은 듯한 기분이 들었다. 그날은 내가 오픈 북 시험을 치르던 주였다. 가장 낮은 등급의 독서그룹으로 분류된 아이들 몇 명이 자습실에 와서 《로미오와 줄리엣》과 같은 비교적 쉬운 작품을 붙잡고 고군분투하고 있었다. 그 학생들은 옆방에 있는 친구들이 《햄릿》을 거침없이 읽고 있다는 것을 아주 잘 알고 있었다. 그 아이들의 눈을 통해 나는 하나의 딜레마를 보았다. 우리가 아무리 완곡하게 '로미오와 줄리엣 그룹'이라 표현한다고 해도 낮은 독서 등급이라는 오명은 벗을 수 없다. 하지만 개별 수준의 도서를 할당해주는 것 이외에 다양한 수준의 많은 아이에게 동시에 도전 의식을 북돋워 줄 방법은 없었다. 나는 '신간 도서' 책장에서 책들을 꺼내 책을 주제별로 묶었다. 그 책들은 대체로 너무 쉬워서 학문적이라고 여길 수 없었다. 하지만 책을 즐길 수는 있다. 어쩌면 책에 사로잡히게 될지도 모른다. 그게 아무것도 아닌가?

《햄릿》독자들은 아마 신간 도서의 4분의 1 정도에만 읽고 싶은 도전 의식이 생길 것이다. 《오셀로》수준의 독자들도 내용이 재미있고 매력적이지 않다면 거의 지루해할 것이다. 그렇다면 무엇이 책을 매력적으로 만들까? 책들은 모두 놀라우리만큼 젊은이 특유의 주제를 담고 있다. 정체성을 향한 탐색. 공상 과학과 성찰. 사회 정의. 저항.

사실, 그것들은 내가 학교의 주요 작품 목록을 만들려고 책을 선택할 때 강조해오던 주제와 정확히 일치했다.

하지만 코리를 생각해보니, 내가 어디에서 무엇을 잘못했는지 깨달았다.

나는 몇 주 동안 그 문제로 마음을 졸였다. 그 기간에 코리는 《파리 대왕》(저항, 성찰)을 읽었고 《대지》(정체성, 사회 정의)를 간신히 끝까지 읽었다. 그 책들을 읽는 동안 코리는 절대 어떤 즐거움도 느끼지 못했다. 코리는 자신의 수준이 가장 낮은 등급의 독서그룹에서도 바닥에 있다고 내면화하기 시작했고, 자기를 형편없는 독자라고 묘사했다. 코리가 재미를 위해 읽던 눈물을 자아내는 하이틴 로맨스 소설도 점점 줄어들기 시작했다. 이것이 끝이라는 것을 나는 문득 깨달았다. 이번이 마지막 기회였다.

그러다 갑자기 영감이 떠올랐고, 그 아이디어는 순식간에 형태를 갖추었다. 나는 수준별 독서그룹을 학생들 눈에 거의 보이지 않게 할 방법을 찾아냈다. 자신이 직접 책을 선택해서 그룹을 만들게 하는 것이다.

그리고 나에겐 완벽한 기니피그가 있다. 바로 내 딸이다.

나는 다음 파워포인트 슬라이드를 클릭한다. 독서 전용 흑백 전자책 단말기 화면을 바라보는 코리의 사진이 있다. 나는 방금 강의실을 가득 메운(솔직히 말해, 가득은 아니지만 아침 9시를 고려하면 가득에 가깝게 출석한) 도서관학자들에게 어떻게 내가 '유연 도서선집'이라 이름 붙인 아이디어를 얻게 됐는지 설명했다. 모두가 듣고 있다. 다과 테이블에서 가져온 커피를 필사적으로 손에 쥐고 있지만, 그래도 비교적 진지하게 듣고 있다.

"그래서 이 대목에서 저는 제 학생들에게 가장 의미 있는 주제를 생각했고, 가장 인기 있는 주제 네 가지를 골라서, 각각의 주제에 맞게 4권의 책을 선택했습니다. 한 권은 학년 이하 수준이고, 두 권은 학년 수준이며, 나머지 한 권은 학년 이상의 수준입니다. 이제 여러분이 자신의 수업에서 이 방법을 쓰고 싶다면, 여러분이 맡은 실제 학생들의 수준별 분포와 똑같은 분포의 도서를 원하시겠지요. 그래서 만약 50%의 학생이 학년 수준이나 그와 비슷한 수준이 아니라면, 두 권은 학년 수준 이하로, 두 권은 학년 수준 이상으로 하거나 아니면 어떤 조합이든 여러분의 반에 적합하게 책을 고르면 됩니다."

나는 내 앞에 있는 커다란 시계를 본다. 이걸 설명하는 데 너무 시간을 오래 끌었다. 이제 실험 결과를 보여주고 질문을 받을 시간이 30분밖에 남지 않았다. 모든 도서관 사서들의 상투적인 생각에 따르면 나는 공적인 자리에서 발표하는 것을 싫어해야 하지만, 일단 말을 시작하자 멈추기가 힘들다.

"좋아요. 그래서 여러분이 16권의 책을 골랐다면, 모두 교실에 있는 전자책 단말기에 업로드해서 읽을 준비를 마치는 겁니다. 완벽하죠? 그런 다음에 여러분이 학생들에게 전자책 단말기를 주면서 한 쪽이나 15페이지 정도, 아니면 주어진 주제에 관해 각각의 책에서 학생들에게 가장 적당한 부분을 과제로 내줍니다. 그런데 이 지점에서, 여러분이 나눠준 전자책 단말기에서 열려 있는 부분은 그것이 전부라서, 학생들이 더 '읽고 싶을' 때에도 선생님이 다음 스텝으로 넘어갈 때까지는 읽을 수가 없습니다. 학생들은 각자 자기가 제일 좋아하는 작품을 선택하고 같은 작품을 선택한 다른 학생들과 그룹을 지은 다음, 단원이 끝날 때까지 그 책을 공부합니다. 짠! 그렇게 독서그룹별 수준은 눈에 보이지 않게 되죠. 학생들은 자기에게 가장 맞는 능력치와 관심 분야의 책을 읽게 됩니다. 더욱이 자기가 고른 책이니까, 심지어 주제조차도 본인이 골랐으므로 독서에 시간을 더 쏟게 됩니다."

누군가 손을 번쩍 든다. "질문있습니다." 내가 요청하기도 전에 한 남자가 말을 한다. 나는 아주 잠시 이 사람들은 내 학생들이 아니라 성인이니까 자기 차례를 기다리라고 말하면 안 된다고 속으로 되뇐다. "하지만 왜 학생들이 가장 쉬운 책으로 쏠리지 않을까요?"

나는 어깨를 으쓱하며 말한다. "어떤 이유인지는 정확히 모르겠지만, 우리 학교 학생들은 그러지 않았습니다. 여기 다음 슬라이드를 보시죠." 나는 클릭해서 조의 도움을 받아 만든 거미줄 그래프로 넘어간다. "이 그래프는 제가 작년에 시행했던 네 번의 '유연 도서 선집' 시간에 학생들의 선택이 어떻게 분포되는지를 보여줍니다. 보시다시피, 세 가지 독서 수준이 꽤 고루 분포하고 있습니다. 두 번째 시간에, 29명의 학생 중 딱 3명만 더 높은 수준의 책을 골랐는데, 그 시기에 그 반의 '전국 학업 성취도 평가 결과'가 학생들의 10%만이 학년 수준 이상을 읽는다고 나왔습니다. 그래서 적어도 이 작은 샘플에서는 스스로 선택한 독서 수준이 효과가 있었습니다."

질문한 교사가 만족스러워 보인다. 다음 슬라이드는 네 번의 '유연 도서 선집' 시간을 위한 책 제목들이다. "이것은 제가 어떤 책들을 골랐는지와 각각의 책을 선택한 학생들의 숫자를 '국제 영어능력 표준화 테스트' 결과와 비교하여 보여줍니다. 여기서 '유연 도서 선집'

의 두 번째 장점이 분명히 드러납니다. 아이들 스스로 자기가 읽을 책을 선택하게 해서 어떻게 책을 고를지를 가르칠 뿐 아니라 세대가 바뀌면서 아이들에게 어떤 책이 인기가 좋은지에 관한 정보를 얻을 수 있습니다."

질문을 하기 위해 다음 사람이 손을 올리고 기다린다. 그를 가만히 보니, 아시아인의 이목구비와 갈색 피부를 지닌 턱이 각진 40대 남자였다. 이 사람이라면 캐서린도 '올해의 섹시한 도서관 사서' 후보라고 부를 법하다고 생각한다.

"질문이나 지적하실 내용이 있나요?"라고 내가 묻는다.

"그렇습니다. 저는 이 아이디어가 마음에 듭니다만, 선생님이 고른 책 제목들을 보고 가슴이 철렁 내려앉았습니다. 농장이 있는 시골의 사립학교에서는 좋을지 모르지만, 저는 뉴욕에서 가르칩니다. 제 독자들은 보통 최악의 독서 기피자이자 책이 과분한 학생들입니다. 우리는 학년별 수준에 대한 사회적 불신을 얘기하면서 가끔 세 학년 아래 수준의 책을 논의하기도 합니다. 선생님 목록에는 오래전에 죽은 백인 남자들이 억압된 감정과 정치에 관해 쓴 책들이 엄청 많군요. 우리 학생들은 그런 책을 거들떠보지도 않을 겁니다. 제 표현이 과했다면 죄송합니다."

청중이 모두 웃자 나는 얼굴이 붉어진다. 갑자기 내가 너무나도 백인이고 너무나도 바보 같이 느껴진다. 그리고 나 자신도 같은 걱정을 했었는데, 냉혹한 현실에 직면하고 말았다는 생각이 든다.

"자, 이제 '유연 도서 선집' 시스템의 주요 단점이 드러났군요. 이건 농장이 있는 시골 사립학교의 도서관 사서 머리에서 나온 이상한 아이디어일 뿐입니다. (자기가 비꼬아 한 말을 내가 언급하자 질문

자는 내게 정중하게 고개를 숙여 인사한다) 그리고 저는 '국립예술
기금'이 지급하는 백만 달러의 보조금을 받지 못했기 때문에, 저작
권이 없어서 무료로 다운로드할 수 있는 책 중에서 골라야만 했습니
다. 따라서 아이들에게 맞는 책이 많지 않습니다. 제 학생들은 대체
로 부유합니다. 그래서 학교에서 지급한 전자책 단말기를 가지고 있
습니다. 하지만 그렇다고 해도, 제가 30명의 학생을 위해서 두 달마
다 16권의 새로운 전자책을 살 여유는 없습니다. 그중에 절반은 읽
지도 않고 버려질 테니까요. 비용 면에서 사립이든 공립이든 우리는
거의 모두 저작권이 살아있는 책을 학생 한 명당 한 권밖에 못 사는
예산으로 운영합니다. 그것도 운이 좋을 때 얘기죠. 그래서 해마다
같은 책밖에는 읽지 못합니다. 그러다 보면 다양성과 성장을 이루기
가 거의 어렵죠. 하지만 한 가지." 나는 말하다가 문득 든 생각을 덧
붙인다. "이 구성 방식에 어떤 책이든 집어넣기는 어렵지 않습니다.
여러분이 그럴 여유가 된다면요."

섹시한 도서관 사서가 고개를 옆으로 기울이며 결론 내린다. "그러
니까 선생님께서는 이 시스템이 어떤 책이든 효과가 있지만, 다양한
학생층과 관련된 다양한 책을 포함하려면 엄청난 예산이 필요하다
는 말이로군요."

"아니면 중간 정도의 예산과 매우 너그러운 출판업자가 있다면요"
라고 비참하게 덧붙인다.

"실망이네요"라고 그가 말한다.

"하지만 시도해 볼 가치가 있지 않나요?"라고 내가 말한다.

"아마도요." 그가 마지못해 대답한다.

발표의 나머지 부분이 진행된다. 나는 매우 열성적인 질문을 많이

받으면서 '유연 도서 선집'이 대체로 많은 교실에서 효과를 거둘 수 있다는 느낌을 받는다. 하지만 발표가 끝난 후 섹시한 도서관 사서가 제시한 단점이 머릿속에 맴도는 채로 발표 도중 질문하지 못했던 수줍은 선생님들에게서 1대 1 질문을 받는다. 여기는 도서관 사서들의 학회이므로, 수줍은 참가자들이 많다.

그때 섹시한 도서관 사서가 다시 나타난다. 나보다 머리 하나 정도가 큰 그는 인내심 있게 자기 차례를 기다리고 있다. 초조함을 느끼며 그가 다음에 내게 할 질문이 무엇이든 나를 끝장내고 말 것이라는 강한 확신이 든다. 하지만 그는 이렇게 말한다. "안녕하세요. 저는 대니얼입니다."

"안녕하세요. 저는 에이미입니다."

그가 "압니다"라고 하자 나는 다시 얼굴이 빨개진다.

"선생님께 커피 한 잔 사 드리고 싶은데요." 그가 내게 말한다.

이제 정말로 얼굴이 빨개진다.

"진짜 커피요." 그가 협회에서 준비한 다과 테이블에 놓인 구정물을 담은 듯한 커다란 커피 통을 묵살하며 말한다. "달콤한 것도 곁들여서요."

나는 뭐라고 대답해야 할지 몰라서 반쯤 어색한 미소를 짓는다.

"지금 당장 하실 일이라도 있나요?"

"어…." 내가 할 일이 있었나? 뭐였지? 아, 맞다. 어린 독자들을 위한 새로운 소설 모으기다. 우리 뒤로 토론 참가자들이 이미 자리를 잡고 있다. 곧 섹시한 도서관 사서와 나는 다음 발표의 한 가운데 서 있게 될 판이다.

"저는…." 내가 입을 뗀다.

"저는 오늘 오후 두 시에도 한가해요. 그게 더 좋으시다면." 그가 대신 말한다.

"제 생각에는….."

"일단 여기서 나가는 편이 더 나을 것 같네요"라고 그가 말하며 내 팔을 잡는다.

나는 한 번에 너무 많은 프로그램을 구동하라고 명령받은 낡은 컴퓨터처럼 얼어붙는다. 그가 나를 잡고 있다. 마지막으로 남자가 이렇게 내 팔을 잡은 때가 언제였을까? 나는 다시 사람들로 가득 채워지고 있는 강의실 앞에 서 있다. 그는 결국 내 발표가 마음에 들었던 걸까? 나는 뭘 입고 있지?

"두 시 좋아요." 내가 마침내 간신히 대답한다. "밖에 커피 카트에서 볼까요?"

"좋아요"라고 섹시한 도서관 사서 대니얼이 대답한다. "우리 커피를 가지고 저기 작은 광장에 가서 도마뱀처럼 일광욕을 합시다. 토론도 즐기시기를." 그는 혼란스럽고 수줍어 말까지 더듬는 나를 남겨두고 떠난다. 어쨌든 나는 진정한 사서가 된 기분이다.

존이 떠나고 6개월 후, 코리의 부러진 이 사건으로 거의 죽을 뻔한 후, 옛 격언의 짜증 나는 진리를 깨달았다. 그 격언은 '너를 자살하지 못하게 하는 것들이 아마 너를 늙은 회색곰만큼 강인하고, 두 배는 심술궂게 만들 것이다'였다. 그리고 나서 나는 마리카에 대해 알게 되었다.

물론 페이스북에서였다. 마리카는 내가 거의 1년 전에 올렸던 존의 사진과 조의 학교 사진에 모두 '좋아요'를 눌렀다. 그래서 '이 사람은 대체 누구지?'라고 생각했다. 곧 그녀의 사진 모음에서 그녀가 집 나간 내 남편과 데이트를 하는 것이 밝혀졌고, 적어도 몇 달은 된 커플임이 분명해 보였다. 그리고 그녀가 나보다 예쁘고 어리다는 것, 아이가 없다는 것을 쉽게 추론할 수 있었다. 게다가 그녀는 존을 신이 내린 선물이라도 되는 양 느끼게 했을 것이다. 하지만 그건 확실히 내가 할 수 없는 일이었다.

이때 나는 처음 존에게 "나쁜 새끼. 엿 먹어라"고 욕설을 퍼부었다. 부디 내 과격한 표현을 용서해 주시기를. 하지만 비키니를 입은 서른 살짜리 호리호리한 여자가 내 통통하고, 창백하며, 털이 무성한 남편을 인간으로 현신한 섹시한 예수님처럼 바라보는, 필터 처리한 사진을 보았을 때의 내 기분을 묘사할 표현은 그것뿐이었다. '엿 먹어라, 이 자식아!'

그리고 바로 그렇게 나는 자포자기라는 분노의 단계에 도달했다. 그건 정말 어마어마했다. 나는 존에게 보내는 가차 없는 메시지에서 그의 발기의 질을 혹평했다. 시어머니에게는 이제 "존이 자아를 찾고 일에 집중할 시간이 필요하대요"라는 거짓말을 늘어놓지 않고 존이 우리에게 한 일을 사실대로 말했다. 특히 와인을 거하게 마시고 나서는 마리카에게 개인 메시지를 보내서 모유 수유를 하느라 가슴이 처지면 존이 버릴지도 모른다고 말해줬다. 내게 정확히 그렇게 했으니까.

여자가 한을 품으면 오뉴월에도 서리가 내리는 법이다.

그리고 그렇게 하면 마치 멀리 떨어져 있는 존에게 어떻게든 벌을 줄 수 있다는 듯이 나는 다른 남자와 데이트를 했다. 그는 내게 오랫동안 관심을 보였고, 심지어 존이 옆에 있는데도 아주 파렴치하게 나를 탐하던 사람이었다.

문제의 남자는 테리 브랜스로, 이 선을 넘는 추잡한 남자는 존의 대학 친구이자 부동산 중개인이었는데 우리 집을 살 때 매우 흡족하게 거래를 성사시킨 장본인이었다. 변변치 않은 그의 계략은 가끔 전화를 걸어 방문 약속을 잡으며 우리 집의 '시장 가치를 재평가' 하고 '우리의 주택 보수 계획을 가이드'해주겠다고 말했지만 주로 그냥 저녁을 얻어먹고 우리 와인을 마시려는 수작이었다. 매번 그는 "어쩌다가 당신처럼 멋진 여자가 존같이 별 볼 일 없는 놈을 만났느냐?"는 말을 늘어놓았고 그러면 매번 우리는 정중하게 웃었지만, 결국 존이 대략 후식을 먹은 지 10분 만에 진짜로 화를 터트리고 말았다. 테리는 사과를 하면서 존에게 와인을 한 잔 더 따라주었고, 그러고 나면 우리 모두 화가 조금 가라앉았다. 그리고 뻔뻔한 테리는 매번 접시를 치우면서 설거지를 하겠다고 고집을 부렸다. 내가 손님에게 혼자서 설거지를 하도록 가만히 앉아 있지 않으리라는 것과 존은 그럴 수 있다는 것을 잘 알았기 때문이다.

그래서 주방에는 테리와 나만 있었다. 테리는 최근에 성사시킨 큰 거래에 관해 말했고, 110평이 넘는 저택을 구매할 때 언쟁을 벌였던 유명인에 관해 농담했다. 또한, 자기는 돈을 쓸 합리적인 방법이 다 동나 버렸다고 불평하며 자기가 '자동차에 십만 달러를 쓸 만큼 불안정한' 사람이면 좋겠다고 크게 말하면서, 개인용 보트를 산 것을 얼마나 후회하고 있는지 말했다. 그건 거의 혼자서 하는 원맨쇼나 다름없었지만 나는 깊은 인상을 받은 척해야 했다. 사실 어떤 사람이 스스로 웃음거리가 되면서까지 내게 관심을 보인다는 것에 조금은 우쭐해지는 기분이 들기도 했다.

마리카 때문에 씩씩대던 일주일 후, 나는 테리에게 전화를 걸어 투자금 대비 최대의 이익을 얻으려면 우리 집에서 어디를 업데이트하는 것이 가장 좋은지 충고를 구할 수 있겠느냐고 물었다. 말을 내뱉은 후 속으로 '이게 아직도 우리 집인가?'라고 생각했던 것이 기억나지만 당연히 나는 테리에게 무슨 일이 있었는지 말하지 않았다. 창피하진 않았지만, 절박한 느낌을 주고 싶지는 않았다.

테리는 이틀 뒤 밤에 아이들이 고등학교 농구 게임에 갔을 때 찾아왔다. 나는 백화점에서 산 청록색의 귀엽지만 무난한 면 저지 드레스를 입었다. 드레스는 아직 몇 번 세탁하지 않아서 그 탄성과 돋보이는 형태를 유지하고 있었다. 나는 뭔가 요리를 했는데, 아마 파스타였던 것 같다. 내가 문을 열자 그가 "음, 뭔가 냄새가 좋군요." 하면서 몸을 기울여 내 목 냄새를 맡으려 했다. 내가 "진정해요. 페페르 퓨(루니 툰의 만화 캐릭터. 스컹크인데 암고양이를 스컹크로 착각해 쫓아다니며 구애함—옮긴이)"라고 말하자 그가 자지러지게 웃었다.

나중에야 든 생각이지만, 그를 집으로 오라고 불러들이는 것이 좋은 계획처럼 보였던 이유는 바로 테리의 자신을 웃음거리로 만드는 능력과 반복적으로 거부당하면서도 계속 치근대는 성향 때문이었다. 그날 밤 내가 절실히 갈망하던 자존감을 올려주는 찬사를 들으면서 동시에 존을 괴롭히기도 하려면 테리에게는 하나도 줄 필요가 없으리라 생각했다. 어떤 격려도, 육체도, 심지어 목이 파인 셔츠까지도 말이다.

하지만 내가 틀렸다.

"존은 어디 있어요?" 그가 정문을 밝은 오렌지색으로 칠하니 훨씬 좋아 보인다고 말하자마자 내게 물었다.

나는 말했다. "존과 저는… 별거 중이에요. 우리는 문제가 조금 있어서 서로 노력 중이에요." 예를 들어, 존이 우리 삶과 우리 두 아이가 존재하지 않는 척하고 싶어 한다는 문제랄까?

테리의 얼굴이 금세 변했다. "뭐라고요?"

나는 어깨만 으쓱했다. 믿기 힘든 똑같은 거짓말을 연달아 두 번이나 말하고 싶지 않았다.

"그 별 볼 일 없는 놈이 당신을 아프게 했나요?" 테리가 날카롭게 물었다.

"당신과 20년지기 친구인 그 별 볼 일 없는 놈이요?"라고 내가 묻자 테리가 말없이 눈썹을 아치형으로 만들었다. 내가 힘없이 대답했다. "아니요. 우린 그냥 갈림길에 서 있어요."

테리가 눈살을 찌푸렸다. "정말 너무 유감스럽군요." 그러더니 한숨을 푹 내쉬며 말했다. "그래서 당신이 저를 불렀군요."

내 얼굴이 분홍색으로 변했다. 내 작은 유혹이 눈에 띄지 않기를 바랐었다. 하지만 테리는 이렇게만 말했다. "그렇다면 이 집을 팔 겁니까? 완벽한 구매자가 있거든요. 사실 세 명이나 있어요. 그 가족 중 하나는 당신이 정말로 좋아할…."

"아니에요." 나는 고개를 흔들며 말했다. "당분간은 집을 그대로 가지고 있으려 해요. 나는 그저…." 나는 그와 시간을 보내고 싶었다고 말할까 생각했다. 아니면 남편이 아닌 남자와 저녁을 보내고 싶었다고. 아니면 테리와 잠자리를 한 다음 그가 악의로 존에게 말하게 하고 싶었다고. "저는 그냥 당신과 집에 관해서 얘기하고 싶었어요. 내가 선택할 수 있는 게 무엇이고, 어떤 가치가 있는지 알아보려고요."

테리가 고개를 끄덕였다. "똑똑해요. 똑똑해. 당신이 전업주부니까 이혼할 때 이 집을 갖게 될 것 같다, 이 말이죠?"

나는 이 문제를 생각했다. 존이 홍콩에 있는 여자와 사랑에 빠진 것으로 보아 펜실베이니아 부동산에 관한 다툼에서 이길 확률은 낮아 보였다. "그럴 것 같아요"라고 내가 말했다.

"그렇다면, 파우더룸을 한 번 봐야겠어요. 지난번에 파우더룸을 꾸미는 데 돈이 얼마 들지 않는다고 제가 말했던 거 기억하세요? 제가 아는 솜씨 좋은 사람이 있거든요. 거기에 멋진 벽지로 도배를 해도 되고, 아니면 벽에 고정된 무지주 화장대를 만들어도 좋아요. 쉽게 집 가치를 올리는 방법이죠. 구매자들이 좋아할 거예요."

테리가 복도를 따라 사라졌다. 나는 그가 방을 떠나는 순간 안도감에 바닥에 털썩 주저앉을 뻔했다. 앙심을 품은 복수든 아니든 나는 이 남자가 나와 집 안에 단둘이 있는 것을 원치 않았다. 나는 사랑받고 싶었지만, 오직 남편에게만 사랑받고 싶었다. 존이 아닌 누구와도 은밀해지고 싶지 않았고, 다른 이에게 감정을 느끼는 일은 상상도 할 수 없었다. 화가 나긴 했지만 나는 여전히 존을 사랑했다. 그 느낌이 너무 진짜 같고 너무 설명할 수 없어서 마치 절단된 팔다리에서 여전히 느껴지는 가려움 같았다. 그날 밤 나는 테리와 저녁을 먹었는데, 식은 죽 먹기였다. 테리가 추파를 던지는 데 전혀 관심이 없어 보였으므로 마음의 여유가 생겼다. 그리고 그때 적어도 아이들 중 하나가 대학에 갈 때까지는 그것이 내 마지막 데이트 시도가 될 것이라 맹세했다.

하지만 이제 나는 데이트를 할 것 같다. 그런데 지금은 하나도 두렵지 않다. 사실, 정반대다.

뉴욕시, 오후 1시 50분.

나는 오늘 이미 두 번이나 아이들과 통화했다. 많은 청중 앞에서 발표를 성공적으로 마쳤다. 점심으로는 오징어 샐러드와 화이트 와인 한 잔을 마셨다. 아무것도 사지 않고 가게 몇 군데를 돌아다녔다. 직무 연수 시간을 6시간 채웠다. 네일샵에서 빨리 매니큐어를 해치울까 진지하게 고민하다가 곧 정신을 차린다.

나는 어딘가를 가는 것처럼 보이려고 커피 카트 주위를 맴돌면서 내 데이트 상대를 기다리다가 어젯밤 와인 환영회에서 만난 캐서린과 마주친다. 그녀는 오늘 약간 더 부드러워 보인다. 밤에 잠을 잘 잔 덕분인지 아니면 그녀가 물지 않는다는 걸 내가 알기 때문인지 모르겠다. 하지만 캐서린의 태도는 여전히 새록새록 날카로우면서도 친근하다.

"아하!" 캐서린이 나를 보자마자 말한다. "드디어, 오늘의 여자가 오셨군요!"

"네?" 내가 묻는다.

"우리 유연 도서 선집에 관해 얘기 좀 해요. 그 생각을 멈출 수가 없어요. 너무 마음에 들어요."

"선생님도 제가 발표할 때 있었어요?" 내가 묻는다. 청중 속에서 그녀를 본 기억이 없다.

"아니에요. 이번 학회 내내 내가 잠만 잘 계획이라고 말했잖아요. 기저귀를 찬 두 아이의 엄마, 기억 안 나요? 애 엄마의 절호의 주말 휴가?"

나는 고개를 끄덕인다. "기억나요. 그렇다면 어떻게…"

캐서린이 내 말을 자른다. "점심 테이블에서 다들 그 이야기만 하잖아요. 다들 매우 유망한 아이디어라고 생각해요. 그래서 저도 인쇄물을 한 부 받아서 전체 내용을 차근차근 읽어봤어요. 어쩌면 이미 실패한 계획일지도 모른다고 생각했어요."

나는 낙담한 얼굴이 되어 말한다. "아, 그런데, 제 생각에는…."

"하지만 내 수업에 시도해보지 않는다면 그것도 땅을 치고 후회할 일이죠."

"음…." 나는 이 대화에서 어느 타임에 끼어들어 말해야 할지 잘 모르겠다.

"지원금을 신청하는 건 생각 안 해 봤어요?" 그녀가 내게 묻는다. 이번에는 대답하지 않고 그냥 가만히 기다려야 한다는 걸 안다. 그녀가 바로 말을 잇는 걸 보니 옳은 결정이었다. "소규모로요. 저는 전자책 단말기는 제쳐두고 그냥 다양한 책을 살 자금만 간청해볼까 생각 중이에요. 전자책 단말기가 그 계획의 가장 중요한 부분이라는 건 알지만, 아이들 손에 들려 집으로 보낸 후 그저 다시 가지고 오길 바라는 전자장치 20대를 사겠다고 2,000달러를 받아내진 못할 거예요. 학교에서는 학생들에게 태블릿을 사 주겠다고 계속 말하지만, 여기서 '말만 하는 것'이 핵심이에요. 말 얘기가 나와서 말인데, 그거 알아요? 우리 한 살짜리에게 획기적인 사건이 일어났대요! 하필 내가 없을 때요. 이런 말도 안 되는 상황이 믿겨져요? 아이들을 남편한테 고작 3일 맡겼을 뿐인데, 그뿐인데! 내가 집을 비우자마자 아이가 말을 했다네요. 그런데 생뚱맞게 '늦었어'라고 했데요." 캐서린이 아기 목소리를 흉내 내며 말한다.

나는 고개를 젓는다. "전자책 단말기는 중요해요. 그래야 수준별 도서의 선택이 눈에 보이지 않거든요."

"하지만 학생들이 서로 얘기하지 않을까요?"

"책을 고른 후에, 하고 싶으면 하겠지요. 하지만 눈에 띄는 책 표지가 없으니까, 독서 수준이 높은 아이나 똑똑한 아이들이 어떤 책을 고르는지 주변을 두리번거리지는 않을 거예요. 표지가 담고 있는 성 차별적 사고나 그 주제에 관해 예상되는 관념도 없을 테고요. 아이들은 실화를 바탕으로 한 책 중에 자신이 읽고 싶은 책을 그냥 고를 거예요. 그게 효과가 있다면요."

캐서린이 한숨을 쉰다. "어디서 자금을 조달할지 앞이 캄캄해요." 그녀가 무겁게 말한다. "전자책 단말기를 살 돈이나 책의 저작권을 살 돈 중 하나만 마련할 수 있을 거예요, 둘 다는 무리예요."

나는 고개를 끄덕인다. "그리고 우리 학교를 위해 고른 책이 다양한 학생층을 충분히 반영할 수 없다는 걸 깨달았어요."

캐서린이 깊이 숨을 내쉰다. "아주 가망이 없지는 않아요. 그렇다고 장래가 밝지도 않고요. 다양한 책이 있는 공유사이트를 같이 찾아봐요." 그녀는 자기 휴대폰을 꺼내서 두드리기 시작한다. "지금까지 뭘 찾았어요?"

"많지는 않아요. 여성 작가 책 몇 권하고, 두 보이스(미국의 교육자이자 흑인인권운동가-옮긴이) 책이요." 작은 한숨을 쉬며 내가 대답한다.

"좋네요. 나도 그거 봤어요. 여행기는 어때요?"

내가 어깨를 으쓱하자, 그녀가 고개를 끄덕인다. "맞아요. 변변치 않은 답이었네요. 또 뭐가 있어요?"

나는 공유사이트에 있을지도 모르는 연령대에 적절하고 다양한 읽을거리를 찾느라 머리를 쥐어짜기 시작한다. "《노예 12년》?"

캐서린이 인상을 쓴다. "하지만 그건 어려운 책이에요. 제 기억이 맞는다면, 그건 AP(미국에서 고등학생이 대학 진학 전에 대학 인정 학점을 취득할 수 있는 고급 과정 – 옮긴이)수준일 거예요."

"아!" 내가 소리친다. "《내 속박과 자유My Bondage and My Freedom》!"

"그건 절대 안 읽었을 거예요! 그게 수준별 읽기에서 먹힐까요?"

"저는 괜찮다고 생각해요! 제가 다운로드할게요. 저작권 풀린 지 여러 해 됐어요"라고 내가 말한다.

내가 구텐베르크 앱을 업데이트하는 동안 대니얼이 우리에게 다가온다.

"《내 속박과 자유》!" 내가 그에게 불쑥 말한다.

"그쪽도 안녕하시죠?" 그가 말한다. "정말 열정이 넘치는 인사군요. 당황스럽긴 하지만, 아주 열정적이었어요."

나는 숨을 내쉬며 미소를 짓는다. 대니얼은 정말 잘 생겼다.

"프레드릭 더글러스의 자서전이요. 유연 도서 선집에 포함하려고요. 공유사이트에 있거든요." 그의 눈은 너무 예쁘다. 내 속이 아리기 시작한다.

그가 만족스럽게 말한다. "아, 좋은 생각이네요. 저도 좋은 생각이 있는데요."

"아주 좋아요"라고 캐서린이 말한다. 나는 잠시 캐서린이 살아 있다는 걸 잊었다. "우리 계획위원회에 들어오시겠어요? 지금은 이 위원회에 자리가 많답니다."

내가 웃는다. 그러고는 내 웃음이 억지스럽게 들리지 않을까 걱정한다. '마음을 진정시켜라, 에이미.' "대니얼, 이쪽은 캐서린이에요. 시카고 공립학교에서 오셨어요."

대니얼이 미소를 지으며 손을 내밀어 악수를 청한다. "집에서 멀리까지 오셨군요." 그가 따뜻하게 말을 건넨다. 그는 긴장하거나 어색해 보이지 않는다. 나만 침착하면 된다.

"제 아이들에게서 도망쳐서 숨어 있어요." 캐서린이 공모하듯 대니얼에게 말한다. "이젠 기저귀를 갈지 않아도 된답니다."

대니얼이 고개를 끄덕인다. "이해해요. 절대 묻지 않을게요." 그가 캐서린에게 윙크한다. 정말이지, 그는 '올해의 섹시한 도서관 사서'라 할 만하다.

"그리고 말이 나온 김에." 캐서린이 나를 향해 의미심장한 눈길을 보내고는 고개를 대니얼 쪽으로 까딱한 후 말한다. "저는 지금 낮잠 자러 호텔로 돌아가던 길이었어요. 오늘 두 번째 낮잠이죠. 그래서 이만 작별 인사를 해야겠네요."

대니얼이 외친다. "낮잠을 즐기세요!" 정말 이상한 말이긴 하지만, 나는 더 편안해지기 시작했다. 캐서린이 시야에서 사라지고 대니얼이 내 발표에 관해 메모한 공책을 들고 있는 모습을 보자 훨씬 기분이 좋아진다. "준비됐어요?" 그가 묻는다. "선생님 목록에 넣으면 좋을 책들을 몇 권 골라봤어요."

나는 우리가 이번 만남에서 책 이야기를 할지도 모른다는 생각에 안심이 되었다. 책이라면 자신 있다. 만약 이것이 일종의 데이트라면… 그때는 혼란스러워질 것이다. "준비됐어요."

"좋아요. 하지만 우리가 서로에게 책 제목을 더 외치기 전에, 뭘 좀 마셔야 할 것 같네요. 이건 커피 데이트인가요, 아니면 음주 데이트인가요?"라고 그가 묻자 애써 가슴을 진정시킨 내 노력이 모두 물거품이 된다.

"이건 데이트가 아니에요." 내가 너무 크게 내뱉고 만다.

"맞아요." 대니얼이 낙심한 표정으로 빨리 대답한다. "물론이죠. 미안해요."

나도 모르게 습관처럼 사과하려고 하다가 잠깐 멈추고 생각한다. 대니얼은 이걸 데이트라고 생각했을지도 모른다. 이 매우 잘생기고 책벌레인 남자가 내게 데이트 신청을 했다. 나는 거의 싱글이다. 이건 좋은 일이다. 이건 나쁜 짓이 아니다. 그런데 나는 뭘 하고 있지?

"내 말은, 이게 데이트인가요?" 내가 묻는다. "데이트일 수도 있겠네요."

그가 그냥 웃는다. "커피는 어때요?"

"좋아요!" 내가 미친 듯이 동의한다. "커피나 마셔요."

"디카페인이 어때요?" 그가 미소를 띠며 말한다.

우리는 커피 카트에 줄을 선다. 겉보기에 매우 탄탄한 체격의 대니얼은 페이스트리 두 개와 흑백이 섞인 쿠키를 커피와 함께 주문한다. 나는 우유를 넣은 디카페인 커피 한 잔을 주문한다. 그가 옳았다. 이 시점에 카페인을 더 섭취하다간 뇌졸중으로 쓰러질지 모른다. 그는 페이스트리가 담긴 종이봉투를 팔 아래 끼워 넣고는 내가 미처 존재하는지도 몰랐던 강가의 예쁜 초록색 공간으로 나를 데려간다. 물론, 뉴욕의 90%는 내가 모르는 게 사실이지만. 우리는 걸으면서 내 전자책 단말기와 그의 단말기 안에 있는 책들에 관해 얘기를 나눈다. 그는 넓은 분야를 읽지만, 나는 그의 독서 성향이 SF 소설 쪽으로 치우쳐 있음을 탐지한다.

"아, 맞아요." 내가 그것에 관해 묻자 대니얼이 흔쾌히 인정한다. "제 딸 때문에 영 어덜트 장르의 종말 이후 이야기를 읽기 시작했는데, 그건 정말 언덕에서 미끄러지는 것처럼 빨리 수월하게 읽히죠."

"미끄러운 경사면처럼요." 내가 미소를 지으며 말한다. "딸이 있으세요?"

"네. 올해 고3이 됩니다. 여기 앉아 커피 마시죠." 벤치를 가리키며 대니얼이 말한다.

우리는 허드슨강을 향해 놓인 놀라울 만큼 깨끗한 벤치에 30센티미터 정도 떨어져 앉는다. 그가 스콘을 꺼낸다. "레몬 바질 스콘으로 줄까요?"

나는 고개를 옆으로 까딱한다. "쿠키 같은 게 있었던 것 같은데요…."

"흑백 쿠키 여기 대령이요."

그는 빵집에서 준 왁스 입힌 종이로 쿠키를 감싸서 내게 건넨다. 나는 종이를 펴서 검은색 쪽으로 한 입, 그다음엔 흰색 쪽으로 한 입, 베어 먹는다. 먹으면서 나는 그 옛날 탈리아와 뉴욕에 놀러 왔던 일, 밤새 춤을 춘 후 새벽 4시에 식품 잡화점에서 산 흑백 쿠키를 먹던 추억을 그에게 이야기한다. 게다가 호텔 로비에서 잠이 들고, 작은 식당에서 낯선 사람에게 아침을 얻어먹은 후 빈털터리로 집에 돌아와 놓고도 다음에 기회가 생기면 똑같이 반복했다고 말한다.

"부모님이 불쌍하네요."

"그렇죠? 저도 지금 십 대 딸이 있어요." 나는 쿠키를 베어 먹는 사이사이에 말한다. "이제야 부모님의 고통을 느껴요."

"아, 선생님도요? 딸이 지금 선생님을 사랑하나요, 아니면 미워하나요?"

"음…. 지금이 몇 시인지 확인 좀 하고요." 나는 내 손목에 있지도 않은 시계를 힐끗 보고 말한다. "우리 딸은 롤러코스터를 타는 감정

기복만 빼면 사실 누구나 꿈꾸는 아이예요. 학구적인 타입은 아니지만, 다이빙을 좋아하고, 학교에서 꽤 인기가 있는 것 같아요. 대단히 멋진 몸매가 아닌데도 남학생들이 춤추러 가자는 걸 보면요."

"그거 멋진걸요." 그가 동의한다. "사실 제 딸도 그래요. 우리 딸은 춤추러 가자고 요청받지는 않는 것 같지만요. 제 생각에 우리 딸은 남학생에게 자기를 데려가라고 협박할 것 같아요. 그러면 남학생이 무서워서 복종하겠죠."

나는 소리 내어 웃는다. "똑똑해 보이는데요? 아이는 하나에요?" 내가 묻는다.

그가 고개를 끄덕인다. "선생님은요?"

"저는 아들도 하나 있어요. 열두 살이에요. 잠자리에 누워서도 걱정하는 아이죠."

"다루기 힘든 아이인가요?"라고 대니얼이 묻는다.

"그 반대에요. 그 아이는 너무… 마음이 따뜻한 아이죠." 어느새 나도 모르게 대니얼에게 어떻게 조가 돌아온 아버지를 대했는지 말하고 있었고, 그러자니 처음부터 존과의 상황을 설명해야 했는데, 이건 틀림없이 나쁜 종류의 데이트다. 갑자기 수줍어진 나는 두서없는 이야기의 방향을 틀어 어떻게 조가 아빠를 다시 만날 기회를 주도록 전 가족을 이끌었는지, 그리고 그것이 얼마나 정서적으로 위험한 일이었는지를 말한다. "세상은 그 아이를 힘들게 할 거예요."

대니얼이 잠시 스콘을 먹은 후 말한다. "아니면 그 아이가 세상을 바꾸겠죠."

나는 미소를 짓는다. "정말 멋진 말이네요." 그가 뉴저지를 향해 눈길을 돌릴 때 대니얼을 본다. 잘생긴 건 잘생긴 거고, 내 아이를 칭찬하는 것은 전혀 다른 이야기다. 그리고 내가 그의 얼굴의 면면을 볼 때마다 희미하게 익숙한 무엇인가를 느낀다. 그건 뭘까?

아, 그래. 욕정이다. 나는 욕정을 까맣게 잊고 살았지만, 여러 해 전에 내가 놓아두었던 곳에 그대로 건재하게 있었다.

"선생님 딸은 어때요?" 나는 잡담으로 애써 주의를 돌리며 묻는다. "말썽꾸러기예요? 아니면 천사? 그 중간 어디쯤?"

대니얼은 나를 바라본다. "아. 당연히 아빠인 제 눈엔 천사지요. 하지만 가끔 서슬 퍼렇게 날카로워질 때가 있어요. 권위에 복종하는 데 약간 문제가 있고 자기 차례를 기다리는 데 인내심이 부족해요. 물론 그 날카로움 덕에 대학 지원 과정이 매우 순조로워 보이기는 해요. '표준화 테스트'를 잘 봐서, 진학 상담 선생님이 대학을 골라서 갈 수 있을 것 같다고 하시더군요."

"와우! 선생님도 따님 나이 때에 그랬어요?"

그는 약간 눈살을 찌푸린다. "아니에요. 그때도 저는 학교에서 일하고 싶다고 생각했어요. 하지만 그때는 코치를 생각하고 있었죠. 축구에 푹 빠져 있었거든요."

"축구요?"

"네." 그가 내게 말한다. "엄마가 미국에 도착한 지 2년도 되지 않아 아빠를 만나서 결혼하고 저를 임신하셨어요. 엄마는 한국인이고, 아빠는 흑인이거든요. 그래서 저는 특별한 눈송이라고 생각하면서 자랐어요. 어떤 스포츠에 나처럼 생긴 선수들이 있는 줄 아세요?"

나는 어깨를 으쓱한다. 각종 프로 스포츠에서 모든 피부 색깔을 다 본 것 같다. "대부분의 스포츠에서 본 것 같은데요."

대니얼이 내 말에 반쯤 웃는다. "맞아요. 하지만 그때는 제 머릿속에, 어떤 스포츠는 백인의 스포츠고, 어떤 스포츠는 흑인의 스포츠인데, 한국인의 스포츠는 없는 것 같았죠. 당연히, 세계적인 스포츠인 이것 하나만 빼고는요…."

"축구요." 내가 말을 끝낸다.

"맞아요, 축구. 나는 축구를 위해 살았고 숨을 쉬었어요. 학교 공부는 우선순위에서 두 번째로 밀렸어요. 아니 어쩌면 세 번째. '여학생'들을 빼먹으면 안 되죠."

"절대 안 되죠!" 내가 맞장구친다. "학교에서 비슷한 태도를 지닌 아이들을 어떻게 사로잡을지 조언을 해 줄 수 있나요?"

그가 어깨를 으쓱한다. "선생님이 내놓은, 자기가 읽을 책을 스스로 고르는 아이디어가 꽤 좋은 처방전인 것 같은데요? 문제는 책이지, 콘셉트가 아니니까요."

나는 인상을 찌푸린다. "하지만 책도 일종의 콘셉트예요." 내가 그에게 말한다.

"선생님의 선집에 새로운 청소년 신간 소설을 넣는 건 어때요? 매력이 전혀 없는 책이 아니라, 오래전부터 공감대가 형성된 주제를 담고 있고 잘 쓰인 책이라면요."

내가 고개를 젓는다. "예산이 걸림돌이에요."

대니얼이 입술을 깨문다. "다른 해결책이 있을 거예요."

나는 고개를 끄덕인다. "보통 그렇죠. 하지만 시골에 있는 작은 사립학교의 사서의 입장에서는 없네요."

대니얼도 고개를 끄덕이고, 우리는 모두 입을 다문다. 나는 선집과 화창한 날과 쿠키를 생각하고 있다. 뉴욕의 어느 공원에서 데이트를 하고 있자니, 아니 데이트 비슷한 것을 하고 있자니 이상한 기분도

든다. 상대는 한때 축구에 미쳤던 고교 운동선수였다가 지금은 도서관 사서가 된 남자로 피부색은… 음, '그만의' 피부색이다. 그리고 나는 어떻게든 우리 사이의 공간을 좁히고 싶다. 흐릿하고 혼란스럽고 흥분되는 감정이 뒤섞인다.

그가 무슨 생각을 하는지는 상상조차 할 수 없다. 하지만 오랜 침묵 끝에, 대니얼이 벤치에서 벌떡 일어난다. "반스앤노블(미국의 대형 서점 체인-옮긴이)로 갑시다."

나는 그를 올려다본다. "네? 지금요?"

"네. 지금 당장요. 유니언 광장에 있는 '반스앤노블'로 가서 선생님의 유연 독서 선집에 넣고 싶은 꿈의 책들로 거대한 목록을 만들어 봅시다. 우리 학교에서 효과를 거둘 책들과 선생님 학교에서 효과를 거둘 책들을 생각해 보자고요. 겹치는 책들이 있는지 알아봐요. 우리 아이디어를 소소하게 시험해 보는 거죠. 그래서 그 제안이 실제로 비용이 얼마나 들지 알아보는 거예요."

나는 그를 회의적인 눈길로 보면서 말한다. "이건 제가 학교에서 생각해 낸 작은 아이디어에 불과해요. 잔꾀가 돋보이는 프로젝트지 거창한 제안이 아니라고요. 저는 세계적 혁신을 추구하고 있지 않아요."

"왜 안 돼요? 오늘 아침 선생님 강의를 듣던 많은 사람이 그걸 잔꾀가 돋보이는 프로젝트 이상이라고 생각했어요. 저도 굉장히 훌륭한 아이디어라고 생각했고요. 그리고 선생님에게 좋은 아이디어가 있다면, 반드시 더 큰 샘플로 테스트가 되어야 해요. 게다가 거긴 서점이잖아요. 서점은 항상 옳아요. 그러니 나랑 갑시다." 대니얼은 손을 뻗어 나를 벤치에서 일으켜 세운다. 나는 반쯤 베어 먹은 쿠키를 내려다본다. 여전히 정확히 반은 검정이고 반은 흰색이다.

"쿠키는 지하철 탈 때 가지고 가면 돼요. 나머지를 다 먹으려면 또 30분은 걸릴 테니까요."

내가 깜짝 놀란다. 내가 30분 동안 야금야금 먹고 있었나? "지금이 몇 시예요?"

대니얼이 휴대폰을 꺼낸다. "3시 15분이요. 오늘 오후에 어디 갈 데라도 있어요?"

나는 눈을 깜빡인다. 데이트를 막 시작했다고 생각했는데, 우리가 만난 지 벌써 30분이 넘었다. 이 남자는 시간을 녹인다. 그리고 내 뇌까지도.

"그래요. 그렇게 해요." 내가 불쑥 말한다. "꿈의 도서 목록을 만들어서 제가 이 근처에 있다고 기억하는 바에서 칵테일을 마시면서 세계적 혁신에 관해 계획을 짜 봐요."

대니얼이 활짝 웃는다. "그보다 재미있는 건 없겠네요."

나도 그렇다고 생각한다.

7장

엄마에게

정말로 찰스 디킨스를 읽으라고? 엄마는 갑자기 '특권층의 딸'이 된 내 삶에 관해 뭔가 하고 싶은 말이 있어서 그러는 것 같아. 그런데 나는 그냥 무시할래.

그것 말고, '도전! 슈퍼모델'에서 우승한 여자가 쓴 데이트 책을 다운받았어. 지금까지는 조금 바보 같지만, 나름 재미있기도 해. 브라이언과는 달라. 걘 그냥 바보야. 엄마, 나는 완전히 남자를 잘못 골랐어. 브라이언은 내가 자기를 어떻게 느끼는지, 아니면 어떤 걸 못 느끼는지를 하나도 몰라. 오늘은 아빠가 우리 둘만 남겨둔 지 약 6분 만에 브라이언이, 내 셔츠를 벗기려고 했어. 나는 생각했어. '꼬마야, 네가 지금 나를 몹시 짜증 나게 하는 거 모르겠니?' 왜 걘 내가 허리 위를 만져주길 바란다고 생각하는 거지? 그리고 걘 솔직히 여름이 끝나기 선에 나랑 섹스하기를 바라는 것 같아. 계속 우리 단둘이 있을 수 있는 침대가 있는 곳으로 가자고 해. 바보 멍청이. 나는 '콜 오브 듀티'

게임을 내리 10시간이나 하고서 "오늘 정말 힘든 하루를 보냈어"라고 말하는 녀석하고는 첫 경험을 하지 않을 거야. 솔직히 말해서, 다이빙으로 장학금을 받을 때까지는 누구와도 섹스를 하지 않을 거야. 하지만 그때가 돼도 브라이언은 절대 안 돼.

나는 엄마가 뉴욕에서 운이 좋았으면 좋겠어. 엄마가 거기서 일주일 이상은 있지 않을 걸 알지만, 내가 말한 데이트를 하고 있을까 궁금해. 어쩌면 엄마는 멋진 사람을 만날지도 몰라. 그동안 힘든 시간을 겪었으니 엄마는 그럴 자격이 있다고 생각해. 아빠는 나한테 엄마가 데이트하는지를 물어. 대놓고 물어보지는 않고, 바보 같은 방법으로 물어봐. 그런 걸 보면 아빠는 마흔 살 이하의 사람에게 정보를 얻는 방법을 쥐뿔도 모르는 것 같아. 예를 들면 이렇게 말해. 내가 아빠한테 혼자 있고 싶다고 하니까 "그런데 엄마는 혼자서 시간을 많이 보내니?"라고 물었어. 그리고 내가 다이빙팀 애들과 놀러 나갈 준비를 하는데 나한테 엄마에게 받은 립스틱이 있냐고, 엄마는 화장을 많이 하느냐고 묻는 거야. 내가 "가끔." 그랬지. 엄마가 제일 잘 알겠지만 그건 완전 거짓말이었어. 엄마는 전혀 화장을 안 하니까. 그런데 엄만 정말 화장 좀 해야 해.

내가 아빠한테 엄마는 일주일에 한 번쯤 저녁 먹으러 나간다고 말했어. 그러고는 누구랑 가는지는 모른다고 했어. 그랬더니 그 말에 아빠가 너무 당황하는 거야. 그래서 "엄마가 가끔 밤에 수영을 가는 것 같아. 집에 오기 전에 항상 샤워하고 오더라고"라고 말했어. 아빠 머리가 놀이기구 '커피 컵'처럼 회전하기 시작했어. 너무 웃겼어. 조는 내막을 모르니까 이렇게 말했어. "누나, 지금 무슨 말 하는 거야?" 그래서 내가 대답했어. "내가 틀릴 수도 있어." 그래서 지금쯤 조는 엄마의 연애 생활에 관해 완전히 머리가 복잡할걸? 데이트 책에서 말하길 남자의 관심을 유지하는 세 가지 규칙이 있는데, 두 번째 규칙이 '항상 남자를 추측하게 하라'였어. 첫 번째는 '치실질을 하라'였고, 세 번째가 '섹스를 보류하라'는 거였어. 그래서 나는 이 책이 십 대 소녀의 부모를 위한 꽤 괜찮은 가이드북이라고 생각해.

엄마가 아직도 치실질을 애국적인 의무처럼 여기면서, 왜 그런지는 모르겠지만 세 시간 거리에 있는 아빠와 자는 건 그렇게 생각하지 않으니까 어찌 됐든 전남편의 관심을 유지하는 기술을 마스터한 걸 축하해. 정말로 효과가 있는 규칙 같아.

그래서 나는 이런 이상한 질문이 떠올랐어. 현실에는 아마 물어보지 않을 말이지만, 독서록은 현실이 아니니까 물어볼게. 아빠가 엄마의 성생활에 이토록 관심이 있다는 건 아빠가 엄마랑 다시 합치고 싶다는 뜻이 아닐까?

아빠가 그렇다면 엄마는 어떻게 할 거야?

엄마도 그런 마음이라면 둘이 예전처럼 같이 살 거야?

그건 이상할 것 같아.

그 문제에 관한 유명인의 데이트 책은 없는 것 같아.

어쨌든, 혹시 모르니까, 나는 엄마가 뉴욕에 있는 동안 최대한 신나게 놀았으면 좋겠어. 그거 봐. 이건 좋은 충고지? 나도 데이트 책이나 써야겠어.

사랑을 담아
엄마의 사랑과 섹스 권위자 코리가

항상 일어나는 곳이 아닌 낯선 곳에서 깨었을 때 방향 감각 상실은 정말 다른 것과는 비교할 수 없는 느낌이다.

아름다운 맨해튼의 비즈니스호텔에서 튼튼한 커튼을 관통해 들어오는 가느다란 도시 햇살을 받으며 깨어난 지금 딱 그런 느낌이다. '어, 이건 내 침실이 아닌데'라는 기분. 그러고 나서 정신을 차리자 내가 뉴욕에 있고, 내 아이들은 존과 있으며, 오늘은 이틀 전과 모든 것이 달라졌다는 것이 떠오르자 정말로 마음이 놓인다. 어제 나는 발표를 했고, 섹시한 도서관 사서랑 커피 데이트를 했고, 그다음엔 '반스앤노블'에 갔는데….

오!

섹시한 도서관 사서가 나와 함께 침대에 있다. 그가 코를 골고 있다. 내가 어젯밤에 섹시한 사서를 데리고 호텔에 왔나 보다.

'어?'

나는 뚜껑을 열면 튀어나오는 용수철 인형처럼 벌떡 일어난다. 아니다. '침대 안의 매춘부'처럼. 나는 팬티를 제외하고 아무것도 걸치지 않았다. 가슴은 그냥… 헐벗었다. 내 셔츠는 어디 있지? 내 브라는? 입에서 다람쥐꼬리를 문 것 같은 맛이 난다. 그중에서도 도시 다람쥐. 호텔 TV는 켜져 있고, 조용히 ESPN 채널의 소리가 들린다. 어젯밤에 대니얼이 뉴욕 메츠 경기 하이라이트를 보고 싶어 했기 때문에 틀어놓은 것 같다. 맞다. 대니얼은 야구팬이다. 우리가 처음으로 섹스를 하고 4분쯤 후에 그가 소심하게 〈ESPN의 스포츠센터〉라는 프로그램을 봐도 되느냐고 물었다.

우린 섹스를 했다!

그것도 한 번 이상.

천천히, 나는 〈미션 임파서블〉에 나오는 주인공처럼 침대에서 옆으로 살금살금 빠져나온다. 내 눈은 계속 대니얼을 주시하고 있지만, 그는 근육 하나 움직이지 않고, 코 고는 소리도 끊기지 않는다. 발이 호텔 카펫에 닿자 샤워 가운을 찾아 주위를 둘러보다가 어제 샤워한 후에 욕실 문 뒤쪽에 걸어놨던 것이 기억난다. 좋아. 욕실로 가자. 욕실은 시끄러운 소리가 나는 미닫이문이 있지만, 나는 불을 켜기 전에 부드럽게 문을 미끄러뜨려 닫는다. 큰 거울 앞 밝은 호텔 조명 아래서 나는 내 비행의 깜짝 놀랄 만한 증거를 보고 말았다. 자고 일어나 헝클어진 머리… 뺨에 묻은 마스카라… 이건 깨문 자국인가? 아마 깨물었던 것 같은 작은 자국이 보인다. 화장대 위에 콘돔 포장지를 보자 충격과 안도감이 뒤섞인다. 샤워 가운이 보이자 그것을 낚아챈다. 나는 휴대폰을 본다.

새벽 6시 30분이다. 레나에게서 새 문자가 왔다. 거기엔 '아침에 전화해. 이 난잡한 꼬맹아'라고 쓰여 있다.

어젯밤에 술에 취해서 레나에게 문자를 한 것이 틀림없다. 메시지를 열어본다. 그럼 그렇지. 나는 망신스럽게도 라이브로 꽤 많은 문자를 보냈다. 메시지 창에 모두 그대로 있었다.

에이미 나 데이트 중이야!!!

레나 거짓말! 진짜야?

에이미 진짜야! 섹시한 도서관 사서랑. 우리는 초밥집에 있어.

　　　　나는 화장실에 있고!

레나 그럼 얼른 거기서 나가서 섹시한 도서관 사서랑 잘해 봐!

에이미 네 말이 맞아! 알았어. 안녕.

그리고 1시간 30분 후.

에이미 나 또 화장실이야!

레나 음….

에이미 섹시한 도서관 사서랑!

레나 그 남자도 너랑 같이 화장실에 있어?

에이미 아니! 우리는 저녁 먹고 술을 마시고 있어. 그 남자가 나랑 자고 싶은 것 같아. 끔찍한 라틴 칵테일을 만들고 있거든.

레나 그거 잘됐네! 칵테일이 잘됐다는 건 아니고. 그건 끔찍하지.

에이미 나 무서워!

레나 바보같이 굴지 마. 가서 잘 해봐!

에이미 그래도 돼?

레나 당연하지.

에이미 알았어. 안녕!

그게 전부였다. 고급 칵테일을 석 잔 마시고 나자 낯선 사람 앞에서 발가벗는 데 많은 용기가 필요치 않은 건 분명했다. 나는 레나에게 전화할 수 있으면 좋겠다고 생각하면서 휴대폰을 잠시 내려놓는다. 그러다가 문득 할 수도 있겠다는 생각이 든다. 여기서는 아무 소리도 들리지 않는다. 코 고는 소리도, TV 소리도. 이 욕실은 방음 처리가 꽤 잘 되었다.

"대니얼?" 나는 부드럽게 불러본다. 아무 인기척이 없다.

"대니얼?" 나는 조금 더 크게 부르고 한참을 기다린다. 응답이 없다.

"대니얼, 호텔에 불이 났어요!" 나는 훨씬 크게 소리친다.

그가 침대 밖으로 나오지 않은 걸 확인하고 레나에게 전화한다.

"새벽 6시 30분에 하라는 말은 아니었는데." 레나가 '여보세요' 대신 말한다.

"나 어젯밤에 낯선 사람이랑 잤어!" 내가 다 들리도록 속삭인다.

"오오!" 레나의 목소리는 잠이 덜 깬 듯하면서도 열의가 섞여 있다. "그거 잘됐네."

"뭐라고? 아니야, 잘 된 게 아니야. 그 남자가 지금 내 호텔 방에 있어, 내 침대에서 자고 있다고!"

"너는 어디 있어?"

"욕실에 갇혀 있어."

"그렇구나. 그래서 엄청 크게 속삭이고 있구나."

"레나! 내가 지금 커피도 없이 호텔 욕실에 갇혀 있고, 낯선 남자가 내 침대에 있다고."

"그거 라이프타임 채널에 나오는 영화 제목 아냐?" 그녀가 묻는다.

"죽을래?"

"알았어. 좀 진정하고 필요한 게 뭔지 말해봐."

"몰라. 내게 뭐가 필요하냐고? 3년간 섹스를 하지 않았었지. 광견병 주사라도 맞아야 할까?"

"그 남자 몸의 일부가 너구리야?" 레나가 묻는다. "아니라면 맞지 마. 콘돔은 썼지?"

나는 욕실을 둘러보고 물품 재고를 빨리 확인한다. "콘돔 세 개를 쓴 게 확실해. 연속으로."

"이런, 이런, 이런!" 레나가 말한다. "잘했어, 에이미! 대단한 컴백이라고 불러야겠어."

"레나, 나는 아직 그 사람 성도 몰라." 이건 사실이 아니다. 그 사람 성은 '성'과 하이픈으로 연결된 무엇이었다. 그는 그냥 '미스터 성'으로 통한다. 그의 엄마는 한국인 이민자 1세대다. 그의 아버지는… 기억이 나지 않는다. 그에게 들은 기억은 나지만, 아마 그의 잘생긴 얼굴에 넋이 나가 있을 때였던 것 같다. 게다가 대화의 흐름이 너무 속사포처럼 빨라서 곁길로 새지 않고 한 주제에 오랫동안 머물지 못했다.

"그 남자는 바에서 낚았니?" 레나가 묻는다.

"아니!" 나는 거의 소리치듯 반박한다. "어머나. 넌 내가 그렇게 방탕한 사람으로 보이니?"

"전혀 방탕하지 않지." 그녀가 유쾌하게 말한다. "두 싱글 성인이 합의로 안전한 섹스를 하는 데 방탕할 게 뭐야." 레나는 잠시 멈칫하더니 덧붙여 묻는다. "그 남자 싱글은 맞지?"

"그래! 아니면… 그러니까, 그 남자가 싱글이라고 했어. 거짓말 했을 수도 있겠네. 구글에서 검색해 봐야겠어. 너 컴퓨터 근처에 있어? 지금 당장 나 대신 인터넷 검색 좀 해 줄래?"

"아하! 그러니까 넌 그 남자 성도 안다는 얘기네. 그럴 줄 알았어."

"방금 기억이 났어. '성'이었어."

"S-o-n-g?"

"S-e-o-n-g. 이름은 대니얼. 뉴욕 공립학교의 자료제공 사서래."

"기다려 봐."

나는 잠긴 화장실에서 잠시 가만히 앉아 있다가 불쑥 내뱉는다. "그 남자가 나를 서점으로 데리고 간 후에 술을 먹었어."

레나가 휴대폰 너머로 코웃음을 친다. "재주가 좋은 섹시한 도서관 사서시구나. 오! 이 남자가 틀림없는 것 같아. 대니얼 성-이슨. 세상에, 정말 섹시한 도서관 사서가 맞네."

"사진에 와이프도 있어?"

"와이프는 없어. 그런데, 이 아이는 딸인 것 같아. 십 대 딸이 있대? 그 남자랑 똑같이 생긴 여자 버전이야."

"맞을 거야. 고3이 되는 딸이 있다고 했어. 굉장히 똑똑한가 봐. 브롱스 과학고에 다닌대."

"아주 훌륭하네. 너의 독수공방 기록을 깨는 데 있어 이보다 더 좋은 남자는 없을 것 같아. 그런데 3년 동안 섹스를 안 했다는 게 진짜야? 내가 수녀였을 때도 그보다는 많이 했는데."

"그게 자랑할 일인지 잘 모르겠다"라고 내가 말한다. "어쨌든, 지금 기분이 꽤 이상해."

"섹스가 별로였어?"

"아니, 그런 뜻이 아니라. 최근에 해보질 않아서 모든 게 이상하게 느껴졌어. 그리고 끝나고 난 지금 더 이상한 거 있지. 애들 아빠가 일주일 내내 밤낮으로 애들을 돌보고 있는데 내가 이래도 괜찮을까? 내 우선순위가 모두 엉망이 돼 버린 건 아닐까?"

레나가 비웃는다. "잠깐만, 너 지금 네 전남편을 두고 바람피워도 괜찮은지 묻고 있는 거야?"

"전남편이 아니잖아. 기억 안 나? 네가 사실 이혼은 없다며?" 내가 한숨을 쉰다. "지난 3년간은 너무 바빠서 섹스나 데이트를 생각할 겨를이 없던 거지, 일부러 참고 있었던 건 아니야. 하지만 그래, 내 마음속 깊은 곳에서는 존에게 충실해야 한다고 생각했을지도 몰라."

그 말을 하는 순간에도, 나는 신용카드의 청구내용을 생각하고 있었다. 란제리. 왁싱. 얼굴로 열이 뻗친다.

"제발, 에이미. 바보 같은 소리 하지 마. 그 사람은 지구 반대편에서 여대생과 살려고 자기 가족을 버린 남자야. 네가 충실해야 할 사람은 없다고."

내가 인상을 찌푸린다. "내 아이들은?"

"네가 섹스를 안 한다고 애들이 신경이나 쓸까? 애들이 네가 그런지 아닌지 알고 싶어 한다고 생각해?"

레나의 말이 명백하게 옳기 때문에 나는 아무 말도 하지 않는다.

"하지만." 내가 말한다. "내 말은, 이 힘든 시간을 다 겪은 후에 누군가와 잘 거라면, 적어도 두어 번은 데이트를 한 사람과 자야 하지 않을까? 함께 미래를 꿈꿀 가능성이 많은 사람 말이야. 휴가 때 만난 그냥 아무나가 아니라."

"도대체 그런 규칙은 어디서 배우는 거야? 내가 알기로는, 싱글 성인 여성이라면 누구나 아무런 죄책감이나 수치심 없이 섹스할 권리가 있어. 네 경우에는 그게 휴가 때 하는 섹스인 거고, 그게 뭐가 나빠?"

"나는 그렇게 느껴지지 않아."

"넌 분명히 그래! 어쨌든 그건 좋은 뉴스네. '그렇게'가 다른 대안보다는 훨씬 즐거웠다는 거니까."

나는 잠시 침묵한다. 마침내 나도 모르게 "정말 즐겁긴 했어"라고 말한다.

"아하!" 레나가 의기양양하게 말한다. "물론 그랬겠지! 그거 굉장한데!"

"그 남자는 귀엽고, 친절하고, 사람을 편하게 해 주는 데다 정말로 자기 딸과 자기 반과 수업에 관심이 많아. 그리고 내 목에다 입으로 이런 자국을 만들고…, 그러니까 우리가…, 너도 알잖아."

"와우. 와우! 맘에 든다." 레나가 흥분하며 말한다. "그래서 이제 어쩔 거야?"

"무슨 말이야?"

"내 말은, 집에 올 때까지 그 남자랑 데이트를 계속할 거야?"

"뭐라고? 오, 아니야. 아니, 아니, 아니야. 어떻게 하면 남자를 깨우지 않고 이 호텔 방을 빠져나갈 수 있을까 궁리 중이야. 다시는 그 남자를 볼 필요가 없게. 오늘 밤은 탈리아랑 지내기로 했거든. 그냥 하룻밤 상대였을 뿐이야."

"네 독수공방 기록을 깨 준."

"맞아. 이제 원하면 섹스 없이 또 3년을 보낼 수도 있어."

레나가 웃는다. "문제는, 기왕 연속기록도 깼는데, 네가 또 독수공방하고 싶을까?"

그리고 가슴속 가장 깊은 곳에서 너무도 명백한 대답이 튀어나와 거의 입 밖으로 소리칠 뻔했다. 하지만 그러기도 전에, 화장실 문이 열리면서 기록을 깨 준 남자가 내 앞에 서 있다.

말할 필요도 없이, 그는 완전히 알몸이다.

"좋은 아침."

대니얼의 몸은 매우 탄탄하다. 어젯밤에 그걸 보고 칭찬했던 기억이 난다. 그때는 그래서 좋았다. 하지만 오늘 아침에는 그의 군실 하나 없이 딱 벌어진 몸이 섹시하지 않고, 위협적이다. 내 몸은 탄탄하지도, 매끈하지도 않다. 나는 배 쪽으로 샤워가운을 단단히 움켜쥐고 있다. 그곳이 건강한 두 아이를 잉태했던 곳이라서, 누가 봐도 바로 알 수 있다.

"음, 레나? 그만 끊자. 나중에 얘기해."

"잠깐만, 나 엿듣고 싶어!" 내가 전화를 끊을 때 레나의 목소리가 들린다. 나는 그의 판판한 배를 보지 않으려고 애쓰면서 얼굴을 향해 눈을 돌린다.

"좋은 아침이죠?" 인사가 왜 질문으로 바뀌었는지 모르겠지만 나도 모르게 나온 말이다.

대니얼이 나를 보고 활짝 웃는다. 나는 닫힌 호텔 변기 뚜껑 위에 몸을 숙이고 앉아 휴대폰과 얼룩진 아이 메이크업 불순물과 헝클어진 머리칼과 창피함을 꼭 움켜쥔 채 그가 나를 데리고 들어갈 것이 분명하다고 생각한다.

"이쪽으로 올래요?"

나는 망설이듯 서 있다가 그를 향해 천천히 몇 걸음을 뗀다.

대니얼이 중간쯤으로 다가와 매우 튼튼한 두 팔을 내게 두르고 욕정과 아침 입 냄새가 반반씩 섞인 키스를 한다. 그 키스가 대단히 인간적이고 마음을 차분하게 해 준다고 생각하면서 몸을 뗄 때 그를 올려다보면서 미소 짓는다. "부끄러워요." 내가 그에게 말한다. "이건 평소 내 작업 방식이 아니에요."

"나도 마찬가지예요." 그가 내 아래턱에서 헝클어진 머리칼 몇 개를 쓸어 넘기며 말한다. "난 부끄럽지는 않아요. 하지만 나도 평소 이런 작업 방식을 쓰지는 않아요. 그래도 재미있지 않아요?"

나는 고개를 끄덕인다. "정말 재미있었어요."

"하나씩 다음 단계로 자연스럽게 이어졌죠." 그가 말한다.

"그랬어요."

"또 다음 단계로 이어졌으면 좋겠네요"라고 말하며, 그가 천천히 내 샤워가운 끝에 손을 넣고 살금살금 움직인다. 그 느낌을 즐기지 못하고 나는 내 가슴이 그가 함께했던 다른 여자들보다 아래로 쳐지지는 않았을까 걱정한다. 그래서 그의 손을 치우고 가운을 목까지 위로 끌어당긴다.

그는 실망한 듯 보이지만 이렇게 말한다. "당신 말이 맞아요. 난 가는 게 좋겠어요." 그리고 돌아서서 어젯밤에 떨구었던 곳에서 자기 바지를 찾는다. "집에 가는 길에 딸한테 갖다줄 먹을거리를 사야겠어요. 바니 그린그래스(100년 전통의 뉴욕 샌드위치 가게 – 옮긴이)에서 살려고요. 걔가 흰살생선 샐러드를 너무 좋아해서, 이 동네에 올 때마다 사가거든요." 그가 사각팬티와 바지를 입고 서둘러 갈 준비를 끝낸다. "같이 가서 인생 최고의 훈제 생선 요리를 먹어 볼래요?"

내 배가 약간 요동친다. "내 생각에는… 나는 그냥….."

대니얼이 내게 다시 키스한다. "나랑 같이 갑시다. 이게 딱 한 번으로 끝날 일이라는 거 알지만, 아직은 당신과 작별 인사를 하고 싶지 않아요."

나는 눈을 깜빡인다. 딱 한 번뿐이라. 좋아, 그가 알아들은 것 같아. 잘된 일이잖아? 그런데 기분이 썩 좋지는 않다.

"미안해요, 대니얼. 안 되겠어요. 잠을 충분히 못 잤을뿐더러 학회가 끝나기 전에 직무 연수 이수 학점을 받으려면 오늘 적어도 세 번의 발표를 해야 해요."

그가 고개를 끄덕인다. "물론, 나도 알아요. 그러고는 펜실베이니아로 돌아갈 거죠?”

나는 대답을 입안에서 우물거린다. 나는 여기 며칠 더 머물 계획이다. 그 시간 동안 다시 그가 보고 싶지 않을까? 틀림없이 그럴 것이다. 하지만 그를 보라. 그리고 나를 보라. 나는 그의 술기운에 흐려진 눈이 마침내 맑게 개었을 때 그 옆에 있고 싶지 않다. “맞아요. 펜실베이니아로 돌아가요.”

그는 이를 보이지 않고 살짝 미소를 띤다. “아쉽네요.”

나는 한숨을 쉬며 고개를 돌린다. 이것이 내가 이번 여행에서 바라던 것이었나? 호텔에서의 하룻밤 정사, 어색한 작별, 즐거움과 죄책감, 갈망과 부끄러움이 뒤섞인 이상한 감정이?

어쨌거나 상관없다. 나는 아래를 내려다보며 가운의 매듭을 만지작거린다. 그는 이미 내 벗은 몸을 봤으면서도 여전히 나랑 섹스하고 싶어 한다. 그는 오늘 아침에 나를 봤지만, 소리를 지르며 도망가지 않았다. 나는 무엇을 숨기고 있나? 무엇이 두려운 걸까?

“대니얼?” 내가 올려다보며 말한다. 그는 이미 신발 끈을 묶고 있다.

그냥 그를 놓아주어야 한다. 이 작은 모험에 만족하면서 진짜 삶으로 돌아가기까지 5일밖에 남지 않았음을 명심해야 한다.

“음?” 그가 허리를 펴면서 대답한다.

“어젯밤은 굉장했어요”라고 내가 말한다. 그리고 발끝으로 서서 용기를 끌어모아 가장 뜨겁고, 가장 자신감 넘치고, 가장 어른다운 키스를 그의 입술에 한다.

“음.” 그가 이번에는 매우 다른 어조로 말한다.

“혹시 내 근처에 오면, 연락할 거죠?” 내가 떨어지며 묻는다.

그는 내 표정을 읽으려 애쓰면서, 아마 내가 원하는 것이 무엇인지 고민하며 나를 본다. 나도 내 마음을 모르기 때문에 그에게 행운을 빈다고 말한다. 잠시 후, 그가 셔츠의 단추를 채운다. "당연하죠. 그리고 당신도 그랬으면 좋겠어요." 그는 이제 옷을 다 입었다. 이제 거의 끝이다. 나는 이제 홀로 남겨지기 직전이다.

내가 고개를 끄덕인다. "훈제 생선 요리 맛있게 드세요."

그는 눈썹을 올리더니 내게 희미한 미소로 답한다. "전 항상 그래요." 그가 가볍게 대답한다. 그리고 약간 무거운 어조로 말한다. "안녕, 에이미. 멋진 밤을 보내게 해 줘서 고마워요." 그리고 내게 키스하고는 무거운 호텔 문으로 걸어 나간다. 그렇게 그는 가버렸다.

"와, 와, 와우." 그날 밤 탈리아가 자기 집 문을 열어주면서 내게 말한다. "네가 마침내 여기 왔구나."

학회는 끝났다. 나는 약간 울적하게 호텔에서 체크아웃했고, 몇몇 워크숍에 더 참석하러 컬럼비아대학으로 다시 갔다. 그런 다음에는 여행 가방을 끌고 탈리아의 동네를 배회하며 두어 시간을 보냈다. 우리가 만나기로 약속한 시각이 되기 10분 전에, 탈리아가 내게 문자를 보내서 약속이 늦어질 것 같다면서 한 시간 후에 자기 집에서 만나자고 했다. 나는 가방을 끌고 아일랜드풍 술집으로 가서 맥주를 마셨다.

마침내, 오랜 기다림 끝에 탈리아가 문자로 집에 거의 왔다고 하자 나는 곧장 그녀의 집으로 향했다. 그 건물을 보자마자 지난번에 이 거리에 왔을 때 내가 들어가려고 했던 건물이 아니라는 것을 바로 알아차렸다. 누구라고 말하지는 않겠지만, 어떤 사람이 전에 보낸 문자에서 자기 아파트가 있는 거리 번호를 뒤집어 알려주었던 것이다.

"'너'도 마침내 집에 왔구나." 내가 그녀의 말을 받아쳐서 대답한다. "너무 멋지다!"

탈리아는 내 손에서 핸드백을 받아 들어 그것을 문 옆 테이블에 놓은 다음, 한 바퀴 빙 돈다. 잘 다린 흰색 셔츠에 크림색 바지를 입고 갈색 가죽 벨트를 찼으며, 머리에는 오렌지색 스카프를 둘렀다. "일요일 차림으로는 나쁘지 않지? 이리 와서 나 좀 안아줘."

나는 시키는 대로 한다. 탈리아는 늘 그렇듯이 깡말랐다. 나는 탈리아가 패션계에서 일해서 마른 것인지 아니면 이렇게 말랐기 때문에 패션계에서 일하는 것인지 늘 궁금했다. 어느 쪽이든 그녀는 옷걸이 같은 몸에 예쁘지만 위엄 있는 얼굴을 하고 있다. 여배우처럼 잘생긴 외모는 아니지만, 그보다 더 강력한 무언가가 있다.

"네 머리가 아주 곱슬곱슬하네. 예쁘다."

"고마워. 이번 가을은 유색인종의 여자들에게는 자연스러운 룩이 유행할 거야. 이런 유행이 일주일에 몇 시간을 절약해주는지 너는 모를 거야. 유행이 다시 직모로 돌아가는 날에는 TV 볼 시간도 없을 거야."

"변덕스러운 유행에 상관없이 그냥 네가 좋은 대로 머리를 할 생각은 안 해 봤어?"

그녀가 나를 보더니, 눈을 굴린다. "브라 피팅은 생각 안 해봤어?"

나는 내려다보며 말한다. "그렇게 나빠?"

"그 브라는 몇 살이야?"

나는 잠시 생각한다. "내 십 대 딸과 동갑일걸, 아마."

"브라 나이는 십 대까지 가면 안 돼. 그것도 스케줄에 넣자."

"스케줄이 있어?"

"헤이, 알렉사." 탈리아가 갑자기 누군가를 부른다. "맷한테 문자 보내."

"맷에게 뭐라고 문자를 할까요?" 어디선가 강한 호주 악센트의 남자 목소리가 묻는다.

"아이리스와 내일 브라 피팅 약속을 잡아 줘."

"알겠습니다"라고 목소리가 말한다.

"너네 알렉사는 호주인이야?"

"〈크로커다일 던디〉의 주인공이 내가 시키는 대로 하는 것 같지 않니? 거데이G'day(호주 영어로 '안녕하세요'—옮긴이), 주인님!"

나는 웃다가 뚝 멈춘다. "스케줄이란 게 뭐야?" 내가 진지하게 묻는다.

"너, 이번 주에 달리 할 일이 없는 건 맞지?" 그녀가 묻는다. "너희 괴짜들의 축제가 오늘 끝났다고 했잖아."

"도서관 사서 학회를 말하는 거야? 그래, 그건 이제 끝났어."

"그래서 내가 일하는 동안 네가 할 재미있는 일 몇 가지를 생각해 뒀지. 사실, 레나하고 내가 둘이 했지만."

"레나? 펜실베이니아에 있는 내 친구?"

"그래. 레나가 난데없이 나한테 페이스북으로 연락을 했어. 걘 수녀치고는 꽤 명랑하더라. 레나가 말하길 네가 앞으로 5일 동안 내 아파트에서 줄곧 독서하고, 브라보 채널을 보면서 지낼 거라고 예상했어. 그래서 우린 그러지 못하게 하자는 데 동의했지."

나는 전자책 단말기에 담아둔 여섯 권의 새 책을 생각하자 가슴이 철렁 내려앉았다. 다음 며칠간 읽으려고 신중하게 골랐던 책들이다.

"그러면 안 돼?"

"이건 너의 엄마 방학이야."

"그런 단어는 없어."

"네 말이 맞아. 좋아. 그렇다면 너의…." 탈리아는 완벽한 단어를 찾으려고 머리를 굴린다. "너의 맘스프린가momspringa."

"내 뭐?" 내가 묻는다.

"맘스프린가. 럼스프린가rumspringa(아미시 공동체에서 청소년기에 치르는 통과의례. 바깥세상에 나가 속세를 경험한 후 공동체에 남을지 떠날지를 결정함-옮긴이)랑 비슷하잖아? 그때는 아이들이 마차를 타고 단색 옷을 입고 사는 삶에 정착하기 전에 미친 듯이 일탈을 하잖아? 너도 아미시 출신이니 그게 뭔지는 잘 알겠네."

나는 눈을 가늘게 뜨고 탈리아를 바라 본다. "난 아미시 교도가 아니야. 아미시인들이 있는 시골 출신이지. 그리고 이건 맘스프린가가 아니야. 혼자서 뉴욕으로 며칠간 여행을 온 거지. 내 가족들 속에서 단절되고 소외된 생활을 하다가 바깥세상을 폭넓게 탐험하는 기회가 아니라고."

탈리아가 손을 위로 들고 어깨를 으쓱한다. "그거나 이거나…."

나는 콧방귀를 뀌면서 어이가 없다는 듯 고개를 젓는다.

"어느 쪽이든. 넌 책을 읽지 않을 거야. 다른 인생을 살 거라고. 너의 바보 쓰레기 얼간이 남편이 두 아이와 아줌마 청바지로 가득한 옷장만 남겨두고 너를 떠난 후로 네가 할 수 없었던 모든 일을 해 볼 거야."

다시 아래를 내려다본다. 나는 정말로 아줌마 청바지를 입고 있다.

내가 올려다보자, 탈리아가 나를 향해 눈살을 찌푸린다. "그거 크록스야?" 그녀가 다 알면서 내게 묻는다.

"발이 엄청 편해."

그녀의 반응을 보니 내가 방금 교황을 신성 모독하기라도 한 것 같다. 탈리아는 한숨을 푹 내쉬며 눈을 감고는 어떻게든 관대함을 찾으려는 듯 보인다. "괜찮아. 요점은 너는 빈둥거리며 지낼 수도 있고 언제든 책을 읽을 수도 있어. 하지만 이번 주만큼은 화끈하게 인생의 멱살을 잡아보는 거야."

"난 항상 그 말이 조금 폭력적인 비유라는 느낌이 들어."

탈리아가 고개를 갸웃한다. "좋아. 그럼 '인생의 멱살을 쓰다듬고'라고 말하지, 뭐."

그 말에는 진지한 표정을 지을 재간이 없다. "오, 탈리아. 네가 너무나 그리웠는데, 최악인 건 네가 그리운지조차도 모르고 살았다는 거야. 그동안 연락 못 해서 너무 미안해."

탈리아가 내 손을 잡는다. "나도 너를 탓할 수는 없어. 존이 떠난후에 네 옆에 있어 줬어야 했는데, 뭐라고 말해야 할지 몰랐고, 여기서는 별 도움이 되지 못할 것 같았어. 너도 알다시피, 남편, 아이들… 그 모든 게 내 영역 밖의 일이라서."

나는 미소를 띤다. "그래도 나한테 햄을 보내줬잖아."

탈리아가 웃는다. "적절한 선물은 아니었지?"

"세 식구가 아주 오랫동안 햄을 먹었어. 다음엔 가사도우미를 보내 줘."

탈리아는 나를 보고 활짝 웃더니 팔을 벌려 나를 껴안는다. "알았어." 그녀는 뒤로 물러나더니 나를 데리고 들어간다. "우리는 엄청 재미있게 지낼 거야. 너도 알지? 난 여러 주 동안 오로지 일, 일, 일 밖에 안 했어. 아니, 여러 달 동안. 이제 같이 놀 친구가 생긴 거야! 세상에서 내가 가장 좋아하는 사람 중 하나가, 그것도 수년간 만나지 못했던 친구가 여기 내 손아귀에, 내 여분의 침실 겸 벽장에 있다니! 이보다 더 좋은 게 뭐겠어?"

"나도 마찬가지야"라고 내가 말한다. 음, 몇 권의 좋은 책만 제외하고. "그런데 나 아주 조금만 독서를 하면 안 돼? 그냥 아침만이라도?" 내가 간청한다. "집에 돌아가면 온전히 나 혼자 지낼 시간이 거의 없어."

탈리아가 한숨을 쉰다. "헤이, 알렉사. 맷에게 금요일까지 스케줄 시작 시각을 전부 11시로 미루라고 해 줘."

내가 그녀를 보고 활짝 웃는다.

탈리아가 다시 눈을 굴리며 말한다. "하지만 적어도 멋진 카페나 뭐 그런 곳에서 읽겠다고 약속할 거지? 아니면 완벽한 커피를 홀짝이거나 크레페와 함께 벨리니를 마시면서?"

"오오, 그거 멋지겠네. 틀림없이 그걸 스케줄에 넣겠다고 약속할게. 이제 우리가 마지막에 만난 이후로 너는 어떻게 살았는지 전부다 얘기해 줘. 하나도 **빼먹으면** 안 돼. 다 들으려면 완전히 속도를 올려야겠네."

8장

.

엄마에게

탈리아 이모는 굉장히 멋져. 비꼬는 거 아니야. 어젯밤에 엄마하고 탈리아 이모가 내게 영상통화를 했을 때, 엄마가 그렇게 세련된 사람을 알고 있다는 사실에 깜짝 놀랐어. 엄마랑 이모가 대학에 다닐 때 어떤 짓까지 했는지, 얼마나 재미있게 지냈는지, 어떻게 시간만 나면 뉴욕으로 가서 박물관을 구경하고 춤추러 다녔는지 듣고도 믿기지 않아. 나도 때가 되면 그런 것들을 더 많이 하고 다닐 거야.

걱정하지 마. 엄마에겐 책임감 있는 아이가 하나 있잖아. 조는 정말 별난 아이야. 오늘 조가 도서관에 가서 장장 네 시간 동안 내가 '수학 선수'라고 부를 수밖에 없는 열정으로 공부를 하더라. 이 속도라면 내가 열여섯이 되기도 전에 조가 컬럼비아대학에서 박사학위를 딸지도 몰라. 조가 박사가 되면 나한테 차나 한 대 사 줬으면 좋겠어.

나로 말할 것 같으면, 올림픽에서 우승한 후에는 탈리아 이모처럼 잡지사 편집장이 될 거야. 그 일을 하려면, 실제로 독서록을 써야 하는지 이모한테 물어봐 줘. 왜냐하면 엄마한테 미리 말해두지만, 이번 여름이 지나면 다시는 손으로 아무것도 쓰지 않을 예정이거든.

탈리아 이모에게 물어볼 다른 질문(아니면 엄마에게) :

왜 엄마는 더 빨리 이모를 보러 가지 않았어?

왜 엄마는 예전처럼 멋지지 않은 거야?

잠깐. 아무 말도 하지 마. 두 질문의 답을 잘 알겠어. 엄마는 그걸 우리들 탓으로 돌릴 테니까.

그래서 맹세하건대. 내겐 절대 그런 일이 일어나지 않을 거야. 나는 자신이 멋져 보이는 것보다 아이를 더 사랑할 순 없을 테니까.

사랑을 담아

엄마 인생을 망쳐버린 딸 코리가

월요일 아침 10시 30분에 나는 잡지사 〈퓨어 뷰티풀〉의 사무실 앞에 서 있다. 그 잡지는 탈리아가 애정을 담아 독자들에게 언급한 대로 '아직 포기할 준비가 되지 않은 여자들'을 위한 패션 가이드로서 출판물과 온라인으로 만나볼 수 있다.

나는 그런 독자 중 하나다. 나는 〈퓨어 뷰티풀〉이 '받은 편지함'에 도착하자마자 읽는다. 그 잡지는 열 가지 품목을 열 가지 방식으로 매치하는 캡슐 옷장을 늘 담고 있는데, 그건 내게 포르노와 같다. 숙제와 수영 연습만 있는 내 세계에서 매일 같은 옷을 조금씩 변화를 주어 입는 것보다 더 매력적인 일이 있을까? 달리 말하면 성인용 교복이랄까? 그리고 잡지에 펼쳐져 있는 품목 중 하나라도 가지고 있다면, 그게 하나에 대략 475달러나 한다고 해도, 내가 느끼게 될 완벽한 기분이란 거의 상상을 초월한다. 나는 주로 흑백으로 구성되고 청록색으로 악센트를 준 옷장을 빤히 바라보면서 생각하는 장면을 상상한다. '오늘은 클래식한 검은색 원 버튼 크레이프 재킷과 빳빳한 흰 셔츠 그리고… 그래, 리넨 통바지를 입을 거야. 어제는 청록색 시스 드레스 안에 흰 셔츠를 입고 스카프를 둘렀지만, 셔츠가 여전히 깨끗하니까. 내일은 시스 드레스 위에 재킷을 입고, 스카프는 머리에 두르고 통바지는 벨트로 만들어 둘러야지. 넷째 날에는 재킷을 망토처럼 둘러야겠어.'

어쨌든 나는 이런 상상이 좋다. 또 유명인들이 뭘 입고 스타벅스에 가는지 보여주는 페이지도 너무 좋다. 그들은 아마 파자마처럼 무심하게 입은 듯 느끼겠지만 내게는 무도회장 드레스처럼 보인다. 게다가 그 잡지는 똑같은 의상을 자포스나 콜스 백화점 같은 곳에서 어떻게 75달러의 가격으로 만드는지 보여준다. 그리고 내가 가장 좋아하는 칼럼에서는 은퇴를 대비해 저축하지 못한 사람들에게 애정을 담아 호통을 치는 재정 전문가가 그들에게 보트를 사지 말라고 권한다. 그리고 여러 페이지에 걸친 훌륭한 발췌문 덕분에 잡지가 선정한 중요한 신간 도서를 모두 읽지 않아도 다른 도서관 사서들과 적절히 대화할 수 있다. 무엇보다도 〈퓨어 뷰티풀〉은 디자인 사이즈가 골고루 섞여 있다. 사이즈 2든 16이든 매우 매력적이고 균형 잡힌 옷들이 여전히 나를 상당히 기죽게 하지만, 적어도 엄청나게 다양한 치수의 옷들이 있다. 따라서 나에게 〈퓨어 뷰티풀〉은 최고의 잡지다.

그렇게 생각한 이유 중에는 탈리아가 잡지사를 운영하고 있다는 점도 있다. 나는 그녀를 영화 〈악마는 프라다를 입는다〉 스타일의 보스라고 상상했다. 번쩍거리는 의상에 굳은 표정을 하고는 엄청 뜨거운 더블 마키아토를 가져오라고 명령하는 스타일의 보스. 그러나 내가 믿을 수 없을 만큼 여성스러운 남자가 전화를 받는 매우 뉴욕스러운 안내데스크를 지나치자 실리콘 밸리 풍의 사무실이 눈에 보인다. 사무실은 구석에 자리 잡은 삼각형 모양이고 속이 훤히 보이는 유리벽이라는 것만 빼면 천정이 높고 큰 방이었다. 미술부가 공간의 대부분을 차지하고 있으며, 나머지는 거대한 인쇄기와 작은 테이블들이 있는데, 여기저기 흩어져 있는 이 테이블에서 직원들이 노트북으로 일을 하고 있다. 만약 탈리아가 엄청 뜨거운 더블 마키아토를 원한다면 한쪽 구석에 있는 바에 놓인 거대한 이탈리안 에스프레소 기계에서 만들어 먹으면 된다. 아니면 탈리아의 조수 중 한 명이 할 수도 있겠지. 깨끗한 유리 보드가 있고, 신선한 과일이 담긴 볼이 있으며, 농구 골대도 있고 게다가 작은 강아지도 있다. 〈퓨어 뷰티풀〉이 그루폰과 같은 소셜 커머스 기업이 아니라 잡지사라고 구분 지을 수 있는 유일한 차이점은 바로 두꺼운 벽을 따라 길게 뻗어 있고, 터질 듯 옷으로 가득 차 있는 유리로 된 방이다. 전설의 패션 옷장. 이중 유리문에는 굵은 고딕체로 '천국에 온 것을 환영합니다'라고 쓰인 간판이 있다.

탈리아가 뉴욕은 임차료가 비싸고 월급도 높기 때문에 이 사무실에서는 창의적인 부서만 일한다고 내게 설명해 주었다. 잡지사의 나머지 직원들은 저 멀리 캘리포니아 북쪽에 있다고 한다. 탈리아는 1년에 네 번 거기 간다. 결과적으로 전체 사무실에서 평범한 사람은 아무도 없다. 기가 막히게 멋진 사람들만 있다. 그리고 나. 내가 안으로 들어가자 대략 일곱 명이 당황스러운 표정으로 나와 내 크룩스를 내려다본다. 휴대폰으로 통화를 하던 사람들이 말을 멈춘다. 나는 갑자기 거기 알몸으로 서 있는 듯한 기분이 든다. 아니면 내가 입고 있는 옷차림보다 차라리 알몸이 더 나았을지도 모른다. 내가 알몸이었다면, 팔을 활짝 펴고 크고 대담한 잔 다르크의 목소리로 "나를 올려다보라. 잡지의 제작자여, 기사를 쓰는 기자들이여, 사진을 찍는 사진작가들이여! 무릎을 꿇고 내 앞에서 전율하라!"라고 소리칠 텐데.

다행스럽게도 탈리아의 조수인 맷이 내가 그렇게 소리치기 전에 나타난다. 맷은 해병대처럼 생겼지만 슬림한 청바지를 입고 멋진 윙팁(끈으로 묶는 가죽 신발 – 옮긴이)을 신었으며 완벽한 군청색 셔츠를 입었다. 상냥한 미소를 띤 그는 어림잡아 스무 살 즈음으로 보인다. 내가 보기엔 방 안이 '애슐리'들과 '아란디아'들과 '탈리아'들로 가득 차 있다. 맷은 '마테오'나 '마티아스' 또는 '마티유'로 불리지 않고 '맷'으로 불리려면 그들과 싸워야만 할 거라는 생각이 든다.

"그쪽이 맷이군요." 그가 저 구석에 있는 임원실에서 내 쪽으로 직진해 다가오자 내가 말한다.

"맞아요. 맷 클라크입니다. 탈리아를 만나러 오셨죠?"

"네"라고 내가 대답한다. 탈리아가 그에게 형편없는 신발을 신은 펜실베이니아 시골뜨기가 올 것이라고 말하지 않은 척하다니 친절한 청년이다. "제 이름은 에이미 바일러에요."

"기다리고 있었습니다"라고 그가 말한다. "에이미 님과 함께 할 재미있는 스케줄을 많이 잡아놨어요."

내가 맷을 향해 고개를 돌리며 묻는다. "그래요?"

"물론이죠. 말하자면 '제 엄마가 뉴욕에 오시면 엄마를 위해 해 드릴 것'의 목록인 셈이죠. 아시겠지만, 박물관, 미술관, 콘서트, 스파 같은 거요."

괜찮은 생각이다. "엄마를 위해 브라 맞춤을 예약하지는 않겠죠?" 내가 능글맞게 묻는다.

맷이 어깨를 으쓱한다. "그건 엄마에게 맡겨둬야죠."

"음…." 나는 탈리아가 이 모든 계획의 청구금액을 적정한 수준으로 맞춰 달라는 내 요청을 받아들여 주기를 희망하면서 조심스럽게 미소를 띤다. "모두 멋질 것 같아요. 브라 맞춤도요. 이렇게 좋은 팀을 가진 친구를 둬서 저는 행운아네요."

그 순간 맷의 전화가 웅웅거린다. 그는 자기 휴대폰을 내려다보더니 말한다. "너무 죄송한데요, 이 전화는 받아야 해요. 잠깐이면 될 겁니다."

"맷 클라크입니다." 그가 전화에 대고 말한다. "음—음. 네. 좋아요. 그렇군요. 아주 좋아요. 알겠습니다." 그런 다음 그가 전화를 끊는다.

"탈리아였어요." 그가 내게 말한다.

"걔는 어디 있어요? 오늘 아침에 여기서 탈리아를 만날 줄 알았는데."

"탈리아는 저기 계세요." 그가 우리 왼쪽에 있는 유리벽으로 된 중역 회의실을 가리킨다. 의자에 앉아 나를 향해 엄격한 표정을 짓고 있는 탈리아가 보인다. "탈리아가 우리가 스케줄을 다시 조정해야 한다고 하시네요. 왜냐하면… 음…."

나는 탈리아를 본다. 그녀가 절망하는 표정으로 고개를 천천히 흔들고는 두 손으로 머리를 감싼다. "내 옷 때문에요?"라고 내가 묻는다. 나는 공장 직영 할인 매장에서 산 네이비색 바지와 노란색 카디건 세트를 입고 있다. 나는 사립학교 모범생처럼 똑똑해 보이는 의상이라고 생각했다. 게다가 나는 특별한 핸드백도 들고 있다. 나는 탈리아가 가방을 잘 볼 수 있도록 자세를 바꿔보았다. 그녀는 여전히 나를 절망스럽게 바라본다.

"저기." 맷이 말한다.

"괜찮아요, 맷. 난 탈리아를 오랫동안 알고 지냈어요. 그래서 나를 특별하게 변신시켜 줄 장소에 가면서 굳이 옷을 차려입을 필요가 없다고 생각했어요."

"누구나 그런 실수는 할 수 있지요." 맷이 너그럽게 말한다. "그러니까 잘 들으세요…." 그가 몸을 앞으로 숙이고 목소리를 낮춘다. "제 상사이자 에이미 님의 친구분은 헤어숍 스케줄을 다시 조정하기가 얼마나 불가능한지 전혀 몰라요. 다음에 잡을 수 있는 예약은 아마 우리 주와 구세주가 두 번째로 오신 후에나 가능할 거예요. 그러니까 우리가 옷장으로 가서 옷을 고른 후에 님을 제시간에 미용실에 데려다줄 테니, 탈리아에게 그 얘기는 입도 뻥긋하지 마세요. 아시겠죠?"

"하지만 내가 옷장에 기웃거리면 탈리아가 알아보지 않을까요?"

"오, 에이미 님은 거기 들어갈 수 없어요." 맷이 세상에서 가장 명백한 사실인 양 말한다. "님은 안내데스크에 있는 진-피터에게 돌아가셔서, 내가 님에게 맞는 옷을 두어 벌 가지고 갈 건데 그의 의견이 필요하다고 진해주세요, 아셨죠? 그러면 10분 후에 거기서 봬요. 옷 사이즈는요?"

나는 그가 제정신이 아닌 것처럼 바라본다. "그냥 중간 사이즈로 집어오시면 안 되나요?"

"펜실베이니아 밖에서는 중간 사이즈란 말이 아무 의미가 없어요." 그가 히죽거리며 내게 말한다. 아마 자기 상사의 말투를 따라 하는 것 같다.

"좋아요. 알겠어요." 나는 목소리를 낮춘다. "그게…." 나는 머뭇거린다. 사이즈 8(한국 사이즈 66 - 옮긴이)이라고 말할까 생각한다. 나는 잡지에 나오는 플러스 사이즈 모델들이 사실은 8사이즈인데 거짓말로 16(한국 사이즈 88 - 옮긴이)이라고 말한다고 항상 추측했었다. "거기 내 사이즈도 있는지 잘 모르겠네요. 그러니까 이 바지하고 같이 입을 수 있게 신축성 있는 옷으로 골라오는 게 낫지 않을까요?"

맷이 나를 노려보며 말한다. "우린 당신 사이즈가 있어요. 그러니까 사이즈가?"

나는 더듬거린다.

"제가 님 바지 속을 들여다볼 수도 있어요. 전에도 탈리아의 명령을 받고 사람들 옷에 달린 태그를 급습한 적이 있어요. 저는 그런 짓도 서슴지 않는 사람이라고요."

나는 웃으며 항복한다. "알았어요, 알았어. 바지에서 손 떼요. 12사이즈(한국 사이즈 77, 바지는 30~32인치 - 옮긴이)에요."

"물론 12사이즈도 있어요. 신발은요?"

"7이요(240밀리 - 옮긴이). 하지만 힐을 신고는 못 걸어요."

"탈리아는 걸을 수 있다고 말할 거예요."

"걔가 내가 소리를 질러도 들리지 않는 곳에 있어서 참 다행이네요."

맷이 빙그레 웃는다. "좋아요, 제가 플랫슈즈로 찾아볼게요. 진-피터에게 가 보세요. 만약 진이 당신에게 그 스웨터를 버리라고 하면, 시키는 대로 하세요."

20분 후에 나는 내가 입고 있던 노란색 민소매 스웨터와 강렬한 단추 하나짜리 흰색 재킷을 소매를 걷어 올려 입었고 무릎 위까지 오는 길고 폭이 좁은 꽃무늬의 펜슬 스커트를 입고 있다. 스커트는 꽃무늬가 너무 커서 치마 앞면에는 꽃이 두 개밖에 보이지 않고, 색이 너무 대담해서 똑바로 바라볼 수도 없다. 그리고 8센티미터 높이의 핑크색 뾰족구두를 신었다.

나는 화장실에서 비틀거리며 나와 짧게 종종걸음을 쳤고, 맷과 진-피터에게 조심스럽게 검사를 맡고 있다.
진-피터가 매우 조심스럽게 말한다. "저분은 힐을 신고 어떻게 걷는지 모르는 것 같아."
맷이 한숨을 쉰다. "힐이 옷장에 있을 때는 별로 높아 보이지 않았는데…."
"그냥 저분께 플랫슈즈를 드리는 게 낫겠어. 〈환타지아〉에 나오는 하마처럼 걷잖니."
"하지만 플랫슈즈를 신으면 우리가 〈거리 변신Ambush Makeover〉(거리에서 일반인들을 컨택해 예쁘게 변신시켜주는 리얼리티 프로그램 – 옮긴이)이라도 한 것처럼 보일 거예요."
"우리가 정말로 〈서리 변신〉을 했잖아." 신-피터가 말한다.
"제발 그냥 플랫슈즈를 신게 해 줘요"라고 내가 간청한다.

"돌아봐요." 진-피터가 명령한다. 나는 거리에서 유행에 맞지 않는 여자들을 보여주는 모닝 쇼에 나오는 사람들처럼 한 바퀴 빙 돈다. "아니, 벽을 향해서 돌아봐요. 당신 엉덩이에 뭔가 문제가 있어요."

나는 입술을 깨물지만 그래도 시키는 대로 한다.

진-피터와 맷은 내가 고객 상담실 벽면을 향하자마자 웃기 시작한다. "왜요?" 나는 내 뒤태에서 뭐가 그리 우스운지 보려고 목을 길게 늘여 뺀다.

"오, 펜실베이니아"라고 진-피터가 말한다.

"뭔데요?" 내가 다시 묻는다.

"저분은 저걸 좀 벗어야겠다." 그가 내게 말하지 않고 맷에게 말한다.

나는 우리가 신발 이야기를 하고 있다고 생각한다. "눈물 나게 고맙네요! 신발 때문에 죽겠어요! 이러고는 아무 데도 못 가요."

둘은 더 많이 웃는다. 나는 돌아서서 화난 표정을 지으려 하지만 사실은 나도 웃음이 터지고 만다. "아무나 내 엉덩이에서 뭐가 그렇게 끔찍한지 말 좀 해 줘요."

"당신 엉덩이는 정말 예뻐요." 진-피터가 말한다. "아마 온종일 많은 일을 처리하면서 보내겠지요. 많이 앉아 있지도 못할 거예요. 저도 당신에게 어서 좋은 청바지를 입혀보고 싶어요."

"그런데 왜 웃고 있어요? 그리고 저는 언제 이 신발을 벗을 수 있나요?"

"한 가지 조건을 들어주면 플랫슈즈를 신을 수 있어요"라고 진-피터가 말한다. "성인용 기저귀는 벗어요."

"뭐라고요?"

맷이 진-피터를 쿡 찌르고 목을 가다듬는다. "당신의, 어, 팬티요, 바일러 씨. 팬티 라인이 보기 흉해요."

내 눈이 툭 튀어나올 기세다. "이건 성인용 기저귀가 아니에요! 기저귀가 맞다 해도 아무 문제가 없어요. 나는 애가 둘이에요! 어떤 여자들은 기저귀가 필요하다고요. 그리고 이건 기저귀가 아니에요. 왜 내가 이런 걸 당신들과 토론하고 있죠? 나는 내 속옷을 입고 있을 뿐이라고요."

"그러면 플랫슈즈는 못 신어요"라고 진-피터가 말하면서 문제가 해결된 것처럼 휴대폰가 있는 안내데스크로 돌아간다.

"난 이런 걸 신고는 못 걸어요… 이런 뾰족구두는." 나는 맷에게 말하면서 그걸 증명이라도 하듯 그를 향해 휘청거리며 플랫슈즈를 향해 손을 뻗는다. "자비를 좀 베풀어요."

그가 플랫슈즈를 내게 건네주려고 하는 찰나, 번개처럼 진-피터가 그걸 낚아채서 운동장에서 애들을 괴롭히는 못된 학생처럼 공중에 높이 들고 있다. "속옷, 에이미. 그 부피가 큰 속옷은 포기해요."

"당신은 내가 노팬티로 뉴욕 시내를 돌아다녔으면 좋겠어요?" 내가 의심스러운 듯 묻는다.

"왜 안 돼요? 치마가 아주 길잖아요. 택시에서 내릴 때 한 번에 두 다리를 밖으로 빼요. 앉은 채 엉덩이를 돌려서 복근으로 밀어 일어난 다음 한 손을 택시 문틀에 짚고 몸을 기대요." 책상 의자에 앉아 있던 그가 과장된 제스처로 택시에서 내리는 모습을 몸소 보여준다. "봤죠? 그게 비로 삶의 기술이란 거예요."

"그냥 내 속옷을 입고 있는 게 훨씬 쉽고 안전할 것 같은데요."

"그래요. 쉽고 안전한 걸 원한다면 저 끔찍한 신축성 있는 바지를 다시 입어요."

이 고객 상담실에는 거울이 세 개 있어서, 약 15분 만에 이 남자들이 만들어낸 급격한 개선이 똑똑히 보인다. 나조차도 낡은 바지는 쓰레기통으로 가야 한다는 걸 알겠다. 아마 그들이 말한 대로 해야 할지도 모른다.

"그럼 팬티 라인이 드러나지 않는 나풀거리는 치마 같은 걸 갖다주시겠어요?"

진-피터는 대답으로 플랫슈즈를 달랑거리기만 한다.

"밖에서 이 하이힐을 신다간 난 죽고 말 거예요. 택시에서 내리는 건 잊어버려요. 내가 거리에서 쓰러지면 택시에 치이고 말 테니까. 양심을 걸고 그러길 원해요?"

진-피터는 완전히 정색한 채 나를 바라본다. "그런 건 내 양심에 없을 거예요. 그건 저 속옷을 만든 극도로 불쾌한 회사의 양심에 있겠죠. 그리고 그 속옷을 산 사람의 양심에도요. 당신의 끔찍한 속옷 취향 때문에 당신 아이들이 고아가 되면 좋겠어요?"

나는 이 말에 웃음이 터져 나온다. "좋아요. 그쪽이 내 속옷을 가져요."

"고맙지만 사양할게요. 그걸 원할 사람은 없어요. 부디 여자 화장실에 버려주세요." 진-피터가 말한다. 내내 예의를 차리느라 웃음을 참고 있던 맷이 이 말에 굴복하며 늑대 울음 같은 웃음을 터트린다.

나는 미소를 띤 채 맷을 보고는 고개를 흔든다. "당신들. …당신들 정말… 뉴욕커들이란…."

하지만 어쨌든 나는 화장실로 향한다. 내가 돌아왔을 때는 치마 속으로 에어컨 바람이 느껴지면서 발레리나 플랫슈즈를 신은 발이 너무나 편하다. "이제 나 준비된 건가요, 여러분?" 나는 시시한 비평가들에게 묻는다.

"이제야 준비됐네요"라고 진-피터가 말한다. "맷, 행운을 빌어줄게. 이분과 함께 헤어숍에 잘 다녀와."

"도와줘서 고마워요." 나는 무미건조하게 말한다.

"천만의 말씀." 조금도 비꼬는 어조 없이 그가 말한다. "맷, 헤어숍 사람들에게 눈썹 정리 좀 하라고 말해. 눈썹 정리를 잊지 않도록 하라고."

"내게 조금이라도 품위가 남아 있을 때 어서 여길 빠져나가요." 나는 맷에게 말한 후 엘리베이터로 달아난다.

맷이 내 뒤로 터벅터벅 걸어오며 말한다. "정말 멋져 보여요, 바일러 씨." 그리고 문이 닫힐 때 덧붙인다. "탈리아가 매우 기뻐할 겁니다."

"걔는 기뻐하는 게 좋을 거예요." 내가 받아친다. "나한테 새 속옷을 사 줘야 할 테니까."

맷과 나는 이스트 빌리지에 있는 놀랍도록 허름한 헤어숍에 정확히 예약 시간에 맞춰 도착한다. 벨트가 달린 낡은 데님 점퍼를 입은 깡마른 사람이 우리에게 초록색 음료가 가득 담긴 작은 정종 잔을 주면서 미브가 아주 조금 늦어지고 있으니 30분 정도 앉아서 기다려 달라고 말한다.

"30분이나요?" 대기실에 있는 더러운 벨벳 의자에 앉으며 내가 맷에게 묻는다.

맷이 어깨를 으쓱하며 말한다. "그녀는 그만큼 실력이 뛰어나요. 탈리아가 미브여야만 한다고 말했어요."

"그럼, 당신은 나랑 같이 기다릴 필요가 없잖아요." 내가 맷에게 말한다. "난 전자책 단말기를 가져왔어요."

"사실, 오늘은 딱 붙어 있어야 해요. 님이 다음 스케줄로 매끄럽게 이동할 수 있도록요."

나는 눈을 희번덕거린다. "맷, 난 보모가 필요 없어요. 제가 탈리아에게 당신을 보냈다고 말할게요."

"난 정말 괜찮아요. 규칙적이고 따분한 사무실 일에서 벗어나 멋진 기분전환이 되니까요."

"진짜예요?"라고 내가 묻는다.

"아주 확실해요. 제 일은 너무⋯ 치열하거든요. 상냥한 누군가를 하루쯤 도와준다고 죽지는 않을 거예요."

나는 미소를 짓는다. 탈리아는 성실하고, 똑똑하고 용감하다. 하지만 상냥하지는 않다. "정말 친절하시네요. 그래서 우리의 이번 스케줄은 정확히 뭔가요?"

맷이 자기의 거대한 휴대폰을 꺼내서 "오늘은 머리요"라고 말한다.

"그럼 오늘은 그냥 머리만 하면 되나요?"

"아, 아니에요. 사무실에서 탈리아와 점심으로 초밥을 먹고, 그다음엔 네일아트를 할 거예요. 거기는 혼자 가셔야 할 듯합니다. 네일 숍에 가면 제 몸에 두드러기가 나거든요. 그래서 손발톱을 가꾸시고 나면, 루프탑 요가나 터키식 스파 중에서 선택하시면 됩니다. 그다음에 제가 브루클린에 있는 속옷 가게에서 속옷 맞춤 스케줄을 끼워 넣었어요. 우린 거기 가려면 택시를 타야 하고, 아마 파머시에서 좋은 화장품을 살 수 있을지도 몰라요. 그때는 7시쯤 될 텐데, 그러면 탈리아가 넘겨받을 겁니다. 그때가 되면 에이미 님은 탈리아의 처분에 따라야 합니다."

"세상에. 엄청난 스케줄이군요." 나는 도대체 어떻게 이 모든 비용을 감당할지 모르겠다. 존의 카드에도 한도액이 있을 것이다. "맷, 이 헤어숍 비용이 얼마나 들지 대충이라도 알 수 있어요?" 펜실베이니아에서 나는 보통 커트 한 번에 35달러를 받는 꽤 괜찮은 미용실에 다닌다. 하지만 35달러 가지고는 이 동네의 뒷골목에서 정원용 호스로 샴푸조차 할 수 없을 것 같은 느낌이 든다. 이 가게의 허름해 보이는 외양은 모두 속임수다. 실상은 정말로 세련되고 멋지다. 대기실에 깔린 양탄자는 터키식 융단 킬림이고, 유리문으로 된 손님용 냉장고에 있는 물은 노르웨이 빙하층에서 뽑아 올린 고급 생수 보스다. 잔에 담긴 녹색 음료는 스피룰리나 콤부차의 일종인 것 같다.

맷이 말한다. "오, 그건 걱정하지 않아도 됩니다. 잡지사에서 모두 부담하니까요."

나는 미간을 찌푸린다. "네? 그건 옳지 않아요."

"그게." 맷이 합리적으로 말한다. "우리가 그 비용을 투자해서 좋은 스토리를 뽑아내니까요. 그리고 변신 전과 변신 후 사진이 놀라울 거예요."

"뭐라고요?"

"유행에 관한 글이죠. 맘스프린가요."

"농담이지요? 무슨 유행에 관한 글이요?"

맷은 내 질문에 놀란 듯 보인다. "탈리아가 말하지 않았어요? 이번 주 전체 과정을 〈퓨어 뷰티풀〉에 실을 거예요. 우린 당신이 사무실에 처음 왔던 때부터 변신 전 사진을 모두 갖고 있고, 진-피터와 함께 만든 당신 ID도 가지고 있어요. 이제 우린 몰라보게 변신할 거고, 캡슐 옷장에서 고른 옷을 입고 사진을 찍을 거고, 엄마의 일상에서 벗어난 당신의 휴가 이야기도 실을 거예요. 이런 건 다른 어디에서도 보지 못했을 겁니다. 표지에 읽을거리로 소개될지도 몰라요."

"농담하지 마요."

맷이 어깨를 으쓱한다.

"맷. 나는 유행에 관한 기사를 쓰라고 허락하지 않았어요. 내가 네일 케어를 받겠다고 일주일간 아이들을 버린 스토리를 온 세상이 읽는 건 싫어요."

그가 웃는다. "대체 왜 싫어요? 얼마나 많은 사람이 고민할 여지도 없이 당장 님과 입장을 바꾸겠다고 나설지 모르겠어요? 나는 알아요. 왜냐하면, 독자들에게서 항상 이메일을 받으니까요. 게다가 저도 싱글맘의 자녀예요. 그걸 바탕으로 나는 3년 만에 딱 한 번 싱글맘의 일상에서 일주일간 휴가를 간 것은 방종이 아니라 꼭 필요한 일이라는 걸 알 만큼의 센스는 갖게 됐죠. 당신 자신을 위한 시간을 갖는 건 부끄러운 일이 아니에요."

나는 이 문제를 곰곰이 생각한다. 이런 강의를 한 시간 전에 처음 만난 족히 내 아들뻘은 되는 아이에게 들으니 전혀 고맙지 않다. 하지만 그가 방금 한 말은 탈리아와 레나가 했을 말이다. 토씨 하나 틀리지 않고 정확히.

그리고 그들의 공통분모는? 모두 아이가 없다.

"맷, 들어봐요. 나는… 나는 남의 호의를 트집 잡는 사람처럼 보이고 싶진 않아요. 하지만 이런 문제는 미리 상의했더라면 더 좋았을 거예요. 우선, 당신들이 변신 전 사진으로 나를 이용하는 줄 알았더라면 오늘 아침에 더 귀엽게 꾸몄을 거라고요. 그리고 또 하나, 난 이게 진짜 유행이라고 생각하지 않아요. 이건 이례적인 경우라고 생각해요. 나에겐 사람은 좋지만, 엄마가 된다는 게 어떤 건지 본능적으로 이해하지는 못하는 보스 기질이 다분한 친구가 둘 있어요. 현실은 엄마 노릇에 휴식이 없다는 거예요. 내 진짜 인생은 집에 있어요. 이건 모두… 그냥 현실에서의 순간적인 도피 같은 거라고요."

"맞아요." 맷이 말한다. "엄마들을 위한 환상적인 한 주. 남자들은 항상 그런 걸 해요. 메이저 리그 팀들과 함께 봄 훈련 캠프, 나스카(미국 개조 자동차 경기 연맹—옮긴이) 운전 학교, 관광용 목장 같은 곳에서 여러 주를 보내죠. 당신도 당신 버전으로 하고 있어요. 여자들을 위한 새로운 공간을 요구하면서. 맘스프린가를요."

"그런 단어는 없어요."

"곧 생길 거예요." 그가 말한다. "모두 당신 덕분에!"

"젠장." 나는 인상을 쓰며 말한다. "꽤 합리적으로 말하네요. 페미니스트 운동가처럼."

"아마 그럴지도 모르죠."

"당신도 기사를 써야겠군요." 내가 농담조로 말한다.

"그럼요." 맷이 대답한다.

나는 그를 보고 눈을 깜빡거린다.

"이건 내게 결정적인 기회예요, 에이미." 그가 내게 말한다. "저는 아직 진짜로 반짝이는 기사를 써 본 적이 없어요. 기사 아래 이름을 올린 직도 없어요. 바보 같이 밀장난하는 제목이나 사진에 붙은 설명 따위를 썼거든요. 이번 일을 계기로 승진할 수도 있어요. 아니면… 해고될 수도….”

“아….” 내가 한탄한다.

“그러니까 압박하는 건 아니지만, 만약 에이미 님이 이번 기사가 싫다고 말하면, 저는 남은 평생 탈리아의 커피만 타고 있을 거예요.”

내가 웃는다. “압박 안 느껴요.”

“생각해 봐요.” 맷이 말한다. 하지만 내가 대답도 하기 전에, 문신을 했고 피어싱을 해서 뺨 밖으로 고리가 나와 있으며, 머리색은 봄 꽃다발 색깔인 젊은 여자가 내 앞에 나타난다. “오, 에이미.” 그녀가 우리가 마치 오래된 친구인 듯 인사를 한다. “오, 불쌍하고, 텁수룩한 에이미. 전 미브라고 해요. 제가 당신의 인생을 이제부터 바꿀 거예요.”

9장

엄마에게

드디어 엄마! 내가 신나게 읽을 수 있는 책을 찾았어. 이건 엄마도 한 여덟 번 만에 다 읽을걸?

처음에는 나도 별로였어. 엘리너라는 여자아이가 정말 이상하고, 사교적이지 않은 것 같았어. 하지만 곧 엘리너에게 완전히 공감했고 사실 굉장히 멋져 보여서 타임머신을 타고 가서 내가 친구가 되어줄 수 있다면 좋겠다고 생각했어. 그리고 '박'이라는 남자아이는 정말 최고로 멋진 아이야. 나도 걔한테 완전히 반했을 거야. 걔가 상상 속의 인물이라는 것과 80년대에 살았다는 것만 빼면. 그 외에는 섹시해. 내 처녀성을 바칠 만해. 물론 내가 장학금을 받고, 타임머신을 만든 후에 말이지만.

어쨌든 어제 아침에는 비가 왔는데, 수영을 시작하자마자 번개가 쳐서 연습이 취소됐어. 그런데 아빠는 소하고 STEM(화학, 기술, 공학, 수학 융합 교육—옮긴이) 뭐시기를 하고 있어서, 나는 그냥 수영장에 있는 직원

휴게실에 앉아서 책을 읽으면서 무료 다이어트 콜라를 마셨어. 딱 두 개만 마셨으니까 진정해. 책에서 둘이 얘기하는 밴드의 음악이 어떤 음악인지 몰라서, 책을 읽는 동안 들으려고 '엘리너 & 박 스포티파이 채널'을 만들었어. 책을 읽다가 문득 올려다보니까 세 시간이 훌쩍 지나서 아빠가 나를 데리러 왔더라. 내가 세 시간 내내 책을 읽고 있었던 거야! 이 정도면 엄만 세상에서 가장 자랑스러운 도서관 사서 아니야?

난 엄마가 뉴욕에서 오늘을 재미있게 지내고 있길 바라. 레나 이모랑 탈리아 이모가 함께 뭔가를 계획한 건 알고 있어. 엄마가 재미난 도시에서 지루하지 않고 진짜로 재미있는 일을 하도록 돕는 무엇인가를. 난 엄마가 정말로 재미있게 즐겼으면 좋겠어. 엄만 곧 집에 돌아올 테고, 우리는 배가 고픈데다 빨래해 줄 사람도 필요하거든.

하하. 우린 엄마가 그리워. 아빠가 저녁을 제대로 차리지 못하기 때문만은 아니야. 어젯밤에는 아빠가 가게에서 산 삶은 달걀을 그대로 내놨더라고. 안 되지. 문제가 있어. 그래서 내가 그 자리에서 아빠 휴대폰에 '지미 존스(미국의 프랜차이즈 샌드위치 레스토랑 – 옮긴이)'앱을 깔아 줬어.

하지만 엄마가 그리운 것만 빼면 우린 꽤 잘 해내고 있어. 아빠도… 그럭저럭 괜찮아. 아빤 매우 흥미로운 사람이야. 너무너무 열심히 노력하는 모습 때문에 우리 모두 아빠를 조심스럽게 대해야 할 것 같은 기분이 들지만, 나는 가끔 아빠가 우리한테 잘해주거나 우리를 좋아한다는 따위의 말을 할 때면 진짜로 소리를 빽 지르고 싶어. "우리를 그렇게 많이 좋아한다면, 왜 우리를 떠났어?"

하지만 그럴 때 한편으로는 용서하고 싶기도 해. 어쨌든 돌아왔고,

엄마도 아빠가 정말로 신경 쓰고 있다는 걸 알 테니까. 아빠가 우리를 떠나서 미안하다고 사과할 때는 진심이었어. 어젯밤에는 우리가 잠자리에 들었다고 생각했던지 아빠가 우는 소리를 들었어. 조는 아빠가 후회로 마음을 졸이고 있기 때문이래. 정말 조다운 말 아니야?

하지만, 엄마, 그건 사실이야. 아빠는 후회로 마음을 졸이고 있어. 아빠는 감정이라는 수프가 담긴 커다랗고 뜨거운 컵 같아. 아빠는 우리를 많이 안아주면서 계속 '그냥 사 주고 싶었다'며 자그마한 선물들을 사 주고 있어. 그리고 우리가 아이였을 때 어땠는지 말하기를 좋아해. 아빠는 '모든 순간을 즐겨라'라든가 그 비슷한 이야기를 많이 해. 내가 아빠에게 어젯밤에 왜 울고 있었는지 물었더니 아빠가 일 때문에 여기 한없이 머물 수는 없기 때문이라고 말했어.

그래서 내가 아빠에게 일이 우리를 떠난 이유 중 하나냐고 물었어. 아빠는 그때 우울하고 불안했었다고, 그리고 그런 문제에서 도망갈 수 있다고 착각했었다고 말했어. 그런데 내게는 그게 상투적인 대답처럼 들렸어, 엄마. 마치 언론계의 지인이 그렇게 말하라고 시킨 것 같았어. 나는 같은 질문을 또 했어. 왜냐하면 아빠는 일만 제외하고 자기 세계의 모든 것을 버리고 떠났으니까. 아빠는 자기 일을 정말로 사랑하는 게 틀림없어, 그렇지?

아빠는 남자로서 자기의 정체성이 모두 일에 집중되어 있다고 말했어. 그게 아빠가 오늘 아침에 한 말이야. 나는 그 대답을 머릿속으로 생각하면서 다이빙 연습에 갔어. 제대로 생각하기에 좋은 타이밍은 아니었지만, 나는 남자로서 아빠의 정체성을 계속 생각했어. 대체 그게 무슨 뜻일까? 니는 많은 다른 이삐들을 알고 있는데, 그 사람들 모두 자신의 정체성 리스트 중에서 맨 위가 아빠로서의 정체성이라고 나는 자신 있게 말할 수 있어. 엄마는 도서관 사서이자, 선생님이자, 친구이자, 옷을 정말 못 입는 사람이지만 그 무엇보다 엄마는 조와 나의 엄마잖아, 맞지?

왜 아빠는 우리를 곁에 두지 않았으면서 일은 계속했을까?

모르겠어. 그 문제를 더 생각하고 싶지 않아. 나는 《엘리너&박》을 읽을 거야. 가끔은 다른 사람들의 문제를 책으로 읽는 것이 나 자신의 문제를 고민하는 것보다 훨씬 나은 것 같아. 그래서 엄마가 지금까지 책을 계속 읽고 있는 거겠지.

사랑을 담아

뒤늦게 독서에 심취한 딸 코리가

변신 과정의 둘째 날, 헤어숍에서 아주 오래 머물다가 〈퓨어 뷰티풀〉 사무실로 돌아오는 길에 어느 때보다도 코리에게 전화하고 싶은 충동이 간절했다. 우리는 짧은 문자를 빠르게 주고받고 있었고, 내가 떠난 날부터 적어도 하루에 한 번은 존과 콘도 전화로 전화를 했지만, 수화기를 달라고 졸라서 조곤조곤 최신 뉴스를 전해주는 사람은 늘 조였다. 이것은 어제의 통화가 최근에 조가 관심을 둔 지열 난방 시스템 위주로 흘러갔다는 뜻이기도 하다. 반은 이기심 때문이기도 하고 반은 편리하기도 해서 나는 코리의 휴대폰으로 직접 전화한다. 코리가 전화를 받지 않자, '그냥 네 생각이 났어'라는 음성 메일을 남기면서도 심장이 바짝 쪼그라드는 것 같다. 잠시 후에 코리가 문자로 답한다. "난 잘 지내, 엄마. 트리니티가 안부 전하래. 걱정하지 마, 책은 읽고 있으니까." 나는 깊이 한숨을 내쉰다. 내가 그 아이에게 독서록을 쓰라고 시킨 이유는 자신이 느낀 감정을 정리하고, 아빠와의 사이에서 겪는 감정을 쏟아낼 출구를 만들라는 의미였지, 그 순간에 자기를 검열하거나 내 감정을 보호할 필요성을 느끼라는 것은 아니었다. 하지만 지금 나는 매일 책을 읽도록 강요했어야 한다고 생각한다. 코리 옷장에다 카메라를 설치해서 내 마음대로 활성화할 수 있게 해야 했다. 아니면 휴대폰에 도청 장치를 달든가, 다이빙팀에 스파이를 심었어야 했다. 코리의 세로토닌 수치가 일정한 기준치 아래로 내려가면 언제든 내게 알람을 보내는 칩을 그 아이 뇌에 심었어야 했다.

"어머나!"라고 말하면서 맷은 내가 엄마로서 패닉에 빠지고 있는 순간을 방해한다. "간신히 알아봤어요!"

나는 많은 사무실 거울 중 하나를 들여다본다. 나도 겨우 나를 알아본다. 이것이 맷, 탈리아, 그리고 〈퓨어 뷰티풀〉이 지난 24시간 동안 나에게 정성을 들인 결과물이다.

매일 포니테일로 질끈 묶고 다니기에 딱 좋은 길이의 옆머리와 구정물처럼 지저분한 금발 머리에서, 무성한 앞머리를 한쪽으로 쓸어넘긴 고불고불하고 섹시한 웨이브 스타일로 바꿨다. 오예! 그리고 지금 내 머리색은 갈색이다. 진한 초콜릿 브라운색인데 끝으로 갈수록 불그스름한 금발색이 나온다. 아주 멋져 보인다. 마치 내가 매우 아름다운 여자의 가발을 훔쳐다가 내 머리 위에 툭 떨어뜨린 후 이제 내 머리카락이라고 외치는 것 같다.

눈썹을 왁싱하고 뽑아서, 2킬로그램은 말라 보인다. 내기 2킬로그램이나 되는 눈썹을 달고 다녔나? 그런 생각을 하니 끔찍하다.

눈썹을 머리색에 맞춰 염색했다.

그런 다음 눈썹을 빗고 그 위에 젤을 발랐다. 그들은 내가 매일 이렇게 할 거라고 생각하는 걸까? 나는 헤어숍 사람들에게 네다섯 번이나 그렇게 하지 않을 거라고 말했다. 그들은 내 말을 무시했다.

따뜻해지면 색이 변하는 종류의 젤로 손톱을 칠했다.

시간이 지나도 변색하지 않는 다른 젤로 발톱을 칠했는데, 색깔은 청록색이다.

허리 위쪽으로 옷을 벗게 하더니 최고의 브라 컬렉션을 입어보게 했다. 하나같이 하룻밤에 3천 달러를 청구하는 매춘부들에게 적당할 브라를, 아마도 내 기분을 상하게 하지 않으려고 그들이 즉석에서 만들어 낸 것이 분명한 글자 사이즈로 입혔다.

결국 내 가슴을 코리를 임신하기 전의 자리 그대로 되돌려놓으며 중력뿐만 아니라 시간도 거스르는 브라를 세 벌 샀다.

내가 입어볼 청바지를 패션 옷장에서 한 무더기 받았는데, 양이 어마어마하게 많아서 탈리아의 사무실로 가지고 가려고 실제로 바퀴 달린 입생로랑 더플 백을 빌려야만 했다.

탈리아와 내가 그날 저녁 그녀의 사무실 커피 테이블에서 포장한 태국 카레라이스를 먹을 때, 나는 10년은 젊어 보였고 한평생은 더 멋져 보였다. 나는 지금 뒤쪽으로 딱 벌어지지도 않고 앞쪽으로 너무 끼이지도 않는 마법의 청바지를 입고 있다. 아름답고 또 아름다운 새 머리 스타일이 믿기지 않아 나는 자꾸 반사 유리 창문으로 가서 나 자신을 뚫어지게 본다. 내가 젓가락을 떨어뜨린 뒤 사무실 소파에서 벌떡 일어나 거울을 보며 머리칼을 헝클어뜨리고는 눈을 휘둥그레 뜨는 모습을 볼 때마다 탈리아가 웃는다.

"나 좀 봐, 탈리아!" 내가 거의 소리치듯 말한다. "나 좀 보라고!"

"보고 있어!" 그녀가 웃으며 말한다.

"나 화장도 안 했어! 난 '미국'에서 가장 예쁜 여자야!"

탈리아가 고개를 젓는다. "너 화장하고 싶어?"

내가 잠시 생각한다. "아니. 나 내일 화장해야 해?" 다른 변신 스케줄을 소화하기엔 너무 늦은 시간이다. 그래서 나는 꽤 안심된다.

"넌 아무것도 할 '필요가' 없어." 그녀가 내게 말한다.

나는 의심스럽게 탈리아를 향해 고개를 기울인다. "신축성 있는 바지에서부터 나는 변화할 필요가 있었던 것 같아. 그걸 봤을 때 네 표정이 '선택사항'이라고 소리치는 얼굴은 아니었으니까."

"좋아. 일리가 있네. 화장은 바지보다는 더 선택적이야. 맷이 '변신 후' 사진을 찍으려고 촬영용 화장을 많이 하고 싶어 할 테지만, 넌 촬영이 끝날 때까지 민얼굴로 있어도 돼. 그래도 젊어 보일 거야."

나는 미소를 짓는다. "앗싸, 고마워!" 이건 내가 아름다움에 관해서 탈리아에게 들은 첫 번째 칭찬이다.

탈리아가 자세히 말한다. "여기서 민얼굴이란 마스카라와 크림 볼 터치와 립스틱을 말하는 거야. 그 정도는 알아듣겠지? 넌 펜실베이니아에서 온 백인 여자야. 그 말은 네가 빙하 속에 방부 처리되었다가 이제야 고고학자들에 의해 발굴된 사람처럼 보인다는 뜻이야. 너는 스타워즈에서 냉동되었다가 이제 막 해동된 한 솔로보다도 창백해 보여. 넌 〈폴라 익스프레스〉에 나오는 애니메이션 캐릭터 같아. 너는…."

"알았어." 내가 끼어든다. "알아들었다고. 난 창백해."

"넌 결혼식 케이크 위에 얹은 퐁당 프로스팅보다도 창백해. 너는 마치…."

"마스카라를 할게." 내가 장황한 비난을 멈추려고 중간에서 가로막는다.

"그리고 볼터치도."

"그리고 립스틱도." 내가 마침내 항복한다. "하지만, 아침마다 눈썹을 빗어가며 손질하지는 않을 거야. 그건 너무 무리야."

우리는 그 말에 동의하며 악수한다.

"그래서 다음 일정은 뭐야?" 내가 그녀에게 묻는다. "모델 수업? 보톡스? 품행 수업?"

탈리아가 미소를 지으며 고개를 흔든다. "아니, 넌 아주 예뻐. 이제 우리는 내면에 있는 것을 작업할 거야."

내가 미간을 찌푸린다. "나는 왜 이 변신 과정이 필요하게 됐는지 전적으로 알겠어. 하지만 내면에 관해서라면 나는 완전히 괜찮아. 행복하고, 바쁘고, 착한 아이들과 좋은 직장, 좋은 집, 좋은 삶…."

"음—." 탈리아가 말한다.

"'음—'이라니." 내가 그녀를 나무란다. "그냥 '맞아'지."

"음—." 그녀가 반복한다.

나는 탈리아를 곁눈으로 째려본다. "내 손톱을 회갈색으로 칠하게 해 줬잖아"라고 내가 경고하는 말투로 말한다.

"네가 성적으로 흥분하면 무슨 색으로 변할까? 아, 잠깐만, 절대 모르겠구나. 네가 분명히 섹스를 그만하겠다고 맹세했으니까."

내 입이 떡 벌어진다. "난 섹스를 그만하겠다고 말하지 않았어! 어제도 섹스를 했어! 아주 좋았다고!"

탈리아가 활짝 웃는다. "너 아주 좋았다고 말하지는 않았잖아."

197

내 얼굴이 붉어진다. "그러니까, 내 말은. 그것과 비교할 경험이 많지 않았으니까. 하지만 그 남자는 잘생겼고, 우리는 둘 다… 너도 알잖아."

"알지."

내가 어깨를 으쓱한다. "그래서 그 경험에 만족했어. 별점을 주자면 세 개 반이야."

"그럼 다시 해 봐야지. 별 다섯 개를 목표로."

"대니얼이랑?" 내가 묻는다. '내가 방금 너무 신난 말투였나?'

"물론이지. 아니면 다른 사람이랑." 탈리아가 생각에 잠겨 젓가락 하나를 자기 입술에 두드린다. "맷은 어때?"

내가 기함을 한다. "네 조수 맷? 그건 마치… 나더러 네 아들이랑 자라는 거나 같잖아!"

탈리아가 떫은 표정을 짓는다. "그래, 그건 좀 역겹긴 하다. 미안해. 방금 아주 잠깐 맷이 이성애자인지 아닌지 확실히 알아낼 수 있는 좋은 방법이라고 생각했어."

"맷이 이성애자가 아니야?"

"아마도 양성애자 아닐까?" 탈리아가 말한다.

나는 잠시 생각에 잠긴다. "우리는 모두 조금은 양성애자야"라고 내가 말한다. "레나가 나한테 그렇게 말했어."

"난 그 수녀가 정말 마음에 들어." 탈리아가 말한다. "너 걔랑 자면 되겠네."

"딜리아! 그만해. 난 누구하고도 잘 필요가 없어. 그건 삶의 전부가 아니야, 잘 알겠지만."

"별 다섯 개짜리 섹스를 한 번도 못해 본 사람답게 말하네."

처음은 아니지만, 나는 탈리아의 삶을 곰곰이 생각해본다. 아이가 없고, 친구도 거의 없다. 가족과의 교류도 거의 없다. 일이 그녀의 삶이다. 섹스가 그녀에게 관심의 초점인 것은 당연하다. 하지만 내게는 해야 할 더 중대한 일이 있다.

"틀렸어." 탈리아가 별안간 말한다.

"뭐가 틀렸어?"라고 내가 묻는다.

"네가 지금 하는 생각이 만족스러운 성생활을 하겠다는 희망을 떨쳐버리게 만드는 거라면 뭐든지. 네가 별로 예쁘지 않다거나, 시간이 없다거나, 그게 중요치 않다거나, 아니면 존이 돌아오기를 기다리고 있다거나…."

나는 입술을 깨문다. "존은 돌아오지 않아. 내 말은, 존이 돌아왔지만, 나 때문에 온 게 아니란 말이야." 내가 탈리아에게 슬프게 말한다. "존은 아이들 때문에 돌아왔어."

탈리아가 한숨을 쉰다. "나도 너만큼 그 문제를 확신할 수 있었으면 좋겠다."

내가 고개를 흔든다. "너도 마리카에 대해 알잖아. 신용카드 건 말이야. 왁싱과 란제리."

그녀가 고개를 끄덕인다. "그래. 하지만 그래도 나는 걱정돼, 에이미. 네가 배려해준 덕분에 착한 아이들과 좋은 시간을 보내고 나서 존이 네 주위를 맴돌기 시작할까 봐. 존은 아직 깨닫지 못하고 있겠지만 자신의 옛 삶을 되찾고 싶어 하는 것 같아."

그러자 난데없이 눈물이 핑 돈다. 나는 훌쩍거린다. 눈물이 고인 눈이 따끔거리자 숨을 참는다.

"너 우는 거야?" 탈리아가 묻는다.

"아니야! 안 울어." 내가 소리치다가 곧 울음을 터트린다.

작은 소리로 훌쩍이던 울음이 점점 커진다. "미안해." 내가 훌쩍인다. "내가 왜 우는지 모르겠어." 하지만 그렇게 말하는 순간, 그게 사실이 아니라는 걸 안다. 나는 존이 나를 되찾고 싶어 한다는 바로 그 생각 때문에 울고 있다. 그가 우리를 떠난 후에 얼마나 많은 일을 겪었는지를 생각한다. 어떻게 하면 지금까지의 일을 해결할 수 있는지 생각한다. 그리고 나는 왜 그걸 바라면 안 되는지 생각한다. 홍콩에서 사용했다는 신용카드 결제를 생각한다. 나는 생각한다. '지렁이도 밟으면 꿈틀한다는데 나는 지렁이만도 못해. 이런 바보 천치 같으니! 꽉 막힌 머저리.' 그리고 더 서럽게 운다.

탈리아가 나를 앞에 놓인 초밥을 보듯 곁눈으로 바라본다. 그러고는 컴퓨터 자판을 두드리기 시작한다.

"안녕"이라고 탈리아가 말하자 내가 올려다본다. 그녀는 화면을 들여다보고 있다. 내가 자기 사무실에 앉아 이렇게 울고 있는데 전화 통화를 하고 있단 말이야?

"안녕, 잘 지내지? 별일 없어?"라고 귀에 익은 목소리가 들린다. 나는 더 잘 들으려고 흐느끼는 볼륨을 줄인다.

"에이미가 울어. 어떻게 해야 해?"

"에이미가 지금 뭘 한다고? 걔는 웬만하면 울지 않아. 네가 무슨 짓을 한 거야? 에이미? 에이미, 거기 있어?"

레나다. 탈리아는 레나에게 기다리라고 말한 다음 소파의 내 옆자리에 앉아 우리 모두 볼 수 있도록 노트북의 긱도를 잡는다.

"안녕, 레나아." 레나가 시야에 들어오자 니는 울부짖고 민다.

"우와. 너 너무 멋지다." 그녀가 말한다. "입 좀 다물고 고개 들어

봐. 어이구, 코도 좀 풀고. 그래, 훨씬 낫네. 굉장한데! 네 헤어스타일 너무 예쁘다. 이제야 너 같아 보여, 내가 알던 원래의 네 모습 말이야. 예쁘고, 똑 부러지고, 성실하며 결단력 있는 너. 헤어스타일 하나 달라졌다고 어떻게 그 모든 이미지가 되살아나는지 진짜 놀랍다, 놀라워."

내가 고맙다고 인사하려는 찰나에 레나가 덧붙여 말한다. "그런데 나머지 눈썹은 다 어디로 갔어?"

나도 모르는 이야기라 고개를 젓는다. "있던 자리에서 순식간에 싹 사라져버렸어."

"그게 네가 우는 이유야? 너는 정말, 정말로 멋져 보여. 그리고 혹시 네가 해가 쨍쨍한 날 네 눈썹이 만들어 줬을 그늘이 그리워서 우는 거라면, 눈썹은 금방 자랄 거야. 탈리아, 정말 수고했다."

나는 울음을 멈췄다. "그래서 너희 둘이 공모를 했다는 거지? 레나 너도 잡지 기사에 관해 알았을 것 같은데?"

레나의 눈빛이 쏜살같이 탈리아를 향한다.

"나는 약간 이용당한 기분이야." 내가 둘에게 말한다. "나는 여기 옛 친구랑 재회하러 왔어. 그런데 지금은 잡지를 팔려고 잔뜩 치장 받고 있잖아."

"네가 공짜 헤어컷과 염색을 받았기 때문에 이용당하는 기분이라고?" 탈리아가 묻는다.

"예고가 없었잖아."

탈리아가 어깨를 으쓱한다. "앞으로는 네게 멋진 무엇인가를 해 주기 전에 예고를 할게."

"그러면 나야 고맙지." 내가 훌쩍거리며 말한다.

"너 괜찮아, 에이미?" 레나가 묻는다. "네가 우는 모습을 본 적이 없는데. 존이 떠났을 때 빼고는. 그때 이후로는 못 봤어."

나는 레나에게 탈리아가 존에 관해 한 말을 전한다. 또 신용카드 결제에 관해서도 자세히 알려준다. 그러고 나서도 계속 훌쩍거리면서 내가 아직 존과 끝내지 못한 모양이라고 말한다.

탈리아가 역겨움을 감추지 않는다. "웩. 그 남자 진짜 역겨워."

레나는 고개를 갸웃하기만 한다. "왜 그렇게 생각해?"

"죄책감. 섹시한 도서관 사서랑 잔 것 때문에 기분이 엉망이야. 결혼 서약을 어긴 것처럼 느껴져."

레나가 동정이 분명한 표정으로 나를 본다. "자기야, 그 결혼식 서약은 오래전에 깨졌어."

나는 고개를 끄덕이며 소파로 다시 털썩 주저앉는다. "그런데 나는 왜 지금 이것 때문에 울고 있지?" 내가 허공에 묻는다.

탈리아가 불만스러운 듯 두 손을 옆으로 뻗고 어깨를 으쓱한다. "나야 모르지! 너랑 너의 새로운 헤어스타일은 그 섹시한 사서랑 섹스를 하고 있어야 해. 넌 그걸 잘못한 거야."

레나가 맞장구친다. "에이미가 그 남자는 하룻밤 상대일 뿐이래."

"음, 그렇다면 다음번에 또 하룻밤을 자면 되겠네." 탈리아가 바로 받아쳐 농담한다. 그 말에 울적한 기분인데도 웃음이 터진다.

나는 와인을 한 모금 홀짝이고는 목을 가다듬는다. "얘들아, 난 생각했어.⋯ 내 가슴 속 깊은 곳에서는 바라고 있었을지도 모른다고⋯ 존이 이렇게 돌아와 관계를 회복하려 노력하기를⋯." 내가 어깨를 으쓱한다. "뭐리 말해야 좋을지 모르겠지만, 우린 반평생을 함께 해왔어. 내가 석사학위를 딸 때 존은 내 옆에 있었어. 내가 임신한 걸 처음 알았을 때, 코리가 자기 귀를 직접 뚫으려고 할 때, 그 역겨운 축제 한가운데에서 조의 첫 유치가 빠졌을 때도. 존이 처음으로 나를 파리에 데려갔고, 우리 아이들이 태어났을 때 나와 함께 울었고, 홍수에 지하실이 침수됐을 때 우리 웨딩 앨범을 건져냈어. 그런 사랑은 전등 스위치 끄듯 꺼지는 게 아니야."

레나가 깊이 한숨을 쉬고, 탈리아는 팔로 나를 감싸 안는다. "오, 에이미. 이런 매력적인 바보 천치 같으니."

나는 비참하게 고개를 흔든다. "나도 알아."

"그 신용카드에 감사해"라고 레나가 말한다.

"무슨 뜻이야?"라고 내가 묻는다.

"난 그게 네 정신을 바짝 차리게 할 알람이었다고 생각해. 이제 너와 존이 예전 삶을 되찾을 수 있다는 착각에서 벗어나게 됐잖아. 그 결제가 존이 진짜 어떤 사람이고, 그가 정말로 뭘 원하는지 보여주는 거야. 여름이 끝날 무렵이 아니라 지금 알게 돼서 얼마나 다행이야? 그땐 존은 너보다 열다섯 살 어린 여자의 벌거벗은 음순을 찾아 집으로 돌아갈 텐데."

탈리아가 움찔한다. "레나, 그건 너무 자극적인 장면이야. 다시는 그 단어를 쓰지 말아 줘."

나는 얼굴을 두 손에 묻는다. "이제 3일 후에 존을 대면해야 한다는 게 믿기지 않아."

"네가 마음의 준비를 하게 하려면 우린 뭘 해야 할까?"라고 레나가 묻는다. "어떻게 해야 네가 존 옆에서 상처받거나 연약해지지 않으면서 강하고 자신감 있게 느낄 수 있을까?"

나는 그 모든 게 불가능하게 들려서 고개를 흔든다.

레나와 탈리아가 컴퓨터 스크린 너머로 서로를 보다가 한목소리로 말한다. "맘스프린가."

"맘스프린가." 탈리아가 이번엔 혼자서 다시 말한다. "진짜로. 그냥 기사를 위해서가 아니라. 아마 여름 내내 진행해야 할지도 몰라. 여름 학기, 제2외국어, 새로운 취미, 새로운 관점…."

나는 무시하며 고개를 젓는다. "그런 일은 일어나지 않아. 그리고 어쨌든, 고리타분한 생각이긴 해도 충분한 시간과 눈물 말고 내 기분을 정말로 나아지게 해 줄 만한 것이 있는지 모르겠어."

탈리아가 말한다. "시간과 눈물은 이미 해 봤잖아."

하지만 레나가 탈리아의 말을 일축한다. "모든 걸 친구들에게 맡겨. 네가 흥을 되찾을 수 있게 우리가 확실히 도와줄게."

나는 고개를 흔든다. "나는 흥이 난 적이 한 번도 없었어. 남자친구가 있었고, 다음엔 남편이 생겼고, 다음엔 아이가 둘 생겼고, 직장이 생겼지만 남편이 사라졌고, 엄청난 대출금만 남았어. 어디에도 흥이 자리 잡을 새가 없었지."

레나가 방에서 탈리아가 있는 쪽으로 고개를 돌린다. "우린 할 수 있어, 하지만 쉽진 않을 거야. 에이미는 흥에 저항력이 있거든."

"무슨 말인지 잘 알지"라고 탈리아가 말한다. "에이미는 이번 주 내내 요가 바지를 입고 피자나 먹으면서 영화를 보고 싶대."

"난 요가 바지가 좋아!"라고 내가 소리친다.

"이 아줌마를 구할 수 있을까?"라고 탈리아가 묻는다.

"시도는 해 봐야지. 한적하게 목장에서 쉬라고 하기에는 너무 젊잖아." 레나가 말한다.

"피자나 뜯어 먹으면서…."

"케이블 TV라는 들판에서 음매 하고 울면서…."

나는 친구들의 시시한 잡담을 방해하려고 큰 소리로 신음한다. "미안해, 얘들아. 너희가 나를 도와주려는 건 알겠지만, 맘스프린가는 싫어. 집에 가고 싶어. 난 피자가 좋아. 영화랑 요가 바지도 좋아. 내가 전남편 때문에 비참해야 한다면, 신의 뜻대로 소파에 앉아 사각 티슈랑 와인 한 박스를 끌어안고 휴 그랜트 영화나 연속으로 보면서 비참해할 거야. 가족들이랑 멀리 떨어져서 날씬한 청바지를 입고 낯선 사람들이랑 섹스하면서 지내고 싶지 않아."

친구 둘이 한숨을 쉰다.

"결정은 에이미 몫이야"라고 탈리아가 말한다. "우린 노력했잖아."

레나가 고개를 끄덕인다. "우린 그저 네가 행복했으면 좋겠어, 에이미."

내가 미소를 띤다. "알아. 그리고 여기서 재미있었어. 하지만 내 삶은 집에 있어. 거기가 내가 있어야 할 곳이야."

"그러면 집에 와"라고 레나가 말한다. "너를 위해 와인 박스를 준비해 둘게."

탈리아가 손을 뻗어 내 어깨를 감싼다. "흥이 모두에게 있는 건 아니니까." 그녀가 슬프게 말한다. "하지만 오늘만, 어쨌든 네가 여기 있으니까, 음악이 있는 밤을 보내자. 어때?"

게이바 '마리스 크라이시스'는 브로드웨이 뮤지컬 주제곡을 함께 부르는 바가 되기 전에는 매춘 업소였다. 그래서 역사의 어느 시점에는 이 담벼락 안에 이성애자 남자들도 있었다. 거기에서 피아노 연주를 하는 사람들은 브로드웨이 최고의 매춘부들이지만, 오늘은 화요일 밤이라 관광객으로 붐비지 않으니 그런 부류를 마주치지 않을 확률이 꽤 높다. 이성의 관심을 끌기 위해 전혀 변신이 필요 없는 탈리아는 물론이고 변신 후 침울한 기분의 나에게 딱 맞는 장소다. '마리스'에서는 분명 우리가 눈에 띄지 않을 것이다.

탈리아는 피아노 왼쪽 옆에 나를 앉힌다. 거기에서는 다음에 무슨 일이 일어날지 목을 살짝 늘여 빼고 볼 수 있다. "〈판타스틱스〉(1960년대 이후 지금까지 공연되고 있는 뮤지컬 – 옮긴이)." 그녀가 내게 조용히 말한다.

"한 잔 마시기 딱 좋을 때야. 아무도 '추억을 더듬어 보세요Try To Remember(〈판타스틱스〉의 삽입곡 – 옮긴이)'는 거부하지 못할 거야."

피아니스트가 영화 〈거미 여인의 키스〉의 OST 마지막 마디를 끝내자 탈리아가 사라진다. 나는 우리가 있는 지하실에서 주위를 둘러본다. 희미한 조명, 더러운 벽들, 한산한 바, 형편없는 음향 장치. 모든 것이 내가 떠났던 때와 똑같다. 단골들만 내가 기억하던 때보다 어려 보인다. 그리고 우리가 십수 년 전 여기 왔을 때와는 달리 우리 말고도 여자 손님들이 있다. 그 말은 탈리아의 18번인 '디파잉 그래비티Defying Gravity(뮤지컬 〈위키드〉에 나오는 노래 – 옮긴이)'를 솔로로 부를 수 없을지 모른다는 뜻이다. 그 노래는 우리가 그 바에 들어갈 때마다 어쩐 영문인지 매번 요청을 받았던 곡이었다(아마 탈리아가 사람을 심어놓았던 것 같다).

'추억을 더듬어 보세요'가 끝나자 윌리엄 핀(브로드웨이의 유명한 작곡가이자 작사가 – 옮긴이)의 메들리가 나온다. 가사를 하나도 모르는 노래들이다. 나는 피아노 옆에서 물러 나와서 낡고 헤진 벨벳 벤치를 찾아서 그 위에 가로질러 눕고는 아름다운 목소리를 듣는다. 탈리아가 거기서 나를 발견한 후 내 손에 들린 잔에 마티니를 따라주고는 다시 노래 부르는 군중 속으로 미끄러지듯 들어간다. 나는 그들이 웃고 노래하고 웅성거리는 모습을 본다. 내가 여기 마지막으로 있던 때부터 지금까지 일어난 모든 일을 생각한다. 예전의 나는 내 삶이 시작되기를 기다리고 있는 형체가 없는 빈 껍질이었다. 좋은 시기를 기다리면서. 그때 내게는 시간 말고 아무것도 없었다.

나는 마티니를 마신다. 아이들이 그립다.

한 시간 후에야 마침내 내가 아는 곡이 들린다. 탈리아가 뒤를 돌아 나를 보자 내가 활짝 웃는다. 그녀가 입 모양으로 '〈드림걸즈〉'라고 말하며 내게 이리 오라고 손을 흔든다.

나는 벌떡 일어난다. 탈리아와 나는 대학 시절 이 음악을 끝없이 불러서 둘 다 뮤지컬의 처음부터 끝까지 속속들이 알고 있다. 우리가 '원 나잇 온리One Night Only(뮤지컬 〈드림걸즈〉의 삽입곡―옮긴이)'에 이르자 모든 괴로움을 깡그리 잊어버린다. 우리는 두 시간 정도 노래한 후 계단을 올라 거리로 나왔고, 나와 보니 바 안보다 거리의 밤 불빛이 더 밝다. 탈리아가 자기 휴대폰에서 콜택시 앱을 켠다. 나는 피곤해서 몸이 다 아플 지경이다.

"그거 봐, 재밌었잖아"라고 말하는 탈리아의 목이 약간 쉬었다.

"지난 15년 동안 이렇게 늦게까지 밖에 있어 본 적이 없었어"라고 대답하는 내 목소리에서도 삐걱거리는 소리가 난다.

"시골구석에 살면서 네가 놓치고 있던 모든 걸 좀 봐."

내가 고개를 젓는다. "그래. 하지만 지금은 예전과 같지 않아."

"무슨 소리야? 마리스는 냉동된 것처럼 똑같은데."

내가 고개를 끄덕인다. "하지만 우리는 아니잖아."

탈리아가 한숨을 쉰다. 돌아온 이후로 그녀의 낙심한 얼굴은 처음 본다. 그녀가 고개를 흔든다. "가끔 나는 똑같다고 생각해." 그녀가 알 듯 말 듯 하게 말한다. 내가 미간을 찌푸리며 그녀를 본다.

"너 혹시 바란 적이 있어?" 내가 탈리아에게 묻는다. "있잖아. 사이먼이 예전에 네게 프러포즈했을 때…."

"한 번도 없어." 그녀가 말한다. "아이들, 집, 그 모든 것들에서 네가 느끼는 매력과 똑같은 매력을 나는 느껴본 적이 없어. 너는 처음부터 그 모든 걸 원했지. 다른 어느 것보다도. 나는 고급 사무실을 원했어." 탈리아가 탄식하듯 말한다. "그리고 '다 가지는 것'에 관해서 말하자면…." 그녀가 어깨를 으쓱하면서 목소리도 차츰 잦아든다. "엄청난 고통을 감내하는 것과 같을 거야."

"그래."

"하지만 난 네가 그것들을 다 갖고 있다는 걸 알게 돼서 좋아. 잘 키운 아이들과 아늑한 집. 내가 결코 할 수 없었던 모든 일들을 해내는 너를 보니까 너무 자랑스러워."

"나도 그래." 내가 탈리아에게 말한다. "나도 네가 자랑스러워."

"나는 그냥 옷에 관해 쓸 뿐이야. 너는 인간들을 만들어냈잖아." 그녀가 말한다.

나는 그녀의 손을 잡는다. "네가 얼마나 많은 사람에게 감동을 주는지 알아? 메일로 네 잡지를 받으면 기분이 얼마나 좋은지 알아? 용기를 주는 기사나 수영복을 입고 멋진 포즈를 취하고 있는 플러스 사이즈 모델과 와인 한 잔이 길고 힘든 하루의 끝에서 몇 번이나 나를 떠받쳐주었는지 아느냐고?"

탈리아가 나를 보지만 표정이 약간 슬퍼 보인다. "아, 에이미. 네가 너무 많이 그리웠어. 적어도 일주일은 마저 머물고 가. 이번 주 남은 날들이라도.”

택시가 불빛을 켠 채 지나가지만, 우리 둘 다 차를 세우지 않는다. “넌 다 괜찮은 거야?” 내가 묻는다.

탈리아가 입술을 꽉 깨물면서 고개를 흔든다. “난 우리 잡지를 사랑하지만, 잡지가 얼마나 지속될 수 있을지 모르겠어.”

“무슨 말이야?”라고 내가 묻는다.

“신경 쓰지 마”라고 그녀가 대답한다. 그녀를 뚫어지게 쳐다보니 탈리아가 어깨를 으쓱하며 말한다. “내가 출판하고 싶은 용기를 주는 기사가 너무 많은데 그냥 잡지가 끝나버릴까 봐 걱정이라는 말이야”라고 말한다. 그녀가 나를 다시 돌아볼 때는 평소처럼 가볍고 근심 없는 표정으로 돌아온다. “예를 들어… 네 맘스프린가에 관한 기사랄까.” 그녀가 덧붙인다.

나는 눈을 크게 뜨고 그녀에게 말한다. “며칠만 더 머물게. 대신 내 방식대로 하게 해 줘.”

“요가 바지랑 책이면 돼?” 그녀가 묻는다.

내가 어깨를 으쓱한다. “그게 있는 그대로의 내 모습이야.” 내가 그녀에게 말한다.

탈리아가 한쪽 팔만 내게 두르고 절반만 껴안는다. “나도 그래.” 그녀가 말한다. 우리는 십 대 시절부터 함께 돌아다녔던 동네의 인도에 그렇게 서 있지만, 우리 둘 다 약간 길을 잃은 듯한 기분이 든 것은 확실하다.

“우리 마문스 팔라펠(새벽 늦은 시간까지 운영하는 중동 음식 레스토랑–옮긴이)에 가자. 새벽 두 시야. 팔라펠(병아리콩을 으깨 만든 작은 경단을 보통 납작한 빵과 함께 먹는 중동 음식 – 옮긴이)이 모든 문제를 해결해 줄 거야."

탈리아 말이 완전히 틀리지는 않다.

다음 날 아침, 탈리아와 나는 둘 다 늦잠을 잔다. 탈리아는 9시쯤 집을 나섰는데, 그건 그녀에게는 몹시 늦은 시각이다. 탈리아가 직원들이 '오전 근무 시간의 거의 전부를 쉬었으니 고마워해야 한다'고 말하자 그 직원들이 불쌍해졌다. 나는 밖으로 나가서 걸쭉한 크림치즈를 두껍게 바른 진짜 뉴욕 베이글과 갓 짜낸 오렌지주스, 커다란 컵으로 커피 한 잔을 사서 탈리아의 아파트로 돌아왔다. 그리고 자신을 불쌍하게 여기면서 소파에 앉아 빈둥거린다. 나는 아이들도, 일도 없이 바다에서 표류 중이다. 여기 있는 것 자체가 매우 어색하기 때문에 집으로 가는 것이 올바른 답이라는 걸 알고 있다. 하지만 집에 가는 건 존과의 약속을 어기는 셈이다. 나를 되찾으려 하지 않는 존은 견뎌낼 수 있다. 하지만 그로 대표되는, 예전의 삶을 되찾고 싶어하는 내 속마음은 어떻게 극복해야 좋을지 모르겠다.

휴대폰이 울리고, '퓨어 뷰티풀 사무실'이라고 뜨자 나는 전화를 받지 않는다. 내 상태를 확인하는 탈리아거나 맘스프린가 기사를 쓰게 해 달라고 간청하는 맷의 전화가 뻔하다. 지금 당장은 어느 누구도 상대할 기력이 없어서 내가 가장 좋아하는 스릴러 작가 중 한 명의 신간 도서에 빠져 현실 세계를 멀리한다.

하지만 첫 번째 시체가 쓰러진 후 얼마 되지 않아서, 휴대폰에서 존을 위해 따로 설정해둔 벨 소리가 울린다. 내 심장이 자동으로 철렁한다. 아이들. "뭐야?" 내가 보통 사람들처럼 '여보세요'라고 말하지 않고 전화를 받자마자 대뜸 다그친다. "아이들 괜찮아?"

"당신도 굿모닝." 그가 말한다. "아이들은 괜찮아." 내 심장 박동이 다시 시작된다. "괜찮은 것보다 사실은 더 좋아. 당신도 알겠지만, 코리는 남자친구를 낚긴 낚았는데, 낚싯줄을 감아야 할지 미끼를 잘라야 할지 고민 중이야. 그래서 덕분에 나도 여자들의 마음이 어떻게 작동하는지 매일 배우고 있지. 그리고 우리의 조 말이야. 그 아이는 내가 아는 사람 중에 최고야. 너무나 착한 녀석이지. 당신 조가 무인항공기 시스템(UAS)에 재능이 있는 거 알았어?"

"뭐에 재능이 있다고?"

"기본적으로는 드론이야. 내가 드론을 각각 하나씩 사서 걔 드론에 방수 카메라를 달았어. 그래서 우린 날씨 패턴과 구름의 농도를 기록하고 있는데, 이제는 어떻게 분광계를 붙일까 논의 중이야. 그래서… 뭐 어쨌거나, 우린 대단히 괴상한 짓을 하고 있지."

"그거 굉장하네." 나는 듣자마자 질투가 샘솟는다. 나는 괴상한 짓거리나 드론 같은 건 하나도 모른다. 게다가 뭐, 분광계? 와우! 조와 애들 아빠는 타고난 공학자의 자질이 넘쳐나 보다. 나는 그런 걸로는 경쟁할 수도 없다. 내가 조 주위에서 과학을 시도할 때마다 조는 결국 내게 물리학에 관해 강의하거나 하던 일이나 하라고 나를 보내고 만다. "브라이언은 어떤 아이 같아?"

"코리의 남자친구? 머리가 텅 비었어. 항상 코리와 브라이언을 시야에 두려고 애쓰고 있어. 둘이 같은 소파에 붙어 앉을 때마다 '누구 크래커 먹을래?' 하면서 방해 공작을 펼치고 있지."

"어, 잘하고 있어"라고 내가 말한다. "제 몸은 잘 간수하겠지만, 코리의 전두엽은 여전히 열다섯짜리 감상에 젖어 있으니까."

"그렇지. 게다가 녀석의 전두엽도 마찬가지야. 그래, 당신은 어때?

뉴욕을 즐기고 있어?"

나는 얼굴을 찡그린다. 이제 전남편과 수다를 떨어야 할 시간인가 보다. "뉴욕은 좋아. 거긴 어때? 일요일에 나를 맞이할 준비는 됐어?"

"저기, 사실은 그것 때문에 전화했어."

나는 휴대폰에 대고 인상을 쓴다. "어?"

"이번 주가 너무 빨리 지나가고 있어, 에이미. 내게 이럴 권리가 없다는 거 알지만 난 아이들과 지낼 시간이 더 필요해."

"안 돼." 내가 딱 부러지게 말한다. "당신은 그럴 권리가 없어."

"내가 방금 그렇게 말했잖아." 그가 말한다.

"그리고 나도 동의하는 바야."

"하지만 어쨌든 부탁하고 있잖아. 당신이 3년 동안 혼자서 아이들을 데리고 있었으니까. 난 이제야 아이들을 다시 알아가고 있어. 난 아직, 내 말은, 난 아직 헤어질 준비가…."

"당신은 3년 동안 아이들과 같이 있을 수도 있었어." 내가 그에게 말한다.

잠시 침묵이 흐르고, 나는 스스로가 못됐다고 느끼면서도 한편으로 정당하다는 생각이 든다. "맞아." 마침내 그가 말한다. "나도 알아. 그래, 이건 모두 내 잘못이야. 나는 당신에게 끝없이 회개해도 모자라고 끊임없이 채찍질 같은 벌을 받아도 싸. 평생 굽실거릴게. 내가 다 저지른 일이니까. 절대 사과를 멈추지 않을게. 내가 다 망쳐 버렸어. 미안해. 하지만 없던 일로 되돌릴 수는 없잖아."

"난 당신이 되돌릴 수 있다고 해도 그럴 거라고 생각 안 해." 내가 쏘아붙인다. 나는 마리카 쇼를 생각하고 있다.

그는 말이 없다. 존도 마리카를 생각하고 있을까? "당신이 틀렸어." 그가 마침내 그렇게 말하자 내 가슴이 쪼그라든다. 숨을 들이마시기엔 너무 상처투성이고, 내뱉기에는 너무 기대에 부풀어 있다. "당신은 자기가 얼마나 잘못 알고 있는지 모를 거야."

나는 고개를 흔들면서 탈리아가 지난밤에 했던 말을 생각한다. 어쩌면 그가 '나를 되찾으려' 할지도 모른다. 그건 그냥 몸이 기억하는 반응일 뿐이라고 자신에게 상기시킨다. "됐고. 그냥 뭘 부탁하는지나 말해."

"여름방학 내내 애들이랑 같이 있고 싶어."

내가 기침을 한다. "농담이지?"

"모두에게 얼마나 잘된 일이지 생각해 봐. 레나가 당신이 학교에서 시도하고 있는 독서 프로젝트에 관해 말해줬어. 당신은 그걸 연구할 수 있잖아. 보조금 신청서 같은 걸 써 보는 건 어때? 집에서 연구해도 되잖아? 아니면 지난 3년간 아이들을 위해서 모든 걸 했으니까 이제 그냥 좀 쉬는 것도 좋겠지. 필라델피아에서 일주일을 보내도 되고, 아니면 국립공원에 장거리 자동차 여행을 가든지, 아니면…."

"싫어." 내가 말한다.

"아이들은 잘 지내고 있어, 에이미. 그리고 난 이게 아이들에게 좋은 기회라고 생각해. 내가 이혼 후 공동 육아에 관해 책에서 읽었는데, 아버지와 친밀한 관계를 유지한 아이들이 성인이 됐을 때 이혼할 확률이 75% 적대. 그리고 조에게는 이렇게 괴짜 같은 시간이 필요해. 당신은 조가 얼마나 재능 있는 아인지 알아? 여기 공과대학 스카우트 그룹이 하나 있는데, 아버지와 아들이 함께 하는 STEAM(과학기술 기반의 융합적 사고력과 실생활의 문제들을 해결하는 능력을 배양하는 융합인재 교육-옮긴이)같은 걸 한대. 그리고 기분 나쁘게 받아들이지 않았으면 좋겠는데, 아이들은 여기 콘도에서 재미있게 지내고 있어."

"아이들은 나하고도 재미있게 지내." 내가 말한다.

"물론 그렇겠지. 하지만, 당신도 알잖아. 걔들은 기대 이상의 성취를 보이는 아이들이야. 당신이 열심히 노력했고, 아이들도 그랬어. 그래서 걔네들은 말하자면, 아이답게 재미있게 노는 게 필요해. 어른들의 재미가 아니라. 내 콘도에 있는 수영장에서 수영하고, 드론도 날리고. 대회가 끝나면 다이빙팀을 데리고 피자 먹으러도 가고. 난 아이들에게 많은 걸 해줄 수 있어, 당신도 알겠지만…."

"물건? 돈?" 내가 화가 치밀어 오르는 걸 느끼면서 말한다.

"그리고 시간도. 그런다고 모든 걸 보상할 순 없지만. 그리고 보상할 수 있는 척하는 것도 아니야."

"좋아."

"하지만 아이들은 여름 내내 쉴 자격이 있지 않아? 최저 임금보다 많이 받으면서 이 동네에서 아이들이 할 수 있는 유일한 아르바이트가 새벽에 옥수수 웅수제거(자가 수분을 못 하도록 수꽃 이삭을 제거하는 작업-옮긴이)하는 거던데, 그거 대신에 코리는 친구들과 함께 일주일에 몇 시간 공영수영장에서 일하면 돼. 내가 일주일간 코리를 다이빙 캠프에 데려다주고 그다음에 조는 우주 캠프에 보낼 거야. 당신도 알겠지만, 대학교 때 친구 앤디가 거기 있어서 마감 직전에 우리를 끼워줄 수 있어. 난 내내 이런 생각을 했어. 아이들을 소파에서 텔레비전만 보게 하지는 않을 테지만, 우리 아이들은 필요해…휴식이."

나는 발끈한다. "애들에게 뭐가 필요하다고 나한테 말하지 마."

그는 순종적으로 입을 다문다. 그를 목 졸라 죽이고 싶다. 결국 우리 아이들이 지난 몇 년간 조금 더 열심히 공부하고 일해야 했다면 그건 모두 존 탓이다. 나는 화가 나고 몹시 상처받았다. 그리고 짜증도 났다. 그런 것들을 존에게 말하지 않았지만, 지난 시간 동안 오래도록 휴식을 미뤄온 것은 아이들만이 아니기 때문이다.

"에이미?" 오랜 침묵 후에 휴대폰 너머로 존이 말한다.

"그래, 여기 있어. 지금 정보를 처리 중이야. 거의 낯선 사람에게 내 아이들을 어떻게 키울지 듣는 이상한 기분에 대처하고 있달까."

그가 한숨을 쉰다. "내가 낯선 사람처럼 느껴질지도 모르지만, 사실은 아니잖아. 난 애들 아빠야."

내가 콧방귀를 뀐다.

"우린 15년을 함께 했어."

나는 아무 말도 하지 않는다. 그 15년간 애들 아빠가 필요했던 순간에 그가 곁에 없었던 나날을 생각한다. 내가 상처받았을 때, 길을 잃었다고 느꼈을 때 얼마나 외로웠는지 생각한다. 우리 결혼의 가장 어두웠던 순간들을 떠올린다. 그때 내가 혼자서 겪어왔던 것들은 우리가 나누어 짊어졌어야 할 짐이었다. 나는 한마디도 하지 않는다.

"지금 당장 결정할 필요는 없어. 그냥 생각해 봐. 일요일에 집에 오면, 그때 마음을 정해도 되고."

"생각은 해 볼게." 내가 솔직하게 말한다. "하지만 생각해 봐도 나는 여전히 안 된다고 말할 거야."

"좋아. 당신이 정말로 진지하게 고려하기만 하면 괜찮아. 그게 내가 부탁하는 거야. 무엇이 당신과 아이들에게 옳은 결정인지를 솔직하게 생각해 봐. 그 결과가 나를 밀어내고 휴식에 대한 어떤 희망도 없이 다시 앞만 보고 고군분투하는 거라면, 내가 물러나야지. 달리 뭘 어쩌겠어?"

나는 휴대폰에 대고 포효하고 싶은 충동을 억누르며 "나는 지금 휴식을 취하고 있다고!"라고 말한다.

"잘됐네." 그가 거만하게 대꾸한다.

"아주 푹 쉬고 있어!" 내가 거짓말을 한다.

"그렇다니 너무 기쁜걸!"

"그냥 끊임없이 란제리를 사고 왁싱을 받는다고." 내가 성난 목소리로 대꾸한다.

하지만 존은 자기 여자친구의 신용카드 소비 습관에 관해 알아듣지 못하고, 나는 엉겁결에 공격적으로 내뱉은 말 때문에 얼간이가 된 기분이다.

"뭐라고?" 그가 의아한 듯 묻는다. "당신이 그래서 내가 행복하냐고? 그럼, 당신이 행복해지기만 하면 뭐든지 해. 당신은 자신이 얼마나 훌륭한 엄만지 내게 증명할 필요가 없어. 당신 덕분에 우리 아이들이 잘 컸잖아. 하지만 당신은 꽤 분명히 항상 기진맥진할 테고, 아이들은 스트레스를 발산할 필요가 있어. 당신이 아무리 완벽한 엄마가 되려고 노력한다 해도, 아이들에게는 아버지가 필요해. 이런 기회가 실제로 우리 모두를 위해 옳은 일이란 걸 생각해 봐."

"왜냐하면 그게 항상 당신이 머릿속에서 맨 앞에 내세우는 생각이니까." 내가 씁쓸하게 말한다. "모두에게 좋은 일이라고 말이야."

존이 한숨을 내쉰다. "미안해. 딩신이 원한다면 얼마든지 미안하다고 계속 말할 수 있어."

"당신 이마에 문신으로 새기지 그래." 내가 격분하여 말한다.

"정말로 그게 도움이 된다면 그렇게 할 거야. 하지만 내가 무엇을 하고 무엇을 말하든지 당신은 희생자가 되기로 마음을 굳힌 것 같아. 그래서 요점이 뭐야?"

"요점은 당신이 개자식이라는 거야." 그가 하는 말의 진실성을 골똘히 생각해 보기도 전에 내가 재빨리 내뱉는다.

"우리 이제 그만 통화해야겠어." 존이 대꾸한다.

"동감이야." 내가 말한다.

"서로에게 좀 여유를 주자. 이번 일요일에 다시 논의하면 되니까."

"내 대답은 여전히 '노'일 거야."

"좋아. 그럼 일요일에 알게 되겠지."

"일요일이야." 내가 협박하듯 말한다.

"안녕, 에이미."

전화를 끊는다. "안녕, 개자식아." 내가 끊긴 전화에 대고 말한다. 하지만 분노는 여전히 사그라지지 않는다. 내면 깊은 곳에서는 화가 나지 않는다. 다만 산산조각이 났을 뿐이다.

그가 전적으로, 정확히 옳다는 것을 알기 때문이다. 나는 지금껏 희생자였고, 그렇게 희생자가 되는 것을 좋아하게 되었다.

10장

엄마에게

아빠가 엄마한테 뭘 부탁했는지 우리한테 말해줬어.

아빠는 엄마가 생각 중이라고 말했어.

정말이야? 엄마 생각은 어떤지 알았으면 좋겠어.

사랑을 담아

사실은 수영장에서 아르바이트도 하고 다이빙 캠프에도 가고

싶지만, 엄마를 팔고 싶지는 않은 코리가

그날 내내 코리에게서 오는 문자 몇 통과 조에게서 매일 걸려오는 전화를 제외하고는 아무런 연락도 받지 않는다. 나는 최대한 교묘하게 아이들이 여름 캠프를 어떻게 생각히는지 의사를 타진하려 애쓴다. 내가 얼마나 그 아이디어에 반대하는지, 얼마나 위협을 느끼는

지를 드러내지 않으려 필사적으로 노력한다. 존이 코리의 남자친구를 노려보고 있는 모습, 조와 새 드론을 가지고 시간을 보내는 모습을 상상한다. 다이빙 캠프. 우주 캠프. 존이 아이들에게 제공해 줄 것이 얼마나 많은지, 반면 내게 제공해 줄 것이 얼마나 적은지를 생각한다.

나는 맷이 계획한 스케줄인 플라잉 요가와 첼시 마켓에서의 점심, 박물관 견학, 산소방을 단지 자신을 괴롭히면서 누구와도 말하고 싶지 않다는 이유로 건너뛴다. 마음이 아프다. 하지만 마음이 아픈 이유가 존에게 부모로서의 자리를 빼앗기는 동시에 거부당했다고 느끼기 때문인데도 왜 나 자신에게 화가 나는지 모르겠다. 따라서 나는 화를 내면 안 된다. 그러므로 숨는다. 탈리아가 8시쯤 나를 데리러 오자 같이 밖으로 나가겠다고 말한다.

탈리아도 기분이 언짢아 보인다. 내게 실망한 것이 분명하다. 대학 때는 내가 더 튼튼한 재료로 만들어진 것처럼 더 강인했었다고 확신한다. 아마도 더 강했던 것 같지만 잘 모르겠다. 하지만 탈리아는 다른 문제가 있는 것 같다. 우리는 테이크아웃을 하려고 주변을 기웃거리다가 아무 데도 가지 못한다. 9시 30분쯤이 되자 탈리아가 전화를 받더니 다시 회사로 가야 한다고 말한다. 10분 후에 차가 그녀를 데리러 왔고, 나는 남은 밤 동안 혼자다. 스릴러 소설을 완독한다. 레드 와인을 한 잔 마신다. 그리고 잠자리에 든다.

목요일도 똑같이 시작된다. 베이글, 커피와 책. 결국 남은 주를 내가 원했던 대로 보내고 있지만, 친구들 말이 맞았다. 시시하다. 〈퓨어 뷰티풀〉에서 전화 몇 통이 오지만, 음성 사서함으로 넘어가게 내버려 둔다. 코리가 금색에 날개가 달린 올해의 수영 모자를 쓴 셀카 사진을 보낸다. 혀를 내민 사진에는 '승자의 얼굴'이라는 제목이 달려 있다. 그래서 나는 실크 해트를 쓴 닥스훈트 사진을 보내고 그 아래 '프랑크푸르트 소시지의 얼굴'라고 입력한다. 그러자 코리가 자기에게는 틀림없이 뭔가 의미가 있을 이모티콘을 왕창 보내고, 나는 어깨를 으쓱하는 엄마 이모티콘으로 답한 후 둘 다 말이 없다. 코리와 주고받는 문자가 내 하루의 하이라이트가 되어가고 있을 때, 탈리아가 휴대폰으로 내게 전화를 건다. 연속으로 열일곱 번째다. 나는 열여덟 번째 전화를 받는다.

"당장 이리 와." 내가 전화를 받자마자 그녀가 내게 말한다.

"가기 싫어." 내가 대답한다.

"맷이 안절부절못하고 있어. 이리 와서 변신 후 사진을 찍자. 맷이 나머지는 알아서 할 거야. 한 페이지짜리에 불과하지만, 맷에게는 기사 말미에 이름을 남길 기회라고. 그러니까 당장 이리 와."

나는 휴대폰에 땅이 꺼져라 한숨을 쉰다. "탈리아."

"나는 바보 같은 플로리다에서 바보 같은 사람들로 가득 찬 바보 같은 사진 촬영을 감독해야 해. 넌 여기 뉴욕에 죽치고 앉아서 이번 주 내내 잔소리 들을 사람도 없이 혼자 헛되이 보내면 되잖아. 나를 위해 이거 하나만 해 줘. 내가 멋진 브라도 사 줬잖아."

"그건 잡지 때문이었잖아!"

"겸사겸사 사 준 거야." 탈리아가 말한다. "우리가 같이 고른 청바지하고 하얀 블레이저를 입어. 맷이 힐을 신길 테지만, 넌 아무 데도 갈 필요가 없어. 그냥 서 있기만 하면 된다고. 메이크업 아티스트가 한 시간 후에 널 만나러 여기 올 기야."

"탈리아." 내가 말을 시작한다. "난 사진 촬영할 기분이 아니야. 내가 배은망덕하게 굴고 있는 거 알지만, 지금 내 기분은…."

"레나가 말하기를 넌 지금 네 아이들이 너 이외에 다른 사람이 필요하다는 사실을 뼈아프게 깨닫고 있다고, 또 아이들이 어른이 되면 넌 한쪽으로 밀려나고 그러면 네가 누군지 더는 모르게 될까 봐 두려워하고 있다고 하더라."

"맙소사! 아니야, 그렇지 않아…."

"그리고 네가 존과 함께 있는 게 더 낫지 않을까 여전히 고민 중이라고도 했어."

"그건 다 헛소리야."

"레나는 네가 부인할 거라고 말했어. 그러면서 너를 불쌍히 여겨서 너만의 시간을 갖게 내버려 두라고도 했지."

"난 너의 동정 따위 필요 없어. 난 완전히 아무렇지도 않다고."

탈리아가 웃는다. 위협적인 웃음이다. "내가 레나한테 그렇게 말했어. 레나가 완전히 잘못 알고 있고, 너는 완전히 괜찮다고. 그리고 네가 완전히 괜찮기 때문에 네가 이리 와서 나하고 맷한테 약속한 대로 해 줄 거라는 것도 알아. 그러니까 한 시간 후에 보자고."

"탈리아…." 내가 다시 항변해보지만, 전화가 끊겼다. 그리고 이제 카메라를 향해 미소를 지으러 가야 할 뿐더러 레나가 한 말이 전적으로 옳다는 사실에 직면하면서 사진을 찍어야 한다. 비록 몹시 혼란스러운 감정이긴 하지만 나는 여전히 전 남편에 대해 감정이 남아 있다. 어쨌든, 우리는 오랜 시간 부부였고, 그중 몇 년은 아주 좋기도 했다. 그는 나의 절친이었다. 한때는 사랑으로 충만하기도 했다.

그리고 맞다. 내 아이들이 나 없이 며칠을, 아니 몇 주도 지낼 수 있다고 생각하니 미칠 것만 같다. 내가 필요한 사람이 아니라면, 내가 바쁘지 않다면, 내가 지나치게 긴장한 채 바빠서 어쩔 줄 모르는, 잠이 늘 부족한 박봉의 싱글맘이 아니라면….

나는 정확히 무엇일까?

나는 세계에서 가장 멋진 도시에서 빈둥거리며 앉아 전 남편 때문에 침울해하며 심통이나 내는, 잘 차려입은 자기 연민 덩어리다.

망할 탈리아와 레나 같으니. 그 둘은 모든 여성이 가졌으면 하고 바라는 친구 중에 가장 짜증 나는 친구들일 것이다.

나는 진지하게 생각할 거리가 있다. 그리고 곧 알게 된다. 사진 촬영을 위한 준비로 머리를 하고 메이크업을 받는 두 시간 동안 생각할 시간은 많다는 것을.

먼저 나는 호사스러운 대접을 받는다. 뉴욕에서 호사스러운 대접이란 아름다움에 관한 것이다. 사람들이 머리를 감겨준다. 두피 마사지를 받는다. 컨디셔너를 한 후 다시 두피 마사지를 받는다. 부드럽고 편안하게 머릿결을 애지중지하며 만지는 손가락들이 머리를 말리면서 수건으로 섬세하게 머리카락을 쥐었다 놓기도 하고, 이마로 떨어지는 물방울을 닦아내기도 하고, 간격이 넓은 빗으로 완벽하게 염색된 머리칼을 빗어 넘기기도 한다.

그런 다음 쿠션 브러시를 가지고 드라이기로 30분간 머리를 말린다. 내 머리카락은 더 반듯해지고 풍성해지며 한 가닥 한 가닥이 더 매혹적으로 변한다. 나는 고급스러워 보이기 시작한다. 내 머리에는 달콤한 향기가 나는 스프레이가 뿌려지고 다시 드라이가 시작된다. 그러자 나는 그냥 눈을 감고 빗과 열기와 그 반복되는 과정을 느끼며 무아지경으로 빠져든다.

다음은 메이크업이다. 아티스트는 거의 내게 말을 건네지 않는다. 내게 지시만 내릴 뿐이다. "고개를 드세요.", "눈을 살짝 감아 보세요", "입술에 힘을 빼세요"라고 부드럽지만 강한 악센트의 목소리로 말하며 단호하게 내 얼굴 위로 연필과 막대기 같은 것을 이리저리 휘두른다. 길고 놀라운 시간이 지나고 뺨에 막 커다란 파우더브러시를 느끼는 순간 나는 거의 잠들 뻔하다가 깨어난다.

맷이 다가와서 "멋져요!"라고 말하며 내게 거울을 들려준다. 내 눈엔 내 모습이 서커스 광대처럼 보인다. 뺨은 도드라진 핑크색이고, 눈꺼풀은 완전히 황토색인데다 코 옆면으로는 등고선을 그려놓은 것 같다. 머리카락은 열기구만큼 부풀어 올랐다. 나는 어깨를 으쓱하며 "그쪽이 보스니까요"라고 말한다. 하지만 이 모든 과정이 이상하게 편안하다.

그다음엔 사진작가가 도착한다. 작가의 조수가 블루투스 스피커를 향해 움직이자 나는 클럽 음악이 나올까 봐 두려웠지만, 그 대신에 몽환적인 분위기를 한층 북돋우는 라틴 어쿠스틱 기타의 아주 매끄러운 믹스 음악이 나온다. 사진작가는 나를 의자에 앉게 하더니 다음엔 소파에, 그다음엔 스툴 위에 걸터앉힌다. 나는 의상을 네 번 갈아입는다. 나를 향해 커다란 선풍기를 놓고 각기 다른 조명 세트 세 개를 조절한다. 사진작가가 끝없이 사진을 찍고 한 시간쯤 흐르자, 탈리아가 들어와 나를 지나쳐 노트북으로 가더니 화면을 몇 번 가리키고는 방 전체에 말한다. "다 끝났습니다. 감사해요, 모두."

탈리아는 내게 우스운 윙크를 살짝 보내고는 어슬렁어슬렁 걸어 나간다. 맷이 종종걸음으로 내게 다가와 오늘 내가 들고 왔던 토트백을 건넨다. 그 안에는 옷과 책, 지갑이 들어있다. "에이미 님, 오늘 멋졌어요." 그가 내게 말한다.

내가 앉은 채로 맷을 올려다보며 활짝 웃는다. "정말 재미있었어요!"

"그런데 이런 기회를 거의 놓칠 뻔했잖아요."

"나도 알아요! 내가 바보같이 굴었어요. 좀 봐도 돼요?"

맷이 어깨를 으쓱한다. "원본 파일을 보셔도 되고, 최종본이 나올 때까지 좀 기다리셔도 되고요. 보시면 아주 흥분되실 겁니다. 님은 정말… 님이 보여 줄 수 있는 완벽한 버전 같았어요."

"오오! 원본 파일을 보여줘요!" 내가 신이 나서 소리치지만 바로 그때 휴대폰이 울리기 시작한다. 시카고 지역 번호다. "여보세요?"

"오, 이럴 수가. 드디어 선생님과 전화 연결이 됐네요!"라고 매우 날카롭지만 약간 익숙한 목소리가 말한다.

"캐서린? 선생님이세요? 집에는 잘 돌아갔어요?" 맷이 손을 흔들며 종종걸음으로 멀어진다.

"아이들 둘이 살아있고, 이제 남편이 나를 떠받들고 있어요. 이번 여행은 정말 성공한 여행이라고 불러야겠어요!"

"나도 동감이에요!" 내가 캐서린에게 말한다. "난 뉴욕에 있는 동안 변신에 가까운 완벽한 치장을 해서, 지금은 패션모델 같아요. 그러니 우리 둘 다 죽여주는 여행이었네요."

"네? 그렇군요…." 캐서린은 내가 독한 칵테일을 두어 잔 들이켠 후에 전화를 받았다고 생각하는 것이 분명하다. "에이미, 굉장한 소식이 있어요. 유연 도서 선집을 우리 학교에서 시도하려고 해요!"

"정말이요?"

"난 선생님 아이디어에 푹 빠졌어요. 독서 성취 수준의 격차 때문에 고민하는 도서관 사서들에게는 완벽한 아이디어잖아요. 그래서 교장 선생님께 가서 우리 학교에서 시범 프로그램으로 시도해보자고 설득했죠. 그래서 이번 가을학기에 전자책 단말기와 학생당 네 권의 책을 살 수 있는 예산을 따냈어요! 프로그램이 끝날 때 독서 성취율 평가를 반복해서 어떤 효과가 있는지 계량 분석을 할 거예요. 정말 굉장하지 않아요?"

내 입이 떡 벌어진다. "정말이요?"라는 말만 반복한다.

"우리 학교에서는 선생님의 도서 커리큘럼부터 시작할 거예요. 기억나요? 뉴욕의 패션 산업이 선생님 뇌까지 녹여버렸어요?"

"아니에요! 내 말은, 아마 그랬을 테지만, 지금 선생님이 무슨 말을 하는지는 알아들어요. 이건 도무지 믿기지 않네요, 캐서린!"

"정말 믿기지 않죠? 우리 교장 선생님이 좋다고 말했을 때 나도 믿기지 않았어요. 지난주 우리 만남은 이번 아이디어를 위한 숙명이었나 봐요. 그건 우리 학생들에게 정말 딱이니까요. 그래서 그냥 흘려들을 수가 없었고, 여기까지 왔네요! 이제 선생님이 수십 개의 학교에서 이 프로그램을 본격적으로 실시하려면 엄청난 보조금을 받아야 할 테고, 그러려면 공립학교에서의 성과에 관한 정보가 필요할 텐데, 내가 그걸 선생님께 모두 줄 수 있어요! 프로그램이 끝난 후 성과가 있다면, 우린 전체 학교에 실시하자고 탄원할 수도 있고, 아니면 먼저 차터 스쿨(공적 자금을 받아 교사, 부모, 지역 단체 등이 설립한 학교-옮긴이)을 설득해서 거기서부터 시작할 수도 있고, 아니면⋯."

"이건 내가 자그마한 우리 사립학교를 위해 그냥 생각해 본 아이디어일 뿐이에요." 내가 놀라워하며 캐서린에게 말한다.

"이제는 그렇지 않아요. 그럼요. 내가 10분 후에 선생님께 이메일을 보내서 본격적인 시행을 위해 선생님의 가이드가 필요한 부분을 자세히 설명할게요. 이 프로그램이 시행되도록 저와 함께 작업해 주실 거죠? 저는 이번 여름에 엄청나게 도움이 필요할 거예요."

"물론이죠! 저야 영광이에요."

"이건 감이 좋아요." 캐서린이 말한다. "우리가 정말로 훌륭한 학생들에게 정말로 좋은 책을 읽힐 수 있으리라 생각해요."

나는 코리와 코리의 독서 프로젝트를 생각한다. 코리를 흥분시킬 단 한 권의 책을 찾으려고 얼마나 많은 책을 시도했는지, 그리고 그 노력이 얼마나 보람된 일이었는지를 생각한다. "프로그램이 제대로 되기 위한 거라면 뭐든지 할게요." 내가 캐서린에게 말한다.

"좋아요. 또 통화해요. 패션쇼 즐기기를 바래요!" 캐서린은 전화를 끊고, 나는 거기 멍하니 서 있다.

"별일 없어요?" 어느새 내 옆에 다시 나타난 맷이 묻는다.

나는 잠시 어리둥절한 채로 그를 보며 눈을 깜빡이지만, 얼굴에는 미소를 띠고 있다. "별일 없어요. 사실은 나 지금 갑자기 축하해야 할 일이 생겼는데요. 내가 어제 날려버린 첼시 마켓에서의 점심 기억나요? 또 기사를 위해 맷이 잡아놓았던 나머지 일정도요? 그 일정들 오늘 할 수는 없을까요?"

맷의 함박웃음은 전염성이 있다. "당연히 그러실 수 있죠. 제가 세부 일정을 체크해서 다시 예약할 수 있는 것들을 알아볼게요."

맷이 살며시 떠나고, 그 뒤로 문이 닫히는 순간 젊은 여자 넷이서 내가 사진 촬영을 했던 스튜디오로 살금살금 들어와 조명을 조절하기 시작한다. 그리고 나서 한 명이 앞으로 걸어 나가더니 매혹적인 포즈를 취한다. 다른 친구가 휴대폰으로 그녀의 사진을 찍는다. 이것저것 다양한 변화를 주며 사진 촬영이 반복된다.

여자들은 교대로 서로를 찍어주면서, 조명을 조절하기도 하고, 머리와 메이크업을 매만지기도 하며 결과를 비교한다. 나는 그들을 매우 호기심 있게 관찰한다. 내 머릿속은 독서 프로그램에 관한 생각, 지난 며칠간 일어난 사건들, 곧 집으로 돌아가야 한다는 생각 때문에 빙빙 도는 것만 같다. 시간이 얼마나 흘렀는지도 모른다.

맷이 돌아오자, 젊은 여자들이 모두 황급히 도망친다. 맷은 그들에게 주의를 주지 않고 내게 말한다. "좋아요, 에이미 님은 오늘 남은 시간 동안 멋진 스케줄을 보낼 수 있겠네요. 그 예쁜 머리를 제대로 써먹게 될 거예요."

"맷, 저건 뭐였어요?" 내가 여자들이 있던 장소를 가리키며 묻는다.

"뭐요?" 그가 되묻는다.

"여기서 20대 여자들이 자기들 사진을 엄청나게 찍으면서 한바탕 시끌벅적하던데요. 그 여자들은 모델인가요?"

맷이 웃는다. "하! 모델이라니요. 아니요. 전혀 아니에요. 모두 편집 보조원이에요."

"그렇다면 왜…?"

"사진을 찍냐고요? 제 생각에는 조명이 완벽하게 세팅된 스튜디오가 열려 있으니 절호의 기회를 이용한 것 같네요."

"하지만 그 여자들은 자기들 사진이 왜 그렇게 많이 필요한 거죠?" 내가 퍼즐의 아주 큰 부분을 놓친 기분이 되어 묻는다. "요즘 사람들은 다 저렇게 행동해요?"

"네, 아마도요. 그리고 저 여자들은 온라인 데이트를 위해서 서로

227

사진을 찍어주고 있었던 거예요!" 그가 웃는다. "에이미 님도 데이트 앱에서 행운을 바란다면 멋진 사진을 찍어야만 해요. 붐비는 술집에서 어둑한 조명 아래 찍은 사진만 올릴 순 없잖아요!"

나는 맷을 멍하니 바라본다. "저 멋지고, 젊은 직장 여성들이⋯ 온라인 데이트를 한다고요?"라고 내가 묻는다. "왜 그냥 평범한 방식으로 남자들을 만나지 않나요?"

"평범한 방식이라니, 무슨 뜻이에요?" 맷이 당황하며 묻는다. "모든 싱글 여성들이 온라인 데이트를 해요." 맷은 내가 약간 이해가 더딘 사람인 듯 내게 설명한다. "뉴욕에 있는 모든 싱글 여성이 온라인 데이트를 한다고요. 그게 데이트하는 유일한 방법이에요."

"아." 아직도 약간 혼란스럽지만, 일단은 대답한다. "그럼 나도 데이트를 하려면 나도 온라인 데이트 프로필이 필요하겠네요?"

맷의 눈빛이 위험할 정도로 반짝인다. "물론이죠. 데이트하고 싶으세요? 데이트라면 내 기사에 덧붙일 좋은 이야깃거리가 될 거예요."

나는 알 듯 모를 듯한 미소를 띠며 존의 생각을 내 머릿속에서 곧바로 몰아내 버린다. 그 대신 그날 아침 호텔 방에서 내가 대니얼에게 키스했을 때 내 발끝에 느껴졌던 짜릿한 감각에 집중한다. "데이트하고 싶을지도 몰라요." 내가 신이 난 맷에게 말한다. "사람 일은 모르니까요, 맷. 정말로 알 수가 없다니까요."

일요일에 내가 앨런타운에 도착해 기차에서 내릴 때, 아이들은 쿨하게 행동하려는 시도조차 하지 않는다. 아이들은 동시에 나를 껴안는다. 코리는 내 새로운 외모에 격찬을 멈추지 않으면서 브라이언이 로빈슨 부인(영화 〈졸업〉에서 주인공이 사랑하는 여자의 어머니인 로빈슨 부인과 육체적인 유혹에 빠짐 ─ 옮긴이)을 탐낼까 봐 걱정이라고 말하고 나서 사악한 미소를 짓는다. 코리는 여전히 변함이 없다.

조는 일주일 만에 변모했다. 키가 더 컸고 내가 봐왔던 모습보다 더 침착하다. 조는 내가 그리웠고, 내가 아빠보다 훨씬 나은 보호자라고 말하고 나서 둘이 함께 보냈던 시간들을 계속 이야기한다. 처음에는 아이들 세계의 중심이 되고 싶었던 내 한쪽 마음이 아이들이 행복하기를 바라는 다른 쪽 마음과 싸운다. 하지만 소용없는 짓이다. 곧 사방으로 뿜어져 나오는 아이들의 행복이 나를 설득하고 만다. 존이 했던 말을 이젠 알겠다. 아이들은 아빠 주변에서는 긴장을 풀고 마음 편히 즐긴다. 압박감이 흐트러진다. 아이들은 안전하고 명랑하다. 그 일주일간 가장 최악으로 두려워했던 걱정이 그렇게 가라앉는다.

내가 그날 저녁에 아이들과 존, 그리고 나까지 모두 외식을 하러 나가자고 제안한다. 집으로 가는 길에 아이들의 눈빛이 너무나 반짝여서 나는 아이들에게 애들 아빠와 나에게 영화 〈페어런트 트랩〉(각자 엄마, 아빠와 살고 있던 쌍둥이 자매가 우연히 만나 이혼한 부모를 재결합시키려고 작전을 펼치는 내용 ─ 옮긴이)같은 계략을 꾸미지 않도록 부드럽게 상기시켜줘야겠다고 생각한다. "우리는 강제로 재결합하는 데는 관심이 없어"라고 내가 아이들에게 말한다. 그 말을 아이들을 위해 한 번 하고, 나를 위해 한 번 더 말한다. "지금도 없고. 앞으로도 없을 거야." 그런 다음 우리는 모두 집에 가서 빨래와 밀린 집안일을 한다.

저녁 식사 시간쯤 나는 결심을 한다. 사실은, 집에 도착해서 조를 본 직후에 결심을 했지만, 저녁 식사 즈음엔 아이들에게 그 사실을 말할 준비가 된다. 우리는 차로 우르르 몰려갔고, 집 앞 진입로 밖으로 나오자마자 내가 아이들에게 이번 여름에 아빠와 시간을 더 보내고 싶은지 묻는다. 아이들은 자상하게도 그 제안에 환호하지 않으려 애쓴다. 그러나 흥분만큼은 감추지 못한다. "나 수영장에서 일해도 돼?"라고 코리가 묻자 나는 창피할 정도로 선크림을 듬뿍 바르고 래시가드를 입기만 하면 좋다고 말한다. "그럼 나는 아빠랑 우주 캠프에 가도 돼?"라고 조가 묻자 나는 가능하면 최대한 많이 아빠랑 괴짜처럼 이상한 짓을 해야 한다고 말한다. 그런 다음 차가 정지 신호에 멈추자, 나는 아이들 손을 하나씩 붙잡고 차례로 눈을 들여다보며 말한다. "너희들은 뼛속 깊이 이해해야 해. 아빠는 아마 여름방학이 끝나면 떠나야 할 거야."

조가 눈을 땅으로 떨군다. 코리는 우울하게 고개를 끄덕인다. "우리도 알아, 엄마."

"그런데 정말로 알고 있어?"

"그래, 정말로 알고 있어"라고 코리가 대답한다.

"속으로 너희가 아빠가 떠날지 말지를 통제할 수 있다고 생각하지 마." 내가 자동차 기어를 넣고 다시 운전하며 말한다. "너희가 이번 여름에 얼마나 재미있었든, 얼마나 착하게 굴었든, 얼마나 아빠에게 요구하는 것이 적었든 그건 중요하지 않아. 아빠로서의 장점이 무엇이었는지, 얼마나 너희가 아빠랑 잘 지냈는지도 중요치 않아. 너희는 아빠가 머물지 말지에 있어서 결정적인 요인이 아닐 거야."

코리가 곁눈질하는 걸 보니 이미 알고 있는 이야기가 틀림없다. 하지만 조는 두 눈에 희망을 품고 나를 보며 묻는다. "그럼 누가 결정적인 요인일까? 엄마일까?"

나는 한숨을 쉰다. 질문은 가슴에 생채기를 내고, 대답은 생채기에 소금을 뿌린다. "아니." 나는 최대한 사무적으로 들리도록 애쓰며 아이들에게 대답한다. "그건 너희 아빠일 거야. 아빠는 다른 나라에서 일한다는 걸 명심해. 아빠는 거기 삶이 있어. 너희를 사랑하는 건 분명하지만, 그렇다고 머물 수 있다거나 머물 거라는 뜻은 아니야."

조가 인상을 찌푸린다. "엄마는 항상 사랑은 감정이 아니라 행동이라고 말하잖아."

"글쎄. 지금은 그 행동이 아빠가 여기 머물면서, 여름방학에 너희의 무한한 욕심을 채워주려고 무엇이든 해 주려 애쓰는 거야. 그리고 참고로 말하자면, 그런 기회를 놓치고 싶지 않은 마음은 자연스러운 거니까 너희들은 그렇다고 죄책감 느낄 필요 없어."

"어, 우리는 그러고 있어"라고 코리가 말한다.

나는 힘없이 미소를 짓는다. "나도 살짝 기회주의자적인 면이 있어. 너희가 아빠한테 올해 입을 교복이랑 학용품들을 사 줘도 된다고 알려줘야만 해."

"장난해? 난 벌써 아빠한테 지난 3년간 지불한 사립학교 수업료를 엄마한테 갚아야 한다고 말했어. 공책 몇 권은 앞으로 내가 아빠한테 뜯어낼 것들의 시작에 불과하다고."

나는 고개를 흔든다. "코리야…."

"우린 그럴 자격이 있어, 엄마"라고 조가 말한다. "게다가 엄마는 그 수업료로 우릴 데리고 유니버설 스튜디오에 있는 해리포터 월드에 가면 되잖아!"

"오오!" 코리가 소리친다. "유니버설! 나 트리니티 데려가도 돼?" 코리가 휴대폰을 움켜쥐자, 나는 코리가 제발 트리니티에게 실제로 문자를 보내고 있지 않기를 바란다. 코리가 그러고 있다는 것을 알

면서도 말이다. "그리고 아마도… 잠깐만." 코리가 이상하게 조용해
진다.

"왜 그래?"

"엄마. 이것 좀 봐." 코리가 휴대폰으로 내 시야를 가로막으려
한다.

"그만해, 코리! 엄마 지금 운전 중이잖아."

"이거 엄마야!" 코리가 외친다. "조, 이것 좀 봐."

조는 뒷좌석에서 앞으로 몸을 뻗어 코리의 휴대폰을 받더니 흥분
하며 말하기 시작한다. "맙소사. 이건 좀 당황스러운데. 난 모든 일
에 적응을 잘하는 편이지만, 이건 윽."

"뭔데? 뭐가 당황스러운데?" 내가 패닉에 빠지며 말한다.

"입 닥쳐, 조. 이건 섹스 테이프나 그런 게 아니잖아."

"좋아, 차를 갓길에 대야겠어." 나는 깜빡이를 켜고 차를 노상 주
차장에 주차한다.

"휴대폰 이리 줘, 조." 코리가 빽 내지른다.

"잠깐만… 지금 이 리트윗을 보고 있잖아. 웩. 엄마, 여기 나온 엄
만 섹스 상대 같아. 나 토할 것 같아."

"휴대폰 이리 내놔!" 내가 소리를 지른다.

"엄마, 엄마도 휴대폰 갖고 있잖아?"라고 코리가 말한다. "엄마 친
구 탈리아 이모의 트위터 계정에 있어."

나는 휴대폰을 꺼내서 여기저기 더듬거리며 찾기 시작한다. 코리
와 조의 이해할 수 없지만 흥분된 반응을 들으면서 나는 사파리 브
라우저에서 트위터를 연 다음 탈리아의 계정을 찾는다. 결국 보다
못한 코리가 내 손에서 휴대폰을 낚아채서 내가 갖고 있는지도 몰랐

던 어떤 앱으로 들어가더니 내게 화면을 보여준다.

@퓨어뷰티 탈리아가 리트윗함 :

퓨어뷰티잡지사 :

싱글맘이자 슈퍼우먼인 에이미 B의 이 엄청나게 섹시한 변신 후 사진을 보세요. — 7월 26일에 출간되는 우리 잡지 8월호에 소개한 #맘스프린가에서 더 많이 볼 수 있습니다.

"해시태그 맘스프린가가 뭐야?"라고 조가 묻는다. "우와, 갑자기 그것에 관한 트윗이 엄청나게 많아. 으, 엄마, 이 남자들 몇 명이 엄마랑 만나고 싶대."

나는 해시태그를 클릭한다. 아니나 다를까, 한차례 소나기처럼 트위터들이 어디서 자기들의 맘스프린가를 보낼지, 자신들에게 얼만큼 맘스프린가가 필요한지를 짹짹거리기 시작한다. 그리고 맞다. 남자 둘이 음, 나를 즐겁게 해 주겠다고 제안했다.

하지만 그 사진들은.

오, 그 사진들은 정말.

"엄마, 엄마 진짜 너무너무 섹시해 보여." 코리가 말한다. 코리는 내 휴대폰을 보려고 운전대 위로 몸을 동그랗게 구부린다. 사진들은… 너무 아름답다. 사진 속에서 긴 흑갈색 머리의 여자는 조용하지만 힘 있고 자신감 넘치는 시선으로 카메라를 보고 있다. 그녀의 입술은 가족이 떨어져 있는 동안 어떤 장난을 벌일까 생각하는 것처럼 삐죽이 나와 있다. 그녀의 눈은 반짝반짝하고, 살짝 벌어진 입술은 상대방에게 옆으로 다가와서 앉으라고 말할까 심각하게 고민하는 것 같다. 그 여자가 나라는 사실이 믿어지지 않는다.

내가 내 사진을 경외심을 갖고 바라보고 있을 때, 휴대폰이 찍찍거린다. 페이스북에서 온 친구 요청이다. 사진은 작지만 이름이 커다랗게 보인다. 대니얼 성. 올해의 섹시한 도서관 사서가 나와 친구를 하고 싶단다. 아래 첨부된 메시지에는 "새벽 댓바람부터 나를 침대에서 쫓아내더니, 당신을 찾아낼 유일한 방법이 트위터의 트렌딩 토픽에서 단서를 쫓아가는 거군요. 이제 신데렐라의 백마 탄 왕자가 어떤 기분이었을지 알겠네요. #트위터를뒤지다가."

이런.

이건 예상치 못했다.

하지만 나 자신도 놀랍게, 반가움이 밀려온다.

"얘들아?" 내가 너무 조용히 불러서 아이들은 코리의 휴대폰 때문에 벌이던 다툼을 멈추고 나를 올려다본다. 나는 이 멋진 아이들이 한눈에 보이고, 아이들도 내 눈빛에서 내가 하려는 말이 농담이 아니라는 것을 알 수 있도록 운전석에서 목을 길게 뺀다. "이번 여름방학에 너희가 아빠 집에 있는 동안 엄마가 뉴욕에서 시간을 더 보내면 어떨까?"

11장

에이미에게

여기 내가 말한 캠프 신청서가 있어. 우리 아이들은 놀라운 경험을 하게 될 거야.

난 당신도 뉴욕에서 놀라운 시간을 보냈으면 좋겠어. 솔직히 말하면, 여름 내내 아이들을 데리고 있겠다고 처음 얘기할 때는 내가 감당할 수 없는 지경이 되더라도 당신이 5분 거리에 있을 테니 안심이라고 생각했어. 하지만 그건 당신에게 온당하지 않지. 믿지 않을지도 모르지만, 난 정말로 당신이 행복하길 원해.

그리고, 이 문제는 이메일로 말하기에는 매우 어색하지만, 전화 통화로도 당신이 달가워하지 않을 테니까, 그래서 말인데… 나랑 마리카의 관계는 벌써 끝났다는 걸 당신이 알았으면 좋겠어. 이미 오래 전에 끝났어. 방금 내가 신용카드 명세서를 받았는데, 이것저것 조합해서 추론해 보니, 마리카가 갖고 있던 신용카드를 내 계정에서 해지하지 않아서 당신에게 스트레스를 준 것 같아 미안해지더군. 어제 다 처리했어. 어쨌든, 그 관계는 그냥… 일탈일 뿐이었어. 그 후로는 지금 까지 쭉 싱글이야. 남아도는 에너지를 이제부터는 원래 쏟아부었어야 했던 내 가족에게 쏟을 생각이야.

좋아! 뉴욕에서 재미있게 지내! 탈리아에게도 안부 전해줘!

존

내가 탈리아에게 뉴욕으로 돌아가고 싶다고 말하자, 그녀는 최대한 빨리 집을 봐줄 사람이 필요했는데 너무나 잘됐다고 말한다. 그러고는 인생에서 긍정적인 발걸음을 내딛으면 온 우주가 응답하여 앞으로 나아가는 길을 더 쉽게 만들어 준다고 말한다. 내가 탈리아에게 어떤 긍정적인 발걸음을 내딛었는지 물어보자 그녀가 말한다. "지금 네 얘기 하는 거야, 바보야." 나는 존의 이메일을 생각한다. 그가 마리카와 관계를 끝낸 것이 우주에서 온 선물이었을까? 그렇다 해도, 그다지 고마운 기분이 들지 않는다. 더 혼란스러울 뿐이다. "우주가 너에게 여름 내내 혼자 쓸 수 있는 방 한 개 반짜리 아파트를 제공해줬잖아. 우주가 내게는 다른 걸 염두해 두고 있는 것 같아." 탈리아가 덧붙여 말한다. "덥고, 땀나는 일들을."

듣자 하니 탈리아의 잡지 〈퓨어 뷰티풀〉의 독자 수가 남부에서는 형편없다고 한다. "광고회사 사람들이 말하기를 우리가 너무 양키스럽대. '진정한 미국'을 더 잘 다루어야 한다나."

"무슨 패션 잡지가 진정한 미국을 다룰 수 있어?"라고 내가 묻자 그녀가 대답한다. "나도 그렇게 말했어. 그랬더니 그 사람들이 내게 최소한의 인원을 데리고 마이애미로 가서 겨울 호 세 권을 출간하고 잡지 행사도 진행하라고 하더라. 마치 그러면 더 진정한 미국을 다룰 수 있는 것처럼." 이번 아이디어는 그녀가 영 내키지 않아 보인다. 탈리아는 뉴욕을 사랑하고, 아마도, 그저 추측이지만 문명이 허드슨 강에서 끝난다고 생각하는 것 같다.

내가 놀린다. "너도 가 보면 거기가 좋아질지도 모르잖아."

"그럴지도 모르지." 그녀가 대답한다. "하지만 내가 가 있는 동안, 컨설턴트들이 어떻게 하면 우리 잡지가 돈을 벌게 할지 방법을 찾느라 사무실 구석구석을 살펴볼 테고, 그래서 나온 해결책에는 실물 잡지 자체가 포함되지 않을지도 몰라. 종이와 잉크로 만든 인쇄물은 시간이 많이 남지 않았어. 뉴욕 밖으로 나가라는 이번 임무는 〈퓨어 뷰티풀〉 다음이 무엇이 든 내 예쁘고 작은 인쇄물이 다음 계획의 일부가 되지 않을 수도 있다는 뜻이야."

내 얼굴이 어두워진다. "하지만 그러면 넌 어떻게 할 거야?" 내가 걱정스럽게 묻는다.

탈리아가 내게 윙크한다. "걱정하지 마, 에이미. 언제든지 사이먼에게 전화하면 돼."

나는 굉장히 부자인 것 빼고는 재미있는 구석이 없는 옛 연인을 그녀가 아무렇지 않게 언급하자 흠칫 놀란다. 탈리아가 히죽히죽 웃는다.

"나는 계약이 돼 있어. 잡지사를 나올 거지만 괜찮아, 결국 온라인으로 이동하겠지. 그건 피할 수 없어. 지금은 즐길 수 있을 때까지 디스코의 마지막 날을 즐기고 있어."

나는 고개를 흔든다. "가지 마. 남아서 잡지를 위해 싸워."

하지만 탈리아는 짐을 싸서 떠나면서 주말에 돌아오겠다고 약속한다. 그리고 자신에게 달래듯 말한다. "어쨌거나 뉴욕에서 8월을 보내는 사람은 아무도 없어." 그러더니 웃으면서 덧붙인다. "아 참, 에이미 바일러는 예외지." 그리고 그렇게 탈리아는 떠났다.

탈리아의 직업이 안정적이지 않다는 사실을 알고 나는 깜짝 놀랐다. 탈리아의 삶이 모든 면에서 완벽하다고 나 자신에게 쉽게 말했었다. 그리고 솔직히, 그녀는 아이가 없는 싱글의 삶을 정말로 꽤 멋져 보이게 한다. 하지만 내가 내 운명을 마음대로 바꿀 수 없는 것처럼 그녀도 자신의 운명을 마음대로 바꿀 수 없다. 그녀는 사람들 반응에 응답한다. 그녀는 응분의 대가를 달게 받는다. 하지만 그러는 동안에는 훨씬 좋아 보인다.

그렇게 나는 갑자기 뉴욕에서 혼자가 된다. 독박 육아의 장점이자 아마 가장 사소한 단점은 세 시간 이상을 연속으로 혼자 있지 못한다는 것이다. 아이들 없이 혼자 외출하는 아주 드문 저녁이면 나는 레나나 다른 친구들을 만나서 와인을 마시며 끝없이 수다를 떨었다. 코리가 외출한 밤이면 조와 게임을 하거나 조와 친구들이 보드게임을 하면서 피자를 먹는 동안 집에서 과제물 채점을 했다. 조가 토요일에 친구네 집에 가면, 코리와 나는 조가 있었다면 오프닝 크레디트가 끝나기도 전에 잠들었을 영화들을 영화관에서 보거나 코리의 성화에 못 이겨 어딘가로 드라이브를 갔다. 주중에 외출을 못 하게 만든 규칙이 없다면 코리는 매일 밤 밖으로 나갈 테지만, 조는 집돌이다. 그래서 나는 항상 친구가 있었다.

그런데 이제 처음으로 나 혼자다. 완선한 홀몸이다. 내가 원하기만 하면, 온종일 누구와도 한 마디도 하지 않을 수 있다. 방해받지 않고 생각할 시간이 생긴 셈이다. 심사숙고할 시간.

아니면. 재미있게 놀 시간. 엔도르핀이 몸 안에 가득 퍼질 때까지 운동을 하고, 브루클린에서 최고의 베이글을 찾고, 시내 인도에 놓인 레스토랑 파라솔에서 화이트 와인을 곁들인 점심을 먹고, 이 어마어마한 도시의 멋진 도서관과 서점을 모조리 찾아다닐 시간.

나는 이 대단한 모험에 나설 때 아름다운 헤어스타일로 아름다운 옷을 입고 나가면 된다. 그러면 사기꾼 같은 기분을 느끼지 않고도 소호에 있는 가게를 들락거릴 수 있다. 바리스타들에게 추파를 던질 수도 있다. 공원에서 책을 읽어도 좋겠다. 나는 또….

여름 내내 원하는 것은 무엇이든 할 수 있다.

와우.

나는 멍한 채로 탈리아의 커다란 손님용 침대에 털썩 앉아 생각한다. '좋아, 에이미. 이 모든 자유가 주어졌는데 첫 번째로 하고 싶은 일이 뭐야? 차이나타운? 수도원 생활? 스태튼 아일랜드 페리?(뉴욕의 맨해튼과 스탠튼 아일랜드를 오가는 통근 여객선으로, 지나가며 자유의 여신상을 볼 수 있다—옮긴이)'

아니, 아니, 아니다. 할 일 목록의 맨 위에 있는 것이 하나 있다. 아니 하나라기보다는 한 명, 바로 매우 섹시한 도서관 사서다.

대니얼에게 답장하는 것으로 말하자면 내 첫 본능은 십 대 딸과 다르지 않다. 레나, 탈리아, 코리와 심지어 맷에게까지 문자를 보내서 그의 페이스북 메시지에 관한 수천 가지의 다른 해석과 더 나아가 그에게 답장할 수천 가지의 다른 방법을 훑어보고 싶다. 하지만 또 하나의 나를 이끄는 다른 것이 있다. 조용하고 고요하며 확실한 어떤 것. 우리의 데이트 겸 하룻밤을 보내고 난 후, 그날 아침을 마무리하며 대니얼을 보냈을 때, 나는 승리감과 수치심이 뒤섞인 이상한 기분이 들었고 그 위에 약간의 두려움까지 얹혀 있었다.

이제는 상황이 다르다. 나는 딱 일주일만 뉴욕에 있는 것이 아니다. 여기서 거의 석 달을 지낼 계획이다. 내가 바라는 모든 일을 할 시간도 있다. 그리고 내 마음은 섹시한 도서관 사서를 원한다. 게다가 그 욕망을 좇는 것이 완전히 안전하다고 결론 내렸다. 대니얼은 거의 틀림없이 뉴욕 최고의 고등학교에 다니는 십 대 딸이 있고, 여기에 멋진 직장도 있으니 내 정서적 안정에 그다지 위협이 되지는 않는다. 우리가 장기간의 관계로 발전할 가능성은 제로다. 그가 내게 관심이 있다면, 그는 내게 어느 여자든 바랄만한 가장 안전한 한 여름의 쾌락 상대가 될 것이다.

그래서 나는 의논하고 미루지 않고, 나를 행복하게 해주는 것에만 정신을 집중하기로 하고 성인 여성답게 그냥 답장을 보내기로 한다. 그의 메시지를 연다. '새벽 맷바람부터 나를 침대에서 쫓아내더니, 당신을 찾아낼 유일한 방법이 트위터의 트렌딩 토픽에서 단서를 쫓아가는 거군요. 이제 신데렐라의 백마 탄 왕자가 어떤 기분이었을지 알겠네요. #트위터를뒤지다가.'

그리고 나는 답장을 보낸다. '미안해요, 백마 탄 왕자님, 하지만 우리의 작은 밤을 보낸 후 나는 덜컥 겁이 났어요. 나는 펜실베이니아에 있고, 당신은 뉴욕에 있으니 우리 상황이 불가능해 보여서 두려웠어요. 그런데 그때 이후로 스케줄이 바뀌었어요. 이제는 브루클린에서 남은 여름을 보내고 있어요. 나를 용서해 줄래요?'

나는 전송을 누르고 노트북을 닫는다. 답장을 받기 전까지 하루나

3일, 또는 일반적인 기간이 얼마든 기다릴 것이다. 하지만 10분 후에 휴대폰에서 페이스북 알림이 울린다. 대니얼의 답장이다.

'동의해요. 그땐 상황이 완전히 불가능했어요. 하지만 당신이 여기 있는 동안에 우린 여전히 재미있게 지낼 수 있으리라 생각해요. 게다가 당신의 유연 도서 선집에 관해 아이디어가 엄청나게 많아요. 어퍼 웨스트사이드에 있는 조용하고 책 읽기 좋은 술집에서 다음 주에 만날까요?'

그가 내숭 떨지 않는다면 나도 그럴 필요가 없다고 생각한다.

'물론이죠.' 내가 답한다. '시간과 장소만 알려주세요.' 그런 다음 몇 분 후에 '얼른 만나고 싶어요!'라고 덧붙인다.

이런 나를 봐라. 나는 교양 있는 사람의 극치다. 공식적인 연인 관계를 맺지 않고도 같이 자려는 남자와 무심한 듯 만날 약속을 잡는다. 나는 현대 여성이다! 나는 글로리아 스타이넘(미국의 페미니스트 운동가이자 저술가 및 언론인 – 옮긴이)과 헬렌 걸리 브라운(잡지 〈코스모폴리탄〉의 전 편집장이자 베스트셀러 저자 – 옮긴이)과 드라마 〈섹스 앤드 시티〉에 나오는 난잡한 캐릭터를 한데 묶어놓은 여자다.

하지만 우리가 만날 때에는 내가 세워 두었던 계획이 곧바로 물거품이 되고 만다.

'죽은 작가'는 길쭉하고 좁고 천장이 높은 바인데, 뒤쪽에 있는 당구대는 간신히 당구 큐대로 자세를 잡을 수 있을 만한 공간밖에 없었고, 망가진 주크박스에는 먼지가 잔뜩 낀 록밴드 'AC/DC'와 '스매싱 펌킨스'의 레코드가 가득하다. 그리고 높은 2인용 테이블이 앞쪽에 하나, 뒤쪽에 두 개 있다. 천장은 찢어진 소설 페이지로 이루어졌는데, 멀리서 보니 연필과 다트로 잘 붙여놓았다. 연필과 다트가 어떻게 그대로 고정되어 있는지 모르겠지만 아무튼 잘 붙어 있다. 천장은 너무 높아서 어떤 책이 심장을 난도질당하고 찔려서 저 위에 있는지 알 수가 없다. 하지만 크고 어두운 원목 바는 책꽂이로 세팅이 되어 내가 높은 의자에 올라가 앉자 아래쪽에 꽂혀 있는 책이 내 발에 차인다. 나는 바 아래로 손을 뻗어 아무 책이나 한 권 꺼낸다. 《호밀밭의 파수꾼》이라는 낡은 책이다. 다시 다른 책을 꺼낸다. 또 《호밀밭의 파수꾼》이지만 다른 표지에 다른 인쇄일이 찍혀 있다. 호기심을 억누를 길이 없어 나는 스툴에서 내려와서 책꽂이의 위쪽을 살펴본다. 대략 75%는 J.D. 샐린저의 《호밀밭의 파수꾼》이다. 20%는 그의 다른 작품 《프래니와 주이》다. 나머지 5%는 대략 30년 전에 출판된 오락용 책인 《난센스 북》들이 완전히 무작위로 섞여 있는 것 같다. 낚시 가이드와 교회 요리책 그리고 고트족의 로맨스들이다.

허. 그렇다면, 나는 《호밀밭의 파수꾼》을 읽어야겠다. 책을 펼쳐서 상징과도 같은 첫 구절을 읽으며, 속으로 끙하고 신음한다. 그러고는 대니얼이 곧 나타나기를 바라며 허공을 응시한다. 이런 말을 하면 신성모독일 수도 있겠지만, 나는 《호밀밭의 파수꾼》을 학생들에게 이제 과제로 내주지도 않는다. 내 기준에 그 책은 아직 충분히 오래되지 않았다. 그러나 찰스 틴킨스의 《데이비드 코퍼필드》가 있다면 바에서 몇 시간이고 읽을 수 있다. 나는 다이어리를 꺼내서 '《월플라워》 vs 《호밀밭의 파수꾼》'이라고 쓰고 나서 '《데이비드 코퍼필드》를 현대적으로 다시 쓴 작품?'이라고 쓴다. 8월에 수업 계획안을 쓸 때 그 도서 목록들이 도움이 되었으면 좋겠다.

몇 분이 더 지난 후에 바텐더가 내게 온다. 그녀가 "뭘 드릴까요?"

라고 묻자 그제야 바 스툴에 자릿값도 내지 않은 채 10분이나 앉아 있었다는 걸 깨닫는다. 나는 바텐더 너머로 벽을 이루며 진열된 병들을 본다. 아하. 한 줄 전체가 다양한 호밀 위스키로 되어 있다. 모든 게 명확해진다. "저는 맨해튼을 마셔야겠어요." 내가 그녀에게 말한다. "그게 제가 아는 유일한 호밀 위스키거든요."

바텐더가 나를 향해 고개를 살짝 갸우뚱한다. "몰트위스키 중에 손님이 좋아하는 것은 무엇이든 호밀로 만들 수 있어요."

"아, 그래요? 위스키 사워같은 것도요?"

"그것도 아주 좋죠. 처음에 만들어진 방식 그대로라면. 어떤 호밀 위스키로 드릴까요?"

나는 어깨를 으쓱한다. "깜짝 놀랄만한 걸로요."

바텐더는 예쁜 병 하나와 작은 양주잔을 내린 후 맛을 보라고 조금 따라준다. "휘슬피그예요." 그녀가 내게 말해준다.

나는 조금 홀짝이고는 기침하지 않으려 애쓰면서 그녀에게 고개를 끄덕인다. "맛이 좋네요." 거짓말이다. 그 위스키는 매니큐어 리무버와 카라멜 소스를 섞은 맛이다. "이건 그쪽 가게인가요?"

"넵."

"2010년에 문을 열었나요?"

"…네. 그걸 어떻게 아세요?"

"가게 이름이 '죽은 작가'니까요. 샐린저가 2010년에 죽었잖아요."

그녀가 게시판을 가리킨다. "손님이 방금 4달러 버셨네요." 그녀가 내게 말한다.

'특별 할인 시간대 : 저녁 7시까지 오신 괴짜 손님에게는 50% 할인해 드립니다'라고 쓰여 있다. 나는 웃음이 터진다. "어떤 사람이 괴짜인지 아닌지는 어떻게 알아요?"라고 내가 묻는다.

바텐더가 내 앞에 술을 놓는다. "그런 사람들은 늘 티가 나거든요. 나중에 한꺼번에 계산하시겠어요?"

대니얼이 바로 그 순간 걸어 들어온다. 내 심장이 요동친다. "네, 그럴게요. 그리고 저 잘생긴 괴짜에게도 같은 걸로 하나 더 만들어 주세요"라고 내가 주문한다.

그녀가 내게 윙크하며 말한다. "오, 저분은 섹시한 괴짜시네요. 좋은 시간 되세요."

대니얼이 내 옆으로 바 스툴을 끌어당긴다. 그는 청바지와 평범한 붉은 벽돌색 티셔츠를 입고 가슴 앞에는 커다란 메신저 백을 메고 있다. 그의 셔츠는 어깨 쪽으로는 약간 타이트하게 붙지만 허리 쪽으로는 느슨하다. 그는 다양한 출연자들이 등장하는 CW 방송에서 본 아버지처럼 보인다. 간단히 말해 꿈을 꾸는 것만 같다.

"늦어서 미안해요." 그가 말하자, 나는 인사를 할 때 껴안을지, 키스할지 아니면 무엇을 할지 알아내려 한다. 키스는 아닐 것이다. 나는 그를 향해 팔을 뻗지만, 바 스툴이 너무 멀리 있다. 결국, 우리는 어색한 하이파이브를 한다. 나는 긴장감에 그냥 웃는다. 그는 정말로 잘생겼다.

"완벽한 타이밍에 오셨군요." 내가 정신을 가다듬고 그에게 말한다. "제가 50% 할인을 받고 있거든요"라고 말하며 '특별 할인 시간대' 게시판을 향해 손을 흔든다.

그가 미소를 지으며 고개를 끄덕인다. "잘했어요. 여기로 걸어오는 길에 괴짜가 아닌 척 정체를 숨기지 말라고 미리 말했어야 했나 생각했거든요. 하지만 그때 괴짜가 아닌 척해야 위험한 일이 거의 없겠다는 생각이 들더군요."

"하! 정말 고맙군요."

"당신은 서점에서 대낮에 유혹을 받는 사람이니까요."

"난 유혹받지 않았어요"라고 말하다가 곰곰이 생각한다. "좋아요. 아마 약간 유혹을 받았을지도 모르겠네요."

대니얼이 입가에 미소를 띠고 말한다. "에이미."

"네?"

"당신을 다시 봐서 좋아요. 당신을 찾길 잘했다는 생각이 들어요."

"나도요."

"그리고 우리의 상황이 불가능하다고 당신이 말해줘서 기뻐요. 지난 일은 그냥 추억으로 간직하는 것도 좋지요. 당신과 나는 각각 다른 곳에 삶이 있으니까요. 로맨스는 일어나지 않을 거예요."

"저기." 내가 말한다. "잠깐만요. 로맨스가 일어나지 않는다고요?"

대니얼이 의아하게 나를 바라본다. "당신은 여름이 끝나면 펜실베이니아로 돌아갈 거잖아요, 아닌가요?"

내가 고개를 끄덕인다. "맞아요. 네. 하지만 그건 두어 달 후의 일인데요." 나는 갑자기 바보가 된 기분이다. "그래서 저는 생각하고 있었는데…." 내가 뭘 생각하고 있었지? 여름 내내 실컷 즐기고 나서 진짜 삶으로 돌아갈 때는 쿨하게 악수하며 작별 인사를 하겠다고? 그에게는 썩 기분 좋게 들리지 않을 말이다.

"그러니까, 나는 여름에 실컷 즐기는 상대는 되고 싶지 않아요." 그가 소름 끼치게도 내 마음을 읽은 듯 말한다. "그건 내게 너무 잔인한 일일 테니까요."

"그렇겠지요? 네, 맞아요." 나는 이 대화에서 아주 길을 잃어버렸다. "잘 알겠지만, 하룻밤 자는 것처럼 실컷 즐기는 행위를 시작한 사람은 당신인 걸로 아는데요. 역사적으로 정확하게 따지자면요."

"역사적 정확성이 가장 중요하다는 건 틀림없죠." 그가 장난스럽게 말한다. 그는 이런 미로 같은 대화를 하면서 조금도 불편해 보이지 않는다. "하지만 차이점이라면 그때는 당신이 맘스프린가 중이었다는 사실을 몰랐다는 거예요."

"아, 그 문제라면, 나도 몰랐어요."

그가 미소를 짓는다. 이렇게 솔직 담백한 대화를 하는 와중에도 그가 미소를 띠면 저항할 수 없을 만큼 매력적이다. "게다가, 무례함을 용서해 주신다면 난 우리가 그렇게 속궁합이 잘 맞았다고는 생각지 않았는데요…." 그는 두 손이 결합하는 이상한 제스처를 슬로우 모션으로 보여준다. "그냥 솔직히 말해서요."

나는 얼굴이 달아오르는 걸 느낀다. "평균보다는 높지 않았어요?" 나는 최근에 그 섹스와 비교할 경험을 하지 못했다.

그는 머리를 뒤로 젖힌다. "평균보다는 훨씬 위였죠. '기대 이상'(해리포터에 등장하는 호그와트 마법학교의 성적표 점수를 의미하며, 합격 점수는 '특출함Outstanding, 기대 이상Exceeds Expectations, 무난함Acceptable이 있다 – 옮긴이) 수준의 섹스였어요."

"E 섹스였다고요?" 나는 호그와트의 채점 기준을 알아들으며 묻는다.

"E였죠. 아마 O였을지도 몰라요." 그가 되받아친다. "어쨌든 내 의견을 묻는다면, 특출한 수준의 섹스를 한 사람과 '무심한 데이트'를 하려고 노력하는 건 너무 힘든 일이에요."

나는 한숨을 내쉰다. "그럼 왜 나한테 페이스북으로 연락했어요?"

그가 미간을 찌푸린다. "연락하고 지내려고요, 당연히."

"친구로요?"

"맞아요. 정확해요. 칵테일이나 같이 마시면서요." 그가 나를 향해 잔을 든다. "책 이야기도 하고. 기꺼이 서로의 친구가 되는 거죠."

"하지만 그건 지난번에 했잖아요. 그리고 어떻게 됐는지 좀 봐요."

그가 단호히 고개를 끄덕인다. "좋은 지적이에요. 앞으로는 옷을 입고 있도록 노력을 기울여야 할 겁니다."

"아니면…." 입 밖으로 튀어나온 말에 나 자신도 이미 놀라면서 말한다. "그냥 무슨 일이 생길지 지켜봐도…."

대니얼이 약간 냉정해진다. "아니요, 그건 안 돼요. 난 나와 공통점이 많은 여자를 많이 만나지 않아요. 게다가 나처럼…." 그의 목소리가 잦아든다. "당신이 가족이 있는 집으로 돌아가 버리면, 나는 휘청거린 채 혼자 남겨질 거예요. 그런 시나리오라면 난 상처 받을 겁니다."

그가 무슨 말을 하는지 알아듣자 실망감이 들면서도 뒤로 물러난다. "좋아요. 이번엔 옷을 입고 있자고요. 확실히."

"이번 여름엔 뉴욕에 있는 어느 호텔에서든 내가 살금살금 빠져나가게 만들 수 없을 거예요." 그가 농담한다.

'그럴 수 없다고?' 내가 생각한다. "그러면 안 되죠." 내가 거짓말을 한다. "게다가, 난 여전히 내 독서 프로그램을 위해 당신의 아이디어가 필요해요."

그가 활짝 웃는다. "그래요? 그렇다면 너무너무 잘됐네요. 나한테 아이디가 많거든요. 내가 노트북을 가져왔는데, 거기에 제안할 내용이 넘쳐나요. 우리 테이블 하나를 잡고 앉아서 같이 파볼까요?"

나는 캐주얼한 니트 드레스 아래 숨겨진 예쁜 레이스 달린 속옷을 생각하며 속으로 한숨을 내쉰다. "물론이죠. 같이 파 봐요." 내가 최대한 '그냥 친구' 같은 목소리로 말한다. "우리… 읽고 쓰는 능력에 관해 얘기해요."

우리는 음료수를 가지고 바와 당구대 사이에 놓인 바 높이의 2인용 테이블로 자리를 옮긴다. 대니얼이 자기 노트북을 꺼내서 제목과 저작권 상황, 학년 수준, 핵심 주제가 나열된 인상적인 스프레드시트를 보여준다. 한 시간 동안 우리는 수업과 독서 수준 그리고 도서목록에 관해 얘기한다. 그러는 내내 나의 뇌세포 두 개는 뇌 뒤쪽에서 은밀한 논쟁을 벌이고 있다. 1번 뇌세포는 악마가 틀림없다. '뭐하는 거야? 이 여자는 이 남자와 섹스를 하고 있어야 한다고!'라고 계속 소리친다.

2번 뇌세포가 말한다. '쉿. 지금 완벽하잖아. 낭만적인 관계는 몇 달 후면 가망 없는 일이 될 거야. 상처받는 쪽이 이 남자만은 아닐 거라고.'

그러자 1번 뇌세포가 발끈 성을 내며 말한다. '얼마나 시간 낭비야. 이 남자 좀 봐. 점수로 따지자면 10점 만점에 8이야. 아마 9일지도 몰라. 뉴욕에선 8.5 정도일 거야. 펜실베이니아에서는 4천 명 중에서 한 명 나올까 말까 한 남자라고.'

2번 뇌세포는 여전히 확고하다. '그는 너무 매력적이고 너무 똑똑해. 게다가 너무 사려 깊어. 이 여자는 누구와도 실컷 즐길 수 있잖아. 이 남자는 친구로 즐기는 게 더 나아.'

1번 뇌세포가 반박한다. '친구라니! '전혀 섹스를 하지 않느니보다 섹스를 하고 잃는 편이 낫다'라고 셰익스피어가 말한 것 같은데.'

2번 뇌세포가 말한다. '넌 자신을 도서관 사서라고 부르잖아. 당장 엉덩이를 820번 서가로 옮겨야 해.'

"내가 필요한 건." 나도 모르게 불쑥 큰 소리로 말한다. "신경학에 관한 책이에요."

죄책감을 느꼈는지 두 뇌세포가 입을 다문다. 대니얼이 약간 놀란 듯 나를 본다. "미안해요. 뭘 좀 골똘히 생각하느라 아무 말이나 튀어나온 것 같아요."

그가 알겠다는 듯 고개를 끄덕이지만, 감사하게도 그는 내가 무슨 말을 하고 있는지 모른다. "그랬군요. 내가 책 목록을 엄청 많이 늘리고 있어요. 믿기 힘들겠지만, 난 우리가 여기서부터 출발해야 한다고 생각해요. 이것 좀 봐요. 다섯 가지 등급의 유연 도서목록인데, 모든 주제를 다 다루고 있어요. 우리가 어떻게든 이 책들의 무료 허가권을 따내거나 출판사들로부터 책 살 돈을 학교에서 확보한다면, 대규모의 파일럿 프로그램을 운영하기에 충분할 겁니다. 우리가 일단 제대로 발표하면, 차터 스쿨과 사립학교들이 그 파일럿 프로그램에 줄을 설 거예요."

"문제는" 어려움은 있지만 아직 좌절하지 않은 내가 대답한다. "우리가 학교에 학생들 75% 이상이 딱 1장까지밖에 읽지 않을 전자책을 사 달라고 요구해야 한다는 거죠. 절대 성공하지 못할 거예요. 이걸 시작할 충분한 전자 단말기를 갖춘 학교가 거의 없다는 사실은 말할 필요도 없고요. 그래서 우린 가장 부유한 학교에서밖에 시행할 수 없어요. 그런데 덜 부유한 학교에서 시범 프로그램을 운영하지 않으면, 도움이 필요한 학생들에게 정말로 힘이 될 수 있는지 우리가 어떻게 알겠어요?"

대니얼이 인상을 쓴다. "아마도요…." 하지만 그가 더듬거린다. "당신 말이 맞아요. 도시 학교들은 가난하고, 우린 이미 《주홍 글씨》를 100권이나 가지고 있어요."

"누구라도 쓸 수 있는 전혀 쓸모없는 책." 내가 말한다. "난 《주홍 글씨》가 싫어요."

대니얼이 미소를 짓는다. "누가 들을지 모르니까 조심해요. 어떤 교육학계에서는 당신이 옷을 '이단아'처럼 입었다고 빨간색 H를 입도록 강요할지도 몰라요."

내가 히죽히죽 웃는다. "대니얼. 당신은 외모는 멋져 보이지만, 마음속은 다른 사서들처럼 괴짜로군요."

그가 갑자기 활기를 띤다. "내가 멋지다고 생각하세요?"

"그럼요." 내가 대답한다.

"그럼 나랑 정말로 멋진 거 해 보실래요?"

'섹스 같은 거?'라고 내 뇌에서 묻고, "어떤 거요?"라고 내 입이 묻는다.

"뉴욕에서의 여름이라." 그가 내게 말한다. "선택할 거리는 끝없이 많지만, 제 생각에는…."

"네?"

"짜잔!" 그가 과장된 동작을 하며 가슴 주머니에서 표 두 장을 꺼낸다. "야구를 보는 건 어때요?"

내 눈이 휘둥그레진다. 야구는 오늘 밤 할 일을 생각할 때 머릿속에 절대 떠오르지 않았던 것이었다. 하지만 이제 생각할 시간이 주어진 김에 곰곰이 생각해 보니 이렇게 아름답고 화창한 여름날 저녁에 이 똑똑하고 흥미롭고 매우 매력적인 남자 옆에 앉아 뉴욕 메츠의 홈구장인 시티 필드에서 가볍게 맥주를 마시며 핫도그를 먹는 것보다 더 완벽한 일은 없을 듯하다. 더 착한 천사가 나하고 마음이 통한 것이 틀림없다. 이제야 대니얼과 그냥 친구로 지내야 하는 이유를 알 것 같기 때문이다. 나는 아직 이혼하지 않았고, 내 안의 작고, 어리석고, 쓸모없는 부분이 그러고 싶지 않다고 말하니 나는 여전히 남편 짐으로 가득 찬 납작한 여행 가방을 침대 밑에 두고 있는 꼴이다. 가벼운 섹스는 누구와도 할 수 있다. 대니얼 같은 근사한 사람과는 친구로 남는 것이 정말로 타당한 일일지 모른다.

"야구라면 새로운 친구와 햇볕을 쬐며 야외에 앉아 있을 이유로 충분할 것 같아요." 내가 말한다.

"당신은 메츠 모자를 쓰면 눈부시게 예쁠 거예요." 그가 내게 말한다. 나는 활짝 웃는다. "에이미, 당신을 만나서 너무 좋아요."

입이 약간 마르기 시작한다. "나도 그래요"라고 내가 말한다.

"오랫동안 새로운 친구를 사귀어야 한다고 생각했어요. 하지만 십대 여자아이를 혼자 키우면서 학생들과 긴 시간 일하다 보니 친구 사귈 기회가 거의 없었어요. 그런데 여기 당신이 나타났어요. 맘스프린가를 하면서…."

"그건 실제 있는 단어도 아니에요." 내가 그에게 말한다. "그건 그냥 내 친구네 잡지사가 잡지를 팔려고 만들어낸 단어에 불과해요."

"여기 당신이 맘스프린가를 하러 나왔는데." 그는 내 말이 들리지 않는다는 듯 반복해 말한다. "당신은 아이들과 책을 사랑하고, 대화를 나누기도 너무 편하고, 게다가 야구도 좋아한다니!" 그가 덧붙여 말한다.

나는 고개를 흔든다. "난 야구를 좋아하지는 않아요. 야구를 좋아할지도 모르지만, 한 번도 경기를 본 적이 없어서 좋아하는지 아닌지도 몰라요. 새로운 걸 시도하는 건 좋아하지만요. 오늘 같은 날에는 밖에서 새로운 걸 하는 것도 좋고요."

'그리고 당신과 새로운 걸 하는 게 좋아요'라고 속으로 생각한다.

"정말 잘됐군요!" 그가 소리친다. "내가 땅콩하고 팝콘을 살게요. 아니." 그가 곧바로 정정한다. "땅콩이나 팝콘 둘 중의 하나요. 어쨌든, 난 공립학교 교사니까요. 기분에 취해서 흥청망청 쓰지는 말자고요."

"그러면 안 되죠." 내가 미소를 지으며 말한다.

5번가에 있는 백화점 지하 매장에는 찻집이 하나 있다. 거기에서 여자들은 점심으로 금단의 요리인 새우 주먹밥과 루콜라 만두와 기타 맛있지만 배부르지 않은 음식들을 먹는다. 잡지사의 법인카드 덕분에 맷과 나는 내가 뉴욕에 다시 온 이후로 여기에 세 번이나 왔다. 그곳은 10칼로리당 기꺼이 1달러를 내는 언론계 사람들로 가득 차 있다. 가끔은 잡지사로 걸어 돌아가는 길에, 허기진 배를 채우려고 길거리에서 파는 커다란 프레첼에 머스타드 소스를 뿌려 먹을 때도 있다.

내가 24달러짜리 7가지 곡물이 섞인 오트밀과 해초를 우적우적 먹고 있을 때, 맷이 내게 데이트 상대로 가득 채운 은밀한 핀터레스트 보드를 만들었다고 말한다.

"오오오!" 이제 맷을 제법 알게 된 나는 그게 얼마나 미친 짓인지를 토론하느라 시간을 낭비해봤자 소용없다는 것을 알기에 그냥 맞장구를 쳐 준다. "내가 좀 봐도 돼요?"

맷이 그것을 내게 넘겨준다. 매우 잘생긴 남자들이 모여 있는 바다 같지만, 연령대가 얼추 35세에서 50세 정도이다.

내가 진지하게 말한다. "맷, 이 남자들 모두 당신에게는 너무 나이가 많다는 거 알고 있죠?"

맷이 아주 작은 해삼 피클을 야금야금 먹다가 목에 걸리고 만다. "그 남자들이요?" 그가 기침하며 말한다. "저한테요? 아니에요. 그리고 저는 만나는 사람이 있어요. 님 얘기하는 거예요."

"어…"라고만 나는 말한다. 머릿속으로는 맷이 보여준 잘생긴 남자들이 몇 명이었는지를 다시 계산하고 있다. 두어 명은 굉장히 섹시했다. 그들 중 한 명과 데이트하는 게 그렇게 나쁜 일일까?

하지만 정신 차려, 에이미. 좀 진지해져라. "그런데 어쩌죠. 난 만난 지 2주밖에 안 된 사람이 나를 위해 골라준 완전히 낯선 사람들과의 데이트에는 관심이 없어요."

맷이 어깨를 으쓱하고 휴대폰을 치워버린다. 그가 그렇게 쉽게 굴복하자 나는 심장이 약간 철렁한다. 그 몇몇 귀여운 남자들 사진을 정말로 다시 보고 싶었을까? 혹시 모르니까? "좋아요." 그가 말한다. "그렇다면 여름 계획이 뭐예요? 님이 내게 말해준 그 도서관 사서요?"

나는 맷을 똑바로 노려본다. "여름 계획은 당신의 직장 상사가 돌아올 때까지 집을 봐주는 거죠. 내 독서 프로그램을 위해 책을 고르고, 작가들에게 연락을 취해 그들의 책 중에서 무료로 볼 수 있는 책이 있는지 알아보면서요. 그리고 이것들도 읽을 거예요." 나는 내 릿치 앱을 열어 맷에게 내가 진행하고 있는 엄청난 '읽을거리' 목록을 보여준다.

"대략 30권쯤 되겠네요." 맷이 말한다.

"맞아요. 더 늘려야 할지도 몰라요." 내가 미소를 띠며 말한다.

"있잖아요. 그렇게 많은 책을 갖고 있다면, 책꽂이에 정리하는 것을 도와줄 누군가가 필요할 거예요. 예를 들자면… 섹시한 도서관 사서 같은 사람?"

내가 어깨를 으쓱한다. "꼭 알고 싶다면 내가 말해 줄게요. 난 그 섹시한 도서관 사서랑 만났어요. 우린 '그냥 친구'로 지내기로 했다고요."

맷이 고개를 갸웃한다. "그 남자가 가까이서 보니까 덜 섹시했어요?"

"그럴 리가요. 그 남자는 가까이 갈수록 더 섹시해요. 키가 훤칠하고, 어두운 피부에, 잘 생겼어요. 《폭풍의 언덕》의 히스클리프같은 남자라고 할 수 있고, 도서관 사서이자 섹스의 신이며 아이 아빠인데도 내가 음… '그걸' 하고 싶은. 뭔 말인지 알죠? 그 사람은 샴페인 트러플처럼 맛있어 보여요."

"와우. 그런데 대체 왜 그 남자랑 '그걸'하지 않는 건데요?"

내가 한숨을 쉰다. "솔직히 말해서, 난 정말로 그 남자랑 '그걸'하고 싶어요. 가능하면 빨리요. 하지만 내가 멀리 살아서, 또 맘스프링이랑 그딴 것들 때문에 그 남자가 그냥 친구로 지내자고 제안했어요. 그런데 그의 말이 맞을지도 몰라요. 그 남자는 그냥 잘생긴 것보다 훨씬 더 잘생겼고, 하는 짓도 모든 게 사랑스러워요. 게다가 거의 나만큼 책을 좋아하고, 우린 같은 취미와 가치관을 공유하고 있어서…." 나는 대니얼 옆에 있으면 얼마나 편안한지 생각하면서, 야구를 보며 내가 지난 사연을 털어놓게 만든 그 조용한 방식을 떠올린다. 내가 어떻게 나도 모르게 존이 떠난 이야기며 그 후에 닥친 가장 힘든 순간들을 말했는지, 그리고 어떻게 그가 풀카운트의 타자에게서 눈을 돌려 나를 따뜻한 눈길로 보면서 "에이미, 그 모든 걸 견뎌 내다니 당신은 강인한 사람이군요"라고 말했는지, 약간의 칭찬과 다정함이 섞인 그의 눈빛이 어떻게 나를 '이해받고' 있다고 느끼게 했는지를 떠올린다.

그건 우리 사이를 순식간에 훑고 지나간 위험한 마법 같은 것이었다. "우리가 만약 상황을 흘러가게 내버려 둔다면, 여름이 끝날 무렵엔 치명타를 입을 거예요."

맷이 인상을 찌푸린다. "음. 그래서 님은 자신을 보호하기로 했군요?"

내가 고개를 끄덕인다.

"하지만 님은 여전히 친구로서 그 남자랑 어울리고 같이 시간을 보낼 계획이라고요?"

내가 다시 고개를 끄덕인다.

맷이 얼굴을 찌푸린다.

"왜요?" 내가 묻는다.

"에이미 님은 내가 만든 핀터레스트 보드를 보는 게 낫겠어요."

내가 고개를 젓는다. "난 데이트가 필요 없어요. 나에겐 좋은 것들로 가득한 스케줄이 있고, 이제는 친구가 필요할 때 언제든지 어울릴 새 친구가 두 명이나 있는걸요." 내가 새 친구 1번인 그에게 고개를 까닥하며 말한다. "더군다나 난 자기가 보내 준 요가와 필라테스 콤보 수업이 좋아서, 일주일에 몇 번은 꼭 거기 가려고 해요. 또 스피닝 클래스도 수강할까 생각 중이에요. 거기 스피닝 수업도 있겠죠? 조가 생기기 전엔 실내 사이클을 좋아했었어요."

맷이 테이블 너머로 내 손을 잡는다. 그가 내 눈을 들여다보더니 극적으로 한동안 가만히 있다. "플라이휠" 그가 마치 영생의 비밀이라도 말해주듯 엄숙하게 말한다.

"지금은 스피닝을 그렇게 불러요?"

그가 코웃음을 치며 말한다. "플라이휠은 스피닝보다 훨씬 많은 걸 해요. 음악과 조명과 경쟁과 도전이 있는… 그건 당신의 내면과 외면을 바꿔 줄 피트니스의 계시나 다름없어요." 그의 목소리가 조용하고 경건해지더니 갑자기 거의 소리치듯 말한다. "오늘 밤 수업이 있어요. 오후 6시 반에요!" 그러고는 잠시 멈추더니 손가락을 '딱'하고 튕긴다. "님 신발부터 사야겠어요."

"난 특별한 신발 필요 없어요. 그냥 스니커즈 신으면 돼요."

"보호 장비도요."

"그거 바닥에 고정된 사이클 아니에요?"

"빨리요. 귀리죽이나 마저 먹어요." 그가 내게 말한다. "난 두 시까지는 사무실에 들어가야 하니까, 우리에게는 쇼핑할 시간이 한 시간밖에 없어요."

나는 접시에 있는 찻숟갈 반 스푼 정도의 아보카도를 먹어 치우고는 와일드 라이스도 먹는다. 내가 먹는 동안, 맷의 엄지손가락은 휴대폰에서 바쁘게 움직인다.

"휴대폰으로 뭐 하고 있어요?"라고 내가 묻는다.

"님 맘스프린가를 실시간으로 트윗하고 있어요." 그가 쾌활하게 말한다.

나는 눈을 치켜뜬다. "아무도 내가 무슨 운동을 하는지 듣고 싶지 않을 거예요."

"아닐걸요?" 그가 내게 자신의 휴대폰을 보여준다. "해시태그를 클릭해 봐요." 내가 클릭하자 사람들이 맘스프린가에 관해 말하는 것이, 구체적으로는 그들이 얼마나 강렬하게 맘스프린가를 원하는 지가 보인다.

"허."

"사람들이 말하고 있어요." 맷이 말한다. "그들은 맘스프린가를 원해요. 님이 대화를 시작했잖아요. 그리고 내 일은 그게 계속되도록 관리하는 거예요."

그러고 나서 바로 맷과 나는 그의 사무실 근처에 있는 스포츠용품 매장으로 간다. 안으로 들어가자 엄청나게 길게 진열된 고급 스판덱스와 스테인리스 스틸과 많은 거울로 된 벽면이 보인다. 맷이 신발 코너에 나를 앉히고는 점원에게 소리 지르듯 "시마노, 사이즈 7"이라고 하더니 나에게 말한다. "곧 돌아올게요. 스포츠 브라는 갖고 있어요?"

내가 이번만은 내 복장에 자신감을 느끼며 그에게 미소를 보낸다. "그 부분이라면, 잘 갖추고 있어요." 나는 걱정하지 말라는 의미로 엄지손가락을 치켜세운다. 사실, 내가 뉴욕에 올 때까지 스포츠 브라는 내가 소유한 속옷의 거의 전부였다.

내가 바닥이 딱딱하고 수수한 사이클 신발을 신은 지 약 2분 후에 맷이 돌아왔다. 그는 신축성 있는 회색과 검은색 옷들이 걸린 옷걸이를 많이 움켜쥐고 있다. "그건 좀 어때요?" 그가 내게 신발에 관해 묻는다.

"이상하게 생긴 자전거 신발이네요. 꼭 맞기는 해요. 내가 왜 보통 운동화를 신으면 안 되는지 다시 말해 줄래요?"

"첫째는, 페달에서 미끄러지니까요. 또, 이걸 신어야 더 멋져 보여요. 오늘 밤 사진작가가 우리를 만나러 사이클링 스튜디오로 올 건데 괜찮죠?"

나는 그를 뚫어지게 쳐다본다. "사실은 내키지 않아요. 내 좁은 산도로 우리 아들의 거대한 머리를 밀어낸 후로는 어떤 종류의 자전거 안장에도 앉아 본 적이 없어요. 제대로 익히려면 연습이 좀 필요할 거예요."

맷이 아무 '문제가 없다'는 듯 손을 흔든다. "그럼 요령을 익힌 후에 다음 주에 찍자고요. 오늘 밤은 그냥 트윗만 하고 스냅 사진을 찍어요. 이제 계산해야 하니까 그 신발 벗고 탈리아의 음성 메일이 폭주하기 전에 저는 일하러 가야겠어요. 계산대로 오는 길에, 물병 하나만 챙겨 와요." 그가 진열대에 놓인 금속 빛이 감돌고 윗부분에 노즐이 달린 스포츠 물병을 가리키면서 말한다.

"내가 투르 드 프랑스에 출전한 선수들처럼 페달을 굴리면서 입 안에 물을 쏴야 하나요?"

맷이 미소를 짓는다. "그러면 좋겠죠. 좋은 그림이 나올 거예요."

우리가 계산대에 이르자 나는 장비 비용을 지불하겠다고 제안한다. 지난주에 존이 기적처럼 내게 배상한 지난 학기 등록금을 쓸 좋은 기회라고 생각했기 때문이다. 하지만 맷이 나를 옆으로 밀친다. "무엇보다도, 합계 금액을 보면 눈에서 피가 나올 지경일걸요." 그가 그렇게 말하며 법인카드를 꺼낸다. "그리고 두 번째, 맘스프린가 예산이 아직 남아 있어요."

내가 그를 향해 얼굴을 찡그린다. "하지만…."

"나랑 말싸움해 봤자 결국 지겠지만 어쨌든 말싸움을 시작하기 전에, 그냥 님이 새로운 피트니스 수업을 듣고 또 … 다른 새로운 활동을 하는 모습을 찍으면 우리는 멋진 사진들을 건질 수 있다고만 해 두죠." 나는 그가 중간에 뜸을 들인 말에 눈을 가늘게 떠보지만 그는 나를 무시하고 만다. "님도 알아차렸겠지만, 맘스프린가 해시태그가 대세에요. 기사가 실제로 잡지 판매 부수에 도움이 되는, 아니면 적어도 우리의 인지도를 높여주는 아주 드문 경우라고요. 그러니까 땀을 흡수하는 탱크톱 한두 벌의 값어치는 확실히 한다는 얘기죠."

"그래도…."

"내 경력에 도움을 줘서 고맙다고 내가 말했었나요?" 맷이 말한다. "그리고 입 다물고 그냥 고맙게 받으라고도?"

나는 웃음을 터트리며 포기하고 그가 계산하게 내버려 둔다. 점원이 금액을 계산하고 있을 때 나는 아까 했던 대화를 되새겨본다. "다른 새로운 활동은 뭐예요?" 내가 그에게 묻는다. "폴 댄스?"

맷이 웃는다. "무슨 말씀을. 그건 요즘 아무도 안 해요."

내가 어깨를 으쓱한다. "스트리퍼는 틀림없이 할걸요?"

"그 말은 맞네요. 하지만 난 데이트를 생각하고 있었어요."

내가 한숨을 쉰다. "그렇다면. 데이트를 해볼 수도 있겠네요. 자기 생각에 정말로 괜찮은 사람이 있다면요."

"아주 좋아요"라고 맷이 고개를 끄덕인다. 그가 장비가 담긴 가방을 들고, 우리는 문을 향해 걷는다. "하지만 표본추출을 약간 더 넓게 하는 건 어때요?"

나는 의아한 표정으로 그를 본다. "내가 아마 이렇게 대답할걸요. '무슨 상관이에요?' 당신이 골라준 남자랑 잘 맞으면 그와 데이트를 하겠지요. 그렇지 않다면, 아이들을 위해 새아빠를 쇼핑할 기분이 들지 않겠지요."

맷이 붐비는 인도에서 나를 인도한다. "남편감 찾는 거 말고 데이트를 해야 할 다른 이유가 있어요."

"오, 자기까지 그러지 마요."

"재미있잖아요. 게다가 잡지도 잘 팔리게 해주고…."

나는 두 손 두 발을 다 든다. 그리고 물론, 내가 너무 쉽게 포기했을지도 모른다.

"알았어요, 딱 두 번만 데이트할게요. 하지만 자기가 남자들을 고르고 계획을 짜는 등 모두 알아서 해야 하고, 뭘 입을지 정하는 것도 도와줘야 해요. 나는 그냥 나타나기만 할 거예요. 알아들었죠?"

"확실히 알아들었습니다. 잡지가 인쇄기에 들어갈 때까지 일주일에 두 번의 데이트. 고마워요, 에이미. 님은 진짜 멋있어요."

"그 말엔 동의할 수 없어요. 난…."

"그럼 오늘 밤 스피닝 수업을 위해서 어디서 만날지 문자 보낼게요. 나하고 새로 사귄 여자 친구인 에이미가, 플라이휠에 매달려서 같이 운동을 하다니. 스트레스가 싹 다 날아갈 거예요."

"맷."

"맘스프린가!" 그가 소리친다. 그러고는 돌아서서 사무실로 들어가 버리고, 거리에 남겨진 나는 내가 실제로 착수한 일이 맘마겟돈은 아닌지 걱정한다.

12장

엄마에게

엄만 절대 믿지 않겠지만 어제 아르바이트 첫날, 일을 마치고 도서관에 가서 찰스 디킨스 소설 《두 도시 이야기》를 대출했는데, 엄마 말이 맞았어. 너무 맘에 들어! 완전히 손에서 놓을 수가 없더라. 난 내내 LA를 응원했지만, 시카고가 결국 우승했을 때 그 결과에 완전히 만족했어.

농담이야. 사실은 브라이언과 트리니티랑 새로 나온 영화 〈분노의 질주〉시리즈를 봤어. 엄마, 브라이언에게는 엄청 귀여운 친구가 있더라. 걔 이름은 부자 애들 이름 같은 돌턴이야. 걔는 가톨릭 학교에 다니는데 운동을 엄청 잘한다고 들었어. 브라이언하고 학교 축구 코치가 걔를 우리 학교로 데려와서 3학년 때 경기를 뛰게 하려고 1년간 경기를 포기하라고 설득하고 있대. 돌턴은 브라이언이 친구들하고 얘기하고 있을 때 나를 한쪽으로 데려가더니 내가 그 제안을 진심으로 어떻게 생각하는지 물었어. 그래서 내가 사실대로 말해줬지. 우리 학교는 좋은 학교이고 정말로 공부를 열심히 하고 싶다면, 2년간 훌륭한 교육을 받을 수 있을 거라고. 하지만 네가 공부를 열심히 하는 데 관심이 있다면, 좋은 교육을 받을 수 있는 곳은 많다고 말해줬어. 난 네가 축구를 하고 싶으면 그냥 축구를 하라고, 부자들 몇 명을 행복하게 해 주려고 1년을 기다릴 필요가 없다고 말했어.

개가 나한테 그 부자들이 설득력이 있다고 했어. 그 사람들이 자기를 파티에 초대해서 섹시한 사립학교 여학생들을 소개해주고 있대. 그래서 내가 말해줬어. 우리 사립학교 여학생들은 사실 완전히 내숭쟁이들이라서 온종일 공부밖에는 안 한다고. 또 어떤 종류든 고등학교 이후까지 운동할 거라면 파티 같은 건 무시하고 학교 공부와 연습에 집중하는 게 현명할 거라고 말했어. 그랬더니 개가 나한테 같이 공부할 친구가 필요하냐고 물었어. 그때 브라이언이 돌아왔지 뭐야.

어쨌든 최고의 밤이었어. 난 돌턴이 자기 학교에 남아 있을 거라고 확신하고 그게 아마 개한테는 옳은 결정일 거야. 하지만 이 세상에는 내가 이미 알고 있는 남자들과는 다른 남자들이 있다는 사실을 다시금 되새길 수 있어서 너무, 너무 좋았어. 아마 언젠가는 〈분노의 질주〉나 보자고 나를 영화관에 데려가지 않을 남자를 만날 거야.

좀 건방진 꿈이지?

사랑을 담아
축구광 돌턴을 사귈지 진지하게 고민 중인 엄마 딸 코리가

그렇다. 나는 두 명의 새 친구가 생겼고, 레나와 탈리아에게는 문

자 메시지를 보낼 수 있으며, 친구와 언제든지 어울릴 수 있는, 절대 잠들지 않는 도시 뉴욕이 있다. 하지만 탈리아의 집에서 혼자 지내려니 여전히 온몸이 근질근질하다. 여기는 내 집이 아니다. 이것들은 내 물건이 아니다. 이것은 내 삶이 아니다.

외로웠던 첫 주에 나는 코리에게 문자를 너무 많이 보냈고, 존에게 매일 밤 확인 전화를 했으며, 계속 혼자서 밥을 먹는 기분이 들지 않도록 저녁을 먹으면서 레나나 탈리아와 영상통화를 했다.

하지만 어젯밤 레나가 오늘 저녁에 학부모 모임에 교사 대표로 나가게 됐다고 말했고, 탈리아는 광고주들이랑 저녁을 먹는다고 했으며, 조와 존은 코리와 브라이언을 영화관에 태워다 준다고 한다. 그래서 오늘 밤 나는 세 번째 플라이휠 수업을 마치고 땀에 절고, 탈진하고, 완전히 흥분된 상태로 집으로 돌아왔는데 지금까지는 그다지 외롭지 않다.

수업하기 전에, 맷의 사람들이 내 포니테일을 높이 쪽 찐 머리로 화려하게 치장했고, 땀에 지워지지 않는 메이크업을 해 주었다. 그런 후 사진작가가 들어와서 더 많은 사람이 모인 수업을 수강하는 척 고정식 자전거 위에 앉은 내 모습을 찍었다. 사진작가는 수업이 실제로 진행되고 있는 동안에도 남아서 스냅사진을 찍었다. 그래서 나는 주변 수강생들로부터 모든 관심과 추측의 대상이 되었고, 아주 살짝 유명인이 된 듯한 기분이 들었다. 플라이휠은 '피트니스의 계시'일지 모르지만, 또한 매우 뉴욕다운 장면이기도 하다. 외설스러운 복장의 강사들이 팝스타들이나 사용하는 헤드셋을 끼고 너무 멋지게 음악을 재생하는 걸 보니, 앞으로 3년간은 우리 고향까지 진출하지 못할 것 같다. 스피닝을 하는 동안 강사가 우리에게 슈퍼스타라고 말해서 그런지 점프할 때마다 나는 멋지고, 강인하며, 무적이라고 느낀다. 그런데 이제 탈리아가 없는 텅 빈 아파트에서 나는 어느 때보다도 사기꾼인 것만 같은 기분이 든다.

나는 시리얼을 그릇에 붓고 머릿속으로 자전거 바퀴를 돌리기 시작한다. 샤워한 다음 모퉁이에 있는 귀엽고 작은 이탈리안 레스토랑으로 내려가서 혼자 바에 앉아 큰 접시에 담긴 뇨키를 먹어야겠다고 생각한다. 책을 가져가도 좋겠다. 내가 자신감 있게 그렇게 한다면, 아무도 이상하게 생각하지 않을 것이다.

하지만 나는 시리얼에 우유를 붓는다. 나는 금요일 밤에 혼자 레스토랑에 자신감 있게 앉아 있을 수 있는 타입이 아니다. 나는 아마 이 시리얼을 먹고 대략 밤 9시쯤 땀을 흡수하는 운동복을 입은 채 소파에서 잠이 들 타입이다.

펜실베이니아에서라면 그렇게 할 수도 있다고 나는 자신에게 잔소리를 한다. 아니면 남극 대륙에서라면 그럴 수도 있다. 사는 것처럼 살아야지! 이건 내 맘스프린가잖아?

나는 노트북을 연다. 처음으로 옷을 차려입고 찍은 '변신 후' 사진을 트윗한 후에 맷은 나와 데이트를 하고 싶다며 내 연락처를 묻는, 아마도 미친 남자들 무리를 적절하게 처리해 놓았다. 맷은 그들에게 최근 사진을 보내거나 그들의 온라인 데이팅 프로필로 링크를 걸어달라고 요청해서 그것을 나에게 건네주었다. 맷은 나와 자기들의 싱글 남자 친구들을 엮어주고 싶다는 충성스러운 잡지 독자들로부터 신청을 받기도 했다. 그 사람들에게도 맷은 똑같은 작업 방식을 따랐다. 이제 그는 내가 '좋아요'와 '싫어요'를 선택할 수 있는 남자들의 작고 은밀한 핀터레스트 포트폴리오를 나와 공유하고 있다.

맷은 마치 나만의 개인적인 범블 앱(데이팅 앱-옮긴이)과 같다고 내게 말한다.

내가 대답한다. "범블이 뭐예요?"

맷이 한숨을 쉰다.

나는 찻집에서 대충 훑어본 이후로 핀터레스트 보드를 보지 못했다. 나는 이 남자들을 훑어보는 것만으로도 기분이 언짢아질까 봐 두려웠다. 사실은 존이 떠난 후로 데이트를 한다는 생각 자체가 내게는 지독하게 불쾌한 일이었다. 섹시한 도서관 사서를 제외하고, 내가 다시 데이트를 나가고 싶은 사람이 아무도, 단 한 명도 없었다. 존이 떠난 후로 처음 레나가 데이트 이야기를 꺼내자 나는 욕실로 달려가서 문을 잠그고는 한참을 실컷 운 후에야 다시 밖으로 나왔다. 그 당시에는 그런 반응을 월경전증후군과 두려움 탓으로 돌렸다. 하지만 돌아보니, 나는 결혼생활 이외에 누군가와 데이트를 한다는 생각 자체가 존과 나의 별거를 너무나 실감 나게 만들어서 견딜 수가 없었던 것 같다.

하지만, 이제 상황이 바뀌었다. 이제는 내 삶이 계속되게 하려면 그 별거를 최대한 실감 나게 느껴야만 한다. 그래서 나는 핀터레스트를 열고 맷이 나와 공유한 비밀 게시판을 찾아 살펴본다.

그걸 보고 깜짝 놀란다. 나는 솔깃한 데이트 제안을 받아볼 일 없이 집에서 3년을 보냈다. 여기 뉴욕에서는 그 섹시한 사람들을 놓쳐서는 안 된다. 여기 맷의 심사를 거친 스무 명의 남자들은 모두 당장 신랑감이 되어도 좋을 듯 보인다. 맷이 페이스북에서 그들을 볼 수 있도록 걸어놓은 링크를 찾아보니 다양한 문화적 배경, 체형, 인종으로 이루어진 의사와 변호사, 예술가, 시인, 그리고 월스트리트 타입의 남자 몇 명이 보인다. 사진 속에서 그들은 등산이나 스쿠버 다이빙을 하고, 사랑스러운 아이들을 껴안고 있다.

첫 예선은 쉽다. 먼저 아이가 넷인 남자를 제외한다. 아마 훌륭한 사람일 테지만, 맘스프링가의 정신과는 대조되기 때문이다. 그리고 페이스북에 올린 정치적 견해가 나와 양립할 수 없이 너무나 다른 남자 하나를 제외한다. 또 헬멧도 없이 할리데이비슨 오토바이를 타고 있는 남자도 제외한다. 젊은 나이에 과부가 되고 싶었다면 존이 자고 있을 때 목을 졸라버렸을 테니까. 자기 몸에 오렌지색 스프레이 페인트를 뿌린 것 같은 남자도 제외한다. 이제 나랑 데이트하고 싶은 정말로 잘 생기고 직업이 있는 남자가 16명 남았다. 나는 TV쇼 〈배철러레트〉(미혼여성이 여러 명의 남자 중에 남편감을 고르는 리얼리티 쇼-옮긴이)의 중년 판 특집에 나온 것 같다.

'맛있어 보이는 남자들이 너무 많아요.' 내가 난데없이 맷에게 문자를 보낸다.

그는 아직도 사무실에 있을 게 뻔하다. 그가 즉시 답장을 보낸다.

'그중에 세 명만 찍어 먹어 봐요. 인생은 짧아요!'

내가 혼자 웃다가 "지금 남자 얘기잖아요, 아이스크림이 아니라"라고 받아친다.

맷이 대답한다. '나도 남자 얘길 걸요?'

나는 그에게 스마일 이모티콘을 보내고 나서 어떻게 고를지 묻는다.

맷 남자들을 세 명씩 묶어서 1, 2, 3등을 매겨요. 그런 다음 각 1등들 전부하고 데이트 약속을 잡아요. 스케줄에 따라 누구를 제일 먼저 만날지 결정해요.

에이미 오, 와우. 대답이 꽤 빠른데요.

맷 전에 이렇게 해 봤어요.

에이미 일종의 아줌마 포주인가요?

맷 그럴 수도 있죠. 다음 직업으로.

에이미 그럼 내가 꼭 추천서를 써 줄게요.

그런 다음 나는 잠시 멈췄다가 다시 문자를 보낸다.

에이미 1등들은 인격이 좋은 사람이어야 해요? 아니면 제일 귀여운 남자여야 해요?

맷 당신에게 달렸죠. 하지만 나라면, 귀여운 쪽을 고를 거예요. 인격이 좋은 사람은 펜실베이니아에서도 데이트할 수 있잖아요. 뉴욕에서는 그냥 즐겨요.

에이미 #맘스프린가!

맷 #맘스프린가!

나는 화면으로 다시 눈을 돌린다. 성공한 피아니스트는 확실히 마음에 든다. 난 항상 음악가랑 데이트를 하고 싶었다. 그의 손가락을 생각해 보라… 그리고 매우 잘생긴 월스트리트 정장을 입은 남자도 골랐다. 와우, 정말로 너무나 잘생겼다. 또 제일 좋아하는 책이 《콜레라 시대의 사랑》이라고 말하는 눈이 아주 멋진 젊은 남자도 골랐다. 그리고 소설 속 주인공같은 은발의 매력남도 있다. 그리고 인디아나 존스 덕분에 고고학자도 당연히 당첨. 기타 등등, 기타 등등, 나는 점수를 매기고 또 매겼다.

결국 나는 일곱 명을 골랐다. 차갑게 식은 시리얼과 함께 마실 맥주를 따서 고상한 사람처럼 유리잔에 따르고는 빠르게 자판을 두드리기 시작한다. 나는 남자들 한 명 한 명에게 맷한테 연락해 줘서 고맙다고 인사하면서 '#맘스프린가' 기사의 일부로서 첫 데이트를 하려고 한다고 말한다. 나는 이것이 진지한 데이트가 아니라는 메시지를 분명히 전했다고 생각한다. 그러고 나서 다음 2주간 시간이 되는지, 잡지를 위해 기록이 남아도 괜찮은지를 묻는다. 맥주가 바닥날 즈음에 나는 일곱 남자 모두에게 연락을 마친다. 정말로 흥분된다. 믿을 수 없이 희망에 부풀어 올랐고, 완전히 들떴다.

그러자 남자 중에 금융 전문가라는 사람이 한 시간 후에 문자를 보내서 너무 촉박한 약속이 아니라면 내일 밤 데이트를 해도 좋을지 묻는다. 나 자신이 너무 만족스럽다.

레나 그래서… 그 금융권 남자랑 데이트는 어땠어?

에이미 좋았어.

탈리아 그 남자도 좋았어?

에이미 음. 그래, 좋았어. 키가 크고, 엄청 잘생겼어. 속옷 모델처럼 생겼다고 할까? 1,000달러짜리 옷을 입으면 어떻게 보일까 내가 상상만 하던 정장을 입고 나타났어. 그러고는 나를 1,000달러짜리 정장을 입는 잘생긴 사람들만 가는 곳으로 데려가더라. 그래서 누군가 나한테 물관리를 해야하니 종이봉투를 뒤집어써 달라고 할 것만 같았어.

레나 하! "부인, 죄송하지만, 몇 시간만 그 소름 끼치는 몰골을 우리에게서 가려주시겠어요? 우리는 손님들 요구도 생각해야 하거든요."

에이미 "우리의 매우 잘생긴 손님들이요." 그러면 내 데이트 상대가 말하겠지. "이분은 봉투를 뒤집어써도 개의치 않을 겁니다. 내면의 아름다움을 갖춘 분이니까요."

탈리아 너는 아직 외면의 아름다움도 갖추고 있어. 그 외면의 아름다움을 위해 8월 특집기사 예산을 엄청나게 썼다고. 눈썹 아직 그대로지? 그 남자가 네 헤어스타일 맘에 든대?

에이미 그래. 내 헤어스타일 때문에 끌렸다고 하더라. 솔직히 첫 데이트에서 할 말은 아닌 것 같았어. 나는 그에게 메시지를 보낸 이유가 멋진 치아 때문이었다고 말하지 않았는데 말이야.

레나 그 남자 치아가 멋있어? 그게 별거 아닌 건 아니지.

에이미 치아가 정말 치약 광고에 나오는 이 같았어. 조개껍데기 속의 작은 진주층처럼 저 멀리서도 보일 만큼 하얗게 빛났지.

레나 좋은 구강 위생 습관이 있나 보다.

에이미 그건 좋은 습관을 넘어선다고 말해야겠지. 습관이라기보다 삶의 목표에 가까울 거야.

레나 신의 소명 같은 거?

탈리아 그 남자 이름이 뭐야?

에이미 딜런.

탈리아 "딜런, 나는 신이다. 가서 네 치아를 표백하여라."

에이미 아마 정확히 그랬을 거야. 어쨌든, 최면에 걸린 듯 계속 바라보게 되더라. 그래서 마티니를 두 잔째 주문했던 것 같아.

레나 탈리아, 에이미가 마티니를 두 잔이나 마셨대.

탈리아 소리치지 마. 신의 음성만 대문자로 사용해야 해.

레나 탈리아, 에이미가 마티니를 두 잔이나 마셨다고.

탈리아 내가 제대로 알아들은 거야? 너 그 남자랑 잤니, 에이미 바일러?

에이미　아니야. 하지만 뿌리치기 힘들긴 했어.

레나　에이미가 잘못하고 있는 거야. 그 남자를 뿌리치려고 했다잖아.

탈리아　그럼, 그렇고말고.

에이미　남자는 멋져 보였고, 레스토랑도 굉장했어. 그 남자는 IMF 대출을 해주면서 전 세계를 돌아다니는 이야기와 더불어 자신의 그런 권한에 매혹된 것 같았어. 하지만…

레나　그래서?

에이미　본심은 사실 그 남자는 도구잖아. 요즘도 도구란 말을 쓰니?

탈리아　쓰지. 우리 연령대의 사람들과 문자로 사적인 채팅을 할 때는.

레나　나는 '도구'란 말을 써 본 적이 없어.

에이미　그건 네가 도구인 남자랑 데이트해본 적이 없으니까. 넌 하느님과 결혼했었잖아.

레나　하느님이 내게는 진짜 도구처럼 느껴질 때가 있었지.

탈리아　와우. 나중에 지옥에 가면 수녀들을 몇이나 만났는지 우리한테 알려줘야 할 거야, 레나야.

레나　오, 나보다 훨씬 일찍 지옥에 가지 않을 것처럼 말하는구나.

탈리아　난 지금 지옥에 있다고. 플로리다에서는 여름이 지옥이야.

에이미　지옥은 마티니를 두 잔째 마신 후에야 이 근사한 치아 모델 같은 데이트 상대가 도구라는 걸 깨닫는 거야. 난 메인 코스가 나올 때부터 택시를 타고 그 자리를 벗어날 때까지 그 남자가 얼마나 잘난 체하는지 말하지 않으려고 내내 애를 썼어. 자기가 소액융자를 발명한 것처럼 행동하더라니까. 게다가 나한테 말콤 글래드웰의 신간을 읽었냐고 물어서, 내가 읽었다고 대답했는데도 책 전체 l 용을 진짜 글자 그대로 나한테 실명하고 있는 거야. 말하자면, 내가 읽었을지는 모르지만, 자기만큼 통찰력 있게 책을 읽어서 생각을 공유할 수 있을지 의심하는 것 같았어.

탈리아 윽. 말콤 글래드웰이래.

에이미 그렇지? 난 도서관 사서잖아. 뭐든 읽으면 깊이 파는 사람이라고, 얼간이 같으니.

레나 너희 뉴욕 여자들은 고상한 체하는 것 같아. 에이미는 그 남자랑 잤어야 했어.

에이미 차라리 여자랑 자는 게 나았을 거야.

레나 그럴 기회는 많이 있어.

탈리아 팀원을 바꿀 필요는 없어. 딜런을 골랐던 곳에 남자들이 정말 많이 있어. 맷이 오늘 나한테 식스팩 있는 남자를 보내줬어. 에이미는 지금 예비 후보들이 넘쳐난다고. 다음 데이트는 언제야. 에이미?

에이미 휴. 내일 밤.

탈리아 훌륭해.

레나 3일에 두 번의 데이트? 에이미, 너 호랑이 같은 강적이구나.

에이미 으르렁. 그 남자는 의사인데, 내가 들어본 적 없는 유명한 요리사가 하는 팝업 레스토랑에 데리고 간대. 우린 조금 문자를 나눴는데, 사실 꽤 느낌이 좋아. 아직까지 나한테 잘난 체하며 가르치려고 하지 않았고, 우리 아이들이 멋진 아이들인 것 같다고 하면서, 그러니까 나도 아마 멋질 거라고 하더라. 황홀해서 졸도하겠어!

탈리아 헛. 의사들이란.

레나 잘 안 풀린다고 해도 최소한 근사한 요리는 먹겠군.

에이미 좋은 지적이야. 어젯밤에는 굴 요리로 시작해서 다음엔 레몬과 바삭바삭한 프로슈토를 곁들인 꽤 맛있는 샐러드를 먹었지. 그다음엔 가리비를 먹었고, 또 세계에서 가장 완벽한 메이어 레몬 케이크도 먹었어.

아주 독한 마티니 두 잔은 말할 것도 없고.

레나 그런데도 그 남자랑 자지 않았어? 탈리아, 얘 좀 봐라.

탈리아 진정한 공주님이네.

에이미 나를 믿어, 숙녀분들. 내가 올바른 결정을 했다니까. 그랬다면 같이 있는 내내 그 남자의 아름다운 치아가 깨질까 봐 걱정했을 거야.

탈리아 프로의 충고 한마디 ─ 만약 치아가 깨진다면, 네가 섹스를 잘못하고 있는 거야.

레나 탈리아, 에이미를 너무 몰아붙이지 마. 규칙적으로 섹스한 지 한참 됐잖아. 아마 에이미가 성생활을 했던 시절에는 나무 몽둥이가 필요했었나 봐.

에이미 얘들아, 나 이제 그만 나가야겠어.

탈리아 잘됐네. 네가 없어도 널 놀리는 데 아무 문제가 없으니까.

에이미 잘 자, 이 괴물들아.

레나 안녕히 주무시지요, 공주마마.

다음에 플라이휠을 마치고 혼자 집에 왔을 때, 나는 샤워를 한 후 약간 노출이 심하다고 느껴질 정도로 가슴이 파인 예쁜 회색 맥시 드레스를 입고서 곧바로 집을 나선다. 더는 저녁으로 시리얼을 먹지 않을 테다. 오늘 밤 나는 용감하게 나가서 〈뉴요커〉에서 본 레스토랑에서 나 자신에게 저녁을 대접할 것이다. 잡지에 따르면 그 레스토랑은 현대 뉴욕 음식에서 중요한 모든 것을 타진과 올리브 볼에 녹여냈다고 한다.

그곳은 예약을 받지 않기 때문에 바에서 여러 시간을 기다려야 할 것으로 예상했지만, 직원에게 1인용 테이블을 찾는다고 말하자 안

내 직원이 나를 향해 긍정적으로 활짝 웃는다. 알고 보니 여기서는 공동 테이블에서 함께 먹어야 한단다. 낡아 보이게 만든 넓고 높은 오크 테이블이 탁 트인 주방에서 뻗어나가 있는데, 직원들은 그 아래 놓인 스툴에 손님을 가득 채우려 한다. 그래서 나는 소란스러운 투자은행가 다섯 명 일행과 데이트를 나온 커플 사이에 끼워 넣어진다. 그들의 다양한 대화를 듣고 있자니 너무 재미있어서 메뉴를 고르는 데 평소보다 두 배는 더 걸렸고, 서빙 직원이 두 번째로 왔을 때, 결국 그냥 대신 알아서 주문해 달라고 부탁한다.

그녀가 말한다. "오! 재미있네요. 한도액은요?"

레스토랑은 편안하고, 집 같은 분위기이며, 가격대도 적당하다. 잡지의 논평은 그곳을 '새로운 모로코'라고 불렀다. 나는 서빙 직원에게 대답한다. "난 무서울 게 없어요. 당신이 제일 좋아하는 샐러드와 제일 좋아하는 메인 코스, 또 각각의 요리와 어울릴 만한 완벽한 음료를 먹겠어요." 정유회사 상속녀처럼 돈을 뿌리고 다니는 나를 보라. 나는 적어도 이번 한 번은 죄책감 없이 그럴 수 있다. 존이 새 학기에 아이들 신발을 사 주겠다고 했으니 오늘 저녁 식사비의 두 배나 되는 돈을 아낄 수 있다.

서빙 직원이 나를 곁눈질로 본다. "가장 좋아하는 메뉴가 백 개는 되는데, 최선을 다해 볼게요. 아니면…." 그녀가 가까이 몸을 기댄다. "셰프님이 특별한 걸 요리해 주실지도 몰라요. 손님이 말씀하신 그대로 내가 전하면요."

나는 얼굴이 붉어진다. 은행가 세 명의 고개가 '셰프'라는 단어에 내 쪽으로 향한다. "그것도 굉장하겠네요. 어느 쪽이든 만족할 거예요."

"제가 반드시 그렇게 해 드릴게요"라고 말하며 서빙 직원이 내게 가장 엉큼한 윙크를 살짝 보낼 때, 내 옆에서 데이트 중이던 남자가 손짓하며 그녀가 3미터는 떨어져 있는 것처럼 "아가씨!"라고 고함친다. 서빙 직원이 내 메뉴판을 가지고 가서 커플에게 관심을 돌리자, 나는 전자책 단말기를 꺼낸다. 거기에는 이렇게 호화로운 기회를 위해 아껴둔 앤 패챗(오렌지상 등 여러 문학상을 받은 미국의 소설가 - 옮긴이)의 신간 소설이 다운로드되어 있다. 나는 평소 패챗의 소설을 헛되이 낭비하지 않지만, 이런 장소에서는, 난생처음으로 혼자 식당에서 외식하는 모험을 할 때는 패챗을 읽을 만한 가치가 있다.

패챗의 소설은 곧 크리미하고 끝 맛이 부드러운 화이트 와인과 곁들여진다. 그리고 달콤하고 신선한 당근, 바삭하게 구운 병아리콩과 민트, 약간 매운맛이 가미된 꿀과 식초 드레싱을 뿌린 샐러드도 함께 한다. 먹고 또 먹다가 마지막 남은 병아리콩을 해치웠을 때, 같은 테이블에 앉은 사람들이 자기 음식에 열중하느라 바쁠 때를 기다려 접시를 입까지 들어 올리고는 그 끈적끈적하고 매운 드레싱을 염치없이 마지막 한 방울까지 핥는다. 나는 접시를 내려놓고 아무도 나를 보지 않았는지 확인하지만, 역시나 중앙에 위치한 주방에서 흰옷을 입은 누군가에게 발각된다. 그가 셰프를 쿡 찌르며 뭐라고 말을 하면서 나를 가리킨다.

나는 외면하려 하지만, 바이커 바에서는 절대로 마주치고 싶지 않을 덩치 크고 대머리이며 문신을 한 셰프가 대걸레를 내려놓고는 주방과 우리 사이에 있는 작은 출입문을 열고 다가온다.

"저기." 그가 자치구 구석진 어느 곳에서만 들을 수 있는 억센 사투리로 내게 말한다. "손님이 샐러드를 마음에 들어 하신다고요."

나는 얼굴을 붉혔다가 재빨리 바보같이 웃지 않기로 마음을 다잡는다. 이 사람들을 다시는 보지 않을 테고, 이 드레스를 입은 나는 정말로 '멋져' 보이니까 말이다. 나보다 열 살은 어린 은행가가 가끔 곁눈질로 나를 보기 때문에 그렇다고 확신한다. "샐러드가 마음에 들어요. 그리고 그 뒤를 이을 특별한 요리를 제게 만들어 주셨으면 해요"라고 내가 말한다.

"양고기 어떠세요?"

"아주 좋아해요."

"급하십니까?" 그가 내게 물으며, 내 양쪽에서 조용히 흥미롭게 우리를 보고 있는 사람들을 향해 고개를 까딱한다.

"전혀요." 내가 대답한다.

"잘됐네요. 그러면 이리 와서 앉으세요." 그 남자는 주방으로 다시 들어가다가 멈춰서 나를 자기 바로 앞에 놓인 오픈 바에 앉힌다. "오늘 밤은 지루했어요. 나를 〈뉴요커〉에서 보고 찾아온 아주 소심한 치킨요리 손님들뿐이거든요."

"저도 〈뉴요커〉에서 셰프님을 보고 왔어요."

그가 미소를 짓는다. "나는 손님이 거리에서 우연히 여기 들어온 줄 알았어요. 손님께 그레이 와인을 갖다 드리죠."

그레이 와인이라니 맛이 지독할 것 같지만, 일단 고개를 끄덕이고 마음을 다잡는다. 내가 받은 것은 감사하게도 전혀 회색이 아니라 핑크빛에 가깝고 말린 장미와 시트러스가 섞인 듯한 맛의 와인이다. 병은 시원하고 물방울이 맺혀 있다. 웨이트리스가 셰프에게 두 번째 잔을 따르자, 셰프가 그녀에게 맛을 보라고 조금 따라 준 다음, 남은 와인을 병째로 내 옆에 두고 요리하러 간다.

나는 책을 잊어버린 채 그가 일하는 모습을 본다. 그는 편안하고 조용히 일하면서, 팔꿈치로 직원을 자주 쿡쿡 찌른다. 말을 아낀다기보다 의사 표현의 방식으로 보인다. 주문표가 매우 빠르게 셰프 앞으로 지나쳐 간다. 서로 구분되지 않을 만큼 정확히 똑같은 요리가 다섯 개 정도 반복해서 나가는 것을 본다. 목을 빼고 뒤를 돌아보니 은행가들이 와인을 더 주문하고, 커플이 계산서를 받고 있다. 내가 계속 요리를 지켜보면서 기다리자, 가끔 셰프가 작은 스푼으로 요리를 담아 내가 맛볼 수 있게 내 앞에 올려놓는다. 올리브 하나. 레몬 절임을 담은 은수저. 이탈리아 요리에 들어가는 라구 소스의 먼 친척쯤 되어 보이는 맛이 풍부하고 짠 토마토소스. 얼마나 시간이 흘렀는지 모르겠지만, 마침내 배가 고파지고 잔이 거의 비었다고 느낄 때쯤, 내 요리가 나온다.

4등분으로 나눈 반숙한 계란과 작은 양고기 미트볼이 번갈아 원을 그리며, 밝은 초록색 올리브 타프나드를 위에 얹은 채 토마토와 누에콩 소스로 만든 해자와 경계를 이루었다. 접시 옆에 놓인 작은 유리병에는 속이 채워진 정어리 튀김들이 꼿꼿이 서 있다.

나는 접시를 보고 나서 셰프를 바라본다. "어서 드세요!" 그가 나를 재촉한다. 나는 순순히 요리를 맛본다. 그 순간 경이로운 일이 벌어진다. 전에는 맛본 적 없는 훈연한 향신료의 모든 맛과 함께 토마토와 파슬리, 양고기, 계란의 가장 똑똑한 버전의 맛이 입안에 퍼진다. 내가 다시 한번 한입 크기로 잘라 접시에 담긴 소스에 적시니 그제야 셰프가 만족스러운 듯 고개를 끄덕인다.

그는 바빠서 내가 나머지 식사를 하는 동안 내게 거의 말을 걸지 않는다. 하지만 그는 꾸준히 내게 다가와 뱅 그리를 따라주어 내 와인잔은 절대 비지 않는다. 마지막 코프타와 정어리를 다 먹어 치웠을 때, 그가 내 서빙 직원에게 무엇인가 말을 했고, 그러자 그녀가 10분 후에 장미수와 석류로 만든 파이를 크게 한 조각 들고 온다.

그것도 최선을 다해 먹었지만, 계산할 때쯤에는 속이 거북할 만큼 배가 불렀고 매우 기분 좋을 만큼 술에 취했다. 세프와 서빙 직원에게 몹시 감상적이고 쓸데없는 감사 인사를 늘어놓은 후에 천천히 그리고 조심스럽게 거리로 나온다. 내게는 늦은 시간이지만, 뉴욕에게는 아니다. 모두가 어딘가로 가고 있다. 사람들은 데이트를 하고 있다. 그들은 지나치며 빨리 키스를 하거나, 창피한 줄도 모르고 긴 키스로 인사를 나눈다. 나도 누군가에게 길고 창피한 줄 모르는 키스를 하고 싶다고 생각한다. 어딘가로 가고 싶다. 탈리아에게는 아니지만, 이 성대한 만찬과 그레이 와인, 그리고 어느 정도 알려진 과묵하지만 엉뚱한 세프에 관해 이야기할 사람을 만나고 싶다. 만족스럽고 기분 좋게 취한 이 완벽한 조합의 기분을 헛되이 흘려버리고 싶지 않다. 길고 끝없이 뻗은 대로를 따라 걸으면서 해가 떠오를 때까지 얘기하고 또 얘기하고 싶다. 여기는 뉴욕이고, 나는 휴가 중인데다, 지금 삶은 매우, 매우 만족스러우니까.

말할 필요도 없이, 나는 대니얼에게 문자를 보낸다.

13장

엄마에게

좋아. 다 털어놓을게. 이번 여름은 정말 놀라운 시간이 되고 있어.

우선 맨 먼저, 브라이언을 차버렸어. 섹스 문제로 계속 귀찮게 하잖아. 게다가 걔는 그냥 좋은 남자가 아니야. 난 그 문제를 엄청 잘 해결했어. 먼저 문자를 보냈고, 그리고 뒤이어 전화도 했지. 브라이언에게 처음에는 다이빙에 집중해야 하기 때문이라고 말했어. 그런데 걔가 내 말을 믿지 않더라구. 그래서 어쩔 수 없이 섹스하고 싶지 않아서라고 말했어. 그랬더니 조용해졌어. 그러고는 내게 레즈비언이냐고 물어봤어. 난 그냥 '아마도'라고 대답했어. 걔에게 역겹다고 대놓고 말하는 것보다 그편이 착해 보였으니까.

그건 엄청 잘한 일이었어. 왜냐하면 이제 아빠랑 어울릴 시간이 더 많아졌으니까. 아빠는 긴장을 풀기 시작했고, 우리 사랑을 돈으로 사려고 애쓰는 모습이 눈에 띄지 않으면서 점점 엄청 멋진 면모를 드러내고 있어. 아빠는 얘기를 정말 잘 들어줘. 아마 자신이 이미 최악의 바보로 살아왔기 때문인지, 정말로 개인적으로 판단을 내리지 않으면서 들어줘. 아빠한테는 내 진짜 느낌과 생각을 말하는 게 편해. 남자 문제라든가, 왜 내가 다이빙팀에 있는 많은 여자애들을 싫어하는지, 아니면 왜 우리 학교에서 가끔 내가 가난하다고 느끼는지 같은 것들. 내게 깨끗한 물과 딱 맞는 신발과 콘텍트렌즈가 있어서 다행이라는 사실을 알면서도 말이야. 레나 이모나 친구들이랑 말할 때는, 그들이 나를 좋아했으면 해서 늘 사실대로 솔직히 말하지는 않아. 아빠는 조와 내가 뭐라고 말하든, 우리를 신이 펜실베이니아주 벅스 카운티에 내려준 선물이라고 생각하는 게 분명해.

더군다나 아빠는 청소년기에 엄청 관심이 많아. 아빠가 말하길 내가 내면에 더 집중해서 내 감정에 라벨을 붙이고 그것들을 포용해야 한대. 난 아빠한테 걱정하지 말라고 했어. 아빠는 내가 불쾌한 감정에 이름을 붙이고 그걸 느끼면 그 감정들이 더 빨리 지나갈 거라고 말해. 나는 "아빠, 내가 세서미 스트리트(다양한 캐릭터 인형들이 주인공인 미국의 어린이 TV 프로그램─옮긴이)에서 배운 것들을 알려줘서 고마워"라고 말했지. 아빠가 말했어. "우리 세대는 그렇게 중요한 것들을 배우지 못하고 자랐어."그래서 아빠가 자신의 문제를 잘 해결하지 못했던 것 같다고도 말했어. 그게 사실이야? 엄마는 대부분의 감정을 어떻게 처리할지 알고 있는 것 같아서. 내 눈에 보이는 엄마는 분노 지수를 약간 낮게 유지하고 있으니까. 엄만 아빠에게 심하게 화를 낸 적이 한 번도 없잖아. 가끔은 희생자인 척하다가 아무 이유 없이 나한테 버럭 화를 내긴 하지만. 내가 조의 버스비로 다이어트 콜라를 사 먹고 조에게 집까지 걸어가라고 했을 때만 빼면 말이야. 그때 조는 열 살이었고, 5킬로미터밖에 안 됐어. 엄마가 집에서 다이어트 콜라를 먹게 허락했더라면, 애초에 그런 일은 없었을 거라고.

어쨌든, 엄마가 아빠를 들볶고 화를 냈더라면, 나하고 조가 훨씬 기분이 나았을 거야. 처음에는 아빠를 너무 많이 미워하는 우리가 못된 사람들일지도 모른다고 생각했거든. 레나 이모가 엄마는 아빠에 대한 고통스러운 진실로부터 우리를 보호하고 있었다고 말했어. 하지만 나는 아빠가 이번 여름에 우리에게 말해준 대로 엄마가 말해줬더라면, 우리가 상황을 조금 더 잘 이해했을 거라고 생각해. 아빠가 우리에게 형편없는 아빠였고 상태가 점점 더 나빠지기만 해서 우리를 내내 불행하게 하고 있었다고 말이야.

모르겠어. 여기서 더 부담 줄 생각은 없어. 그냥 그렇다고.

사랑을 담아
이번 주에 책을 한 권도 안 읽었지만
제이크루 카탈로그를 보고 스웨터 색상 이름의 참신함에
별 두 개를 준 엄마 딸 코리가

에이미　안녕, 늦었지만 저는 아직 안 자요. 우리 만나서 한잔할까요?

대니얼은 답장하지 않는다. 나는 탈리아의 아파트 주위를 상어처럼 원을 그리며 배회한다. 탈리아의 집으로 다시 돌아가고 싶지 않다. 평소에 입고 자는, 낡아서 만질만질한 라벤더 빛 티셔츠를 입고 침대로 기어 올라가 여느 밤처럼 혼자서 책을 읽으며 잠들고 싶지 않다. 나는 살고 싶다! 삶이라는 쿠키를 한 입 베어 물 때마다 맛을 음미하고 싶다! 나는….

대니얼　그쪽도 안녕. 로어 이스트사이드에서 나보다 훨씬 멋진 친구들
이랑 막 저녁을 먹었어요. 이 특이한 수염쟁이들 때문에 해독제가 필요
해요.

에이미　저는 특이하지 않은 수염조차 없는데요!

대니얼　그럼, 만나서 술이나 한잔해요. 시내에 있어요?

에이미　10분이면 갈 수 있어요. 너무 절박하게 들리나요?

대니얼　그냥 목마른 사람처럼 들려요. 펄 스트리트에 야외 테이블이 있
는 바가 있어요. 거기 지도를 보내고, 나도 지금 그쪽으로 갈게요.

나는 휴대폰을 믿을 수 없다는 듯 쳐다본다. 내가 방금… 그건 부
티 콜(섹스를 위한 유혹 ─ 옮긴이)이었나? 부티 콜의 다정한 버전이었나?
방금 무슨 일이 일어났는지 모르겠지만, 분명 최종 결과는 야외 테
이블이 있는 호주를 테마로 한 바에서 대니얼과 시간을 보내는 것이
다! 앗싸! 나는 택시비 걱정 따위는 깡그리 잊은 채 택시에 올라탄
다. 이건 지하철을 타기에는 너무 특별한 경우이고, 늦은 시간인데
다, 맨해튼 쪽에서는 길을 잃을 게 뻔하고, 금융가는 항상 너무 어둡
고, 또 연쇄 살인범들이 길을 잃고 약간 술에 취한 펜실베이니아 출
신 여자를 본다면 제대로 흥분할 것이라고 확신하기 때문이다.

게다가 조약돌로 된 거리가 있을지도 모른다. 조약돌로 된 거리에
서는 연쇄 살인범을 피해 도망가기 어렵다. 이편이 훨씬 안전하다.

내 택시 운전사가 연쇄 살인범이라면? 그런 영화도 있지 않았나?
오, 저기! 다 왔다!

나는 택시비를 내지도 않고 내리려고 한다. 운전사가 내 신용카드를 슬쩍 할 수도 있다고 부드럽게 상기시킨다. 나는 투명 아크릴로 된 칸막이 양쪽에서 무안함을 만회하려고 팁을 후하게 준다. 그런 다음 '럭키 섀그'('운 좋은 가마우지'라는 뜻이나, '행운의 섹스'라는 뜻도 있음─옮긴이)를 향해 조심스럽게 발을 떼면서 대니얼이 선택한 바 이름에 너무 많은 의미를 부여하지 않으려 애쓴다. 나는 빅토리아 비터 맥주를 주문했다가 생각을 고쳐먹고 라임 탄산수로 바꾼다. 그리고 눈을 문에 고정한 채 바에 앉아 기다리고 또 기다린다.

약 10분쯤 후에 누군가가 내 어깨를 두드리는 손길을 느낀다. 소스라치게 놀라 뒤를 돌아본다. "어머나! 깜짝 놀랐잖아요!"라고 말하며 내가 묻는다. "어느 쪽으로 들어왔어요?"

"베란다에 앉아서 당신을 기다리고 있었죠! 어서 여기서 나가요. 이 우스꽝스러운 장소에서 볼만한 건 야경밖에 없어요."

대니얼을 따라 아까는 미처 보지 못했던 계단으로 올라가 옆문으로 나가니 매우 좁은 테이블을 한 줄로 놓을 공간밖에는 없는 길쭉한 야외 발코니가 나온다. 자리에 먼저 앉은 대니얼이 나를 향해 손을 흔들고, 전방에 펼쳐진 낮은 건물들과 거리와 자동차 위로 불쑥 솟아오른 브루클린교의 첫 번째 탑이 완벽하게 펼쳐진 경치가 나를 반긴다. 그 낮은 건물 중에 아마 3층 높이쯤 되어 보이는 건물은 파스텔 톤의 트롱프뢰유로 꾸며져 있는데, 그것이 다리의 풍경을 막고 있으므로 그에 대한 보상으로 길거리와 같은 높이에 다리를 옮겨 놓은 것 같다.

진짜 다리는 브루클린까지 쭉 가로등으로 밝혀져 있고, 현수교의 와이어는 예쁘게 하얀 전구로 점점이 밝혀져 있으며, 어두운 보랏빛

구름이 밤하늘에 걸려 있다.

"우와, 이거 꽤 멋진걸요!"

"게다가 보름달이 떴어요." 대니얼이 도시 쪽을 향해 우리 머리 위를 가리키며 말한다. "그래서 당신이 문자를 했군요."

나는 창피해진다. "사실은." 내가 약간 우쭐해 하며 말한다. "내가 문자 보낸 이유는 이번 주에 출간된 〈뉴요커〉에 등장한 셰프가 개인적으로 나를 위해 요리해 준 화려한 저녁을 먹었는데, 그걸 누구에게든 자랑하고 싶어 죽을 것 같아서였어요."

대니얼이 팔을 활짝 펼치며 말한다. "굉장하군요! 자랑해 봐요."

나는 그에게 자세히 설명하려고 숨을 들이쉰다. 정어리, 와인, 작은 시식용 스푼들, 장미수 파이, 하지만 그러다 그만 멈춘다. "또 그냥 당신과 같이 있고 싶었어요."

이제 대니얼은 따뜻하게 미소를 짓는다. "기분 좋은걸요. 타이밍도 기가 막혔어요. 당신 문자를 받고 나서야 밤 10시는 이렇게 완벽한 여름밤을 끝내기에 너무 이른 시간이란 걸 깨달았어요."

"내 말이요!" 내가 약간 크게 말한다. "이걸 좀 봐요! 맘스프린가는 정확히 이래야 하는 거예요."

대니얼이 웃는다. "그 단어가 또 나오네요."

내가 고개를 끄덕인다. "저도 이제야 익숙해졌어요. 계속 말하다 보니까 덜 바보 같고 육아 스트레스에 대처하는 타당한 방법처럼 들리더라고요."

"아빠들도 대드스프린가를 가요?"

내가 멈칫하다가 "아마 싱글대디는요"라고 대답한다. "그리고 싱글맘들도. 하지만 가뭄에 콩 나듯 집에 일찍 와서 아이들을 봐주는 남편들이나, 빨래를 한 보따리 해 놓고는 자기한테 고마워하기를 기대하는 남편들은 절대 안 되죠. 그런 남자들은 대드스프린가가 필요 없어요. 그보다는 현실 직시가 필요하죠."

"그게 당신 전남편에게 필요한 건가요? 현실 직시?"

나는 그 문제를 곰곰이 생각한다. "아마도요. 전남편은 아이들에게 멋진 시간을 선사하고 있고, 지금까지는 훌륭히 해내고 있는 것 같아요. 조는 지금 아빠랑 수학과 과학 모험을 함께 하느라 지상낙원인 데다, 코리는 자기가 원하는 모든 걸 얻어내면서 약간 게으름을 부릴 기회를 얻었으니까요. 내가 집에 있었다면, 코리는 더 힘든 여름 아르바이트를 하면서 더 오랜 시간 일해야 했을 거예요. 《헝거게임》을 네 번이나 읽는 대신 다른 책을 읽어야 했을 테고, 주중에 친구들도 훨씬 덜 만나야 했을 거예요. 하지만… 존이 옳아요. 코리에게는 자기감정을 솔직하게 털어놓을 여름방학을 갖는 것도 좋은 것 같아요. 딸아이가 나와의 대화에서 그리고 끝없이 보내는 문자에서 말한 걸로 판단해 보면, 그 아이는 매우 건강하고 열린 방식으로 우리 가족이 처한 상황을 곰곰이 생각하고 있는 것 같아요."

"그럼 당신은요? 3년이나 남편 없이 지낸 후에 아이들을 전남편과 공유하는 문제를 어떻게 곰곰이 생각하고 있죠?"

나는 고개를 젓는다. "어떻게 생각해야 할지 모르겠어요." 내가 솔직히 말한다. "전남편은 나쁜 남자는 아니지만, 어, 내게 너무 많은 상처를 줬어요. 지금 바로 앞에 수정구슬이 있다면, 내가 알고 싶은 것은 '내가 돌아가면 그가 다시 떠날까?'라는 거예요."

대니얼이 숨을 들이마신다. "당신은 뭘 바라고 있나요?"

나는 어깨를 으쓱한다. "모르겠어요. 아이들을 행복하게 만드는 것이라면 무엇이든지 해 주길 바라고 있어요. 여름방학 내내 같이 지내고 나면 아이들은 아빠와 많은 유대감이 생길 테니까, 전남편한테 아이들에게 책임감을 느끼라고 여러 가지 방식으로 말하는 중이에요. 하지만 전에도 아이들은 아빠하고 끈끈하게 유대감이 있었지만, 그 남자는 아이들을 떨쳐버렸었죠."

"당신은 어때요? 여전히 전남편과 유대관계가 있나요?"

나는 아주 잠깐 거짓말을 할까 생각한다. 그러다 대니얼을 향해 슬픈 미소를 지으며 대답한다. "어떤 방식으로는, 맞아요. 그런 것 같아요."

"그래서 당신은 그가 머무르길 바라고 있는 거죠?"

"아니요." 내가 재빨리 대답한다. "물론, 그렇죠. 아이들 아빠로요. 진정한 아빠로서 자기 역할을 계속해 준다면요. 만약 전남편이 믿을 수 없고 이기적인 예전으로 돌아간다면, 그땐 아마 아이들에게 아버지가 없는 편이 더 나을 거예요. 당신은 어떻게 생각해요? 형편없는 아빠라도 없는 것보다는 나은가요?"

대니얼이 의자에 등을 기댄다. "형편없는 남편이라도 없는 것보다는 나은가요?" 그가 내게 되묻는다.

"아니요." 내가 대번에 대답한다. 내 대답의 명료함에 나조차도 깜짝 놀란다. "지난 3년이 그걸 증명해 줬어요. 존이 없어서 삶은 더 힘들었을지 모르지만, 난 나날이 더 불행해지고 불안해하는 사람과 같이 살던 삶이 그립지 않아요. 결국에 그는 내가 낳은 아이보다 아이 하나가 더 있는 것처럼 느껴지게 하는 그런 아빠 중 하나였어요."

대니얼이 이 말에 갸우뚱한다. "당신 기분 좋아지라고 하는 말이지만, 나는 그런 아빠들은 도도새처럼 멸종해야 한다고 생각해요."

내가 웃는다. "뭐, 그런 아빠들은 틀림없이 잠자리를 하지 않을 테니까요." 내가 너무 크게 말해서 주변 테이블에 있던 커플들이 고개를 돌려 나를 빤히 바라본다. 나는 목소리를 낮추고 의자에 몸을 묻는다. "이런. 아무래도 뱅 그리를 너무 많이 마셨나 봐요."

대니얼의 눈이 반짝인다. "그거 알아요? 이번 여름에 속마음을 털어놓는 사람은 코리만이 아닌 것 같아요."

나는 한동안 이 말을 생각한다. "사실 말하자면 난 속마음이 새어 나갈까 봐 틀어쥐고 살려고 애썼어요. 지난번에 내가 술에 취했을 때, 그러니까 우리가… 알죠?"

"같이 잤을 때?" 대니얼이 묻는다.

내가 눈 흘기며 말한다. "맞아요. 그거요."

"그리고 섹스도 했죠." 그가 덧붙인다.

내가 몹시 당혹해한다. "나를 창피해서 죽게 할 작정이에요?"

대니얼의 얼굴이 진지해진다. "아니요! 전혀요. 난 그냥… 솔직하게 털어놓고 말하려고 하는 거예요. 앞을 좀 더 잘 보기 위해 공기를 깨끗하게 한다고 생각하세요."

"난 공기가 약간 더 흐릿한 게 좋아요. 찰스 디킨의 《황폐한 집》만큼 두꺼운 안개 말고 《위대한 유산》 정도 안개라면 더 좋지요."

"매우 에이미스러운 표현이군요."

"내가 질문 하나 해도 돼요?" 내가 물어보면서 대답을 기다리지 않고 말한다. "혹시 이게 부티 콜라고 생각했나요?"

대니얼의 입이 잠시 떡하니 벌어진다. "나는…."

"그랬군요! 친구로 지내기로 한 약속은 어떻게 된 거죠?"라고 내가 말한다.

대니얼이 빨리 정신을 차리고 대답한다. "우린 친구예요. 난 아주 잠깐 아마도… 라고 생각했다가 바보 같은 생각이었다는 걸 깨달았죠. 그래서 바로 당신한테 만나자고 문자 보냈던 거예요." 그가 혼자 웃는다.

"왜 웃어요?"

"라틴어를 8년이나 배웠지만, 난 아직도 섹스를 거절하는 것은 생각도 못 해봤어요."

내가 멍하니 그를 바라본다.

"라틴어에서는 명사의 격이 변화하잖아요. '섹스'라는 명사의 어형 변화요. 이해했어요?"

"내가 웃으면, 당신을 격려하는 셈이 돼요." 내가 말한다.

"말장난 좋아하잖아요"라고 그가 말한다.

"그래서 이게 부티 콜라고 생각했다면, 당신은 답장하지 않았을까요?"라고 내가 그에게 묻는다.

"글쎄요, 무엇보다도, 난 이 용어부터 마음에 안 드네요. '부티 콜'이라. 대략 2002년경에 애쉬튼 커쳐가 출연한 영화 제목 같군요."

"내가 마지막으로 싱글이었을 때, 애쉬튼 커쳐도 싱글이었어요. 요즘은 그걸 뭐라고 불러요?"

"아마 훅업? 우리 학생들은 모든 걸 다 훅업이라고 불러요. 내가 알기로는, 속옷을 같이 벗기는 사이지만 졸업생 파티에 같이 가지 않는다면 그건 훅업이에요."

내가 한숨을 쉰다. "지금은 당신이 나를 졸업생 파티에 데려가지 않겠다고 말하는 상황이 아니잖아요."

대니얼이 천천히 고개를 끄덕인다. "나라면 당신을 졸업생 파티에 데려가겠지만, 당신은 그 시기를 훌쩍 넘겼으니까. 그래서 다음 총학교 회의에서는 당신 옆에 앉는 것으로 만족해야겠어요."

"괴짜들이나 그런 데 참석하는 거예요." 내가 그에게 말한다.

"그렇다면 당신을 거기서 만나겠군요." 그가 재빨리 대답한다.

내가 웃는다. 나는 점점 더 그에게 반하기 시작한다. 대니얼은 갈수록 멋져 보인다. "당신은 브루클린 하이츠에 머물고 있죠?" 그가 내게 묻는다. "내 맥주가 다 떨어졌고, 당신 것도 떨어졌으니까… 그 전화가 뭐였든 간에. 집까지 바래다줄게요."

"다리 건너서요?" 내가 희망에 부풀어 묻는다.

"다리 건너서요."

내면 깊숙한 어딘가에서 이 계획에 전율한다. 내가 동의하고, 우리는 바에서 밖으로 나와 작은 거리를 통과하여 다리 끝부분을 향해 걷는다. 여기서 보는 경치는 훨씬 더 아름답고, 타워의 아치형 곡선이 우리 앞에 거대하게 솟아 있다. 우리는 인도로 들어서서 조깅하는 사람들, 자전거 타는 사람들, 연인들을 비롯해 이 시간에도 자기 삶을 열심히 살아가는 뉴욕의 사람들과 합류한다.

"저기, 난 《헝거 게임》을 두 번이나 읽었어요." 걸으면서 대니얼이 불쑥 말한다.

내가 눈썹을 위로 올린다. "그래요?"

"그리고 난 주인공인 캣니스와 피타 사이의 문제에 관해 철학이 있어요."

나는 우리가 정확히 무슨 얘기를 하고 있는지 몰라서 기다린다.

"캣니스는 기존의 관계가 있잖아요. 게일과 성년이 될 때까지 함께 자랐고, 그녀가 항상 사랑했던 남자. 그래서 캣니스는 다른 사람을 만날 수 없었던 게 분명해요."

"게다가, 피타는 처음에 약간 나약했잖아요."

대니얼이 고개를 끄덕인다. "그래요, 맞아요. 하지만 그것도 잘 극복해냈어요. 피타는 처음부터 정말로 끌리지 않는 사람을 만났더라면 훨씬 행복했을 거예요."

"또, 그가 죽을 때까지 다른 십 대들과 싸우도록 뽑히지 않았더라면요."

"그것도 맞아요. 내 요점은 우리가 어릴 땐, 누구를 사랑할지 선택하는 것이 어렵죠. 하지만 나이가 들면, 그건 반드시 해야 하는 일이 돼요."

우린 조용히 걷기만 한다.

"당신은 내게 기존의 관계가 있다고 생각하세요?" 내가 묻는다.

"당신 전남편이랑요?" 그가 묻고 대답한다. "맞아요."

나는 걸으면서 발을 내려다본다. "그걸 바로잡으려고 노력 중이에요." 내가 그에게 솔직히 말한다. "우선, 이제 이혼 서류를 접수할 때라고 생각하고 있어요."

"당신 아직 유부녀였어요?" 그가 묻는다.

"엄밀히 따지면요." 내가 대답한다.

대니얼은 그 소식에 잠시 입을 다문다. 그를 비난할 수는 없다. 내가 그 말을 소리 내어 말할 때마다, 더 의심스럽게 들린다. 마침내 그가 말한다. "그렇다면, 우린 친구로 지내는 게 제일 좋겠네요."

나는 대답하기 전에 잠시 기다린다. 지금은 어떤 안개보다도 더 많은 것이 공기 중에 흐른다. 다리의 조명, 브루클린의 불빛, 유리와 강철로 된 바다를 비추는 달처럼 우리 뒤로 다가오는 도시의 희미한 불빛. 다리 끝부분에서 탈리아의 아파트까지는 멀지 않다. 우리는 침묵 속에서 도착할 것이고, 대니얼은 문에서 내게 작별 인사로 가볍게 껴안아 줄 것이며, 나는 혼란스럽게 생각에 잠긴 채 남겨질 것이다. 하지만 지금 우리는 여전히 다리 위에 있고, 나는 여전히 그가 한 말과 내가 그에게 한 말을 이해하는 중이다. 그리고 나를 갈망으로 두근거리게 하는 남자, 키스로 내 발가락까지 짜릿하게 하는 남자, 내가 아주, 아주 조심하지 않으면 사실 언젠가는 사랑하게 될 것 같다고 생각하는 남자와 이렇게 가깝게 서 있다는 사실도 이해하는 중이다.

"당신 말이 맞아요." 내가 길고 긴 침묵 끝에 동의한다. "우린 친구로 남는 게 좋겠네요."

대니얼과 다리 위 산책을 한 지 이틀 후에 맷이 다른 후보를 가지고 내게 온다. "이 남자 좀 살펴봐요, 에임스." 그가 내게 말하자 나는 탈리아와 레나가 나를 부르던 별명을 금방 따라하는 맷을 보고 미소 짓는다. "그 남자는 재치 있고, 잘 생겼고, 돈도 꽤 잘 버는 데다 당신한테 확실히 관심이 있어요."

"그런 사람이 나를 왜요?" 내가 맷에게 묻는다. "치아가 다 빠지고 없기라도 해요?"

"치아는 충분히 있어요." 맷이 대답한다. "최근에 직접 확인하지 않았어요? 우리가 님한테 해 준 거라고는 브라 몇 벌 사 주고 눈썹만 왁싱한 것뿐이에요. 2주가 지난 지금 님은 키가 더 커 보이고, 더 많이 웃고, 또 자기 엉덩이가 요가라테스 수업 덕을 톡톡히 보고 있다고요."

나는 당장 내 엉덩이를 보려고 한다.

"여기서 보면 똑같아 보이는데요"라고 내가 말한다.

"엉덩이 칭찬을 노리는 짓이라면 그만 해요." 맷이 미소를 띠며 말한다. "그냥 이 말만 믿어요. 맘스프린가가 효과를 보이고 있어요."

이 말에 나는 잠시 말을 멈춘다. 그에게 고맙다고 인사할 시간이 없었지만 그의 말이 옳기 때문이다. 맘스프린가가 효과를 보이고 있다. 아이들이 태어난 이후로 이렇게 많이 나 자신답다고 느껴본 적이 없었다. 마지막으로 내 정신이 매우 건강하다고 느낀 지, 온전한 생각을 많이 하고 있다고 느낀 지, 아무도 노크하지 않는 욕실에서 10분간 화장을 해본 지 15년이 지났다. 리넨 식탁보가 깔린 레스토랑에서 음식을 먹은 지, 아침에 일어나서 온전히 나에게만 오늘 하루 뭘 하고 싶은지를 물어본 지, 내 희망과 꿈을 생각해 본 지 15년이 지났다. 솔직히 말하면, 매일 샤워를 한 것도 15년 전이다.

갑자기 무시무시한 생각이 든다. '애들이 조금이라도 그립나?'

그렇다. 어리석은 생각이다. 물론 난 아이들이 그립다. 방금도 전화로 이리 놀러 오라고 성가시게 굴었다. 아이들은 여름 캠프가 끝나면 그러겠다고 약속했다. 내 진짜 삶이 그립다. 어서 그 삶으로 돌아가고 싶다. 내 아이들이 내 세상이고, 내 일은 내 열정이며, 내가 요구할 수 있는 모든 것이 펜실베이니아에 있다. 때가 오면 나는 다시 간절히 돌아가고 싶을 것이다.

그리고 십 대 녀석들의 싸움과 코리의 옷장 감시, 체스 대회까지 조를 태워다 주는 기사 노릇으로 돌아가 연중 10개월은 긴 소매 폴로셔츠를 입은 채 출근해서 하루가 끝날 때쯤이면 제대로 서 있기조차 힘들어 할 것이다. 그리고 끔찍하고 비참하게 외롭다고 느끼면서 청구서를 다 지불할 수 있을지 걱정할 것이다.

나 자신에게 거짓말을 할 때는 나도 그 사실을 잘 알고 있다. 아이들이 미친 듯이 그립다. 하지만 나를 기진맥진하게 하는 일들은 그립지 않다.

그래서 나는 '최대한 빨리' 이 남자와 만나게 해 달라고 맷에게 말한다. "그 남자는 직업이 뭐예요?"라고 내가 맷에게 묻는다.

"오, 그 남자가 자기한테 다 털어놓게 할 거예요." 그가 모호하게 말한다. "날 믿어요. 실망하지 않을 테니까."

그 말을 듣자마자 심장이 마구 뛰면서 생각한다. '그 남자도 도서관 사서인가 봐. 아니면 도서비평가? 아니면 편집자?' "그 남자 혹시 책에 관련된 일을 해요?" 내가 맷에게 묻는다.

맷이 신음한다. "좋아요, 방금 한 말 취소할게요, 에이미. 보통 사람이라면 절대 실망하지 않을 거예요, 다만, 그 남자는 책과 관련된 일을 하지는 않아요. 그렇지만, 난 님이 그 남자를 좋아할 것 같아요. 재미있어 보이거든요."

"좋아요." 내가 맷에게 말한다. "물론이죠. 재미있는 거 좋지요. 재미가 거의 전부니까요?"

"맞아요." 그가 맞장구친다. "내일 밤, 시내에서 8시에 약속을 잡아났어요. 사랑스러운 옷을 입어요. 이번 약속은 내가 분명히 사진작가를 보낼 거니까요."

"예, 예." 내가 말한다. "내 옷 중에 가장 맵시 있는 옷을 입겠습니다요."

내가 '맵시 있는'이란 단어를 쓰자마자 맷이 휴대폰에다 한숨을 내쉰다. "자기 눈에 다 똑같아 보인다면, 내가 먼저 가서 옷을 골라줘야 할 것 같아요."

"하지만 그땐 맵시 있게 차려입은 거였어요!"

"그래서 걱정하는 거라고요." 맷이 말한다.

언제나처럼 맷이 옳다. 내가 옷을 차려입고 사진을 찍은 후에 5센티미터짜리 플랫폼 샌들을 신고 우버 앱으로 부른 차량에 비틀거리며 올라탈 즈음에는, 꽤 완벽한 맘스프린가 하루를 보냈다. 오전에는 수업 계획을 짜고, 오후에는 카페에서 책을 읽었고, 그 후엔 새로 사귄 최고의 남자 친구와 스피닝 수업을 들었는데 그 와중에도 가끔 대니얼과 재미있는 문자를 주고받았다. 지금은 옆 라인을 장식한 시가렛 팬츠와 귀엽고 주름이 잡힌 블라우스를 입고 엉성하지만 세련된 에스파드리유를 신으니 지금까지 중에… 아마 가장 여성스러워진 기분이 든다. 차에서 가볍게 뛰어내리자 최신 유행의 안경을 쓴 잘생긴 남자가 보인다. 숱이 많은 갈색 곱슬머리 남자가 밝은 눈을 빛내며 나를 보고 싱긋 웃자, 나는 세상에서 가장 기분 좋은 느낌을 받는다. 낯선 사람이 나를 보며 '와우!'라고 생각하는 것 같은 느낌.

"트래비스!" 내가 만족스럽게 이름을 부른다. 그는 사진과 똑같이 생겼는데, 키만 더 커 보인다. 월스트리트 남자에 비하면 더 편안하고, 자신감 있으며, 철이 든 것처럼 보인다. 마음에 든다.

"당신이 에이미라면, 난 방금 소개팅 복권에 당첨됐군요." 그가 내게 말한다. "내가 얼마나 오래 공을 들였는지 생각하면 공평한 일이죠."

"하!" 나는 웃으면서도 칭찬에 솔깃하다. "이 댄스 플로어 주변에 있는 여자가 제가 처음이 아닐 텐데요."

"오, 그럴 리가요. 저는 거의 3년간 싱글이었으니, 최악의 데이트 사례들로 아주 배꼽 잡게 해 드릴 계획입니다."

내가 발랄하게 고개를 끄덕인다. "그거 좋군요! 그렇다면, 그쪽이 다른 여자들 얘기가 동날 때까지는 내가 얼마나 나쁜 데이트 상대인지 알지 못할 테니까요."

"완벽해요. 우리가 이걸 제대로 해내면, 그쪽이 자기 별자리를 알려주기도 전에 제가 식사비 결제를 끝낼지도 몰라요."

나는 트래비스에게 만족스러운 미소를 보내면서 속으로는 내게 이 남자를 찾아준 맷에게 멀리서 하이파이브를 보낸다. 재미있는 사람이다. 나는 재미있는 남자가 좋다. 트래비스가 나를 위해 레스토랑 문을 열어줄 때, 내가 불쑥 말한다. "4월이에요."

"4월은 별자리가 아니잖아요. 그건 태어난 달이죠. 당신의 별자리는 양자리로군요."

내 입이 떡 벌어진다. "혹시… 점성술에도 관심이 있어요?"

"아니에요. 하지만 우리 개가 4월에 태어났으니, 어떤 책임감 있는 견주라도 자기 개의 별자리표를 확인하는 필수적인 단계를 건너뛰지는 않겠지요."

"오." 내가 고개를 끄덕이며 말한다. "물론이지요. 왜 그런 생각은 못 했는지 모르겠네요."

"달리 어떻게 그녀랑 내가 잘 맞는지 알아볼 수 있겠어요?"

내가 히죽히죽 웃는다. "그녀가 개 맞아요? 당신이 밥을 주고 안아주나요? 내가 제대로 이해했다면, 그게 둘이 잘 맞는다는 말인 것 같네요."

그가 미소로 답한다. "맷이 내게 당신이 매우 지혜롭다고 했는데,

거짓말은 아니었군요."

"맷은 어떻게 아는 사이에요?"

"우린 같은 대학에 다녔어요."

내가 놀라서 핼쑥해진다.

"걱정하지 마요. 같은 시기는 아니었으니까. 같은 동문회 모임에 있어요. 맷은 나에 비하면 거의 아기나 다름없죠. 나는 족히 맷의… 나이 차이가 많이 나는 큰 형뻘 되겠네요."

"오, 다행이네요." 내가 숨을 몰아쉰다. "지금 당장은 좀 방탕하게 살아도 된다는 건 알지만, 20대랑 데이트는 그냥 역겨워요. 젊은 인턴들이 잘못되는 경우처럼요."

"동의해요. 솔직히 말해 나도 그 사실을 좀 힘들게 깨달았지만요. 이혼 직후에 나는 완전히 교과서적인 중년의 위기를 겪었어요. 새 차를 뽑고, 29세 여자를 품에 안고, '지위'를 손목시계처럼 사는 데 이만큼(그가 두 손가락을 매우 가까이 들고서 말한다) 가까웠지요."

"오, 저런." 나는 존과 그녀의 여자친구, 그녀의 왁싱 청구서를 생각하며 말한다. "아주 교과서적이군요."

"중요한 점은 그러는 내내 내가 비참했다는 거예요. 결국 데이트 상대나 행복을 돈으로 살 수 없다는 사실을 깨닫게 되니까요."

"누가 생각이나 해 봤겠어요?" 내가 미소를 지으며 묻는다. "그래서 당신은 돈으로 사랑을 살 수 없다고 말하는 거죠?"

"넵. 지금은 비틀즈 노래 가사를 찬송가처럼 여길 만큼 현명하니까요. 나도 모르게 잠수함을 타고 있다면 신이시여, 우리를 도우소서."

"적어도 친구들은 모두 배에 타고 있을 거잖아요."

"그리고 대부분 바로 옆집에 살 거고요."

그가 되받아친다. 우리는 눈을 맞춘다. 나는 생각하고 있다. '어머나, 이 남자는 농담을 주고받을 줄 아네. 게다가 세상에나, 이 남자 눈은 너무 예뻐.' 내가 저녁을 건너뛰고 곧장 키스로 넘어갈까 생각하고 있던 참에 서빙 직원이 등장한다.

"방해해서 죄송합니다." 그녀가 따뜻한 미소를 머금고 말한다. "하지만 조용한 순간을 기다리려면 밤새 기다려야 할지도 모르겠다는 생각이 들어서요."

"어이쿠." 내가 말한다. 우리가 메뉴판에 손도 대지 않은 채 얼마나 오래 앉아 있었던 걸까? "죄송해요. 아직 메뉴판을 보지도 못했네요."

트래비스가 동의하는 의미로 고개를 끄덕인다. "소개팅 상대가 너무 즐거운 사람이란 걸 알게 되면 레스토랑에서 주문하는 것조차 완전히 까먹을 수 있다는 거 알죠?" 그가 여자에게 묻는다.

그녀가 고개를 내 쪽으로 기울이며 말한다. "오오, 이분 조심하셔야겠어요." 그러고는 그제야 생각이 났는지 덧붙여 말한다. "오늘의 해산물 요리는 향이 풍부한 갈색 버터에 볶은 새끼 대합조개와 수제로 만든 앤젤헤어 파스타에 창가에서 기른 허브를 섞은 것이 특징입니다. 그 위에 수직 농장에서 저희가 직접 수확한 마이크로그린(이 말을 하면서 그녀는 옆에서 자라고 있는 작은 양상추 벽을 가리킨다) 덩어리가 놓이며, 샬롯 콤파운드 버터와 함께 시폰하고 신선한 닭고기도 오릅니다."

우리가 그녀를 보며 정중하게 미소 짓는다. 그녀가 가자마자 나는 트래비스에게 조용히 묻는다. "음식을 어떻게 시폰 해요? 요리사가 말하는 건 아마 실처럼 가늘게 써는 쉬포나드겠지요? 아니면 정말로 접시 위를 덮는 작은 천 조각이라도 있을까요? 사실을 확인해 보게 그걸 주문할까요?"

트래비스가 나를 보며 능글맞게 웃는다. "단어 괴짜께서는 그러시지요. 저는 벽에 대고 자그마한 잔디 깎는 기계를 돌릴 필요가 없는 음식을 주문할게요."

나는 물을 홀짝이다 사레들리고 만다. "당신 정말 재미있군요." 내가 겨우 호흡을 되찾고는 그에게 말한다.

"제 생각엔 당신이 내 유머를 끄집어내는 것 같아요. 우린 쿵짝이 매우 좋네요."

"쿵짝이요?"

"팟캐스트에서 들은 말이에요. 커플이 대화와 농담을 바로 맞받아칠 때 쓰더군요. 그걸 듣고 난 옛날 탭댄스 공연이 생각났어요." 트래비스가 재즈 핸즈와 진부한 미소를 내게 보여준다. "쿵짝 쿵짝 쿵짝 쿵짝!" 그러고 나서 손가락으로 총 모양을 만들더니 내게 쏘며 보편적으로 쓰이는 '큐' 사인을 한다.

"내가 지금 당장 일어나서 춤을 추면 어떻게 할 거예요?" 내가 그에게 묻는다.

"청혼해야죠." 그가 잠시도 주저하지 않고 바로 대답한다.

내가 웃음을 터트린다. "맙소사. 저 서빙 직원 불쌍해요. 우리 이러다 영영 주문을 못 하겠어요." 내가 낄낄거리면서 말한다.

"잠깐만요." 그가 근처에 서서 사려 깊게 우리를 기다리고 있는 서빙 직원에게 손짓하며 말한다. 그가 내게 묻는다. "고기 먹겠어요?" 그리고 내가 고개를 끄덕이자 직원에게 말한다. "엄청 간단히 합시다. 시작은 비트 샐러드로 하고, 그다음으로 오리 콩피와 양고기를 곁들인 파파르델레를 주시고, 다음으로 술은…." 그가 나를 향해 묻는다. "피노 누아?"

내가 힘차게 고개를 끄덕인다.

"피노 누아. 이걸로요"라고 말하며 그가 손가락으로 와인 리스트에 있는 신비에 싸인 병을 밑줄 그으며 서빙 직원에게 말한다.

그녀가 고개를 끄덕인다. "아주 좋은 선택이십니다"라고 그녀가 말할 때, 둘 사이에 나누는 보일락 말락 한 윙크를 나는 알아차린다. 나는 아주 잠깐 눈을 가늘게 떴지만 곧 못 본 척했고, 그것을 '트레비스(참조 : 너무 번지르르함?)'라는 제목 아래 철해 둔다.

"너무 멋진 요리일 것 같아요." 그녀가 가고 그가 나를 다시 돌아보자 솔직하게 말한다. 그리고 정말로 멋진 요리다. 한 입 한 입이 완벽하고, 와인은 평소 내가 마시던 가격대가 아닌 것이 틀림없으며, 쿵짝의 연금술과 알코올, 그리고 푸짐한 저녁 식사가 내게 효력을 발휘하기 시작한다. 내가 미처 깨닫기도 전에, 우리의 앙트레가 치워지고 있고, 우리는 마치 수년간 알아 온 사이처럼 얘기를 나누고 있다. 나는 그가 매우 인기 있는 쇼의 코미디 작가였지만 스탠드업 코미디에서 경력을 시작했다는 사실을 알게 된다. 그래서 그는 유명한 사람들 앞에서 크게 낭패했던 경험을 녹여 자기비하를 소재로 만든 온갖 재미난 이야기보따리를 갖고 있다. 밤새워 들을 수도 있을 것 같다.

우리가 마침내 레스토랑을 떠날 때, 우린 둘 다 집에 가려고 택시를 부를 것처럼 굴다가 그냥 천천히 시내를 향해 걷는다. 걷다가 어항들로 가득 찬 바를 발견하고는 너무 매력적이라 그냥 지나칠 수 없어서 한 잔 더 마신다. 그는 내게 매우 우호적으로 들리는 자신의 이혼 이야기를 한다. 나는 그에게 내 아이들 이야기를 한다. 그는 대화를 나누기 편한 상대라 우리는 다음 30분간을 빈 하이볼 잔 앞에 앉아 있다. 한 잔을 더 마시면 너무 과할 뿐 아니라 떠나고 싶지 않을 것임을 알기 때문이다. 마침내 그가 내게 몸을 기대면서 부드럽게 말한다. "나랑 집에 갑시다."

나는 얼굴을 붉히며 허둥대면서도 잠시 그 제안을 심각하게 고려한다. 하지만 우리가 오늘 밤 아무리 재미있게 놀았더라도 나는 오늘 밤 그와 자고 싶지 않다는 것을 100% 확신한다. "미안해요. 안 되겠어요. 하룻밤 상대는 내 성격과 맞지 않아요"라고 내가 말한다. 하지만 그건 거짓말 아닌가? 내 말은, 대니얼과 내가 했던 것, 그건 정말 죽이게 좋았다. 그런데 왜 지금은 다시 하고 싶지 않을까?

"누가 하룻밤 상대라고 했어요?" 그가 순진한 척 미소를 지으며 내게 묻는다. "이 데이트를 발판으로, 나는 우리가 더 가까워지는 것을 목표로 하고 싶어요. 말하자면 여섯 밤 상대 정도? 당신이 이 도시에서 작은 모험을 하는 동안 우리가 보낼 재미있는 시간을 생각해 봐요."

"기분은 좋네요"라고 내가 말한다. "하지만 난…." 나조차도 이해할 수 없는 내 속마음을 그에게 설명할 적당한 방법을 찾느라 우물거린다. 여기 매우 잘생기고, 매우 재미있고, 매우 단순한 남자가 내가 정확히 원하는 것을 내게 주고 싶다고 한다.

하지만… 그는 대니얼이 아니다. 그를 보면 나는 다른 누군가가 떠오른다. 딱 꼬집어 말할 수는 없지만.

"그거 알아요?" 트래비스가 부드럽게 말한다. "한마디도 하지 마세요. 난 다른 날 밤에 다시 당신과 데이트를 할 거고, 다음엔 당신이 내 매력을 거부할 수 없다는 것을 스스로 깨닫도록 더 노력할 겁니다."

내가 미소를 짓는다. "난 틀림없이 당신이 노력하는 걸 막지 않을 거예요. 하지만 그때까지 이해해주셔서 감사합니다. 오늘 밤 혼자 차가운 침대에 누워서, 틀림없이 이 일을 매우 후회할 거예요."

"정말로 그러길 바랍니다. 내가 엉뚱한 나무에 도끼질하느라 기진맥진하기 전에 묻겠는데, 혹시 만나는 사람이 있나요?"

'있나?' 내가 자신에게 묻는다. 매일 나는 이혼 서류를 접수하는 생각만으로도 조금씩 편안함을 느끼고 있다. 하지만 대니얼이 있다. 나는 머릿속에서 그를 우정의 영역으로 밀쳐버리지 못할 것 같다. 그리고 동시에 그 서빙 직원을 떠올린다. 트래비스가 숙련된 데이트 주문을 줄줄 말할 때, 그녀가 보이던 알겠다는 끄덕임과 그가 와인을 너무 능숙하게 고르면서 보내던 윙크를 생각한다. 나는 한숨을 쉰다. "항상 있지 않나요?" 내가 지금 내 얘기를 하고 있지 않다는 것을 그가 알아차릴 수 있도록 그의 눈을 빤히 바라보면서 묻는다.

트래비스가 고개를 끄덕이자, 내가 하는 말을 그가 정확히 알고 있다고 속으로 확신한다. "뉴욕은 뷔페식당 같은 곳이에요." 그가 비꼬는 뉘앙스 없이 내게 말한다. "그리고 좋든 싫든, 우린 모두 그 메뉴 안에 있어요."

14장

엄마에게

절대 집에 오지 마. 농담이야. 하지만 우리가 얘기할 때마다 엄마는 박물관이며 야구 경기며 플라이휠 같은 걸 하면서 진짜로 재미있게 지내는 것 같아. 그런데 우리도 재미 그 이상이야. 난 절대 학교에 가서 학기를 다시 시작하고 싶지 않아.

참! 아빠가 놀라운 책 한 권을 추천해 줬어. 《작은 변화를 위한 아름다운 선택》이라는 책인데, 엄청나게 많은 사람을 구한 의사 이야기야. 난 그 책이 정말 마음에 들어. 아빠도 엄마가 내 독서를 뒷받침하는 데 동참하고 싶대. 독서가 얼마나 중요한지, 그리고 얼마나 많은 삶의 역경이 독서로 쉬워질지에 관해서라면 엄마 말이 옳으니까. 그래서 내가 아빠한테 엄마가 골라준 책들이 늘 내 취향과 맞는 건 아니라고 했더니 아빠가 모든 사람이 소설을 좋아하는 건 아니라고 했어. 그러면서 내가 어떤 신념을 가졌는지, 어떤 어른이 되고 싶은지를 생각하게 해 주는 실화를 바탕으로 한 책을 몇 권 사 주겠다고 했어.

또 아빠는 전자책 단말기는 영혼이 없다면서 여름 내내 읽을 책을 모두 인쇄판으로 사주겠대. 내가 종이책은 먼지만 쌓이니까 그냥 나한테 15달러를 주면 도서관에 가겠다고 했더니, 아빠가 말했어. "여기 30달러가 있어. 책을 사고 나서 네가 진짜 사고 싶은 걸 사면 우리 둘 다 만족하겠지?"

그래서 난 그 책을 산 후로 매일 두 시간 정도 읽고 있는데, 읽지 않을 때도 그 생각을 멈출 수가 없어. 나머지 15달러는 그 의사의 자선 단체에 보낼 계획이야.

어머나! 빅뉴스를 깜빡할 뻔했네. 말 그대로 내 머릿속엔 온통 그 생각뿐인데 참 이상하지? 아빠가 나는 다이빙 캠프에, 조는 우주 캠프에 보내주겠다고 말한 거 알지? 그런데, 아빤 그냥 오래된 대학교 스포츠 캠프를 말하는 게 아니었어. 빙엄턴에 있는 미국 국가대표팀 다이빙 캠프에 내 자리를 만들었대! 난 올림픽 다이빙 스태프들에게 코치를 받을 거야! 엄마, 난 이것 때문에 흥분돼서 심장이 터져버릴 것만 같아. 말로 표현조차 못 하겠어. 거기서 내 나이 또래는 내가 유일하대. 나머지 여학생들은 3학년으로 올라가는 언니들인데, 모두 굉장한 엘리트 프로그램을 밟은 선수들이고 다이빙 선수로 가장 좋은 대학에 갈 준비를 하고 있대. 아빠가 어떤 연줄을 동원했는지는 모르겠지만, 코치진이 내 테이프를 보고 나서 나를 들여보내 주기로 동의했고, 내가 합류해도 될 만큼 잘한다고 말했대. 아빠 말에 따르면 내 지원서를 검토한 코치가 내가 그 그룹에서 딱 중간 정도의 수준이라고 말했대. 아빠가 그 소식을 어떻게 내게 전했냐면, 우리가 체력 단련실에서 막 나올 때 도착하도록 꽃을 보냈는데, 꽃과 함께 온 가드에 자기한테 영상통화를 하라고 쓰여 있었어. 그래서 아빠한테 영상통화를 했더니. 조하고 함께 '축하해'라고 쓰인 현수막을 들고 둘이 함께 그 뉴스를 크게 말했어. 우리 팀원 전체가 그 소리를 듣고는 모두 미친 듯이 환호하기 시작했어. 나는 내가 심사받고 있는지도 몰랐어. 아빠 이 모든 걸 비밀에 부쳤던 거야!

난. 소스라치게 놀랐어. 엄마. 지금이 새벽 다섯 시 무렵이지만 지금 당장 엄마한테 이메일을 보낼 거야. 내가 캠프 가기 전에 엄마가 집에 오면 좋겠어. 짐 싸는 데 엄마 도움이 필요해.

사랑을 담아
미국에서 가장 행복한 다이버인 코리가

다음 날 아침, 나는 일찍 일어나서 국가대표 다이빙팀 캠프 덕분에 지나치게 흥분한 코리의 광풍처럼 휘몰아친 문자를 보고는 재빨리 축하한다고 답장을 보낸 다음, 존에게는 하이파이브 이모티콘을 보낸다. 코리 실력이라면 그 캠프에 들어갈 수도 있을 것 같다는 예감이 들어 내가 존에게 말하긴 했지만, 지원서와 비디오를 보낸 사람도, 비용을 지불할 사람도 모두 존이다.

그다음 나는 휴대폰을 무음으로 해두고 탈리아의 동네를 한 바퀴 도는 긴 산책에 나선다. 완벽한 여름날 아침이라 카페들이 거리로 테이블을 내놓았고, 햇살이 건물들 사이를 비추고 있지만, 아직은 쓰레기통이 심하게 상한 냄새를 풍기는 방향제로 바뀔 만큼 덥지 않다. 여기가 노라 에프론(할리우드의 대표적인 영화감독이자 작가, 대표작으로 〈해리가 샐리를 만났을 때〉, 〈유브 갓 메일〉 등이 있다-옮긴이)의 작품 배경인 뉴욕이라 나는 그녀가 만들어낸 완벽하게 어울리는 커플들과 그 후로도 행복하게 살았을 주인공들의 삶을 생각한다. 그리고 트래비스, 대니얼, 완벽한 치아를 지닌 딜런을 생각한다. 물론 우리 모두를 너무 많이 아프게 한 남자. 갑자기 나타나 내 아이들을 너무 행복하게 해 주고 있는 남자, 존도 생각한다.

존이 내 기대를 저버린 후, 내가 그에게서 정서적인 지지를 기대하지 않게 된 후, 우리가 끝으로 치달으며 고군분투하고 있을 무렵, 나는 '엄마의 의무'가 완전히 절정일 때였다. 존은 자기가 편한 시간에 육아의 더 힘든 부분을 취미 삼아 하는 사람에 불과했지만, 우리는 직장에서 그가 거둔 성공 때문에 평등한 결혼생활을 하고 있다는 착각에 빠져 있었다. 집에만 머무는 내 가사노동과 그의 성공한 경력에 동등한 감정적 에너지가 필요하다는 잘못된 전제 아래, 나는 존의 섹스 욕구를 거부하고 무시할 때가 종종 있었다. 내 입장에서는 아이들과 집을 돌보며 집안일을 하려면 두 손 두 발로도 모자랐다. 섹스와 욕정과 로맨스는 틀림없이 나중에도 할 수 있는 일이라고 생각했다. 그리고 내 안의 어떤 부분에서는 내가 크게 상심했을 때, 그가 너무 바빠서 내 버팀목이 되지 못했다는 생각도 하고 있었던 것 같다. 그래놓고 이제와서 내게 무엇을 요구한단 말인가?

하지만 맘스프링가 덕분에 정신이 한결 맑아진 지금은, 내가 매일 밤 아이들 침대에서 잠이 들 때나, 모닝 키스도 해주지 않으면서 그가 문에 들이시자마자 유지원생인 아이를 던지듯 안길 때 그가 느꼈을 무시당하는 기분을 이해하기 시작한다. 그 순간 그의 입장이 되어본다. 아이들은 아이들 엄마가 봐주고, 자신은 많은 지적 노동을 하면서 하루를 보낸다. 잠도 충분히 자고 운동도 매일 한다. 다시 말해, 욕구를 생각하고 누군가에게 내가 필요하다는 느낌을 받을 때 얼마나 기분이 좋은지를 생각할 감정적 에너지가 있다.

그렇다, 존은 요구할 필요도 없이 깨끗하게 빨아 다린 셔츠를 입었고, 완벽하고 맛 좋은 저녁 식사를 함께 나누었으며, 조가 처음으로 왕따를 당하거나 코리가 다이빙 시합 때 생리가 샐 때도 그는 불려 본 적이 없었다. 그러나 내가 아이들의 모든 욕구를 맞춰주느라 허리가 휘도록 동분서주하는 동안에 그의 욕구는 무시당하고 있었다. 그러므로 문제가 처음 시작된 건 닭이 먼저일 수도 달걀이 먼저일 수도 있다. 그가 단 한 번이라도 내가 했던 일을 대신해 주었다면, 내가 셋팅을 위해 머리에 랩을 두른 채 문 앞에서 그에게 인사하지 않았을 수도 있다. 또, 엄마로서의 걱정에 사로잡혀 그가 한 기여도를 알아차리지 못하는 실수를 범하지 않았을 수도 있다.

모르겠다. 내가 아는 것은 이번 달에, 내가 친구들과 어울리는 시간과 나 자신을 위한 시간을 갖고, 남자들로부터의 적극적 관심 그리고 또, 멋진 새 브라 두 개를 받고 나자 너무 오래 잠들어 있던 내 안의 일부가 깨어나기 시작한다는 사실이다. 나는 아이들을 새롭고 긴 관점으로 보면서 아이들이 얼마나 많이 자랐는지, 얼마나 능력이 있는 아이들인지를 보고 있다. 나는 존이 우리를 버리고 떠났을 때 그가 얼마나 외롭고 불안했는지가 보이고, 처음으로 거기에 내가 어떤 역할을 했는지도 이해하고 있다. 나는 탈리아가 선택한 라이프스타일, 독신주의, 출세 지상주의, 열정적인 일 중독을 이전보다 덜 유별나고 더 타당한 삶으로 여기고 있다.

그리고 가장 깜짝 놀랄만한 것은, 내 자아를 무시하고 희생했던 6년간의 독박 육아를 생각하며 매우 심한 회의를 느낀다는 점이다.

에이미　얘들아, 나 걱정돼.

탈리아　…

레나　무슨 일이야, 프티 푸르?

에이미　이번 휴가가 끝나면 진짜 삶으로 돌아가고 싶지 않을까 봐 걱정되기 시작했어.

레나　오, 에이미. 바보 같은 소리 하지 마. 넌 헤어스타일을 바꾼 거지, 전두엽 절제술을 받은 게 아니잖아.

탈리아　…

에이미　그거 확실해? 미용실에서 지겹도록 오래 있었는데. 그리고 내 예전 삶에 대해 이상한 기분을 느끼기 시작했어. 심지어 존의 입장을 공감하고 있다니까.

레나　!!! 존? 이런! 탈리아는 어디 있냐? 우린 당장 탈리아가 필요해.

에이미　점 세 개만 나타났다 사라지고 있어. 뭐라고 말할지 아마 신중하게 생각 중인가 봐.

레나　탈리아답지 않은걸. 오후 2신데. 점심으로 마티니 3잔을 마셨나?

에이미　영화 〈스카페이스〉에 나오는 세트장 같은 마이애미풍의 호텔 방에서 기절해 있을지도.

레나　아니면 드라마 〈덱스터〉에 나오는.

에이미　허걱.

레나　탈리아! 탈리아 거기 있니? 연쇄 살인범이랑 파티라도 하는 거야?

탈리아　빌어먹을! 얘들아, 나 일하는 중이야.

에이미　일요일이잖아!

레나　네가 덱스터의 지하실에 묶여 있지 않다는 걸 확인하게 우리한테 살아 있다는 증거를 보내 줘.

탈리아 이제 휴대폰 꺼야 해.

에이미 하지만 내 존재의 위기는 어떻게 하고?

탈리아 그건 내가 이 사진 촬영본을 가방에 담고 이 바보 같은 인간들한테 시간당 500달러의 임금 지급을 멈추는 날까지도 해결될 것 같지 않구나.

레나 탈리아 말이 맞아. 이건 좀 복잡한 문제야. 자유와 가족에 대한 책임감. 지난 사랑과 새로운 사랑. 존을 향한 용서와 연민. 그게 그렇게 나쁘진 않지. 사실, 그건 정말로 건강한 감정이야.

에이미 아니야. 네가 매우 잘못 안 거야. 넌 지금 걱정할 건 아무것도 없고, 존은 늘 그렇듯 역겨운 미소나 짓고 있다고, 우리 아이들은 나 없이는 못 산다고 말해야 하잖아.

레나 글쎄… 살 수 있을지도 몰라.

에이미 네가 감히 어떻게 그런 말을.

레나 아이들이 그걸 좋아한다고 말하는 게 아니야. 하지만, 음, 이걸 어떻게 너한테 말해야 할지 생각 좀 해보자. 아이들에게 네가 필요하다는 생각에서 너의 많은 자의식이 나온다는 게 가능해? 네가 없으면 아이들이 망가질 거라고 네가 항상 생각하고 있는 거 아닐까? 그리고 아이들이 존과 잘 지낸다는 사실에 네가 위협을 느끼는 건 아닐까?

에이미 다시 말할게. 네가 감히 어떻게 그런 말을.

레나 알았어. 천천히 시간을 두고 생각해 봐.

에이미 생각 안 할 거야.

레나 아마 탈리아는 다르게 생각할지도 몰라.

탈리아 아니야, 네 생각에 동감이야.

에이미 새 친구를 사귀어야겠어. 바보 같은 친구들뿐이야.

레나 네가 우리를 선택한 데는 이유가 있다는 걸 명심해.

에이미 그 이유가 뭐였는지 기억이 안 난다 해도 용서해라.

레나 외모. 분명히 외모였어. 나중에 얘기해. 너희 아이들이 여기 있어.

에이미 그건 무슨….

알고 보니 존은 일주일에 두 번, 저녁 시간에 아이들을 레나의 집으로 데려다준다고 한다. 그 사실을 아는 것만으로도 기분이 훨씬 좋아진다. 집으로 돌아오는 일이 매끄럽게 진행되는 것 같았지만 그는 이 모든 쇼를 혼자 하고 있지는 않았다. 이웃집 재키가 아이들을 수요일마다 수영장에 데려다주고, 존이 조용한 집에서 국제회의 통화를 할 수 있도록 월요일과 목요일에는 레나가 아이들을 데리고 저녁을 먹고 있다. 잠시 나는 의기양양해진다. 그는 나처럼 이 모든 일을 혼자 해낼 수 없다. 약골 같으니라고. 그러다 곧 나는 자신이 바보 같아진다. 재키는 은퇴했고 그녀의 남편은 아직 여전히 하루 종일 직장에 있다. 그녀의 아이들은 멀리서 대학원에 다니고 있다. 재키가 여러 번 내게 도와주겠다고 했는데도 나는 그녀에게 도움을 요청할 생각은 꿈도 꾸지 않았다. 아이들이 제일 좋아하는 어른인 레나와 저녁을 먹으라고 아이들을 맡겨놓고 두어 시간 내내 일을 한다는 발상 자체를 해본 적이 없다. 아이 하나를 키우려면 온 마을이 필요하다는 말이 있지만, 내게는 해당하지 않는 말이라고 생각했다.

꼭 그래야만 할까?

다음에 같이 점심을 먹을 때 맷하고 이 문제를 논의해 봐야겠다고 생각한다. 털어놓은 적은 없지만, 내 마음속 깊은 곳을 헤집어 놓는 레나와 탈리아 때문에 실제로 나 자신이 너무 연약하다고 느껴진다.

나도 모르게 방어적이 되고(걔들은 아이가 없잖아. 아마 이해하지 못할 거야), 상처받으며(나는 걔들의 어마어마한 약점을 가지고 농담하지 않잖아), 심지어 약간 버려진 기분(내가 그렇게 엉망이었는데, 왜 걔들은 일찍 개입하지 않았지?)까지 든다.

어느 쪽이든 여자친구들과는 그 문제에 관한 논의를 피하고 싶은데, 그 생각이 머릿속에서 떠나지 않고 나를 괴롭힌다. 그래서 나는 유용한 답을 줄 리 없을 것 같은 20대의 누군가에게 묻는다.

맷이 어깨를 으쓱하며 말한다. "아시다시피, 이 문제는 내 업무 범위를 훨씬 벗어나는 일인데요." 그가 순순히 인정한다.

"그냥 들어나 봐요." 내가 그에게 말한다. "내가 말할 때 감탄사 정도만 내뱉으면 돼요."

"좋아요." 그가 투지 넘치게 말한다. "말해 봐요."

내가 숨을 들이쉰다. "무엇보다도, 당신이 내 삶을 망쳤어요. 난 여기 오기 전의 내 삶이 좋았고, 그것이 일종의… 슬프고 우울한 삶이란 걸 알아차리지 못했어요. 이젠 데이트도 몇 번 했고, 나 자신도 더 잘 돌보게 되니, 몇 주 후에 다시 슬프고 외로운 시골로 돌아가는 것이 별로 반갑지 않은 거 같아요."

맷이 턱을 긁으면서 갸우뚱하며 생각에 잠긴다. "내 생각에 님은 데이트를 더 해야 할 것 같아요."

내가 크게 웃는다. "내가 지금 아이들에 대한 책임감을 버리고 그냥 신나게 놀고 있는 것에 갈등을 느낀다고 말하는데… 설상가상으로 더 재미있게 놀라고요?"

맷이 고개를 끄덕한다. "사실, 그래요. 난 님한테 젊은 시절 방탕했던 끼가 있는 것에 갈등을 느낀다고 확신해요. 말하자면, 그걸 먼지 구덩이에서 끄집어내는 거예요. 그러면 집으로 돌아가는 게 훨씬 쉬워질지도 몰라요."

"하지만 그땐 집과 아이들이 나를 필요로 하지 않을 수도 있잖아요?"

맷이 고개를 흔든다. "미안해요. 그건 지금 대답할 수가 없군요. 엄마한테 전화해서 어떻게 물을 끓이는지부터 물어봐야겠어요."

"하. 알아들었어요."

"아이들이 나랑 비슷하다면, 틀림없이 님이 필요할 거예요"라고 그가 말한다. "그러니까, 적어도 엄마 보살핌이 짜증날 때까지는요. 상황이 나빠지기 전에 지금은 재미있게 즐겨야 해요."

"그리고 그 재미는 데이트고요?"

"음, 님이 좋아하잖아요."

나는 잠시 생각한다. 그의 말이 옳다. 나는 정말 데이트를 좋아한다. 특히 대니얼과 함께한 '친구 데이트'를 포함한다면. 그와 나는 다리를 건너는 산책 이후에 두 번 더 만났다. 한 번은 그냥 아이스커피를 마시면서 센트럴파크를 거닐었다. 두 번째 밤에는 대니얼이 제일 좋아하는 작가의 낭독회에 간 후에 늦은 저녁을 먹었다. 두 번 다 편안한 대화와 바보 같은 농담을 나눴지만, 내 마음속에서는 대니얼의 벗은 모습을 봤으니 다시 그걸 보고 즐기라는 끊임없는 잔소리가 들렸다.

"맷 말이 맞아요." 내가 맷에게 말한다. "난 데이트가 더 필요해요. 아마 데이트보다 더한 게 필요할지도 몰라요."

"오오오! 님 좀 봐요! 누구 염두에 둔 사람 있어요?"

나는 극장 앞의 대형 광고판처럼 내 머릿속에서 '대니얼'이라는 이름이 반짝이지 않는 척한다. "아니에요. 첫 번째 남자는 나한테 너무 오만하게 굴었어요. 두 번째 남자는 별 느낌이 오지 않았고, 세 번째 남자는 매력적이지만 플레이보이 같았어요. 난 데이트 과정이 너무 순탄해서 내가 컨베이어 벨트에 올라있는 것처럼 느껴지지 않는 사람을 만나고 싶어요. 이해되죠?"

맷이 고개를 끄덕인다. "그러니까 현실적이면서, 자기가 완벽하지 않은 줄 알고, 게다가 여자에게 약간 더 진지한 남자요?"

"정확해요. 사진하고 트위터 정보만으로 판단하기에는 어려운 자격조건이라는 건 알아요."

그가 고개를 젓는다. "하지만 불가능하지는 않아요. 누가 있는지 한 번 찾아봐요." 맷이 자신의 핀터레스트 보드를 연다. "이번엔 어떤 남자가 싫어요?"

"이 남자요." 나는 말하면서 그의 휴대폰을 가리킨다. "이 남자랑 저 남자요. 그리고 저 남자도요. 저 남자가 나랑 데이트했던 남자에요. 저 놀라운 치아 좀 봐요."

"와우!" 맷이 말한다. "저 정도면 돈이 꽤 들었겠는걸요."

"게다가 자꾸 시선을 끌어요. 쳐다보지 않으려고 연습까지 해야 했다니까요."

"좋아요. 그러면 위시리스트에 '적당한 치아'도 넣자고요. 이 남자는 어때요?"

그가 랜들이라는 이름의 진한 갈색 피부와 멋진 눈을 지닌 잘생긴 남자를 가리킨다. 그의 트위터에는 진정성 있는 글과 가끔은 정치적인 내용이 올라와 있고, 아파트 책장 사진을 보니 좋아하는 작가가 나랑 많이 겹친다. 그 외에는 더 말할 거리가 없다.

"좋아요"라고 하면서도 내심은 썩 마음에 들지 않는다.

"잘됐네요. 제가 약속을 잡을게요. 자, 또 누구요?"

"한 명이면 충분하지 않아요?"

"아니죠. 한 명으론 충분치 않아요. 우린 당신의 그 방탕한 끼를 끄집어내야 한다고요."

"좋아요. 방탕한 끼라. 알아들었어요. 그러면 이 남자는 어때요?" 내가 새까만 머리에 뒤틀린 미소를 짓고 있는 섹시하지만 구김살 있어 보이는 남자를 가리킨다. 그는 매우 귀여운 안경을 썼다.

"마리오"라고 맷이 말한다. "서른한 살인데, 너무 어린가요?"

"네." 내가 재빨리 대답한다. 그러고는 덧붙인다. "아니에요. 그런가요?"

"저는 완전히 괜찮다고 생각해요. 하지만 그 남자는 다 큰 애도 없고, 말하자면 퇴직자 연금 같은 것도 없다는 걸 기억해둬요."

"난 서른하나에 퇴직자 연금이 있었어요."

맷이 두 손을 올리며 말한다. "난 그저 님이 현실을 직시하도록 준비시키는 거예요."

"좋아요. 하지만 지금은 방탕한 끼를 부릴 시간이니까. 그냥 해 버리죠."

"맘스프린가!"라고 맷이 동의의 표현으로 말한다.

"그리고 한 명 더 고를까요?"라고 내가 말한다.

"적어도요." 맷이 말한다. "난 이 남자가 좋아요." 그가 은빛 여우 같은 외모의 백인 남자를 가리킨다. 희끗희끗한 머리에, 약간 태닝을 했고, 웃을 때 눈가의 잔주름이 섹시하다.

"오오." 내가 말한다. "저 사람은 처음 보네요."

맷이 고개를 끄덕인다. "우리가 해시태그 맘스프린가에 관해 몇 번 더 트윗했더니 님한테 관심 있는 무리가 또 한 무더기 생겼어요. 이 남자는 로펌에서 파트너 변호사로 있대요. 근면 성실하고, 여행도 자주 가고, 매력적인 남자 같아요."

"그럼, 좋아요. 한 명은 너무 젊고, 한 명은 내 또래에, 한 명은 너무 늙고. 이 균형이 맘에 들어요."

"그들과 약속을 잡을게요. 자기는 밤 시간이 대부분 한가하다고 보면 되죠?"라고 맷이 묻는다.

내가 입술을 깨문다. "저기…." 사실은 다음 주 금요일 밤에 대니얼과 계획이 있다. 그냥 계획만이 아니다. 센트럴파크에서 하는 셰익스피어 야외 공연 티켓이다. "다음 금요일에는 선약이 있지만, 그 외에는 플라이휠 끝나고 언제든 좋아요."

"좋아요. 그럼, 나머지 저녁은 계속 비워두세요. 우린 이 해시태그 맘스프린가를 열한 번째로 올리려고 하거든요."

15장

엄마에게

지금 이 시각에는 나중에 토론할 책에 관해 손으로 감상문을 쓰고 있어야 하지만, 일단 집어치울게. 이건 기본적으로 모두 엄마 이야기라서 이메일을 쓸 만했거든. 우선, 엄마가 이 소식을 듣고 기분이 좋을지 나쁠지 모르겠지만, 내 친구들 부모님들이 엄마 이야기를 해. 사실, 그분들은 엄마에 관해 이야기한다기보다 맘스프린가에 관해 이야기하고 있어. 왜 그런지 알아? 맘스프린가가 일종의 유행이 되고 있거든.

그건 트리니티에게서 시작됐어. 트리니티가 자기 엄마 앞에서 엄마가 맘스프린가를 잘하고 있는지 물어봤어. 그러자 걔네 엄마가 무슨 말인지 궁금해했고, 그래서 트리니티가 설명해줬지. 그랬더니 트리니티 엄마가 소셜에서 그걸 검색해서 사람들이 죄다 그 얘기만 하는 걸 본 거야. 자기에게 맘스프린가가 생기면 어디를 갈지, 얼마나 잠을 많이 잘지, (도대체 어른들은 잠하고 무슨 원수가 졌어? 그렇게 피곤하면 어른들이 원하는 대로 아침 8시에는 스케줄을 잡지 않으면 되잖아? 그게 그렇게 어려워?) 또 자기들의 결혼 서약이 여전히 유효할지, 친구들과 밤에 놀고 와도 좋다는 허락을 남편한테 받을 수 있을지를 얘기하고 있었어. 개중에는 나쁜 엄마들이나 맘스프린가를 가는 거라고 말하는 사람들도 있지만, 조금만 생각해 보면 그건 말도 안 되는 소리야. 나쁜 엄마는 애초에 맘스프린가가 필요하지도 않을 테니까.

마지막 부분은 좀 거슬리지만, 그것 빼고 나머지를 생각하면 엄마가 꽤 자랑스러워. 엄마가 집 밖에서 일종의 운동을 창조해서, 자기네 아이들이 SAT Scholastic Aptitude Test (미국의 대학입학 자격시험-옮긴이)를 몇 번이나 봐야 하는지밖에 생각하지 않는 사립학교 엄마들에게 뭔가를 생각하게 했으니까. 싫어하는 사람들은 싫어하겠지만, 나와 조는 그 이야기가 나올 때마다 고개를 쳐들고 목에 힘을 주고 있어. 기사가 실제로 탈리아 이모의 잡지에 나오면, 책을 왕창 사서 내가 아는 모든 사람한테 엄마를 자랑할 거야. 기사에 엄마의 성생활이 나오지 않는다면 말이야. 그때는 수치스러워서 죽어버릴 거야.

사랑을 담아
결벽증이 있는 딸 코리가

나는 항상 아이들이 내게 한 말을 혼자만 간직하는 것을 철칙으로 삼았지만, 맘스프린가에 관한 코리의 생각이 너무 자랑스러워서 코리에게 그 이메일을 탈리아에게 보내도 되겠느냐고 묻는다. 코리에게서 오케이 이모티콘을 받은 후 전송 버튼을 누른 지 10분 만에 탈리아에게서 문자가 온다.

탈리아 너희 딸 정말 멋지다.

에이미 나도 알아. 하지만 우리 아이들이 항상 이렇지는 않은 것도 사실이야.

탈리아 난 분명히 이렇지는 않았어. 친구들의 아이를 보면서 나도 아이를 가질까 생각할 때마다. 실제로 내가 비축한 유전자가 어떤지를 떠올려. 감정 기복이 심하고, 우울하고, 반항기도 있고.

에이미 코리도 그 모든 걸 갖고 있어. 게다가 다이빙팀 친구들하고 있을 때는 같이 어울리려는 욕구가 보기 딱할 정도야. 네가 정말로 피임이 필요하다면, 도서관 사서의 아이가 스포츠팀에서 여왕벌들과 타협하려고 애쓰는 모습을 봐. 하지만, 그 외에는 이기기 힘든 아이지.

탈리아 넌 이 야단법석이 다 괜찮아?

에이미 사실은 잘 모르고 있었어. 트위터가 존재한다는 걸 항상 까먹거든.

탈리아 난 여기 있을 테니까 가서 보고 와. 해시태그를 검색해.

에이미 알았어.… 와. 트윗이 엄청 많아.

탈리아 너하고 맷이 사람들의 뭔가를 건드렸나 봐.

에이미 나도 알아. 많은 사람이 맘스프린가를 원하는 것 같아. 조금 충격받았어.

탈리아 네가 정말 충격받고 싶거든, '맘스프린가+포르노'라고 검색해 봐.

에이미 내가 감당할 것 같지 않아.

탈리아 넌 분명히 감당 못 하고말고.

에이미 이런다고 잡지가 팔릴까? 그게 제일 중요한 거잖아, 그렇지? 내 말은 그게 네가 주요 인물들과 협상할 때 도움이 될까?

탈리아   솔직히 말할까? 아닐 거야. 두 달 후에 실제 기사가 나올 때쯤엔 사람들이 뉴스가판대에서 잡지를 찾을까? 그게 여전히 트렌드이기나 할까? 여기서 뭔가가 나온다면, 그건 온라인 광고 매출이겠지. 클릭.

에이미   클릭. 허.

탈리아   맞아. 전혀 감동스럽지 않지. 그러니까 그 모든 걸 균형 있게 봐야 해. 모든 해시태그, 모든 트윗, 게시글과 야단법석들이 그냥 클릭만 하면 나타나. 그렇게 왔다가 그러고는 사라질 거야.

에이미   그래서 네가 하려는 말은, 계속 해시태그 맘스프린가는 잊어버리고 내 진짜 맘스프린가나 즐겨라?

탈리아   그게 정확히 내가 하려는 말이야. 그래서 말인데, 오늘 밤에 데이트가 있지 않아?

에이미   다음 2주 안에 세 번의 데이트가 있어! 게다가 섹시한 도서관 사서랑 친구 데이트가 있지.

탈리아   오, 와우. 너 굉장하구나! 뭐 거의 닌자 수준의 가벼운 데이트네. 재미있게 놀아.

에이미   그럴 거야! 적어도, 지금까지는 재미있어. 너한테 계속 보고할게.

탈리아   좋아. 아, 그리고 에이미? 너 눈썹은 어때?

에이미   아직도 얼굴에 붙어 있어. 그거면 되지 않아?

탈리아   나한테 사진 보내라고 맷한테 전해. 눈썹이 자라서 양쪽에서 다시 만날 지경이면, 내가 너한테 알려줄게.

마리오

마리오는 날씬하고 키가 크다. 만나 보니 사진에서와 똑같이 구김살 있는 얼굴이지만, 사람을 기분 좋게 하는 매력이 있다. 우리가 만나기로 한 장소에 처음 들어간 순간, 내 뇌가 비명을 지른다. 너무 젊잖아! 하지만 그와 앉아 얘기를 나누기 시작하면서, 실제로 나도 젊어지는 기분이 든다. '바로 이게 존이 마리카와 느꼈던 감정이겠구나'라고 생각할 때, 마리오가 손으로 그다지 우연 같지 않게 내 다리를 스친다. 전율이 인다. 우리는 음악 이야기를 한다. 음악은 아이들이 태어나면서부터 내 인생에서 중요한 부분이 아니었지만, 마리오에게는 음악이 자신을 정의하는 듯 보인다. 바의 선곡표에 따라 곡이 나오면 그는 밴드 이름을 맞췄고, 나는 마음에 드는 곡에 고개를 끄덕이면서 호감을 표시한다. 우리는 바에서 점점 더 가까이 앉았고, 저녁을 먹으러 가서 더 많은 얘기를 나눈다. 식전에 마신 맥주 탓에 긴장이 풀린다. 그는 거만하고 대담하며 세상에 대한 두려움이 없지만, 약간 달콤한 이상주의에 빠져 있어서 진정한 사랑을 찾고 있는 것이 틀림없어 보인다.

그 밤이 끝날 무렵 우리는 칼바도스를 주문한다. 그가 최근에 칸으로 여행을 다녀온 탓이었다. 매니저가 칼바도스와 완벽하게 조화를 이루는, 조개 모양의 머랭 안에 놓인 사과 크렘 프레슈 아이스크림을 내온다. 마리오가 내게 자기 일 이야기를 한다.

그는 비영리단체에서 일하는 화학자로, 박사학위의 잉크가 채 마르지도 않았지만 자기는 무슨 일이 있어도 거대 제약회사로는 가지 않을 것이라고 매우 권위 있게 주장한다. 나는 그가 머지않은 미래에 사랑에 빠지게 되고, 그녀가 쌍둥이를 임신한 사실을 알게 되어 자기가 버는 여섯 자리 숫자의 연봉을 너무 감사하게 생각할 것이라고 예상한다.

하지만 한편으로는 그가 획기적인 새 정수 장치를 개발해서 특허를 내고, K로 시작하는 이름의 산들을 등반하며 안식 기간을 보내는 다른 미래도 예상해 본다. 어느 쪽이든, 의문의 여지는 없다. 마리오는 진정한 여자 친구를 찾고 있고, 나는 앞으로 어떤 미래가 펼쳐지든 그런 여자가 될 수 없다. 그는 자기 집으로 가자며 나를 초대하고, 나는 그에게 길고 열정적인 키스를 하며 말한다. "가자고 청해줘서 정말 고마워요." 그런 다음 서둘러 혼자 집으로 간다.

랜들

랜들은 '암브로시아'라는 장소로 나를 데리고 간다. 그곳은 미드타운에 있는 정사각형의 와인바로 남자 여자가 만나서 이야기하다가 각자 자기 로펌으로 돌아가 일을 할 것 같은 곳이다.

그는 앉자마자 와인 다섯 잔을 부리나케 주문한다. 나는 초조하게 기침을 하면서 그에게 나는 한 병에 6달러 이상 나가는 와인이라면 뭐든지 좋아하니까, 시음은 내게 낭비라고 경고한다. 그는 한 잔씩 음미하면서 내 쪽으로 다가와 같은 해에 같은 포도로 만들어진 다섯 개의 와인이 얼마나 다를 수 있는지를 설명하며 나를 흥분시킨다. 와인 시음에 관한 거장의 개인과외를 받는 것 같다. 계산서가 도착하자 그는 그것을 낚아채며 업무 경비라고 말한다. 그때서야 그는 자기가 다른 와인바에서 일하는 소믈리에인데, 그곳이 훨씬 더 멋지다고 말한다.

와인 수업이 끝나면 그다음에는 무엇을 해야 할지 모르겠다. 랜들은 그의 해박한 와인 지식과 그 지식을 나누려는 열정, 그리고 그저 잘생긴 외모만으로도 나를 황홀하게 한다. 하지만 그는 나에 관해서 하나도 묻지 않는다. 그러면서 대화를 완전히 독점하고 있다. 그가 나를 좋아한다면, 그건 순전히 내 외모를 바탕으로 한 것일 텐데, 치장을 했거나 안 했거나 솔직히 내 외모는 뉴욕에서 9점은 아니다. 그래서 나는 그가 나를 좋아하지 않는다고 추정한다.

하지만 그때 그가 '이 데이트를 끝내고 싶지 않은데' 자기가 일하는 바를 보러 가겠느냐고 묻는다. 좀 얄팍해 보일지라도, 그의 외모를 보면서 나도 끝내고 싶지 않다고 생각한다. 그래서 동의한다.

와인 다섯 잔을 아주 조금밖에 맛보지 않았지만, 그가 다섯 잔을 더 주문할 가능성이 아주 높다고 생각하자, 다리에 힘이 풀리며 늪에 빠진 듯한 기분이 든다. 그래서 그에게 가는 길에 피자를 한 조각 먹는 게 좋겠다고 말한다. 우리는 크고 기름진 뉴욕 페페로니 피자를 한 조각씩 사서 기우는 햇살을 받으며 브로드웨이까지 걷는다. 우리는 황금 시간대에 링컨 센터와 메트로폴리탄 오페라 하우스의 반짝이는 유리창을 지나친다. 분수가 어느 때보다도 높은 것 같다. 광장은 텅 비어 있어서, 우리는 분수대 옆에 앉아서 피자를 다 먹은 후 내가 말한다. "와인과 페페로니는 낯선 조합이네요."

그가 "제가 맛을 볼게요"라고 했고, 어느새 나도 모르게 광장에서 그와 부드럽게 키스를 하며, 태양이 마침내 져서 다른 무대를 비출 때까지 거기 머무른다.

윌리엄

은빛 여우 같은 로펌의 파트너 변호사, 이름은 윌리엄이다. 그는 바에서 만나는 단계를 건너뛰고 나를 곧장 번화가인 센트럴파크 웨스트에서 조금 벗어나 눈에 띄지 않는 곳에 숨겨진 레스토랑으로 데려간다. 그곳은 내가 발을 들인 레스토랑 중에서 단연코 가장 고급이다. 화려하고 공들인 유화가 눈길 닿는 곳마다 놓여있고, 흰 리넨과 유리 제품이 매우 반짝인다. 검은 옷을 입은 아름다운 50대의 여자가 화려하게 장식한 카운터 근처에서 무중력 상태로 맴도는 것 같더니, 내게 이름조차 묻지 않고 이렇게 말한다.

"손님이 에이미겠군요." 그녀가 구슬리듯 말하자, 내가 고개를 끄덕인다. "윌리엄이 손님께서 오신다고 알려줬어요. 곧 오실 겁니다. 프로세코를 한 잔 갖다 드릴까요?"

나는 프로세코에 동의하고, 데이트 상대가 10분 후에 들어올 때 내 머릿속은 이미 작은 거품으로 가득 차 있다. 나는 그가 왕자라도 되는 양 일어나지만, 그가 몸을 기울여 내 뺨에 키스하고 나를 다시 의자에 앉힌다. 남자는 소개팅 상대가 예상보다 실물이 훨씬 예쁘다는 걸 깨달을 때만큼 기분 좋은 순간은 없다고 말한다. 그는 테이스팅 메뉴를 시키자고 제안하며 조금 있으면 자기 타이에 적어도 수프 몇 방울쯤은 흘릴 것이라고 말한다. 내가 그의 기분을 좋게 해 주려고 나도 흘릴 것이라고 말하면서 어색한 분위기가 풀린다. 두 번째 코스요리가 나올 때쯤에 나는 그가 여전히 이혼 절차를 밟고 있다는 사실과 그 과정에서 꽤 충격을 받았으며, 그를 떠난 사람은 아내였다는 말을 듣는다. 와인을 두 잔째 마실 때쯤에 나는 그가 아내를 되찾고 싶어 한다는 것을 알게 된다. 식사가 끝날 무렵 나도 모르게 이번 초여름에 내 결혼에 대해 혼란스러운 감정을 느꼈다고 고백하고, 지금은 친구인 대니얼에게 반해 이룰 수 없는 사랑을 하고 있다고 인정한다. 그런 다음 윌리엄과 나는 센트럴파크의 말 전용 도로를 따라 기분 좋게 걸으며 그가 전처와 재결합을 하는 것과 내가 새로운 관계로 진전되는 것의 장단점을 토론한다. 59번가 지하철역에서, 우리는 가볍게 포옹을 하고 서로에게 행운을 빌어주며 헤어진다.

대니얼과 약속된 밤이 다가올수록, 나는 내 안에 새로운 무엇인가가 쌓이는 것을 느낀다. 일종의 자신감이다. 소개팅이 기분을 우쭐하게 하고, 재미있으며 말 그대로 무해할 때, 3주 안에 여섯 번의 소개팅을 하는 여자라면 누구나 그렇게 될 것이다.

나는 자연사 박물관과 센트럴파크가 만나는 지점에서 대니얼과 만나, 거기서 길 건너에 있는 새로운 라틴 레스토랑까지 걷는다. 그 레스토랑은 분홍색 차양이 눈에 띄고 가까워서 선택했다. 안에는 사람들이 가득하지만, 바에 두 자리가 남아 있어서 우리는 사람들 사이를 헤치고 들어가 가까이 붙어 앉아 우리가 볼 공연 〈줄리어스 시저〉이야기를 한다. 대부분의 사람처럼, 나도 그 공연을 라이브로 본 적이 없지만 대니얼은 그 연극을 완전히 꿰고 있어서 내게 관람 포인트를 말해주면서 브루투스 역을 연기한 사람이 EGOT 수상자라고 설명한다. 나는 한동안 그 말이 무슨 뜻인지 아는 척하다가 마침내 모르겠다고 인정한다. 대니얼이 그것은 에미Emmy상, 그래미Grammy상, 오스카Oscar상, 토니Tony상을 모두 수상한 사람을 의미한다고 알려준다. 우리는 이야기를 멈출 수가 없어 주문도 하지 못한다. 마침내 내가 공연을 놓치기 전에 주문하자고 제안하고, 그가 내가 원하는 것은 무엇이든 주문해서 같이 나눠 먹자고 말한다. 그래서 나는 세비체와 갈리토스와 핫소스를 잔 테두리에 바른 미첼라다를 주문한다. 그런데 미첼라다의 소스가 너무 매워서 즉시 그걸 대니얼에게 넘겨주고 나는 예쁘고 마시기 좋은 상그리아 블랑카로 바꾼다.

우리가 데이트할 때마다 대니얼은 난생처음 먹는 사람처럼 음식을 먹는다. 오늘밤 내가 고른 음식을 정신없이 먹는 그를 보면서 독특한 즐거움을 느낀다. 그 모습을 보니 나를 위해 저녁을 주문했던 데이트 상대가 떠오른다. 그는 아마 지금의 나보다 더 많이 즐거웠을 것이다. 어떤 일을 매우 잘할 때에야 비로소 남들을 지배할 수 있는 것 같다.

하지만 계산서가 오자 흐름이 바뀌어 내 지배력이 끝나고 만다. 대니얼이 계산서를 낚아챘고 실랑이를 하다가 마지못해 더치페이를 한다. 그가 신용카드를 건네주면서 당황스럽고 선사 시대에나 쓸 법한 말을 한다. "나를 모욕하지 마세요."

"모욕이 어디 있어요?" 내가 묻는다. "우린 친구잖아요?"

약간의 동요가 그의 얼굴을 스쳤지만, 나는 그걸 못 본 척한다. "맞아요." 그가 말한다. "물론이죠. 그냥 내가 대접하고 싶었어요. 그게 다예요."

계산서가 해결되고 그가 내 손을 잡을 때, 아주 잠깐 나는 그가 내게 키스할까 봐 걱정하면서 내심 바라기도 한다. 그 대신 그는 바 스툴에서 뛰어내려 나를 레스토랑 밖으로 끌고 나오고, 우리는 제시간에 델라코타 극장에 도착한다. 우리가 도착할 때는 시간이 3분밖에 남지 않았다. 우리는 다들 어른답게 적절한 시간에 도착해서 자리를 잡고 앉은 틈을 비집고 천천히 지나가는 바보 같은 커플이 된다. 나는 얼빠진 듯 무대세트를 본다. 세트는 극장 바로 뒤 센트럴파크에 솟아 있는 벨버디어 성을 완벽하게 복제했다. "로마가 내 기억과 다르네요." 내가 대니얼에게 속삭이자, 불이 꺼지고 연극이 시작된다.

존과 나는 가끔 함께 셰익스피어를 보러 갔다. 그건 늘 매우 특별한 경우였다. 우리는 베이비시터와 사전 계획이 필요했고, 3막 동안 깨어 있으려면 중간 휴식 시간에 커피를 마셔야 했다. 존이 우리 기념일이나 내 생일 날 나를 위한 특별한 즐거움으로 선물과 함께 표를 사 줬다. 그는 연극을 보는 내내 조용히 있었지만, 대체로 좋아하는 것 같았고, 집으로 가는 길에 "정말 좋았어. 우리 더 자주 오자"라고 말하고 나서 다시 그 얘기는 꺼내지 않았다. 우리는 〈한여름 밤의 꿈〉과 〈로미오와 줄리엣〉, 〈말괄량이 길들이기〉를 봤는데, 나는 이런 밤 외출이 늘 너무 행복했다. 단지 다른 누군가를 행복하게 하려고, 자신이 굳이 하고 싶지 않은 일을 엄청난 시간과 비용을 들여서 한다는 것은 관대한 선물이다. 약재상이 이미 지루한 대사를 너무 조용히 말해서 알아들을 수 없고, 너무 천천히 말해서 자비롭게 들리지 않을 때도 존은 그에 관해 불평하거나 심지어 한숨조차 쉬지 않았다.

그래서 미리 밝혀둔다. 이건 내 첫 번째 셰익스피어가 아니다. 그러나 대니얼과 셰익스피어를 보는 것은 전에 했던 경험과 전혀 다르다.

저녁 식사는 그에게 빠져 있었을지 모르지만, 우리는 나만 좋자고 극장에 온 것이 분명히 아니다. 여기는 그가 좋아서 왔고, 내가 느끼기에 그는 나와 여기 오지 않았다면, 냄새 나는 늙은 노숙자라도 데리고 와서 연극을 즐겼을 것이다. 그는 좋은 대사가 나오기 전에 팔꿈치로 나를 찌르고, 대사가 끝나도 찌른다. 어느 시점에는 영화 〈프리티 우먼〉에 나오는 줄리아 로버츠처럼 실제로 가슴을 움켜쥐기도 한다.

중간 휴식 시간에 불이 켜지자, 그는 마치 내가 오랫동안 곁에 없다가 다시 나타난 것처럼 내가 거기 앉아 있는 걸 처음 알아차린 듯 나를 본다. "어땠어요?"라고 그가 묻는다. 그리고 내가 대답하기도 전에 말한다. "브루투스와 햄릿이 얼마나 공통점이 많은지가 놀랍지 않아요? 셰익스피어가 자신에게 붙은 우유부단한 악령들을 쫓아버리려 하고 있다고 생각하겠지만, 그의 사생활을 보면 그 이론은 힘을 잃거든요."

그의 열정은 전염성이 있다. 연극은 속도가 그다지 빠르지 않다. 나는 공연의 질이 좋아 몰입하고 있지만, 지난 시간에 주변 사람들이 자세를 바꾸어 프로그램 카탈로그를 뒤적이거나 몰래 애플 워치를 확인하는 모습을 알아챌 수밖에 없었다. 대니얼은 무아지경에 빠져 여기 있는 극장과 배우들이 자신만을 위해 자선공연을 하는 것처럼 보인다.

내가 말한다. "글을 쓴 건 셰익스피어가 아니라 셰익스피어의 부인 앤 해서웨이라는 증거가 더 많은 것 같아요."

대니얼이 웃으면서 말한다. "시저가 홀랜드 터널에서 전화하는 걸 뭐라고 부르는 줄 알아요? 모토로루스 인터럽투스Motorolus interruptus('모토로라 휴대폰의 신호가 끊긴다'라는 뜻의 말장난-옮긴이)!"

우리는 샴페인을 찾아다닌다. 쉴 새 없이 배우들의 연기와 세트, 그리고 브루투스가 뱀에게 '그것이 부화하여 그의 종족처럼 해롭게 자라날 것이라면, 껍질 안에서 그를 죽일 것이다'라고 한 대사가 무슨 뜻인지 얘기하면서 극장 밖을 한 바퀴 돈다.

"우선, 그게 '부화했잖아요'"라고 대니얼이 말한다. 그는 과장된 악센트로 그 대사를 내게 다시 읊어준다.

"좋아요. 부화했지요. 그런데 두 번째 '그'는 누굴까요? 뱀이 자살하지는 않았다고 생각하는데, 맞죠?"

대니얼이 나를 보며 웃더니 잠시 후에 그렇게는 생각해 보지 못했다고 인정한다.

"뱀이 부화한 후에도 껍질 안에 여전히 있는 건 누굴까요?"라고 내가 묻는다. "껍질 안에 로마가 있나? 그때쯤에는 로마가 꽤 잘 부화했을 텐데요."

대니얼이 온라인에서 그 대사를 찾아보더니 다른 강세로 내게 읽어주자, 둘 다 즉시 우리가 관념적인 삽입어구를 놓쳐서 잘못 해석했다는 것을, 그러니까 브루투스는 껍질 안에서 '뱀'을 죽여야 하는 사람이 '우리'라고 말하고 있다는 것을 알아차린다. 우리는 둘 다 웃으면서 이런 오해를 하다니 도서관 사서 자격을 박탈당할지도 모른다고 농담을 했고, 이것 때문에 너무 시간을 많이 낭비한 터라 벨이 울리자 서둘러 우리 자리로 돌아간다.

그리고 곧바로 시저가 자신이 칼에 찔리는 파티의 주빈이 되고, 상황이 훨씬 더 흥미로워진다. 대니얼은 강경한 미국의 포퓰리즘 옹호자로서 안토니우스의 연기에 자기도 모르게 박수가 터져 나오는 것을 멈춰야만 했으며, 나는 센트럴파크와 고대 로마가 잘 어우러진 세계에 몰입해서 다음 3막이 순식간에 지나간 것 같았다. 무대의 조명이 어두워질 때, 나는 눈을 깜빡이며 대니얼을 돌아보고는 깜짝 놀란다.

그가 나를 보며, "당신이 거기 있는 걸 깜빡했어요"라고 말하는데도 기분이 전혀 나쁘지 않다. 그가 무슨 뜻으로 하는 말인지 정확히 알기 때문에 "나도 여기 있다는 걸 깜빡했어요"라고 대답한다. 그가 고개를 끄덕이며 "내 말이 그 말이에요"라고 말한다.

그 후 우리는 술을 마시러 가서 어두운 구석에 있는 낮은 테이블에 앉아 끊임없이 수다를 떤다. 각자 와인 한 잔만 놓고 두 시간이 넘게 수다를 떨었지만, 나는 취한 듯 속이 좋지 않다. 마치 와인이 곧장 혈관에 주입된 듯, 마치 빈속에 한 번에 술을 들이켜고 음식이라고는 한 입도 못 먹은 것만 같다. 사람들이 하나둘 나가고 바가 텅 비었지만, 바텐더는 우리에게 두 번이나 문은 세 시간 후에 닫는다고 안심시킨다. 우리는 안토니우스와 클레오파트라에 관해 말하고, 우리가 방금 본 연극에 관련된 이야기들을 연달아 늘어놓는다. 나는 리즈 테일러가 연기한 클레오파트라가 이상한 패션 아이콘이 되었다고 말하며, 똑똑한 학생 한 명이 그 화장을 두고 갈색 피부가 이상적인 아름다움이라 생각한 백인 여성이 피부에 오렌지빛으로 셀락을 칠하는 도착행위라고 지적한 적이 있다고 말한다.

나는 사람들이 이 나라의 여러 지역에서 장성한 남자를 여전히 '보이'라고 불렀던 시대에 어떻게 그녀의 영화가 박스오피스 기록을 세울 수 있었을까 크게 혼잣말을 한다. 그런 다음 《헬프》가 살짝 마케팅을 다르게 했더라면 청소년 소설이 될 수도 있었을지, 그리고 7학년생들에게 《커피 마시면 까맣게 될 거야 Coffee Will Make You Black》를 과제로 내줬다가 주의 조치를 받은 사연을 얘기한다. 이제는 1960년대를 배경으로 한 책 중에서 머리에 떠오르는 대로 이야기를 하고 있는데, 그가 내 손을 잡으며 말한다. "그때도 정확히 이렇게 해서 일이 벌어졌어요."

그의 어조가 조금 전과 사뭇 달라서 나는 뒤로 고쳐 앉으며 손을 빼낸다. "어떻게 무슨 일이 벌어졌는데요?" 내가 묻는다. 우리는 지금 뱀의 알이나 클레오파트라의 우유 목욕이나 그가 어떻게 내가 저녁값을 못 내게 했는지 말하고 있지 않은가?

그가 고개를 흔든다. "내가 무슨 말을 하는지 틀림없이 알 거예요. 당신이 어떻게 나를 유혹했는지요. 우리가 처음에 만났을 때." 그의 눈이 나와 마주쳤고, 맹세컨대 그 안에서 나는 절실한 어떤 것을 똑똑히 본다. 약간… 굶주린 어떤 것.

나는 헛기침을 하고 더듬거리며 말한다. "나는 절대, 내 평생에, 단 한 사람도 유혹해 본 적이 없어요." 나는 우리의 대화를 가볍게 하려고 해보지만, 전혀 가볍게 느껴지지 않는다.

대니얼이 고개를 약간 숙이며 말한다. "당신이 지금 하는 게 뭐라고 생각해요? 거기 아름답게 앉아서 온갖 흥미로운 이야기를 하고 있잖아요. 물론 나는 항상 당신과 키스하고 싶어요. 그건 매우 좌절감을 느끼는 일이라고요."

나는 깜짝 놀라는 눈으로 그를 보며 그가 했던 대로 고개를 뒤로 젖힌다. "고맙네요. 그런데, 사실 잘 모르겠어요. 그건 칭찬인가요, 비난인가요?"

그가 약하게 '쿵' 소리를 내며 길쭉한 빈 와인잔을 내려놓는다. "음… 둘 다 조금씩이요. 에이미, 당신은 아름다워요. 대화를 나누기에 너무 재미있는 사람이에요. 하지만 당신은 최근에 내 삶을 너무 힘들게 하고 있어요."

내 눈이 커진다. "하지만! 친구 어쩌고는 당신 생각이었잖아요"라고 내가 말한다.

그가 고개를 끄덕인다. "그리고 그건 '현명한' 생각이었어요. 당신은 지금 섹스를 실컷 즐기는 맘스프린가 중이지만, 나는 지금… 대드스프린가가 아니에요. 난 자신을 보호하려고 애써 왔어요. 하지만 당신도 알겠지만, 늘 알았겠지만, 그냥 친구는 내가 정말로 원했던 것이 아니었어요."

내가 고개를 젓는다. "친구가 되자는 말이 계략이었다면, 그건 당신 계략이죠. 난 항상 우리가 그냥 끝난 사이가 되어야 한다고 생각했어요."

대니얼이 그 말을 곰곰이 생각한다. "하지만 그것도 별로 좋게 들리지 않네요."

나는 '당신은 더 나은 아이디어를 내놓지도 않았잖아'라고 말하듯 두 손을 치켜든다.

그가 한숨을 내쉬면서 나를 애원하듯 바라본다. "우린 이걸 해결해야 해요. 에이미, 난 오랫동안 누군가에게 이런 감정을 느껴보지 못했어요. 정말로 고약한 심정이에요. 당신은 내가 즐겨 생각하는 것들에 관해 매우 박식해요. 당신은 책에 관해서 가장 재미있는 것들을 말해요. 당신은 항상 삶에 윙크하면서 돌아다니고, 손가락을 튕기듯 쉽게 좋은 아이디어를 떠올리잖아요. 게다가 아이들도 훌륭하게 키웠고, 당신 친구들은 당신에게 헌신적이고 당신은 그냥 바라만봐도 정말 아름답고, 우리가 친구로 지낼수록 당신은 점점 더 예뻐지기만 하는데, 이 모든 게… 당신은 공평해 보여요?"

나는 꿀 먹은 벙어리가 된다. 그의 찬사에 압도당하지 않으려 애쓴다. "정말로 듣기 좋은 말이네요"라고 내가 마침내 간신히 말한다.

대니얼이 고개를 흔든다. "난 당신과 거리를 두려는 확고한 계획이 있었어요."

어지럽고 혼란스럽다. 나는 대화의 통제력을 잃었다. 열에 들떠 헛것을 보는 기분이다. 대니얼이 다시 테이블 위로 손을 뻗어 내 손을 잡지만, 이번에는 뿌리치지 않는다.

"난 당신과 거리를 두고 싶지 않아요." 내가 그에게 말한다. "난 당신이 옆에 있으면 가만히 있지 못하겠어요. 당신은 날 초조하고 흥분되게 하니까요. 오늘 내내 나는 당신이 마음을 바꿔서 그냥, 나를 안고 키스해주길 바랐어요."

내 말이 진심인지 보려고 그가 내 눈을 확인한다. 그러더니 천천히 자기 손을 내 뺨 위에 올린다. 내 입술을 따라가다 내 턱을 위로 치켜든다.

나는 싫다고 말하려고 입을 벌린다. 그를 상처 주고 싶지 않다고, 오늘 밤 우리 사이에 무슨 일이 일어나든 여름이 끝나면 나는 갈 것이라고 그에게 상기시키려고. 하지만 말이 입 밖으로 나오지 않는다.

그는 약간 무기력하게 나를 바라본다. "당신에게 키스할 것 같아요"라고 그가 속삭인다. "그리고 내일은 오늘 일을 걱정하겠지요."

나는 숨을 몰아쉬며 "오, 하느님, 감사합니다"라고 말한다. 그러고는 1초도 저항할 수 없어서 몸을 앞으로 기울여, 우리 입술 사이에 남은 마지막 15센티미터를 좁혀나간다.

16장

엄마에게

엄마가 말한 책을 샀어. 참고로 말하자면, 그건 영화로도 만들어졌지만 난 아마존의 DVD를 패스하고 대신 책을 샀어. 난 엄마의 멋지고 순종적인 딸이니까. 그 책은 정말 지루해 보여. 누가 하반신마비 장애인이랑 사랑에 빠지겠어? 잠깐, 지난번 이메일에서 엄마가 언급한 '친구'가 혹시 하반신마비 장애인이야? 그리고, 그 '친구'가 혹시 '남자친구'야? 엄마가 모든 걸 은밀하게 하려는 건 알지만, 혹시 남자친구라면 올여름에 엄마가 언급한 첫 번째 '남자'잖아. 또 이 책이 '남자친구'의 딸이 제일 좋아하는 책이라면, 엄마가 이미 그 남자의 아이들까지 만났다는 말이야? 진지한 사이야? 그럼 이 사람이 내 새아빠가 되는 거야? 엄마가 아주 작은 정보 부스러기라도 나한테 주면 좋겠어.

아빠에게 말하지 않을 얘기가 또 있는데, 조와 나는 둘 다 캠프 때문에 무지 긴장하고 있어. 엄마가 생각날지 모르겠지만 조가 비행기를 마지막으로 탔던 게 일곱 살 때, 우리 모두 '아치스 국립공원'에 갔을 때였어. 조는 비행기 경유를 어떻게 하는지 기억도 못 하는데, 이제는 애틀랜타를 경유해서 앨라배마까지 혼자서 가야 해. 그래서 조는 엄청 겁먹었어. 조는 아빠한테 고마워하지 않는 것처럼 보이고 싶지 않다고 말하지만, 마지막 여행에서 조가 기억하는 거라고는 칠리스 레스토랑 테이크아웃 계산대에서 나하고 조가 말다툼을 하자 아빠가 버럭 화를 냈던 거랑 열 받은 아빠가 혼자서 맥주를 마시러 나가버려서 우리랑 연락이 끊겼던 거. 그래서 우리가 밤새 라스베이거스에 꼼짝없이 발이 묶여 있던 기억밖에 없어. 그게 비행기 여행에 대한 조의 생각에 크게 영향을 미친 것 같아.

그래서 난 걔가 주로 이동할 확률이 높은 게이트 위치를 표시한 애틀랜타 공항 지도를 몰래 만들고 있어. 그리고 다음에 우리가 얘기할 때 엄마랑 상의해서, 조가 떠날 때 내 휴대폰을 조 주머니에 몰래 넣어줘도 괜찮을지 물어보려고 해. 미국 국가대표팀 캠프에서는 절대로 휴대폰을 갖고 있으면 안 되는 데다. 어쨌든 난 거기서 문자 보낼 친구도 없잖아. 거기선 아무도 가장 어리고 가장 최악의 다이버(그게 나야)랑 어울리고 싶어 하지 않을 거라고 확신하거든. 가족들이랑 통화하고 싶으면, 기숙사 방에서 아이패드를 켜면 되니까.

조가 내 휴대폰이 있으면, 최악의 시나리오를 훨씬 덜 걱정할 것 같아. 그리고 내가 조에게도 말했지만, 만약 조가 애틀랜타(아니면 라스베이거스)에서 꼼짝없이 묶여 있을 땐 엄마한테 전화만 하면 된다고 했어. 그러면 엄마가 아마 집까지 오는 비행기를 전세 낼 거라고 말이야.

아니면… 다른 옵션이 있어. 방금 즉석에서 머릿속에 떠오른 생각이야. 내가 조에게 내 휴대폰을 갖고 있으라고 주면, 아빠가 나한테 3D

카메라가 장착된 따끈따끈한 신상 아이폰을 사 주면 되잖아. 그리고 엄마가 무슨 생각 하고 있는지 내가 잘 아는데, 아니야. 열두 살은 휴대폰을 갖기에 너무 어린 나이가 아니라고. 엄마, 걔는 자유시간에도 수학 문제 푸는 데 빠져 있잖아. 그러니 만약 조가 휴대폰을 갖게 된다면, 난 조의 어린 시절이 사실상 끝났다고 말해도 된다고 생각해. 게다가 내가 열두 살 때는, 내가 아는 모든 애들이 이미 휴대폰을 갖고 있어서 걔들이 나를 '아미시 교도와 다름없다'고 놀렸어. (그때 내가 엄마한테도 그렇게 말했을걸?)

어쨌든, 그건 엄마하고 상의해야 할 것 같아. 아니면… 그냥 바로 아빠한테 가는 게 더 낫지 않을까?

사랑을 담아
내일쯤이면 아마 새 휴대폰으로 엄마한테 문자를 하고 있을,
엄마의 사악한(하지만 영리한) 딸 코리가

탈리아 또 대니얼이야?

에이미 그래, 또 대니얼이야.

탈리아 레나, 너 방금 들었니?

레나 그런 것 같아.

탈리아 에이미를 어떻게 해야 할까?

레나 둘의 결혼식 계획을 짜 줘야지.

에이미 쉿! 조용히 해. 오, 잠깐만. 대니얼이 깬 것 같아.

나는 서둘러서 침대 옆에 놓인 탁자에 휴대폰을 내려놓는다. 레나와 탈리아가 한동안 채팅방에 있을 것이므로 당연히 화면을 아래로 놓는다.

하지만 동작이 그다지 빠르지 않았다.

대니얼이 몸을 굴려 조금 전까지 휴대폰을 쥐고 있던 내 손을 움켜쥐고는 팔을 당겨 자기에게 두른다. 나는 그가 하는 대로 내버려 두면서 더 가까이 그의 가슴으로 파고들어 냄새를 맡는다. 그가 하품한 후 말한다. "당신은 휴대폰 중독이 내 학생들보다 더 심해요. 아침에 일어나자마자 휴대폰부터 잡다니, 너무한 거 아니에요?"

나는 변명을 하려고 입을 열다가 그냥 다시 다물고 만다. 그가 옳다. 갑자기 열아홉 살이 된 기분이다. 나는 내가 반한 남자랑 조금 전에 침대에서 깨어났다. 내 팔은 그에게 둘려 있다. 그의 팔은 더 아래쪽으로 내게 둘려 있다. 그의 피부가 뜨겁다. 그의 옆에서 깨어나니 아찔함과 나른함이 뒤섞여 기분이 이상하다.

"어젠 흥분됐어요." 내가 마침내 고백한다. "당신 너무 귀여워요."

그가 미소를 짓는다. "당신은 정말 매력적인 사람이에요. 그리고 당신이 아직도 여기 있어서 너무 기쁘다고 말해야겠네요. 지난번에 깨어났을 땐, 내가 잠든 사이에 당신이 내 옆에서 빠져나가 화장실 문밖에 있었으니까요."

"그래요. 하지만 그땐 실수였어요. 어젯밤은 실수가 아니었고. 당신도 알다시피, 난 취하지 않았으니까요. 내가 뭘 하고 있는지 알고 있었어요."

"그전에도 당신은 뭘 하고 있는지 알고 있었을 거예요. 난 확신해요. 서로 간의 합의가 내가 집착하는 조건이니까요."

내가 고개를 끄덕인다. 물론 전에도 나는 알고 있었다. 우린 술이 약간 취했지만, 그 순간에는 섹스에 찬성했다. 다만 아침에 깨어나면 얼마나 기분이 이상할지를 몰랐을 뿐이다. "이번엔 말하자면, 나 자신에게 충격받은 느낌은 들지 않네요. 이건 사전에 계획된 거니까요."

"사전에 계획된 일급 유혹?"이라고 대니얼이 묻는다.

"사전에 계획한 건 셔츠였어요"라고 내가 말한다. 나는 침실 구석 저 멀리에 내던져진 어젯밤에 입었던 반투명한 상의를 가리킨다. "이제 다른 셔츠를 알아봐야 할 것 같아요."

"나를 유혹한 건 셔츠가 아니었어요. 그건 당신다운 모습이었죠."

내가 미소 짓다가 얼굴을 찡그린다. "우리 이거 다시 할 거예요?"

"뭘 해요? 섹스? 나야 확실히 그러고 싶죠."

내가 얼굴을 붉힌다. "그래요, 그거. 다른 말로 친구 사이에는 하지 않는 그것."

대니얼이 나를 내려다보며 말한다. "당신과 친구가 아니라서 너무 너무 좋아요."

내가 크게 한숨을 내쉰다. "난 5주 후에는 펜실베이니아로 돌아가야 해요. 작별 인사를 할 때 우리 심정이 어떨지가 걱정이라고요."

대니얼이 고개를 끄덕인다. "나도 5주 후에는 직장으로 돌아가요. 그리고 작별 인사를 할 때는 가슴이 찢어질 거라고 100% 확신하고요."

"휴." 내가 한숨을 내쉰다.

"정말로요." 그가 동의한다.

우린 둘 다 아주 오랫동안 입을 다문다.

그러다 내가 입을 뗀다. "우린 5주 동안 많은 걸 이룰 수 있어요. 예전에 한 달 동안 '조르주 상드'의 작품을 다 읽은 적도 있어요."

"그것도 가치 있겠지만, 우린 남은 시간 동안 다른 걸 시도하는 게 좋겠어요."

"애드가 앨런 포?"

"난 고대 산스크리트 글과 비슷한 걸 생각하고 있어요."

내가 그에게 고개를 흔든다. "《카마수트라》는 어마어마하게 긴 책이에요. 우린 절대 '손톱으로 흔적 남기기'를 넘지 못할 거예요."

"그러면 그냥 그림으로 넘어가면 되죠."

"좋은 생각이에요. 그러면 연극을 더 볼 자유시간도 생기겠네요. 아마 음악도 들을 수 있을 거예요. 뉴욕 현대 미술관과 구겐하임 미술관도 가요."

"아침을 주문하고 커피를 마시면서 신간 서적 기사를 읽을까요?" 그가 제안한다.

"와우, 좋아요." 내가 그에게 말한다. "천 번을 물어도 좋아요."

"좋아요. 내가 아침을 갖다 달라고 할게요. 내가 사죠, 난 1년에 만 파운드를 버니까요." 그가 일어나면서 재치 있게 농담을 한다. 내가 제인 오스틴의 《오만과 편견》에 나오는 대사를 인용한 걸 알아차리고 그가 거기 나오는 구절을 인용해 받아치는 데다 그의 벗은 엉덩이까지 더하니 정신이 아찔해진다.

"잠깐, 대니얼. 30분 후에 갖다 달라고 해요." 내가 그에게 말한다. 그가 고개를 돌려 이글이글한 내 눈을 본다.

"45분이 좋겠어요." 그가 주문을 마치고 내 팔로 돌아온다.

그다음 달에 이어진 일과는 노라 에프론의 영화 장면들을 짜깁기한 것이라고 말할 수 있다. 대니얼과 나는 조각 공원에서 고개를 갸우뚱한 채 조각들을 감상하고, 센트럴파크 다리를 두 번이나 건너기도 하고, '필름 포럼'에서 서로 팝콘을 던지다가 갑자기 사랑에 빠지고는 우리 둘 다 그 사실을 깨닫는다. 그러나 그날 밤 이후로 우리 사이에 발생한 일은 전보다 덜 그림 같았지만 동시에 우리를 더 끈끈하게 묶어 주었다. 우리는 미술관에 가지만 오랫동안 이야기가 끊이지 않아 실제로 예술작품을 신중하게 감상하지 못한다. 뭘 먹을지 결정하느라 너무 오래 시간을 끌어서 배가 고프다 못해 화가 나는 지경이 되었고, 결국 그냥 핫도그나 먹으러 '그레이스 파파야'에 간다. 승강장에서 지하철을 30분간 기다리다가 시간을 때울 이야깃거리가 동나자, '워즈 위드 프렌즈'(낱말 만들기 게임을 아이폰에서 할 수 있게 만든 앱 – 옮긴이)를 시작하다가 X에서 막힌다. 그러고는 '릴랙스relax'라는 단어의 어원과 세대간 교감의 기준으로서 영화 〈쥬랜더〉가 갖는 장점 등을 이야기하다가 다시 대화의 길을 잃는다. 우리는 텅 비어 있는 지하철 칸에 올라타 더없이 행복해하지만, 곧 그 칸을 노숙자들이 화장실로 쓰고 있다는 사실을 알게 된다. 아니면 에어컨이 고장 난 칸일 때도 있다. 한 번은 정말로 짜증 나는 경우가 있었는데, 그 칸에서 연습하고 있던 어떤 마리아치 밴드가 절대로 길을 비켜주지 않은 채 박자를 맞추려고 노래를 시작하고 또 시작했다.

일주일간 매일 비가 오자, 우리는 탈리아의 아파트에 누워 '유연 도서목록'에 쓰일지도 모를 청소년 소설의 1장을 읽는다. 그리고 대니얼이 처음으로 재클린 우드슨(미국 아동, 청소년 소설 작가 – 옮긴이)의 책을 읽고, 내가 《달빛 마신 소녀》를 읽는 몇 시간 동안은 거의 말을 하지 않는다. 우리는 차이나타운에서 길을 잃고 결국 한 레스토랑으로 들어가지만, 주문한 후에야 그곳이 위생국으로부터 C등급을 받았다는 사실을 깨닫는다. 우린 공원으로 산책하러 갈 계획이었지만 결국 플라자호텔에서 온종일 마티니를 마신다.

우린 미래에 관해 전혀 말하지 않는다. 우리는 우리의 삶과 그 삶을 충만하고 의미 있게 만드는 모든 것을 이야기하지만, 마치 9월이 절대 오지 않을 듯이, 그리고 우리가 남은 나날 동안 38도의 지하철 터널로 터벅터벅 걷고 있을 듯이 행동한다. 우리가 미래의 계획과 조금이라도 맞닥뜨리는 유일한 시간은 시카고에서 자신의 '유연 도서목록'을 시작할 준비를 하는 캐서린과 화상통화를 할 때이다. 그녀에게는 학기의 첫 번째 날이 있을 테고, 그날은 우리가 열정을 쏟은 이 프로젝트가 빛을 보는 날이 될 것이다. 하지만 대니얼과 나에게는 영원히 8월이다.

그러던 어느 날, 위생국이 파업을 해서 쓰레기가 인도에 쌓이기 시작하자, 길가에서 20대들이 몰래 키스를 하다가 쥐를 발견하고 기겁하는 일이 잦아진다. 그러나 나는 너무 멋진 누군가와 함께 있다면 거리에서 쥐가 뛰쳐 나와 내 발등을 스쳐지나간다 해도 불쾌해하지 않을 것 같다는 생각을 한다. 그리고 우리는 매일 말한다. "우리 내일은 떨어져 지내야 해요. 우린 봄방학을 맞은 십 대가 아니라 다 큰 어른이니까." 그러고는 매일 밤이면 이렇게 말한다. "하지만, 내일만은 괜찮을지도 몰라요."

그의 딸 카산드라는 웨스트체스터에 있는 엄마 집에서 여름방학을 보내고 있는데, 그에게 스냅챗을 많이 한다. 여기서 '많다'는 건 꾸준히 한다는 뜻이다. 그녀는 끼니마다 사진을 찍어서 1년째 영화관에

가 보지도 않은 아빠에게 영화를 추천해달라고 하고, 엄마가 임신했을 때 예뻤느냐고 물어보기도 하더니, 10분 후에 아빠에게 말한다. "걱정하지 마, 아빠. 나 지금 그날이야."

그가 휴대폰을 꺼낼 때마다 나는 놀라운 눈초리로 바라본다. 항상 카산드라인데, 무엇이든 닥치는 대로 질문을 한다. 이 여자아이는 자기 아빠가 '모든 것'을 알고 있다고 생각하는 것 같다. 나도 똑같이 생각하기 시작한다. 그는 뉴욕 건축물에 관심이 있고, 스카이라인을 가득 채운 다양한 빌딩들의 이름들을 말할 수 있으며, 우리가 지나칠 때마다 특별한 인물을 기리는 거리 이름의 기원을 하나하나 설명한다. 예를 들면 그가 가장 좋아하는 거리 이름은 '마틴 골드 대로'인데, 상당히 오랫동안 브롱크스에서 그라피티 낙서가 그려진 우체통 위에 페인트칠을 하면서 노인들을 위한 자선활동을 벌인 사회운동가의 이름을 땄다고 한다. "그는 자기 지역구의 국회의원들에게 항의 편지도 많이 썼어요." 대니얼이 내게 말한다. "그게 얼마나 효과가 있었는지는 모르겠지만요."

내가 말한다. "그런데, 난 브롱크스에서 그라피티 낙서가 된 우체통을 하나도 보지 못한 것 같아요." 그러자 그가 "브롱크스에 가 본 적 있어요?"라고 묻는다. 그러더니 그는 우리가 지금 4호선을 타고 점심에 그의 딸을 만나러 시 외곽으로 가고 있다고 말한다.

대니얼의 딸은 매우 예쁘다. 위협적으로 느껴질 만큼 예쁘다. 우리 딸도 사람들이 종종 다른 특징은 거의 알아차리지 못할 정도로 예쁘긴 하다. "따님이 너무 예뻐요." 사람들은 우리 딸이 들을 수 없을 만큼 멀어지자마자 내게 그렇게 말한다. 코리는 꽤 예쁘지만, 내가 보는 우리 딸은 대부분 이런 모습이다. 다이빙 덕분에 넓어진 어깨와 튼실한 허벅지가 돋보이며, 예뻐 보이지 않은 수영 모자를 쓴 채 귀에서 초소형 이어폰을 빼면서, 얼굴 가득 결의 넘치는 표정을 지으며 사다리를 성큼성큼 올라가는 여학생. 아니면 염소제거제를 바른 후 머리에 랩을 두르고 있거나 보풀이 일어난 파자마를 입고 내 침대 위에 털썩 주저앉아서 나한테 무엇을 입을지 말해주거나 내 신발을 비웃는 모습. 코리는 꽃병이나 멋진 자수같은 미의 대상이 아니라 오히려 움직이는 대상이다. 카산드라도 똑같을 것이라 확신하지만, 내 눈에 띄는 것은 대니얼을 닮은 멋진 턱뼈와 새까만 머리카락 그리고 발레리나 같은 몸이다. 우리가 도착할 때, 그 아이는 작은 베트남 레스토랑의 4인용 식탁에서 기다리고 있다. 그녀는 휴대폰에서 눈을 떼고 잠시 올려다보더니 다시 휴대폰을 보고는 그렇게 우리 사진을 찍는다. 나는 화들짝 놀라면서 불안해진다.

"이분이 그분이에요?" 대니얼이 어물쩍 넘어가며 껴안아 주자 그 아이가 대니얼에게 묻는다. 내가 거기 없는 척해야 하는 건지 잘 모르겠다.

대니얼이 웃으며 말한다. "실물로 보는 에이미 바일러야." 내가 게임프로그램의 상이라도 되는 듯 그가 옆으로 비켜 나를 향해 손을 펼친다. "섹시한 도서관 사서이고, 두 아이의 엄마이자, 너희 아빠를 아주 오랜 침체기에서 끌어내 준 사람."

"꽤 귀여우시네요. 시골에 사신대요?" 그녀가 자기 아빠한테 묻는다. 내 쪽으로는 눈길 한 번 주지 않지만, 그런데도 나를 향한 약간의 반감을 느낄 수 있다. 뭐. 대니얼이 자기 딸한테 모난 구석이 있다고 말하긴 했었다.

"맞아. 그리고 한 달도 되기 전에 다시 그리로 돌아갈 거야. 그러니 너도 집착하지 마." 이러는 내내 나는 거기 서 있다. 내 양팔이 점점 더 길어져서 손가락 관절이 곧 땅에 닿고 그러다 결국 흐물흐물하게 녹아내려 웅덩이를 이루고는 바닥에서 쓸려 내려갈 것만 같다.

"그러니까 내가 엄마라고 부르면 안 되지?"라고 카산드라가 묻는다.

"이러다가 에이미가 너한테 택시를 불러 달라고 하겠구나"라고 대니얼이 재치 있게 농담한다.

나는 더는 참을 수가 없어서 헛기침을 한다. 둘 다 내가 막 들어오기라도 한 듯 내 쪽을 돌아본다. "내가 먼저 나서서 이제 투명 망토를 벗어야겠어요!"라고 내가 공표한다. "오랫동안 여러분 말을 엿들어서 미안해요. 솔직히 말해 내가 빌어먹을 투명 망토를 걸치고 있는지도 잊어버렸어요." 나는 큰 망토를 벗어서 내 의자에 걸치는 팬터마임을 하고는 카산드라의 반대편 의자에 앉는다. 그리고 악수하려고 손을 내민다.

그녀가 미소를 짓지만 그다지 따뜻한 미소는 아니다. "만나서 반가워요. 아줌마를 매우 칭찬하는 말을 조금 들었고, 덕분에 올여름에 아빠가 나한테 쓸데없이 '그냥 확인차' 연락하는 횟수가 많이 줄었어요. 시작이 좋네요."

"그렇구나!" 내가 불안하게 말한다. "칭찬으로 들을게."

"게다가 이번 점심은 나한테는 공짜로 먹는 '포'예요. 그러니 아줌마는 인정받은 셈이고, 우린 이제 다음 단계로 넘어가도 돼요."

"와우, 따님이 매우 결단력이 있군요." 내가 대니얼에게 말한다. "당신이 데려온 모든 여자에게 이렇게 했나요?"

카산드라가 코웃음을 친다. "아빠가 데려온 모든 여자라니. 재미있는 분이군요. 아빠가 하는 라틴어 농담에도 웃어줬어요?"

대니얼이 헛기침을 한다. "안토니우스가 자기 개를 산책시키는 사람에게 뭐라고 했게?" 그가 기다리지 않고 말한다. "샤페이(중국 혈통의 중형견 – 옮긴이) 디엠!"

우리는 둘 다 앓는 소리를 낸다.

카산드라가 말한다. "아줌마가 처음이에요. 아빠가 데려온 여자는."

대니얼이 카산드라에게 거의 알아차릴 수 없을 만큼 희미하게 고개를 젓는다. "다른 여자들하고 데이트는 했단다. 다만 그 여자들을 이 레스토랑에 데리고 오고 싶은 마음이 없었을 뿐이야. 여긴 내 딸이 일주일에 5일은 죽치고 있는 곳이니까."

"여기 포가 정말 맛있거든요"라고 카산드라가 말한다. 그 아이의 눈은 대니얼의 눈처럼 광채가 있지만, 아빠보다는 더 지적이고 왠지 거칠어 보인다. 또 코리처럼 건방지고 바로 대꾸하는 구석도 있다. 서로 경쟁하는 분야만 없다면 코리랑 잘 어울릴 것 같다. 코리는 매우 경쟁심이 강한 편이다.

"맛있어 보이네. 대신 주문해 주겠니?" 내가 그녀에게 부탁한다. "난 그 단어를 제대로 발음하지 못하겠어. 내가 '퍼'라고 말하면, 포우faux('가짜'라는 뜻 – 옮긴이)라고 들리거든."

"오, 아빠." 그녀가 내 말장난에 정중하게 웃고 나서 대니얼에게 말한다. "아빠는 아빠랑 똑같은 버전의 여자분이랑 데이트하시네요?"

"에이미는 라틴어를 몰라"라고 그가 딸에게 주의를 준다. "하지만 나랑 똑같은 책들을 좋아하지. 게다가 반나절 내내 책을 읽으면서 지하철 타고 돌아다니는 것도 만족하는 데다가 내가 전문가였으면 하고 바라는 것들에 관해 모르는 척을 잘해."

"절대 이분을 놓치지 마요!"라고 카산드라가 외치지만, 약간의 빈정대는 어조가 묻어난다. 그러더니 나를 향해 묻는다. "아빠가 내 얘기 많이 했어요? 내가 아빠 우주의 중심이라고 분명히 말했죠?"

내가 고개를 끄덕인다. "그럼. 우리가 처음 데이트하는 날, 우리 사이에 무슨 일이 일어나든 네가 항상 주인공이라고 말했고, 그러다 네가 결혼해서 아이들이 생기면, 난 너희 다락방으로 이사 가서 네 아이들의 머리를 땋아줘야 할 거라고 했지."

카산드라가 웃는다.

"하지만, 그건 양쪽에 모두 해당된단다. 나는 코리와 조라는 두 아이가 있어. 걔네 아이들 머리도 땋아줘야 할지 몰라. 아빠는 하나로 머리 땋는 걸 잘하니?"

그러자 카산드라가 내가 몰랐던 정보를 무심하게 흘린다. "사실, 엄마가 떠났을 때, 아빠는 내 머리 땋는 법을 배워야 했어요. 그래서 엄청 잘하게 됐어요."

혼란스러워진 내가 대니얼을 향해 말한다. "난 당신이 공동 양육권을 갖고 있는 줄 알았어요." 그녀의 엄마가 아니라면 우리가 같이 있던 그 많은 밤에 누가 카산드라를 데리고 있었지?

"지금은 공동 양육권을 갖고 있어요"라고 그가 말한다. "조지아가 돌아왔으니까요. 당신 남편 존처럼요. 다만 그녀가 돌아왔을 땐 여자랑 결혼한 상태였죠."

나는 입이 떡 벌어진다. "얼마나 오래 떠나 있었어요?"

그가 한숨을 내쉰다.

카산드라가 잠시 생각한다. "엄마가 떠났을 때가 1학년이었고, 돌아왔을 땐 4학년이었어요."

3년. 존처럼. 그러나 전에는 대니얼이 한 번도 그런 얘기를 꺼내지 않았다. 그만큼 아픈 상처란 뜻인지 궁금해진다. "그래서 힘들었어요?" 나도 모르게 묻고 있다. "전처를 당신 삶으로 다시 들이는 거요."

그 질문은 대니얼을 향했지만, 카산드라가 대답한다. "오, 전 엄마를 그냥 들이지 않았어요. 엄마가 거의 1년은 계속 굽실거려야만 했죠. 너무 화가 나 있었거든요."

나는 이것을 코리의 휴대폰 갈취(다행히도 존이 그 요구를 실없는 소리로 일축했다)와 지난 두어 달 동안 코리가 아빠를 시험했던 살짝 우스꽝스러운 다른 짓들과 비교하며 생각해 본다. "결국 무엇 때문에 마음이 바뀌었니?"

그녀가 어깨를 으쓱한다. "그냥 시간이 해결해 줬다고 생각해요. 그만하면 충분히 오래 괴롭힌 것 같았어요. 게다가 아빠가 직장에 있는 동안에 체스 클럽까지 태워다 줄 사람이 필요했거든요."

내가 미소를 짓는다. "우리 아들 조도 체스를 둔단다. 걔도 사실 지금 자기 아빠랑 있어. 정확히 말해서 아빠를 괴롭히고 있지는 않지만, 걔가 그랬다 해도 나무라지는 않았을 거야. 존도 너희 엄마랑 비슷하게 사라져버렸었거든."

그녀가 고개를 끄덕이자, 나는 카산드라가 이 말을 처음 듣는 게 아니라는 사실을 알아차린다. "사람들이 자신에게서 벗어나려고 할 때 가족에게서 도망치는 거라고 아빠가 말했어요. 우린 그런 사람들에게 연민을 가져야 한다고요. 그들은 사랑하는 사람들을 잃을 수 있지만, 결코 자신으로부터는 도망가지 못할 테니까요."

내가 고개를 끄덕인다. "내 친구 레나도 똑같은 말을 했어. 그리고 덧붙이기를 수치심을 가지고 돌아와서 상황을 바로잡으려는 사람들은 그런 기회를 받을 자격이 있다고도 했어."

"맞아요"라고 말하며 카산드라가 한쪽 어깨를 으쓱한다. "나도 그게 옳은 일이었다는 걸 알아요. 지금은 엄마가 내 베스트 프렌드예요. 그리고 지금은 더 나이를 먹었으니까." 대니얼이 이 말에 눈썹을 위로 치켜뜬다. "그 모든 상황을 이해해요. 일찍 엄마가 된 미국 여성으로서 아줌마가 얼마나 갇힌 기분이었을지요. 모성을 지원해 주는 문화적 시스템이 지금은 모두 무너져버렸잖아요. 그래서 아줌마혼자 다 감당했을 거예요. 저는 그 문제에 관해 책을 두 권 읽기도 했고, 제 친구 엄마들이 항상 잔뜩 성이 나 있는 모습을 봤어요. 마치 상황이 달랐으면 하고 바라는 것처럼요." 카산드라는 너무 멀리 갔다고 생각했던지 몸을 꼼지락거리며 안절부절못한다. "마치, 아줌마처럼요. 해시태그-맘스프린가요. 그러니까, 진정한 정체성을 되찾는 길은 가족으로부터 도망치는 것뿐이라는 느낌 같은 거요."

나는 수프 한 숟가락을 먹다가 사레들리고 만다. "글쎄, 그건 나한테 일어난 일이 아니야. 정확히 말해서, 난 갇힌 기분은 아니었어. 독박 육아에 지쳤을 뿐이지. 그건 사실이야. 그리고 문화 시스템과 출산 휴가, 가족 내 여러 세대의 지원, 슈퍼 부모가 되라는 새로운 기대에 관해서는 네 말이 아주 정확해." 나는 카산드라에게 말하다가 생각을 정리하느라 잠시 멈춘다. "그리고 내 직업은… 음, 너희 아빠 직업과 같아. 교육자들은 일을 열심히 하지. 하지만 '맘스프린가'에 관해서 말하자면, 난 거의 친구들과 가족에게 떠밀려서 나온 거야. 가족을 떠나는 건 전혀 원하지 않았어. 내겐 선택의 여지가 없었지."

카산드라는 십 대들만이 할 수 있는 방식으로 내 말을 묵살하며 어깨를 으쓱한다. "내 말은 아줌마가 정말로 도망치고 싶었더라도 이해했을 거라는 뜻이었어요. 어쨌든, 아줌마는 여기 있고, 꽤 좋은 시간을 보내고 있는 것 같네요."

나는 카산드라를 본다. 이 아이는 열여섯이라고, 자신에게 상기시킨다. 코리보다 약간 더 나이가 많을 뿐이다. 카산드라는 도시 아이이고 책을 많이 읽어서 어른처럼 말하지만, 실제로 다 자라지는 않았다. 이 아이는 내 상황을 정말로 이해하지 못한다.

하지만 그런데도, 그녀가 옳을까?

잠시 후에 침묵이 더 무겁게 내려앉는다. 나는 이 대화를 끝냈으면 하는 희망으로 대니얼에게 기대를 걸며 말한다. "따님이 좋은 지적을 하네요. 난 매우 좋은 시간을 보내고 있어요. 하지만 이 해시태그–맘스프린가는 끝이 있는 데이트에요."

대니얼이 말을 할 것처럼 입을 열다가 그냥 고개를 끄덕인다. "맞아요"라고 말하는 그는 이상하리만치 조용하다.

카산드라가 이번엔 왼쪽 어깨를 오른쪽보다 약간 더 높게 으쓱하면서 "제 말은…"이라고 다시 시작한다. 코리와의 경험으로 보면 '내 말은' 다음에 나오는 문장은 언제나 잘못된 방향으로 내 속을 쓰리게 했다. "아미시 교도의 럼스프린가는 큰 결정으로 끝나잖아요. 집에 돌아가든지 아니면 절대 돌아가지 않든지. 난 아줌마의 맘스프린가가 어떻게 다른지 잘 모르겠어요."

대니얼을 보자 그의 눈에서도 같은 질문이 보인다. 대니얼도 내가 큰 결정에 직면하고 있는지 궁금해 하나? 내가 여기 남을 가능성이 있을지도 모른다고 생각하는 걸까? 그의 표정이 약간 슬프고, 내 표정도 분명 같을 것이다. 나는 집을 떠났고 여름 동안 그와 사랑에 빠졌다. 우리가 만나기 전에는 그런 가능성을 생각지도 못했다. 그리고 가끔, 아침에 처음 눈을 떠서 내 옆에 있는 그를 볼 때, 여기를 떠나는 것이 불가능하리라는 생각이 들기도 한다.

"그건 달라." 내가 말한다. 하지만 말하면서도 나는 그다지 다르지 않다는 것을 깨닫는다. 나는 곧 교차로를 만날 것이다. 아주 금방. 대니얼, 뉴욕, 연극, 식사, 박물관, 길고 느긋한 나날들. 그 모든 것이 째깍째깍 지나가고 있다. 내 진짜 삶이 나를 기다리고 있다. 선택이 가까이에 있다.

그러자 나는 궁금해진다. 내가 존처럼, 카산드라의 엄마처럼, 자신에게서 벗어나려고 여기에 왔을까?

그렇다면, 왜 여기에 도착한 후에야 내 자아를 발견한 듯한 기분이 들까?

17장

엄마에게

나 《미 비포 유》를 다 읽었는데, 정말 슬펐어. 정말, 정말로 슬펐어.

다 읽고 나서 이런 생각이 들었어. 이번 여름이 끝나면 우리 가족이 처한 상황이 꽤 이상해질 거라고, 그치?

이 문제를 더 일찍 생각했어야 한다는 거 알아. 하지만 아빠 엄마는 여름이 끝나도 재결합하지 않을 거잖아, 맞지? 엄만 나한테 뉴욕에서 데이트 중이라고 했고, 나한테 자세한 내막은 말해주지 않을 것도 알지만, 엄마가 누군가를 만났다면, 그건 아빠한테 새로운 기회가 열려 있지 않다는 말이잖아. 엄만 아빠한테 그런 기회를 열어주기는 했어?

엄마가 이달 말에 집에 왔을 때 아빠가 엄마를 되찾을 기회를 얻지 못한다면, 아빤 다시 떠날까?

이 모든 일이 시작되기 전에 아빠가 떠나는 문제를 같이 얘기했던 건 알고 있어. 하지만 그때랑 상황이 아주 많이 바뀐 것 같아. 아빠는 내가 생각했던 아빠가 아니야. 재미있고, 우리를 확실히 보살펴 줘. 게

다가 자신이 잘못한 걸 아니까 상황을 바로잡고 있잖아. 그리고 아빠는 늘 엄마 얘기를 하고 아빠 책상 위에는 엄마 사진이 있어. 아빤 분명히 모든 상황을 원래대로 되돌리고 싶어 하는 것 같아.

럼스프린가를 검색하다가 럼스프린가가 끝난 후에 결국 가족을 떠난 남자에 관해 읽었어. 그는 보통 세계와 사랑에 빠졌대. 그의 아미시 교도 친구들은 조심스럽고 두려워했지만, 그 남자는 흥분되고 열정이 넘쳤대. 가족에 대한 책임감도 알았고, 교회도 자신에게 중요해서 오랫동안 고민했지만, 결국 현대적 기술과 자유로운 표현과 일회용 청소 물티슈 같은 것들을 향한 사랑이 오래된 책임감을 초월했대.

맘스프린가 중인 엄마한테도 그런 일이 일어나고 있는 거야?

어쨌든, 조와 나는 얘기를 나눴고, 엄마가 어떤 결정을 내리든 따르기로 동의했어. 하지만 만약 아빠가 가족을 되찾고 싶다는 결정을 내리면, 엄마가 그걸 심사숙고해 줄 수 있을까?

사랑을 담아

코리가

카산드라와 점심을 먹은 후, 나는 변명을 둘러대고 혼자 집에 온다. 이메일을 확인하고, 원을 그리며 왔다 갔다 하면서 카산드라가 한 말을 생각하고 또 생각한다. 식사를 테이크아웃해서 먹고, 탈리아의 스카치위스키를 글라스에 따라 마신 후, 넷플릭스에서 〈노팅힐〉을 보면서 혼자 눈물이 작은 강을 이룰 만큼 펑펑 운다. 여러 주만에 대니얼 없이 혼자 보내는 첫 번째 밤이다. 비참하다.

다음 날 아침, 우선 레나에게 전화를 건다. 탈리아에게는 할 수 없을 것 같다. 탈리아는 휴대폰에 음성 메시지 기능이 있다는 걸 알면서도, 직접 경험할 생각은 없는 것 같다. 게다가, 탈리아는 사심 없는 사람이 아니다. 탈리아에게는 아이가 없고 전남편도 없을뿐더러, 미안한 기색도 없이 내가 뉴욕에 머물면서 좋았던 옛 시절처럼 자기를 즐겁게 해주길 바란다. 그녀는 내 가족을 모른다. 그저 예전의 나만 안다. 그건 진짜 내가 아니다.

진짜 나는 대니얼과 사랑에 빠졌다. 일 분 일 초를 그와 함께 걷고 싶다. 나 대신 저녁을 주문해 주거나 자기가 얼마나 돈을 많이 버는지 자랑하려는 사람이나 길고 추악한 연애사가 있는 다른 남자들과 데이트하고 싶지 않다. 그저 대니얼과 함께 누워서 그와 함께 책을 읽고 그와 함께 자며 에그 앤 치즈 롤을 먹고 싶다. 나는 존 이후로 어느 누구와도 이런 기분을 느껴본 적이 없다. 심지어 존과도 그런 기분을 느끼지 못했다. 2주 후에 여기를 떠나고 싶지 않다. 유지비가 많이 드는 집과 자동차 함께 타기와 힘들기만 하고 생색은 안 나는 직장으로 돌아가고 싶지 않다.

이건 이제 맘스프린가가 아니다. 완전히 다른 것이다.

"너 정말로 그 남자한테 푹 빠졌구나"라고 레나가 말한다.

"그래. 그 남자도 나를 좋아하고, 나한테 잘해 줘. 독립적인 남자야. 내가 자기에게 의존한다거나 위험에 빠졌다는 기분이 들지 않게 해줘. 내가 하는 일에 관한 이야기와 아이들 이야기를 잘 들어줘."

"그건 전부 좋은 뉴스 같은데."

"끔찍한 뉴스지." 탈리아의 아파트에 있던 나는 발코니로 나가는 미닫이문을 연다. 발코니에는 옥외 안락의자가 그것과 딱 어울리는 발 받침과 함께 놓여 있다. 발코니가 너무 좁아서, 탈리아가 언제인지 모르겠지만 의자의 한쪽 팔을 떼어버리는 바람에 의자의 한쪽 면이 유리 미닫이문에 맞닿아 있다. 밖으로 나가려면 문을 열고 그 의자 위로 올라선 다음 뒤에 있는 문을 닫고서 거기 갇힌 채 브루클린 하늘을 맞이해야 한다.

"그게 왜 끔찍한 뉴스야?" 레나가 묻는다. "그 남자가 거기에 있어서?"

"그리고 나는 거기와는 다른 쪽으로 돌아가야 하니까."

"음, 지금 너는 거기 그 남자랑 있잖아. 그 남자가 있는 그곳에 말이야."

내 상황을 생각해 본다. 몇 층 높이의 아주 좁은 테라스에서 팔 한쪽짜리 안락의자에 앉아 있는데, 유리문이 얼굴과 너무 가까워서 고개를 돌리면 문에 키스할 정도이고, 다른 쪽 난간에는 어깨가 닿아 있다. 그래서 나는 자주 생각한다. 탈리아의 뉴욕은 나에게는 '이상한 나라'라고.

"하지만 난 곧 그리로 갈 거야." 하늘이 너무 밝다. 사이렌과 빵빵거리는 경적, 드릴 소리 같은 고음의 소음도 하나 없이 오늘은 너무 조용하다. "내 말이 무슨 뜻인지 알잖아. 내 삶은 그곳에 있고, 그의 삶은 여기에 있고."

"그리고 어디든 있을 수 있지. 너희 둘이 정말로 좋은 감정이 있다면, 그가 네 쪽으로 이사 올 수도 있잖아."

"그는 나한테 올 수 없어." 내가 한숨을 쉰다. "그 남자는 의지가 확고한 십 대 딸의 공동양육권을 갖고 있어. 그 아이는 브롱크스 과학고에 다녀. 너도 알겠지만, 거긴 전국 최고의 공립 고등학교잖아.

개는 다른 곳으로 가지 않을 거야. 대니얼을 이사하게 하는 건 그에게는 양육권을 박탈하는 거나 마찬가지야."

레나가 조용해지자, 나는 그녀가 말을 고르고 있다고 생각한다. 그녀가 조심스럽게 말한다. "사랑을 위해 자신의 삶을 뿌리째 뽑는 남자들도 있어."

나는 입술을 꽉 앙다물고 통명스럽게 쏘아붙인다. "그건 사랑이 아니었어. 좋을 대로 생각해. 하지만 존이 그 여자에게 도망간 게 아니었다는 걸 난 알아. 그는 우리한테서 도망친 거였어."

"난 꼭 집어 존 얘기를 하는 게 아니야."

내가 천천히 호흡하며, 뇌로 더 많은 산소를 보낸다. 어디선가 향신료 냄새가 난다. 계피, 강황. 다른 아파트에서 누군가가 창문을 열어 놓은 채 요리하고 있다. "다른 남자들도 그럴 수 있다고 생각해." 뜻밖에 머릿속에 대니얼이 짐을 챙겨서 딸을 뒤로하고 집을 떠나는 장면이 떠오르자 속이 뒤집힌다. "하지만 만약 그가 아이를 버리고 이사 온다면, 난 그를 더는 원치 않을 거야."

레나가 잠시 뜸을 들인다. "이런 말 묻기 싫지만, 그럼 네가 그 남자한테 이사 갈 거니?"

"절대 아니지. 그럴 리가. 말도 안 돼."

"넌 뉴욕을 즐기고 있는 것 같아. 내 말은 단지 데이트를 넘어서 말이야. 넌 요즘 정말로 행복한 문자들을 보내고 있어. 모든 것에 느낌표를 붙이고 있잖아? 이틀 전에는 파스트라미 샌드위치를 먹는 네 사진을 찍어서 나한테 보냈잖아."

"그 샌드위치 크기 봤어?"라고 내가 묻는다.

"그래. 딱 좋은 크기의 샌드위치였어. 내 말은 도시 생활이 너한테 맞는다는 뜻이야.”

나는 손가락으로 입술을 두드리며 이 문제를 곰곰이 생각한다. 그게 사실일까? 내가 집에서 아이들과 있는 것보다 이곳 뉴욕을 더 좋아할까?

오, 맙소사! 그러자 또 다른 죄책감이 뜨겁고 건조한 8월의 바람처럼 확 밀려든다.

내 안의 작고 이기적이고 못된 그것이 ‘맞아!’라고 소리치기 때문이다.

“레나야. 나 대니얼과 이 관계를 끝낼 거야. 지금 당장.”

“뭐라고?” 그녀가 묻는다. “잠깐만, 어쩌다가 우리가 이런 결론에 도달했지? 난 네게 남은 시간 동안 즐겁게 지내고, 그 문제는 나중에 방법을 찾아보자고 말하려던 참이었어. 너한테 ‘인생은 짧다’라는 위대한 명언을 말해 줄 참이었는데. 내가 밑줄 그어 놓은 명언도 준비되어 있었다고.”

“오늘 그냥 끝낼 거야. 이제 전화 끊고 그 남자한테 전화해야겠어.” 나는 의자와 발 받침 사이에 서려고 하지만, 달리 발을 옮길 곳이 없다. 결국 부두 밖으로 나가려고 발버둥 치는 물고기처럼 다시 주저앉는다.

“아니, 아니, 아니야, 에이미. 넌 관계를 끝낼 필요 없어. 그건 말도 안 되는 짓이야.”

“난 집에 돌아가야 해”라고 내가 말한다.

“잠깐만. 이런 결심은 어디서 나온 거야? 너랑 내가 서로 다른 얘기를 하는 것 같아.”

“뉴욕이 나를 이상하게 만들고 있어. 그게 다야.” 내가 레나에게 말한다. 나는 공황 상태에 빠진다. 아파트 안으로 들어가고 싶다. 이 도시의 공기에서 벗어나고 싶다. 이 우스꽝스러운 발코니에서도 나가고 싶다. 나는 다리를 접고 문을 향해 몸을 회전시켜 문을 연 다음 의자에서 미끄러져 나와 거의 무릎으로 굴러떨어질 뻔하며 다시 아파트 안으로 들어간다. 그리고 문을 당겨서 꽉 닫은 후 등을 기댄다. 침묵 속에서 아무 냄새도 나지 않는 에어컨 공기를 들이마신다.

아파트를 둘러본다. 탈리아가 너무 오래 떠나 있어서, 처음 도착할 때 그녀 아파트라고 여겨졌던 것만큼 이제는 당연히 내 아파트처럼 느껴진다. 내 책이 여기저기 쌓여 있고, 수업 계획 아이디어로 가득 찬 편지지 묶음 옆에는 내 노트북이 놓여있다. 주방 조리대에는 내가 모은 간장 봉지들과 네 개의 테이크아웃 메뉴들, 제일 좋아하는 종류의 그래놀라 봉지, 시장에서 사 온 딸기가 종이상자에 담겨 있다. 문 옆에는 신발 네 켤레와 스피닝 수업 용품이 담긴 가방이 있다. 마치… 내가 여기 사는 것 같다. 마치 내 아이들이 장성해서 어딘가 멀리에 있고, 나는 뉴욕에 살면서 독서 지도 발전에 관해 연구하는 것 같다. 극장과 박물관에 다니면서 저녁 8시에 저녁을 먹고, 빨래는 돈을 주고 세탁소에 맡기는 사람 같다.

이건 내가 아니다. 이건 내 진짜 삶이 아니다. 예전 삶을 잊기 전에 집으로 가야 한다.

나는 대니얼에게 전화한다. 음성 메시지가 나온다. "대니얼, 당신한테 말해야겠어요"라고 말한 다음, 그 말을 들으면 그가 마음속에서 매듭을 지을 것을 알기 때문에 그냥 말한다. "난 집에 가야 해요. 내 진짜 집으로. 난… 아이들이 너무 보고 싶어요. 그리고…." 나는 말끝을 흐리며 뭐라고 말할지 생각한다. "우리가 더 오래 지낼수록, 더 힘들어질 거예요." 내가 인정한다. "당신도 알 거예요. … 우린 농담 삼아 말했잖아요. 하지만 우린 처음부터 끝날 운명이었어요." 나는 잠시 침묵하면서 전화를 끊어야 할지, 처음부터 다시 녹음을 시작할지, 메시지 전체를 지우고 마음을 바꿀지, 내 입장을 고수해 어리석은 짓과 위험을 무시하는 짓을 이제 그만할지 고민한다. 결국 간단히 덧붙인다. "유연 도서목록에 관해 좋은 생각이 떠오르면 나한테 알려 줄 거죠?" 그러고는 전화를 끊는다. 대니얼이 그 메시지를 들으면 엄청 화를 낼 것이다. 내가 그의 입장이라도 화가 나겠지. 그는 그걸 듣고 엄청나게 화를 내며 말할 것이다. "그 여자가 없는 게 더 나아." 그리고 정말로 그럴 것이다. 나도 마찬가지일 것이다. 이 남자랑 함께 미래를 상상하는 것은 무분별한 짓이다. 조는 열두 살이다. 조와 함께 집에 있을 시간이 6년밖에 남지 않았다. 코리하고는 3년밖에 남지 않았다. 그 소중한 시간을 끝이 정해진 인연과 박물관에서 낄낄거리며 낭비하지 않을 테다. 그리고 뭐, 섹스와 베갯머리 이야기와 베이글이라고? '어림없다.'

자신이 바보 같다. 맘스프린가라니. 정말 어처구니없는 아이디어가 아닌가! 나는 내 아이들을 방치해 왔다. 부끄러워해야 할 짓이다. 아이들에게는 엄마가 필요하다. 나는 집에 필요한 존재다. 잘생긴 도서관 사서와 다양한 초밥 레스토랑의 메뉴를 위해 그냥 불쑥 일어나서 내 삶을 떠날 수는 없다. 그런 일을 고려한다는 것조차 내 성격에 의문을 제기하는 일이다. 그게 얼마나 좋을지 생각하는 것만으로도 나는 나쁜 엄마다.

이 가식은 끝났다. 이제 짐을 쌀 시간이다. 삶으로 돌아갈 시간이다.

나는 이메일을 확인하지 않는다. 아무것도 하지 않는다. 그저 탈리아의 집에 잠시 널브러져 있던 내 물건들을 집어서 여행 가방에 집어넣으려 하다가 실패한다. 잡지사에서 내게 너무 좋은 물건을 너무 많이 사 줬다. 사이클 신발과 캡슐 옷장과 야생돼지 털로 만든 특별한 헤어브러시도 사 줬다. 게다가 사방에 내 책이나 뉴욕 공립 도서관의 책이나 대니얼의 책이 있다. 결국 내 물건을 세 가지로 나누어(도서관 책들, 나한테 부칠 물건들, 그리고 대니얼 물건들) 택배 상자 세 개에 분류하여 넣은 다음 서둘러서 최대한 깔끔하게 짐을 싼다.

그러고 나서 깨닫는다. 난 집에 빈손으로 가겠구나. 빈손으로 집에 갈 수는 없다. 아이들을 위해 근사한 뉴욕 물건들을 사야 한다. 왜 지금까지 아이들을 위해서는 쇼핑을 하지 않았지? 지난 두 달간 나는 아이들이 없는 사람처럼 행동했다. 나이 든 남자들, 거의 아이와 다름없는 남자들과 데이트 하는 동안 가끔은 나 자신을 위해 쇼핑을 하면서, 슈퍼모델이나 되는 양 매일 운동을 했다. 독서와 극장과 미술관, 그리고 휴가 중의 연애.

내가 존보다 낫다고 할 수 있을까?

나는 거리를 쏘다니다가 멋진 브루클린 옷가게를 찾자 존에게 집에 가겠다고 통보 문자를 보낸다. 코리의 사이즈는 몇 달 새 변하지 않았을 테지만, 조는… 지금쯤 훌쩍 컸을지도 모른다. 일단 조의 6월 사이즈로 셔츠를 한 벌 사고, 만약을 대비해서 그것보다 한 사이즈 큰 셔츠를 한 벌 더 사야겠다. 맙소사, 혹시 조가 새 운동화가 필요하다면 어떡하지? 집에 일찍 가니 좋다. 9월이 되기 전에 아이들 옷을 살 시간이 필요하니까. 그리고 코리는 다이빙 시즌이 되기 전에 잠을 많이 자 둬야 한다. 조는 지금 무엇을 읽고 있을까? 존에게 이 모든 질문을 퍼부으려고 휴대폰을 들여다보니 그가 보낸 답장이 이미 와 있다.

'왜 지금 집에 오려고 하는 거야? 아이들은 내일 아침에 캠프로 떠나는데.'

심장이 쿵 내려앉는다. 캠프? 그럴 리가 없다. 내가 캠프에 관해 완전히 잊어버렸을 리가 없다. 내가 아이들 캠프 신청서에 사인했었나?

당연히 알고 있었지만, 이제야 기억이 난다. 코리는 다이빙 캠프에 간다. 하루에 백 달러도 넘는 캠프지만, 올림픽 선수들과 많은 미국인이 훈련한 캠프이므로 그 가격이 타당하다는 건 알고 있다. 타당하지만 존의 도움이 없다면 나 혼자서는 불가능한 곳이다. 그리고 조는 우주 캠프에 간다. 우주 캠프라니! 마치 우리가 실리콘 밸리의 백만장자쯤 되는 것 같다. 보통 사립학교의 전액 등록금을 내는 학생들이 이런 종류의 캠프에 간다. 장학금을 받는 아이는 아니다. 그런데도 이 모든 걸 거의 잊어버릴 뻔했다고?

나는 몹시 부끄러워진다. 내 전남편, 이전에는 아이들을 내팽개쳤던 애들 아빠가 내가 3년간 간신히 해왔던 것보다 지난 두 달 사이에 아이들에게 더 많이 해주고 있다. 내가 집에 가면 아이들이 내게 돌아오고 싶기나 할까? 애들 아빠가 아이들의 '새 학기 쇼핑 목록'을 보고 애들에게 학교 다닐 때 입을 옷과 일본산 펜과 로션, 무첨가 티슈 30박스를 사 줬을까? 그가 애들을 병원에 데리고 가서 학교에서 체육활동을 해도 이상이 없다는 건강검진서를 받았을까? 다이빙에 집중하기 위해 코리의 외출 금지 시간을 일찍 시작했을까?

357

아마 그가 이 모든 일을 다 했을 것이다. 아마 나는 이제 필요 없을지 모른다.

나는 휴대폰을 핸드백에 밀어 넣는다. 정확히는 내 핸드백이 아니라 〈퓨어 뷰티풀〉의 핸드백이다. 그제야 그 가방이 거기 있는 패션 옷장에서 나왔다는 것을 깨닫는다. 나를 좀 봐라. 유행하는 바지를 입고 빌린 디자이너의 가방을 들고서 십 대 옷가게에 서서 아이들의 사랑을 돈으로 사려하고 있다. 아이들의 스케줄과 셔츠 사이즈도 잊어버려 놓고서. 다음엔 뭘 잊을까? 아이들의 중간 이름? 이건 내가 아니잖아! 어쩌다 내가 여기까지 왔지? 이제 어떻게 돌아가지?

나는 올봄에 약국에서 존을 봤던 순간을 떠올린다. 그에게 말할 필요가 없었다. 그에게 기회를 주거나 아이들이 그를 방문하게 허락하거나 그 방문을 여름까지 연장할 필요가 없었다. 나는 강요받은 척했지만, 3년 전 존이 떠났을 때처럼 기꺼이 내 책임으로부터 멀어져갔다. 그저 짧은 휴가를 원한다고 말했지만, 그 기차를 탄 순간부터 난 맘스프린가를 좋아했다. 늦잠 자고 외식하는 것이 좋았고, 치마 길이를 두고 벌이는 딸과의 언쟁과 문을 쾅 닫는 딸의 반항적인 행동, 숨 막히게 하는 십 대 초반 아들의 눈물에서 벗어날 수 있어서 좋았다. 대니얼과 사랑을 나누는 것이 좋았고, 맷과 어울리는 것이 좋았으며, 심지어 그 다양한 남자들과의 첫 데이트와 그들의 다양한 약점도 좋았다. 이런 시간 내내, 나는 단 한 번도, 정말로 집에 가고 싶지 않았다. 그리고 이제 나는 그 모든 일을 되돌릴 수 있다면 좋겠다. 절대로 내가 가진 모든 것을 포기하지 말았어야 했다. 지금 나는 삶을 다시 되돌릴 수 없을까 봐 두렵고, 되돌린다 해도 어떻게 그 삶에 만족할지가 기억나지 않을까 봐 두렵다.

판매 직원이 내게 다가와 원하는 걸 찾는 데 도움이 필요하냐고 묻는다. 그 남자에게 내가 인생의 길을 잃은 것 같다고 말할까 생각한다. 그 대신 내가 열다섯 살짜리 여자아이가 입을 멋진 셔츠와 열두 살짜리 남자아이가 입을 셔츠를 찾는다고 말하자 직원이 내게 몇 가지 선택할 상품들을 가져온다. 그는 셔츠 몇 장뿐만 아니라 가죽에 급수탑 디자인이 아로새겨진 내 눈에도 매우 세련된 물병 모양의 둥근 핸드백도 가지고 온다. "좋아요. 그거 맘에 드네요. 그럼 내 아들에게도 멋진 걸 가져다주시겠어요?" 그러자 마르고 콧수염을 기른 그 직원이 내게 오렌지색과 회색으로 된 정사각형 나일론 책가방을 가지고 온다. 내가 그를 보고 묻는다. "오렌지색 나일론? 정말 이걸 추천하는 거예요? 가방이 '내가 정말 형편없는 엄마라 미안해'라고 말하는 것 같지 않아요?"

"다들 그렇게 말씀하시네요"라고 그가 불친절하지 않은 어조로 말한다. "여기, 이건 어떠세요?" 그가 재활용된 범포로 만들어졌고, 휘장 같은 것들이 잔뜩 그려진 훨씬 멋져 보이는 책가방을 건네준다. 우리 학교에서 부자 아이들이 가지고 다니는 가방 같다.

"좋아요. 그거요. 걔가 곧 우주 캠프에 가거든요"라고 그 남자에게 말한다. 내 신용카드를 직원에게 건네면서 지난 두어 달 동안 대니얼과 잡지사와 존이 내 비용을 지불하게 하면서 내 카드는 거의 사용하지 않았다는 생각이 든다. 그것 또한 나답지 않았다. 다른 사람들이 내 비용을 지불하게 하다니. 내가 힘들게 얻은 독립을 깡그리 잊어버리다니.

"우주 캠프라, 좋으시겠어요"라고 남자가 말한다. "낡은 우주복으로 만든 책가방도 갖다 놓아야겠어요. 구하기 힘들겠지만요."

조가 우주복에 쓰이는 겹겹으로 된 옷감을 자를 때는 레이저를 사용한다고 말한 적이 있다. 그만큼 쉽게 뚫리거나 구멍 나지 않도록 만들어졌다는 의미다. 그러나 팔과 관절 부분만은 매우 유연하고 나머지 부분은 딱딱하고 무겁다고 했다. 조가 우주복으로 가방을 만든다는 아이디어를 들으면 웃음을 터트릴 것이다. 조가 지금 당장 여기 있으면 좋겠다. 맘스프린가 대신에 여름 내내 아이들을 여기 데려왔더라면, 그래서 이 모든 과정에서 존을 배제했더라면 좋았을 텐데. 도대체 나는 왜 아이들로부터 벗어나야 한다고 생각했을까?

내가 탈리아의 아파트로 급하게 들어올 때 이 모든 생각이 머릿속에서 뒤섞인다. 나 자신이 어리석고 창피하면서도, 머릿속에서는 쓸모 있는 일부가 이렇게 말한다. '하지만 넌 여기 있는 게 정말로 좋았잖아, 하지만 넌 대니얼과 사랑에 빠졌잖아, 하지만 넌 정말로 휴식이 필요했다고!'

그러나 끔찍하게 죄책감이 들고 나쁘게만 느껴져서 그런 속삭임을 무시한다. 그리고 모퉁이를 돌아 탈리아의 아파트 앞에서 초조하게 서성거리는 대니얼이 보이자 어둡고 무서운 감정이 솟구치던 나는 그에게 달려가 팔로 껴안지 못하고 우뚝 멈춰 서서 말한다.

"아니야, 안 돼, 대니얼. 여기 있지 말아요. 나한테 절대 잘해주지 말아요."

방금 내가 그의 어깨에 납으로 만든 앞치마를 두르기라도 한 듯 그의 온몸이 축 처진다. "에이미. 말해줘요. 도대체 무슨 일이에요?"

나는 입을 벌리고 설명하려 하지만 아무 말도 나오지 않는다. 그에 관해 알아야 할 것이 여전히 많이 있지만, 이 사람을 사랑하기 시작했고 이젠 그를 떠나야 해서 마음이 아프다. 나는 그에게 다가가 그의 팔을 내 두 팔로 감싸고 이마가 그의 팔에 닿을 때까지 점점 더 몸을 기울인다. 이렇게 가까우면 그에게 들키지 않고 눈물을 흘릴 수 있다.

우리는 그렇게 오랫동안 서 있다. 마침내 어떤 여자가 작은 강아지와 함께 지나가다가 그 개가 코를 킁킁거리며 대니얼의 신발을 열심히 냄새 맡기 시작하자 내가 말한다. "당신을 소화전으로 착각하기 전에 안으로 들어가는 게 좋겠어요." 우린 몸을 떼고, 내가 그의 손을 잡는다.

"우리…"라고 말하는 그의 목소리가 차츰 잦아들자 내가 끼어든다.

"대니얼, 잘 들어요. 난 집에 가야 해요. 설명은 하겠지만, 이해가 안 될지도 몰라요. 이건 전혀 당신 때문이 아니에요. 그냥 난 그렇게 해야 해요. 집에 가야 한다고요."

그가 고개를 끄덕이면서도 인상을 찌푸린다. 우리는 안으로 들어가서 조용히 엘리베이터를 탄다. 그가 집으로 들어와 뒤죽박죽인 아파트를 둘러보고는 내가 어질러 놓은 물건들을 정리하기 시작한다. 대니얼이 자기 물건 몇 개가 들어 있는 상자를 발견했을 때, 그는 목덜미를 문지르더니 욕실로 사라졌다가 이내 자기 면도기와 데오드란트를 가지고 돌아온다. 내 결정에 대한 암묵적 동의인 셈이다.

"이해해요." 그가 자기 박스를 닫아 문 옆에 놓으면서 말한다. "당신 아이들은 당신이 필요하겠죠."

그 말에 고개를 흔들던 나는 본격적으로 울음이 터지기 시작한다. 내가 우는 모습을 보일 때도 그는 친절하다. 그가 두 팔로 나를 안고 잠시 있다가 침대 가장자리에 나를 앉힌 후 등을 문지르면서 오랫동안 아무것도 묻지 않는다.

"바로 그거에요." 마침내 내가 호흡을 가다듬게 됐을 때 훌쩍이며 말한다. "그건 당신이 이해할 수 없는 거예요. 아이들에게 내가 필요해서 돌아가는 게 아니라, 내가 필요하지 않기 때문에 가는 거예요."

대니얼이 뉴욕 펜 역에서 내게 작별 키스를 한다. 그날 밤 7시에 집에 도착하자 아이들이 나를 기다리고 있다. 아이들에게는 각자의 큰 모험을 떠나기 전에 집에서 보내는 마지막 밤이다. 우리는 중국 음식을 테이크아웃해서 집에 가지고 갔는데, 속으로 뉴욕에서 먹던 음식과 비교해 맛이 형편없다고 생각한다. 우리는 저녁 식탁에 둘러앉아 지난 이야기를 하면서 많이 웃기도 하고, 칩 모양의 초콜릿을 가지고 포커를 하려고 이따금 카드를 돌리다가 얘기하느라 카드 놀이를 잊어버리기도 한다. 나는 두 달 만에 처음으로 아이들을 자정에 각자 침대로 돌아가 자게 한다. 우리는 내일 아침 6시에 공항에서 존을 만나기로 되어 있다. 거기서 조가 로켓 발사장이 있는 앨라배마주 헌츠빌까지 비행기를 타고 갈 예정이고, 그런 다음 우리는 차를 타고 북쪽으로 세 시간을 이동해 코리를 미국 다이빙 국가대표팀 기숙사에 들여보낼 것이다. 나도 모르는 사이 존은 코리가 1인실을 쓸 수 있도록 돈을 추가로 냈다. "그래야 코리가 밤에 귀마개 없이 쉴 수가 있지"라고 설명한다. 코리는 깊게 잠들지 못하는 편이라 밤에 변기 물 내리는 소리에 깨거나 조가 방 두 개 너머에서 코가 막혀 코를 골 때에도 깨는데, 그가 지금 그것을 말하고 있다. 1인실로 바꾼 것은 매우 사려 깊은 행동으로, 지난 두 달간 코리의 요구에 귀 기울여 들어줬던 그의 관심을 증명하기도 한다. 이 모든 것들, 내 아이들을 위한 이런 선물들과 시간과 돈, 배려심은 오래전에 반납 기한이 지나서 가끔 학교 도서목록에서 지워버려야 하는 책들과 같다. 만약 그 책들이 나중에 어떻게든 다시 등장한다면, 축하해야 마땅할 일이다.

하지만 그건 다분히 존다운 행동이라 걱정스러워진 내가 묻는다. "코리에게 룸메이트가 없으면 어떻게 친구를 사귈까?"

그가 웃는다. "왜 못 사귀겠어? 난 코리가 새로 사귄 친구들 때문에 다이빙 수업이나 제대로 받을지 걱정이라고." 존의 말이 얼마나 맞는 말인지 깨닫자 마음이 누그러진다. 그 아이는 마네킹 공장에서도 친구를 사귈 것이다.

아니나 다를까, 우리가 코리의 침낭과 더플 백을 기숙사 방에 내려놓자마자, 코리는 TV가 있는 휴게실에서 왁자지껄 떠들고 있는 다른 다이빙 선수들 무리로 달려간다. "1인실은 좋은 생각이었어. 지금까지 아주 잘하고 있어"라고 내가 존에게 말한다.

존이 나를 물끄러미 바라본다. "육아는 정말로 힘든 일이야. 당신이 그렇게 오랫동안 어떻게 혼자 해냈는지 모르겠어."

누군가는 해야 하는 일이었다고 말해서 한 번 더 그에게 죄책감을 주고 싶지만, 뭐 하러 그러겠나? 존이 떠난 이후에 존과의 관계에 동력이 되었던 적대적인 에너지뿐 아니라, 처음에 존이 돌아왔을 때 의기양양한 기분에 일조했던 낙관적 생각도 이젠 다 동나고 없다. 칼을 치워버렸고, 그물도 치워버린 지금 나는 어색하게 화해의 말을 찾고 있다. "올여름에 그 짐을 나눠줘서 고마웠어." 그렇게 말하면서도 계속 진 것 같은 느낌이 들었지만 나는 인정하고 만다. "돌아와서 고맙고, 휴가를 가라고 날 설득해줘서 고마워."

존은 깃털 하나만으로 공격해도 쓰러질 것처럼 충격받은 표정이 되더니, 재빨리 회복한다. "나도 당신이 일찍 돌아와 줘서 고마워. 당신 스스로가 얼마나 필요한 존재라고 생각하는지 모르겠지만, 정말 당신은 그런 존재야. 당신이 안심시키지 않았다면 조가 오늘 아침에 그 비행기를 탈 수 있었을지 모르겠어."

"그리고 코리의 휴대폰 덕이지. 그래서 말인데, 조가 20분 전에 문자 보냈어. 헌츠빌로 가는 비행기에 타서 이륙을 기다리고 있다고. 경유가 성공했나 봐. 이제 조는 긴장을 풀고 캠프를 즐기기만 하면 돼."

"존이 경유하는 것을 걱정했어? 이상하네"라고 말하는 존은 오래전 자기가 공항에서 짜증 냈던 사건을 잊은 것이 분명하다. 30분간 맥주를 마시겠다고, 나에게 여행 가방 네 개와 두 아이를 맡겨 놓고 혼자 여섯 시간이나 비행기를 타게 했던 일을 말이다.

그날 밤 존은 화상 회의가 있어서, 우리는 가장 가까운 메리어트 호텔에 도착해 따로따로 방을 잡는다. 존이 같이 저녁을 먹자고 청했지만, 고민할 필요도 없이 룸서비스를 선택한다. 그 순간 나는 전 남편을 향해 마지막 남은 갈망이 이제 사라졌다는 사실을 강력하게 깨닫는다.

다음 날 아침 우리는 일찍 먼 길을 나선다. 런던 사무실이 문을 닫기 전에 존이 자기 책상으로 돌아가야 하기 때문이다.

집에 가는 길에 우리는 오랫동안 아이들 이야기를 한다. 그는 이번 여름에 했던 놀라운 일들, 함께 보낸 긴 주말을 모두 말한다. 그리고 어떻게 코리를 설득해 캠프에 가게 했는지, 어떻게 코리가 자기도 모르게 캠프를 좋아하게 됐는지를. 존은 내가 아이들을 잘 키웠다고 칭찬하고, 나는 그 말이 정말로 고맙다. 하지만 어떤 친절한 말도 내

게는 별표가 따라붙은 듯 들린다. '난 지난 두 달간 아이들을 방치했어.'

그러나 그는 계속 압박을 가한다. 그는 내게 5년 전, 다이빙팀에서의 첫해에 코리가 포기하지 않게 한 것은 옳은 일이었다고 말한다. 그 후로 그 아이가 다이빙에서 너무 많은 행복을 얻고, 다이빙을 통해 성장하고 있기 때문이다. 게다가 그는 아빠가 옆에 없었는데도 조가 야외활동을 즐기는 아이가 된 것에 감동했다고 한다. "남자만이 어떻게 불을 지피는지 가르칠 수 있다고 생각했던 내가 바보였어"라고 존이 말한다.

존은 계속 수다를 떤다. 난 아이들 이야기를 들으니 좋으면서도 내가 얼마나 많은 것을 놓치고 있었는지를 알게 되어 싫다. 그래서 한시간 내내 의미 있는 말은 한마디도 하지 않는다. 침묵만이 내가 그의 멱살을 움켜쥐고 "이제 어떻게 할 거야?"라고 물어보지 않을 유일한 방법인 듯하다.

결국 내 미래가 다시 한번 이 남자의 수중에 놓인 것 같다. 존은 미국에 머무를까? 아니면 이렇게 말하고 행동해놓고 예전의 삶으로, 홍콩으로 돌아갈까? 내가 그에게 이혼을 요구하면 어떻게 될까? 그가 공동 양육권을 요구할까? 아니면 더 많은 것을 요구할까?

여러 가능성이 내 머릿속에서 엎치락뒤치락한다. 그의 모든 행동을 대니얼과 비교하지 않으려 한다. 하지만 이 차에 다른 남자랑 있는 것이 더 낫지 않았을까? 정착할 줄 아는 남자랑 말이다.

차를 타고 가면서 침묵이 점점 더 무겁게 내려앉는다. 존은 재미난 아이들 이야기가 동이 났다. 다음에 무슨 일이 생길지 불확실하고 공허한 내 내장 안의 물웅덩이는 장염에 걸렸을 때처럼 불편하다. 고속도로에서 커브를 돌고 덜컹거리며 몸이 들썩거릴 때마다 금방 토할 것처럼 느껴지지만, 토하지는 않는다. 마침내 존까지 내 상태를 알아차린다.

"에이미. 에이미, 무슨 일 있어?"

나는 크게 공기를 들이마신다. "몸이 좋지 않아. 멀미하는 것 같아."

존이 한숨을 쉰다. 이런 내 나약함에 그가 약간 화가 났다는 것을 알아차린다. 하지만 그가 내 쪽 창문을 5센티미터쯤 내리자, 시원한 공기가 들어와 즉시 기분이 나아진다. "고마워"라고 내가 말한다.

"땅콩 필요해?"라고 그가 묻는다. 그는 내가 코리와 조를 임신했을 때, 아주 가까운 거리라도 차만 타면 멀미를 했던 때를 말하고 있다. 나는 임신했을 때마다 믹스된 견과류와 땅콩버터를 엄청나게 먹어댔다.

"하" 내가 약한 탄성을 내뱉는다. 그러면서 대니얼과 내가 마지막으로 함께 있었던 때를 조심스럽게 떠올리면서 자궁 내 피임기구에 속으로 감사 기도를 한다. "진심으로 그럴 리는 없다고 생각하지만, 내가 임신했다면 미친 짓일까?" 내가 다른 남자랑 같이 지냈다는 사실을 그가 한 치의 의심도 없이 알았으면 좋겠다는 생각이 갑자기 든다.

존은 미끼를 물지 않고 이렇게 말한다. "우리가 아이들을 데리고 디즈니에 갔던 때 생각나?"

디즈니 월드. 존과 나는 항상 나중에 언젠가는 아이들을 데리고 가겠다고 계획을 세웠었지만, 마법 같은 시간이 우리에게 얼마 남지 않았다는 사실을 갑자기 깨달았을 때는 코리가 다 자란 열 살이었다. 아이들은 둘 다 디즈니 영화를 그다지 좋아하지 않았지만, 어린 시절 나는 디즈니에 푹 빠졌었기에 내 가슴 속에는 디즈니가 특별한 기억으로 남아 있었다. 존도 디즈니 월드에 가 보지 않았지만 늘 가는 것을 꿈꿔왔었다.

그래서 우리는 호텔을 예약하고 차를 가지고 남쪽을 향해 운전해 갔다. 가족이 다 함께 가는 진짜 자동차 여행은 그때가 처음이었는데, 나는 예상치 못하게 멀미를 했다. 내가 배수로에 토할 수 있게 차를 갓길에 두 번 멈췄다. 나는 생강편을 씹고 사이다를 마시다가 마침내 내가 몇 시간만 운전을 할 수 있게 해 달라고 존을 설득했다. 나는 그의 공격적인 운전 스타일 때문에, 예를 들어 내가 농담 삼아 '견인차 운전사를 향한 복수'라고 불렀던 존의 운전 방식 때문에 멀미가 나는 것 같다고 그를 설득했다. 하지만 내가 운전을 하는 동안에도 속이 메스꺼웠다. 온종일 차를 타고 가야만 했던 나는 참을 수가 없었다.

그래서 편의점이 있을 법한 큰 마을에 도착했을 때, 나는 멀미 패치를 사러 안으로 들어갔다. 약사가 패치를 집어 들고는 대부분의 사람에게 그 약이 효과가 있다고 말하면서도, 잠시 머뭇거렸다. "만약 손님이 임신했거나 임신할 가능성이 있다면, 이걸 사용하기 전에 의사에게 먼저 확인해보셔야 합니다"라고 무심하게 말했다.

나는 그때 깨달았다. 존과 아이들은 약국 밖에서 에어컨을 켜 놓은 채 차에서 기다리고 있었는데, 우리는 여러 시간째 그 차에만 있다가 내가 가끔 토할 때와 맥도날드에서 아이들이 급하게 볼일을 볼 때만 쉬었을 뿐이었다. 나는 밖으로 나가서 존과 아이들에게 차를 주차하고 길 건너에 있는 아이스크림 가게에 가 있으면 나도 곧 그리 가겠다고 말했다. 그다음 나는 가게로 돌아와 임신 진단기를 산 후 편의점 화장실로 향했다.

임신이었다.

약사는 내게 수면유도제와 비타민 B6, 차를 타는 동안 사용할 멀미 완화용 지압밴드를 건넸다. 나는 진저에일 여섯 팩과 커다란 봉투에 담긴 소금과 식초 맛 포테이토칩도 샀다. 그리고 스니커즈 초코바 하나도. 나는 약국 현관에 서서 스니커즈를 먹었고 그런 다음 길 건너 아이스크림 가게로 가서 '피넛 버스터 파르페'를 주문했다.

"당신 입맛이 돌아왔구나!" 내가 아이스크림을 테이블로 가지고 가자 존이 환호했다. 아, 그날 그가 얼마나 활기차던지! 우리 사이에 모든 것이 완벽하지는 않았지만, 그날은 우리에게 가장 행복한 시간 중 하나였다.

"응"이라고 대답하는 나는 그의 미소를 보자 기분이 좋아졌다. "벌써 약발이 드는 것 같아. 하지만 운전은 못 할 것 같으니 차 열쇠는 당신이 가져가."

아이스크림은 맛있었다. 내 위는 이미 잠잠해졌다. 나는 그 여행으로 아이들을 행복하게 하고 있었고, 이제 남편을 훨씬 더 행복하게 할 참이었다. 나는 아이를 원하지 않았지만 그렇다고 아이를 원하지 않았던 것도 아니었다. 놀라긴 했지만 겁나지는 않았다. 나는 존이 굉장히 기뻐할 것이라 생각했다. 존의 가족은 대가족이라서 아이들을 두 배 많이 낳았더라도 기뻐했을 테지만, 나는 코리와 조 사이에 숨 돌릴 시간이 필요했고, 조를 낳고 나니 너무 늙어버린 것 같았다. 하지만 임신한 걸 보니 너무 늦지 않았었나 보다.

나는 존에게 말할 생각에 신이 났다. 아이들에게는 인형 자판기에서 쓸 25센트짜리 동전을 쥐여주고 나서 존의 두 손을 붙잡았다. 내 얼굴은 빙그레 웃고 있었는데, 어느새 눈가가 촉촉해지더니 아이들이 들을 수 없는 곳까지 멀어지자마자 내 입에서 말이 튀어나왔다. "나 임신했어! 우리한테 아기가 생겼다고!"

이제 집까지 한 시간밖에 남지 않은 지금, 내가 말한다. "그때 여행에서 땅콩을 정말 많이 먹었지. 포테이토칩도."

"그래, 당신 진짜 포테이토칩 많이 먹었지. 내가 전 세계 공급량까지 걱정할 정도였어."

"그리고 기억나? 당신이 나한테 이번에는 얼마나 많이 살찌고 싶으냐고 물었잖아."

"그래서 당신이 날 거의 죽일뻔했지."

"그랬더라도 난 무죄 선고를 받았을 거야"라고 내가 말한다. 그러고는 미래에 관해서는 물어볼 수 없는 질문이 너무 많아 그냥 과거를 묻는다. "당신 그 아기가 그리운 적 있어?"

존이 고개를 흔든다. "아니야. 미안해, 에이미. 그런 의도로 한 말은 아니었어."

"당신은 항상 그렇게 말했지. 하지만 처음에 너무 좋아했잖아."

뒷좌석에서 보이는 존은 내가 기억하던 예전보다 더 힘들고 피곤해 보인다. "좋지 않았어."

"그럼 좋은 척했어?"라고 내가 묻는다.

"정말로 좋을 때까지는… 가짜로 좋은 척했어"라고 그가 대답한다.

나는 이 말을 최대한 객관적으로 생각하려 애쓰다가 실패하고 나도 모르게 묻는다. "하지만 우리가 그 아기를 건강하게 낳았다면, 상황은 많이 달랐을 거야. 기저귀를 찬 두 살배기를 두고 당신이 나를 버렸을 리는 없을 것 같거든. 우린 아마 같이 있었을 거야."

존이 앞만 보면서 말한다. "나도 그걸 가끔 생각해 봤어."

"그래서 내가 유산하지 않았다면, 당신이 내 옆을 지켰을까?" 그 질문이 날카로운 어조로 튀어나오자, 내가 그 끔찍한 공포를 입 밖으로 크게 말해버렸다는 사실이 나조차 믿기지 않는다. 하지만, 그게 사실일지 수백 번 궁금해하지 않았던가?

존이 한숨을 쉰다. 그가 별안간 너무 지쳐 보이자, 그가 집을 떠나기 직전에 늘 지친 표정으로 한숨을 쉬고 발을 질질 끌면서 집 밖으로 나서던 모습이 문득 떠올랐다. "사실, 난 '당신 옆을 지키지 않으려던 것'이 아니었어. 비유하자면 영수증과 함께 당신을 가게에 반품한 게 아니라고."

"그렇다면, 당신이 한 짓은 뭐였어? 난 아이를 잃었고, 그 후에 당신이 나를 버렸잖아." 내 목구멍이 조여 온다. 그 상처가 다시 물밀 듯이 밀려온다. 나는 눈을 열심히 깜빡거리면서 눈물을 삼키려 한다.

"아니야." 존이 말한다. "난 모든 것을 버렸어. 당신은 모든 것의 일부였고. 당신, 집, 동네, 가족, 친구들, 그리고 맞아, 내 아이들까지. 전부를 버렸던 거야. 난 그냥 짧은 휴식이 필요하다고 생각했어. 당신처럼. 다만 돌아오는 데 두 달이 아니라 3년이 걸렸을 뿐이야."

"그 두 상황은 전혀 같지 않아." 내가 톡 쏘듯 대꾸한다. 물론 내 머릿속으로는 우리를 몇 번이고 비교했지만.

존이 고개를 젓는다. "맞아. 다르지. 당신은 나보다 더 나은 부모야. 더 나은 사람이고. 사실, 내가 아는 한 당신은 늘 나랑 정반대의 사람이 되고 싶어 했어."

그의 상처 입은 마음이 내 눈에도 보인다. 하지만 그는 말을 멈추지 않는다.

"당신은 그 일 때문에 서럽지, 에이미? 지난 3년 내내 나아가지 못하고 멈춰 있었을 뿐 아니라, 당신 자신을 오로지, 완벽하게 내가 희생자로 만든 여자로 정의해 왔으니까."

'그가 희생자로 만든 여자라니.'

그 말에 나는 분통을 터트린다. 그게 사실이니까.

"존, 여긴 왜 돌아온 거야?"라고 내가 묻는다. 그 말은 몇 달 전에 물었어야 했다. 더 세게 몰아붙였어야 했다. 그의 생각을 설명하게 해야 했다. 겁먹은 채 조심스럽게 행동하지 말고… 내가 그걸 뭐라고 불렀더라? '상을 뒤엎는다'고 했던가? 젠장, 상은 무슨 빌어먹을 상? "당신 나 때문에 돌아왔어?"

그가 길게 숨을 내쉰다. "아이들 때문에 돌아왔어. 코리하고 조. 그리고 당신을 사랑해, 에이미. 결혼한 지 18년이 지났지만, 난 항상 당신을 사랑할 거야." 그는 오른손을 핸들에서 떼고는 손을 뻗어 내 팔을 친숙하게 꼭 쥔다. "내가 돌아왔을 때, 아이들을 위해 해줄 수 있는 최고의 선물이 우리 결혼생활을 회복하려는 노력이라고 생각했던 것 같아. 그리고 그런 생각이 정말로 싫지 않아. 당신은 하루하루 예뻐지고, 놀라운 엄마인 데다가, 당신과 같은 입장에 처한 누구보다도 이 과정을 인내심 있게 참아주고 있으니까."

나는 고개를 흔든다. 이건 올여름이 시작될 무렵 듣고 싶었던 말이다. 이제 그 말이 돌처럼 가슴을 짓누른다. "존, 난 재결합을 원치 않아."

그가 고개를 끄덕였는데, 그의 눈에서 후회의 기미가 스쳐 가는 것을 언뜻 본 것 같다. "나도 이제 알아. 그리고 아이들도 원치 않는 것 같아."

그가 옳다. 나는 숨을 들이쉬었다가 힘들게 내뱉는다. "그러면 이제 어떻게 할 거야? 당신 계획이 뭐야?"

그가 잠시 망설인다. "여름이 끝나면 난 해외로 다시 돌아가야 해. 아이들이 몹시 그립겠지만, 결국 사무실로 돌아가야 하고, 내가 간 후에도 당신과 아이들은 아주 잘 지낼 거라는 데 의심의 여지가 없어."

그의 말이 굴러떨어진 벽돌처럼 나를 덮친다. 나는 진실을 원했다. 진실을 맞이할 준비가 됐다고 생각했다. 하지만 이제 진실을 알고 나니 한 대 얻어맞은 기분이다. 그냥 얻어맞은 정도가 아니라, 완전히 갈가리 찢긴 것 같다. 아무것도 바뀐 것은 없다. 나는 대니얼과 탈리아, 뉴욕과 내가 거기서 할 수 있다고 느꼈던 모든 것을 남겨두고서, 존이 우리 삶으로 다시 들어오기 전과 정확히 똑같은 상황으로 돌아왔다.

아니, 오히려 더 나빠지기만 했다. 이제 조와 코리와 내가 그동안 놓치고 있던 것이 무엇인지를 정확히 실감하게 될 것이기 때문이다.

그 후로 한동안, 존과 나는 차 안에서 오래 침묵을 유지한다. 내 가슴 속에 세워진 고통의 도시가 서럽게 통곡하고 있다. 후회와 상실로 세워진 빌딩들, 두려움으로 포장된 도로들. 머릿속에서 나는 그것을 뚫고 걷는다. 그가 방금 한 말로 받은 상처와 내 안에 세운 비통함의 유물들을 헤치고, 시간을 거슬러 올라간다.

뉴욕에서 대니얼을 떠난 날.

존을 약국에서 봤던 날.

마리카에 관해 알게 된 날.

존이 홍콩에서 전화해 돌아가지 않겠다고 말한 날.

임신 13주 차에 병원에 가서 아기 심장 박동이 들리지 않는다는 말을 들은 날.

존과 나만 아는 비밀인 이 마지막 유물에서 나는 더 나아갈 수 없다. 병원에서는 당시 내게 태아의 DNA 검사를 하고 싶은지 물었다. 경련이나 출혈이 있었는지, 성별을 알고 싶은지, 이후에 임신을 계획하고 있는지도 물었다. 하지만 나는 너무 놀라서 그 모든 질문이 소음처럼 들렸다. 그전에는 유산한 적이 없었다. 당시에 유산하리라 생각할 이유가 전혀 없었다. 엽산을 복용하고 있었고, 임신 4주 차부터는 술을 마시지 않았으며, 입덧도 적당했고, 유방이 부드러워졌으며 몸무게도 4킬로쯤 늘었다. 나는 이런 통계를 줄줄이 읊으며 의사에게 오진이라고 설득하려고 안간힘을 썼다. 나는 마치 그것이 중요하기라도 한 듯, 마치 의사가 모른다는 듯, 내가 임신 3개월이 다 되어간다고 말했다. 나는 이미 아기의 대학 학자금 준비를 위한 저축 상품인 529 플랜도 시작했다.

"당신 휴대폰이 울리네"라고 존이 말한다. 내 정신은 차 안으로, 현재로 돌아온다. 아기가 태어나지 않았고, 남편이 곁에 없었으며, 내 삶이 거기에 달린 듯 그런 상처를 끌어안고 지난 5년을 지낸 현재로.

"뭐라고?"라고 내가 묻는다.

"당신 휴대폰. 진동 모드로 해 뒀는지 웅웅거리는 소리가 나."

"오, 그래. 당신 말이 맞네. 내 전화야."

"안 받을 거야?"

나는 받으려 하지 않는다. 대니얼일지도 모른다. 아니면 탈리아가 마이애미에서 집으로 돌아와 내가 어디 갔는지 궁금해서 걸었을지도 모른다. 아니면 내가 말 한마디 없이 떠나버려서 화가 난 맷이거나. 아니면 내가 실망시킨 다른 사람들일 수도 있다.

그러다 휴대폰이 진동을 멈추더니 다시 울리기 시작한다. 내가 곧 휴대폰을 꺼내자 음성 메일이 뜬다. 어딘지 모를 지역 번호다.

메시지가 천천히, 천천히 문자로 바뀌고 마침내 내가 그 문자를 읽는다. 그리고 나는 망연자실한 채 휴대폰을 떨어뜨린다. "존, 차 돌려. 지금 차 돌려야 해. 코리가 다쳤어."

"뭐라고?"

"저기, 저기 있는 U턴 지역에서 돌아. 대학교로 돌아가자고."

"무슨 일인데?" 그가 따져 물으면서도 좌측 깜빡이를 켜면서 경찰 전용 회차로에서 속도를 줄인다.

"병원으로 가야 해." 존에게 말하는 내 목소리에서 새로운 두려움이 묻어난다. "코리에게 사고가 났어." 나는 존의 어깨를 붙잡는다. "코리가 다이빙대에 머리를 부딪쳐서, 아직 깨어나지 못하고 있대."

18장

코리가 막 세 살이 됐을 때, 우리는 코리에게 빅뉴스를 말해줬다. 곧 동생이 생길 테니 마음을 단단히 먹으라고 말이다. 신날 수도 있지만, 한편으로 문제가 될 수 있는 소식이었다.

당시에 코리는 말이 더뎠다. 우리는 과민반응하지 않으려 했지만, 부모는 처음인지라 정상에서 조금이라도 벗어난 모든 것이 심각한 일의 징후로만 보였다. 그래서 나는 수많은 시간을 초조해하면서 언어 지체에 관한 책을 읽었고, 코리에게 혀 운동을 시키면서 불쌍한 딸을 괴롭혔다. 그러면 다분히 반항아였던 코리는 말을 훨씬 덜 하거나 사물을 손가락으로 가리키면서 이미 말할 수 있었던 명사도 "저거"라고 말했다. 언어 치료사들은 우리에게 코리가 가리키는 것을 모르는 척하라고 조언했다. 코리가 말하지 않아도 내가 아이의 모든 기분을 이해했기 때문에, 코리에게 학습성 무기력을 만들고 있던 사람은 나라고 치료사들은 말했다. 아마 그럴지도 모른다고 생각했다. 모두 엄마로서 내 잘못인지도 몰랐다. 아니면 코리가 그냥 아직은 말하기 싫은 모양이니, 우리는 트집 잡기를 그만둬야 할지도 몰랐다.

그러나 당시 나는 겁을 먹었으므로 전문가의 조언을 따를 수밖에 없었다. 그래서 코리가 내 자궁 부위를 가리키면서 "저거"라고 말하자 나는 "응?"이라 답했고, 코리가 "아기?"라고 말하자 "맞아, 여기 아기가 있어"라고 대답했다. 그러자 코리가 "코리는 그 아기 싫어"라고 말했다. 나는 속으로 '음, 긴 문장을 제대로 말했어. 굉장한 발전이야'라고 생각했지만, 한편으론 무서웠다.

조를 가질 때, 존과 나는 임신하려고 안달하지 않았지만, 실제로 임신하기까지는 예상보다 오래 걸렸다. 그래서 무슨 문제가 있는지 알아보려고 의사에게 진찰받기 직전까지 갔었다. 우린 실제로 병원 예약도 했다. 존은 내가 먼저 가길 원했다. 내가 정상으로 확인되면 자기가 가겠다고 했다. 그는 "난자가 빨리 생기를 잃는다"라고 내게 말하면서 나 먼저 가라는 주장을 정당화했는데, 이런 식의 대화 때문에 나는 수정으로 이어지는 그 행동이 전혀 흥분되지 않았다. 섹스가 점점 나빠지자 나는 화가 났고, 전희는 "이걸 빨리 끝내자고"와 "좋든 싫든 시작할 시간이야"와 같은 말로 바뀌었다.

그러다 감사하게도, 생리를 하지 않았다. 집에서 테스트해보니 임신이었고, 석 달을 기다렸다가 코리에게 말했더니 코리는 우리에게 그 아기를 원치 않는다고 말한 것이다. 그땐 존과의 사이가 이미 불편해진 상태였다. 그러다 문득 존의 얼굴을 보면서 그 집안에서 아기를 원하는 사람은 나밖에 없나 하는 생각이 들었고, 그래서 외로웠다.

하지만 6개월 후에 조가 태어나자 우리는 모두 당연히 사랑에 빠졌고, 특히 코리는 조를 자기 것으로 생각했다. 둘은 나이 차이가 꽤 있었지만, 그런데도 서로를 즐겁게 해주는 데 탁월한 소질이 있었다. 코리는 자발적으로 기저귀 가는 것을 도와주지는 않았지만, 분유 먹이는 것은 좋아했다. 실제로 존이 출장 갔을 때는 한밤중에 젖병을 물리기도 해서, 조는 나 혼자 먹이는 양보다 더 많은 분유를 먹고 있었다. 조가 내 옆에 놓인 아기침대에서 칭얼거리는 소리를 들으며 반쯤 잠에서 깨면, 다음에 뭘 해야 할지 생각조차 못 하고 있을 그때 코리가 자기 방에서 깨어 주방으로 가서는 유아용 발판을 딛고 올라서서 손을 조심스럽게 씻은 후, 이리 와서 젖병 온도를 확인해 달라고 내게 소리를 쳤다. 그런 다음 내가 반쯤 졸고 있는 동안 코리가 분유를 먹였는데, 조가 먹는 동안 코리는 나와 존 앞에서는 써 본 적 없는 단어들을 사용하며 조와 얘기를 나눴다. "알았어, 애기야. 우유를 먹어 치울 시간이야. 맛있는 우유. 분유라는 거야. 우리가 착하고 조용히 있어야 엄마가 잘 수 있어. 너 방귀도 뀌어야지?"

젖병이 비워지면 코리는 젖병을 침실 옆 탁자에 놓고는 내 몸을 타고 넘어서 내 옆에 누워 잠이 들었다. 마치 그곳이 자기가 내내 있었던 곳인 것처럼. 침대 옆에 붙여진 아기침대에서 조가 조금 버둥거리면 나는 반쯤 무의식 상태에서 조에게 팔을 뻗어 잘 달래어 트림을 시키고, 아기가 응가 했는지 기저귀를 확인할 때 엄마들이 하는 이상한 짓을 했다. 응가가 있을 것 같은 곳에 손가락을 찔러 넣어 확인한 다음 필요한 일을 처리하고는 다시 잠이 들었다. 우리는 존이 출장을 갈 때마다 한 팀이 되어 이 이상한 댄스를 췄는데, 존은 평일에는 대부분 출장을 갔다. 네 살짜리 딸과 나는 잘 조율된 육아 기계 같았다. 하지만 성인인 존은 코리만 못했다. 주말마다 집에 돌아온 존은 너무 피곤해서 한밤중에 분유를 탈 수 없었을뿐더러, 코리가 밤에 도와주러 일어날 때마다 코리를 침대로 돌아가라고 쫓아버렸다. 주말 낮에는 존이 코리를 데리고 공원에 소풍을 가거나 야구 경기장이나 수영장에 데리고 갔다. 조와 나는 늦잠을 자면서 이렇게 꼭 필요한 휴식을 취할 수 있으니 나는 얼마나 운이 좋으냐고 속으로 생각했다. 하지만 나는 그 시절의 코리를 놓쳤고 한편으로는 존을 절대 그리워하지 않았다.

남편에서 아이로 향하는 이 무의식적인 애정의 이동은 드문 경우가 아니라는 것과 지나가는 과정이라는 것을 알았다. 아이들이 파자마 파티에 가거나 혼자서 할머니 댁에 놀러 갈 만큼 다 자란 애 엄마들은 내게 자기들에게 찾아온 로맨스의 부활기를 말해주었다. 나는 그 초기 시절에 섹스를 피했다거나 한밤의 데이트 대신 일찍 잠이 들었다고, 또는 구멍이 많이 나고 늘어진 트레이닝복 바지를 여러 날 연속으로 입었다는 말을 실토하지 않으려 애썼다.

하지만 그가 떠나자, 은밀하고 부끄러웠던 내 속의 어느 부분이 그 모든 게 내 책임이라고 믿었을까? 그리고 실제로 내내 나를 화나게 한 것은 나 자신이었을까?

우리가 병원으로 빨리 이동할 때, 나는 이런 생각들을 한다. 코리가 다쳤다. 코리가 자전거에서 떨어지거나 그네에서 미끄러지거나 사다리에서 굴러떨어질 때마다 코리는 애초에 올라가서는 안 되는 곳에 있었다. 그러다 놀랍도록 명료한 생각이 떠오른다. 누가 무엇을, 왜 했는지 무슨 상관인가? 이 남자와 나는 우리 유전자를 결합해서 각 부분을 더한 것보다 위대한 무엇인가를 만들어냈다. 우린 다른 어느 것보다 사랑하는 두 아이를 만들었고, 이제 그중 하나가 다쳤다. 그러니 왜 다쳤는지가 중요치 않고, 그건 존과 심지어 나를 포함해 그 누구의 잘못도 아니다. 지금 중요한 것은 우리가 병원에 도착하고, 코리가 깨어나는 일이며, 코리가 깨어날 때 엄마 아빠가 바로 옆에 있다는 사실을 아는 것이다.

  캠퍼스 근처에 아름답고 커다란 병원이 있다. 마당에는 예쁜 동상이 있고, 우리가 진입로에 급하게 들어서자 우리 차키를 받으려고 기다리는 주차 요원이 있다. 모든 것이 깨끗하고 반짝반짝 윤이 난다. 엘리베이터에는 지금 몇 층에 있는지 상기시켜주는 사진들이 있다. 나는 이 모든 것을 무시하고 존이 타고 있는 차도 버려둔 채 응급실로 달려간다. 코리는 이미 옮겨진 후였다. 나는 다른 줄로 가서 소리친다. "코리 바일러 어디 있어요?" 그러자 간호조무사가 말한다. "TBI요? 4층입니다."

  TBI. 이건 다이빙 선수의 엄마들이 단 한 번도, 절대로 말하지 않을 단어이다. 우린 뇌진탕에 관해서는 끊임없이 말한다. 무엇을 해야 할지, 어떻게 알아차릴지, 어디로 갈지, 어떤 질문을 할지는 알고 있다. 하지만 '외상성 뇌 손상'은 입 밖에 꺼내지 않도록 조심하는 단어다. 뇌진탕은 쉬면 된다. 출전하지 않고 벤치에 앉아 있으면 그만이다. 학교를 몇 주 쉬어야 하니, 운동선수로서는 좌절이다. 그러나 TBI는 뇌 손상이다. 나는 고통스러운 죽음에서 코리를 구하라고 개인적으로 임무를 부여받은 사람처럼 4층 대기실을 박차고 들어간다. 내가 소리친다. "어디 있어요? 코리 바일러, UP Health 회원 번호가 320378번이고, 출생일이 9월 27일….."

  "천천히, 좀 천천히요." 프론트 데스크에 있는 남자가 말한다. "환자 어머님 되십니까?"

내가 고개를 끄덕인다.

"어머님을 기다리고 있었습니다. 제가 따님이 있는 곳으로 모셔다 드리고, 의사 선생님께 호출하겠습니다. 신분증 갖고 계십니까?"

나는 그 불쌍한 남자의 멱살을 거의 잡을 뻔했다.

"네. 저를 데려가세요." 내가 그에게 면허증을 던지다시피 하자, 그가 내게 손목 밴드를 만들어준다. 내 뒤로 엘리베이터 문이 열리자, 존이 내리는 모습이 힐끗 보인다. 나는 계단을 한 번에 두 개씩 올라갔기 때문에 숨을 헐떡이고 있다. 존의 입술이 딱딱하게 굳어 있다. 내가 그에게 손짓하며, 간호조무사에게 말한다. "저 사람이 아이 아빠예요. 같이 들여보내 주세요. 존, 이분께 운전면허증 보여 드려."

"잠깐만요, 선생님. 제가 곧 돌아오겠습니다. 우선 부인부터 이리 오시죠." 그가 내게 말한다. 그는 열쇠를 태그하여 여러 개의 닫힌 문과 치료실이 늘어선 복도를 지나간다. 그가 나를 어떤 간호사에게 데려다주면서 말한다. "코리 바일러 어머니세요. 428호실." 그러더니 그는 왔던 길을 돌아간다.

그 간호사는 내 팔을 잡고 다른 복도로 데려가기 시작한다. "따님이 다이빙대에 부딪혀서 머리에 상처를 입은 것 같아요. 우리는 가벼운 혹은 중간 정도의 외상성 뇌 손상을 주시하고 있습니다. 살펴봐야 할 뇌 사진이 몇 개 있어서 따님이 대기 중인데, 지금 당장은 반쯤 의식이 있어서 GCS(글라스고우 혼수 척도 - 옮긴이)수치는 꽤 높습니다." 나는 그 단어가 무슨 뜻인지 모르지만, 너무 당황해서 분명히 설명해 달라고 요구할 경황이 없다. "최대한 빨리 의사 선생님께서 어머님과 얘기하시도록 하겠습니다. 따님을 곧 보실 수 있지만, 말씀드렸다시피 현재 정신이 온전치 못합니다. 잠이 반쯤 깬 사람과 같다고 생각하시면 될 거예요."

나는 코리와 조가 아기일 때, 반쯤 깬 상태로 침대에 누워 언어 지체가 있던 딸이 늘어놓는 장황한 말을 듣는 내 모습을 떠올린다. 당시에 나는 주위 상황을 아주 잘 인식하고 있었다. 이제 안으로 들어간다.

"여기가 중환자실 가족 휴게실입니다. 커피와 주스가 있습니다. 그리고… 부인?"

바로 옆 428호실에 붙어 있는 화이트보드에서 코리의 생년월일과 그 뒤에 쓰인 TBI라는 글자를 발견한다. 나는 그리 어렵지 않게 코리가 어디 있는지 알아차린다. 문을 조심스럽게 열고 안을 들여다본다. 코리가 잠들어 있다. 나는 불쑥 안으로 들어간다.

"자, 부인." 간호사가 나를 쫓아오면서 단호하게 말한다. "가족 휴게실로 가져야 합니다. 부인, 보면 속상하실 거예요."

코리가 산소마스크를 쓴 채 침대에 누워 있고, 옆에는 링거가 세 개 매달린 스탠드가 있다. 방은 영락없는 드라마 세트장 같다. 삐삐 하는 소리와 쉭쉭 하는 소리가 난다. 코리의 입은 열려 있고, 산소마스크 밖으로 침을 흘리고 있다. 침을 흘린다는 건 살아 있다는 뜻이다. 내 눈에서 눈물이 터지고 만다.

"속상하실 거라고 했잖아요, 부인. 그래서 제가 그러지 말라고…."

"속상하지 않아요. 저 아이를 보세요. 숨 쉬고 있잖아요."

코리가 내 쪽으로 고개를 돌린다. 코리의 눈이 실룩거리면서 뜨였다가 이내 닫힌다. 내 말을 들을 수 있다. 나는 쏟아지려는 눈물을 힘겹게 삼키고는 아이의 손을 잡고 짐짓 쾌활하게 말한다. "그러게, 너 좀 봐. 골든레트리버처럼 침을 흘리고 있잖아. 엄마를 제법 겁줬어, 요 녀석. 다이빙대는 발로 팅기는 거야, 머리가 아니라."

코리의 눈이 뜨이자 그 안에 무엇인가가 반짝이고 이내 다시 닫힌다. 나는 외면하고 만다.

"통증 관리에서는 최고이시겠지요?" 내가 간호사에게 날카롭게 묻는다.

"그렇다고 확신합니다, 부인. 하지만 이제 가족 휴게실로 돌아가 주셔야 합니다. 캐모마일 차라도… 한잔하시지요. 의사 선생님께서 곧 오셔서 설명하실 겁니다."

이번에는 그가 시키는 대로 한다. 나는 대기실로 간다. 거기에는 나밖에 없다. TV는 CSPAN 채널에 맞춰져 있다. 대기실에서는 주유소 커피 냄새가 난다. 여느 병원처럼 평범한 대기실에 의자들이 놓여 있다. 나는 의자 하나에 앉아 조금 더 눈물을 흘린다.

잠시 후에 존이 방으로 들어와 내 옆 의자에 앉는다. 나는 한동안 여기 있어야 할지도 모른다고 생각해서 폭이 2배로 넓은 의자에 앉았는데, 존이 나랑 그 의자에 같이 앉지 않을 정도의 센스가 있어 다행이라고 생각한다. 이렇게 우리 사이에는 일정한 거리가 있다. 나는 무릎에 팔꿈치를 괴고, 손에 얼굴을 묻은 채 다시 눈물을 흘린다.

존이 손을 뻗어 건성으로 내 등을 문지른다. "의사는 만나 봤어?"

내가 고개를 흔든다. "아직. 하지만 코리는 봤어. 분명히 살아 있어."

존이 약간 목이 메는 듯한 소리를 낸다. "맙소사, 에이미. 살아 있기만 하면 되는 거야?"

"좋은 출발이지"라고 내가 말한다. "간호사들이 외상성 뇌 손상이 있다고 말했어. 의사들이 코리의 뇌 사진을 보고 있대. 혹시나… 영구적인 손상이 있는지 보려고." 내 목소리가 차츰 잦아든다. "나한테 이런 말을 듣고 싶었어?"

존이 입을 다문다.

"있잖아." 나는 갑자기 그에게 한마디 해야겠다는 생각이 든다. "당신이 없는 동안 아이들이 아팠어. 걔들이 아팠다고. 바보 같은 짓을 했거나, 싸우거나 아파서, 긴급하게 치료하러 달려가거나 응급실과 편의점에 달려가야 했어."

"편의점?"

"이 때문에. 이를 없애려고 조의 머리를 바싹 자르려고 했지만, 내가 손도끼로 자르는 바람에 조를 다시 사람들 앞에 내놓으려면 가게에 들어가서 뭔가 해결책을 찾아야만 했으니까."

"도대체 무슨 소리야? 이게 이랑 무슨 상관인데?"라고 존이 묻는다.

"요점은 우리 아이들과 내가 응급상황을 겪었다는 거야. 그것도 많이. 그리고 당신이 모두가 살아 있고, 아무도 몸에 불이 붙지 않은 걸 확인한 후에 다시 가버릴 거라는 거지."

"좋아. 좋은 조언이군." 그는 화가 난 목소리인데, 도대체 그가 무슨 권리로 나한테 화를 낸단 말인가? 하지만 물론, 나도 그에게 화가 나고, 불행히도 간호사를 포함해 이것이 고약한 꿈이 아니라는 것을 확인시켜 주는 사람이라면 누구에게든 화가 난다.

"이게 당신이 겪는 진짜 첫 번째 아이들의 위기상황이겠지만, 나는 아니라고."

"이건 아이들이 흔히 겪는 위기상황이 아니야. 코리는 의식이 온전치 않다고. 뇌가 부풀어 오르거나 출혈이나 뇌 손상이 있을 수도 있어."

나는 천장을 올려다본다. 이 남자는 부모로서 최악의 공포를 절대 소리 내어 말하면 안 된다는 것도 모르나? "지금 드라마 〈ER〉 재방송 보고 있는 줄 알아? 침착하라고. 코리한테 재수 없는 소리 하지 말고."

"재수 없는 소리? 도대체 당신은 뭐가 문제야? 이건 T볼 게임이 아니잖아."

"쉿!"이라고 내가 말한다. 의사이거나 적어도 긴 흰색 가운을 입은 사람이 오고 있다. 그녀가 들어와서 우리 앞에 서서 말한다. "닥터 보흐라고 합니다. 두 분이 코리 바일러의 부모님이십니까?"

존이 아무 말도 하지 않는다. 내가 손목밴드를 보여주면서 고개를 끄덕이며 말한다. "코리는 어떤가요?"

"CT를 자세히 살펴봤는데 안타깝게도 출혈이 있습니다. 지주막하 출혈로 보이는데, 저희가 성공적으로 수술할 수 있을 것 같습니다. 외상 후에 생긴 것 같은데, 제가 듣기로는 어제 다이빙하다가 머리를 부딪쳤다더군요. 그래서 아마 집에 갈 때는 괜찮았다가 극심한 두통이 생겼고, 그게 지주막하출혈의 징후거든요, 잠자리에 들고는 깨어나지 못했다고 하더군요. 부모님께서도 그렇게 들으신 게 맞습니까?"

내가 고개를 끄덕인다. 내가 문자를 받고 코치에게 전화하자 코치가 그렇게 말했다. 코리는 새로 사귄 친구들과 수영장에서 놀려고 숙소에서 몰래 빠져나갔다. 그러다 머리를 부딪쳤기 때문에 다른 아이들에게 말하지 말라는 약속을 받았다. 코리는 1인실인 자기 방으로 돌아갔다가 오늘 아침 새벽 훈련에 나가지 못했고…

"그래서 다른 질환도 걱정할 필요가 있습니다. 뇌졸중과 혈관 경련 수축, 수두증…."

"대체 무슨 말입니까?"라고 존이 묻는다. 그러고는 내게 묻는다. "이분이 말하는 게 영어 맞아?"

"쉬." 내가 다시 더 크게 말한다. "그냥 들어!"

의사가 천천히 말한다. "바일러 씨. 따님께서 머리를 부딪쳤고, 뇌 출혈이 있었습니다. 뇌의 막 아래에 있는 층에서 출혈이 있습니다. 이건 많이 발생하는 증상인데, 코리처럼 머리를 크게 다친 사람들의 약 25%에게서 발생합니다."

"아니에요." 존이 말한다. "아니라고요."

닥터 보흐가 계속 말한다. "저희가 스캔한 영상에서 출혈을 확인할 수 있었고, 그래서 지금 당장 수술을 해야 합니다."

"뇌수술이요?"라고 존이 묻는다. "절대 안 됩니다. 다른 의사의 진단도 들어보겠습니다."

의사가 깜짝 놀란다. "그건 두 분의 권리입니다만 저희는 수술을 빨리 진행하시기를 권해 드립니다. 저희는 상황이 어떻게 돌아가는지 매우 확신하고 있고, 시간이 얼마 없습니다. 첫째로 따님의 생체 기능을 확실히 확인해야 하는데 저희가 확인한 결과 안정적입니다. 이제는 머리 안에 출혈을 멈추기 위해 수술을 해야만 합니다."

"꼭 필요한 수술입니까?"라고 존이 묻는다.

"네"라고 의사가 잠시도 주저하지 않고 대답한다. "그렇습니다. 지금 당장이요. 이건 복잡한 수술이고, 지금까지 제가 여러 번 해온 수술입니다. 예후가 예전보다 훨씬 좋아졌지만 완벽하지는 않습니다.

제게는 뛰어난 실적이 있고, 최고의 팀과 일하고 있으니, 따님께서 이보다 좋은 의료진을 만날 수는 없을 겁니다. 다만 부모님의 동의가 필요합니다. 동의해주시면 준비를 위해 따님에 관해 몇 가지 여쭤보겠습니다."

"어서 물어보세요"라고 내가 말한다.

"안 돼요"라고 존이 대꾸한다. "물어보지 마세요. 그게 무슨 뜻인지 나는 모르겠으니까." 존이 울고 있는 것이 보인다. 그는 이성을 잃었다. 내 옆에서 쪼그라들고 있는 것만 같다.

나는 그의 손을 잡는다. "존, 깊이 심호흡을 해 봐. 앉아. 여긴 내가 처리할게."

존이 나와 의사를 번갈아 보더니 내게 말한다. "당신이 처리할 수 있겠어?" 그가 내게 속삭인다.

내가 고개를 끄덕인다. "그래, 난 할 수 있고 해낼 거야. 당신은 그냥 긴장을 풀기만 하면 돼. 깊이 심호흡해 봐. 토할 것 같아?"

"아니"라고 존이 훌쩍이며 대답한다. 하지만 그는 안간힘을 다해 내 손을 잡고 있다.

"그럼 좋아. 조금만 견디고 있으면 내가 다 해결할게. 빨리 결정을 내려야 할 것 같아."

"네, 부인 말씀이 맞습니다"라고 의사가 말한다. "제가 최선을 다해 어떤 질문이든 대답해 드리겠지만, 수술을 미룰 수 없는 건 사실입니다."

"지금 당장은 질문이 없어요"라고 내가 거짓말한다. 당연히 이러는 내내 머릿속에서는 패닉과 질문으로 경련이 나면서, 눈을 멀게 하고 아무것도 하지 못하게 하는 두려움에 점령당하지 않으려고 안간힘을 쓰고 있기 때문이다. "아셔야 할 것들을 물어보세요. 그런 다음에 사람을 시켜서 제게 팸플릿 같은 것을 한 무더기 갖다주시면 됩니다. 아니면 인턴을 보내서 우리에게 천천히 설명해 주시겠어요? 요점은 빨리 진행하자는 거예요."

"좋아요. 자, 코리는 담배를 피웁니까?"

"아니요."

"어머님께서 아시기에 코카인을 사용합니까?"

"아니요."

"임신했을 가능성이 있습니까?"

"아니요."

"경구 피임약을 복용합니까?"

"네."

"뭐라고?" 존이 소리친다.

"무시하세요"라고 내가 의사에게 말한다.

"고혈압의 가족력이 있습니까?"

"아버지 쪽으로요"라고 내가 말한다.

"이전에 뇌진탕이나 외상성 뇌 손상을 입은 적이 있나요?"

"아니요."

"다행이네요. 강인한 다이버가 틀림없군요."

"물론이죠."

"좋아요. 가서 코리를 수술대에 올려봅시다. 저희 직원이 어머님께서 작성하실 서류를 가지고 올 텐데, 병력을 길고 자세히 작성하셔야 합니다. 아주, 아주 인내심 있게 기다리셔야 할 겁니다. 수술은 오래 걸립니다만 보통 최소한 여덟 시간 정도 소요됩니다. 저희 간호조무사가 구내식당으로 가는 길을 포함해서 가족들 편의를 위한 정보를 안내해드릴 겁니다."

"감사합니다"라고 내가 말한다.

"그리고 예배실은 5층에 있습니다"라고 의사가 덧붙인다. 그러자 나는 어떤 의학적 대화보다도 그 말에서 상황이 내가 두려워했던 만큼 심각하다는 사실을 깨닫는다.

"알겠습니다"라고 말하며 나는 알아들었다는 의미로 고개를 끄덕인다. "선생님께서 코리를 고쳐주실 거죠?"라고 의사에게 말한다. 내 말이 위협적이 아니라 절실하게 들리기를 희망하면서.

"그게 제 일이고, 전 그걸 아주 잘합니다. 어머님 일은 제가 일하는 동안 잘 견디고 계시는 겁니다. 또 다른 분이 오시나요? 누군가는 남편분을 돌봐드려야 할 것 같은데요?" 의사가 존을 향해 고개를 까딱하자 그제야 나는 그가 내 손을 놓고 쓰레기통에 헛구역질을 하는 것을 알아차린다.

"이 사람은 제 남편이 아니에요"라고 내가 의사에게 말한다. 그 순간에 그게 왜 중요한지는 나도 모르겠다. "하지만 돌볼 사람을 찾아볼게요."

의사가 고개를 끄덕인다. "따님은 최고의 의료진이 돌보고 있습니다." 그녀가 내게 다시 말하자, 나는 의사들이 하는 많은 일 중에 자기가 가서 일을 할 수 있도록 가족들을 잘 설득하는 일도 있다는 사실이 이상하다고 생각한다. 내가 의사가 아니라 다행이다. 그러나 나는 의사와 같이 가서 코리 옆에 있고 싶다.

"따라가도 되나요?" 내가 의사에게 묻는다.

"같이 가셔서 수술실에 들어가기 전에 따님에게 키스해 주세요"라고 닥터 보흐가 말한다. "엄마의 키스가 최고의 약이라는 건 모두 아는 사실이니까요."

나는 울음을 참으려고 입술을 꽉 깨문다. 그리고 속으로 생각한다. '정말? 열다섯 살짜리에게도? TBI의 경우에도?' 의사가 내 등에 부드럽게 손을 올리고는 나를 코리의 침대로 인도한다.

우리가 수술복 입은 사람들로 붐비는 방으로 들어갈 때 닥터 보흐가 직원에게 말한다. "괜찮아요. 이분은 어머님이세요. 어머님께서 코리의 손을 잡고 잠이 들게 도와줄 겁니다. 마취과 선생님 계시죠?"

"여기 있습니다"라고 키가 크고 마른 남자가 자기를 소개한다. "제가 이 마스크를 코리의 입과 코 위에 씌울 겁니다. 그리고 면밀하게 눈금이 매겨진 기계를 사용해서 마취제를 계속 주입할 겁니다. 수술이 끝날 때까지 환자분은 완전한 무의식 상태로 편안하게 있을 겁니다"라고 그가 내게 말한다.

"조심해 주세요. 착한 아이예요."

그가 고개를 끄덕인다. "척 보면 알지요." 그런 다음 연극을 하는 것처럼 그가 방에 대고 이동할 준비가 되었다고 말한다. "원하시면 따님을 껴안고 키스해주세요." 그가 내게 말하자 나는 코리를 껴안고 키스한다. 코리의 눈이 반쯤 감겨 있지만 예뻐 보인다고, 오늘 오후에 보고 싶어 죽을 뻔했다고, 사랑한다고 말한다. 또 내가 사랑하는 코리의 모든 점, 코리의 힘, 용기, 정신을 사랑한다고 말하자 마취과 의사가 끼어들어 상냥하게 말한다. "자, 어머님. 이제 갈 시간입니다." 그리고 코리는 멀어져간다.

마침내 코리가 사라지고, 텅 빈 방이 보이고, 의사와 간호사와 수

많은 의료진이 수술실로 희미하게 사라지는 모습을 보자 고마움을 느낀다. 코리가 신경외과 의사와 수술실에 있지 않고 다른 곳에 있다면 더 좋겠지만, 그곳이 코리가 있는 곳이므로, 적어도 그 아이가 우는 내 모습을 볼 수 없어서 고맙다.

19장

코리에게

　네가 지난 두 달간 나더러 아빠를 다시 받아줄 수 없겠느냐고 물었지. 맘스프린가를 하면서 내가 변해서 완전히 다른 사람이 될 것인지도 물었지. 넌 8월이 끝나면 무슨 일이 벌어질지 알고 싶어 했어.

　그 질문의 답은 나도 알 수 없어서, 대답할 엄두조차 내지 못했어. 그런데 네가 멋진 여자애들이랑 기숙사를 몰래 빠져나가서 다이빙대에 머리를 부딪쳤고, 너무 창피해서 코치에게 말하지 않은 채 혼자 잠자리에 드는 바람에, 이제는 다시 깨어나지 못할지도 몰라.

　그래서 이제 너한테 말해줄게. 넌 온 세상에 그 질문밖에는 없는 것처럼 말했지만, 이제는 지금 당장 중요한 딱 하나만 빼고 너의 모든 질문과 우주에 있는 모든 질문에 쉽게 대답할 수 있을 것 같아. '내 아름답고 완벽한 딸에게 무슨 일이 생길까? 넌 괜찮을까?'

　그래서 이 상황이 싫어. 이제 네 질문에 답을 알게 됐는데, 너한테 말해 줄 방법이 없잖아. 마음속으로 대답하는 것만 빼고. 그래서 내 마음속에서 그 답을 말해주려 해. 그리고 네가 어떻게든 들을 수 있도록 기도하고 또 기도할 거야.

자, 내가 아빠를 다시 받아주겠냐고? 솔직히 받아준다고 해도 우리 중 누구도 행복해질 것 같지 않아. 또 단지 아빠를 네 삶에 머물게 할 목적으로는 재결합하지 않을 거야. 그게 아빠를 머물게 할 유일한 방법이라면, 우리 중 누구도 진심으로 아빠랑 있고 싶지 않을 테니까, 그렇지? 우린 그보다 훨씬, 훨씬 더 나을 수 있어. 하지만 아빠랑 내가 같이 사는 것이 우리 가족에게 필요한 일이라고 네가 생각한다면, 아빠랑 난 네 말을 끝까지 들어줄게. 넌 내가 아는 아이 중에 가장 똑똑하고, 용감하고, 생각이 분명한 아이니까. 그래서 널 끝까지 믿을게.

내가 맘스프린가를 하면서 변했냐고? 그래, 하지만 네가 생각하는 방식대로는 아니야. 탈리아와 함께 지내던 파티걸 시절로 되돌아가지는 않았어. 난 한 번도, 너랑 조를 가진 걸 후회하지 않았어. 값비싼 옷이나 하이힐이나 패션 옷장의 핸드백들에 영혼을 팔지 않았어. (하지만 절대로 몸에 안 맞는 브라로 돌아가지는 않을 거고, 우리 엄마 무덤에 맹세컨대 네게 가슴을 잘 받쳐주는 브라가 필요할 때가 되면 비용이 얼마가 들든 엄마가 다 사줄게) 난 가끔 옷을 차려입는 게 좋았고, 나 자신에게 시간을 쓰는 것도 좋았고, 데이트하는 것도 좋았어. 그래서 우리 모두 집으로 돌아갔을 때 네가 알아차릴 변화라면, 즐거운 인생을(즐거운 휴가뿐 아니라 즐거운 인생을) 사는 것이 엄마 역할을 할 때도 중요한 부분이라는 걸 알려줄 수 있다는 거야. 예를 들어 일주일에 한 번 식탁에 야채를 내놓거나, 구부정하게 앉았다고 아이들에게 잔소리를 할 때도 말이야.

네가 회복되면 (넌 반드시 회복될 거야, 우리 아가) 데이트를 많이 할 테고, 대학에도 가고, 멋진 누군가를 만날 거고 그다음엔 아이도 낳겠지. 그때 넌 엄마를 기억하면서, 절대로 완벽한 엄마가 되겠다고 너 자신을 홀대하지 마. 아주 잠시도 안 돼. 네가 그러고 싶은 충동이 들면, 내가 너한테 15년 전에 사 준 몸에 잘 맞는 브라를 입고서 아이들을 적당한 사람에게 맡기고 너만을 위한 일을 하러 가. 그게 뭔지 모르겠다면 알 때까지 생각해 보렴.

그리고 네가 알고 싶은 마지막 질문 : 여름이 끝나면 무슨 일이 생길까?

넌 집으로 돌아올 거야. 그게 이 세상에서 중요한 유일한 답이지.

네가 집에 오면, 우리 다 같이 모든 문제를 해결해 보자꾸나.

코리가 수술실에 들어가고 처음 세 시간은 시간이 너무, 너무 빨리 지나갔다. 그동안 나는 울다가 의학 용어들을 찾아봤고, 또 울다가 뇌장애를 검색했는데, 이렇게 우는 것과 검색을 교대로 하다 보니 매우 시간이 오래 걸렸다. 거의 정오가 되어서야 내 휴대폰 배터리가 거의 떨어져 가고 내 몸이 탈수상태임을 느끼고는 코리의 텅 빈 병실 밖으로 고개를 내민다. 내가 가족 휴게실로 돌아갔을 때, 케이블 뉴스가 요란하게 울리는 TV에서 불과 1미터쯤 떨어진 의자에 앉아 잠이 든 존을 발견한다. 그가 잠든 모양새를 본다. 마치 해가 뜰 때부터 질 때까지 온종일 밖에서 논 아이처럼 몹시 지쳐 보인다.

우리 딸이 뇌수술을 받는 동안 그가 잠이 들었다면, 매우 피곤해서 그랬으리라 생각한다. 그가 지친 데는 아이들도 한몫했을 것이다. 내가 떠나기 전 아이들이 나를 지치게 한 것처럼. 하지만 존은 어쩔 줄 모를 때 전원이 꺼지는 사람이기도 하다. 내가 첫 번째 분만을 할 때, 직장에서 인사이동이 있을 때, 셋째 아이를 유산했을 때도 그랬다. 그렇게 전원이 꺼지는 게 그에게는 늘 효과가 있어 보였다. 잠이 깨면 활기를 되찾고 돌아와서 다음으로 나아갈 준비가 되었기 때문이다. 하지만 나는 그가 그럴 때마다 외로웠다.

그가 자는 모습을 보면서 이 남자 때문에 눈물을 흘렸다는 사실에 새삼스레 깜짝 놀란다. 3년 전에, 당시에는 깨닫지 못했지만, 인생에서 가장 힘든 순간마다 글자 그대로 잠에 빠져 그 어려움을 나 혼자 헤쳐나가도록 내버려 둔 배우자와의 종신형에서 나는 벗어난 셈이다. 내게 일어난 가장 최악의 일이 또한 내 삶에서 가장 행운의 순간이 되었다.

코리가 무사하다면(제발, 제발, 코리는 무사해야 한다) 다시는 내 결혼에 관해 서럽다고 생각하면서 시간을 낭비하지 않을 것이다. 우리가 가진 것, 멋진 아이들과 우리의 더 행복한 시간을 축하할 것이다. 존이 어디에 살기로 선택하든, 최고의 아빠가 되도록 도울 작정이다. 하지만 이번에는 데이트를 하고 진짜 내 삶을 살면서, 애초에 그렇게 대단하지도 않았던 것들을 갈망하지 않을 테다. 펜실베이니아에 대니얼이 없는 것은 확실하고 분명하지만, 그만큼 유쾌한 누군가를 만날 수 있을지 모른다. 아니면 이따금 그를 만나러 뉴욕에 다녀올 것이다. 어쩌면 우린 가까이 지낼 어떤 방법을 찾을지도….

'코리가 살아난다면', 나는 하늘에 대고 약속한다. '나도 살 것이다.'

만약 코리가 살지 못하면… 그땐, 내가 무엇을 하든 그다지 중요치 않을 것이다.

수술이 시작되고 여섯 시간이 지나자, 나는 휴게실에 들어오는 사람들을 집요하게 바라보기 시작한다. 문밖에서 발소리가 들리거나 움직이는 그림자를 볼 때마다 의자에서 튕기듯 일어난다. 이런 짓을 한 시간쯤 한 후에 나는 산책하러 가기로 한다. 수술이 끝나려면 아마 한두 시간은 더 있어야 할 텐데, 이렇게 망을 보고 있다가는 미쳐버릴 것만 같다.

나는 잠시 산책하러 간다고 알리려고 간호사실로 다가간다. 하지만 내가 그렇게 말하자, 당직 간호사가 내 여동생이 오고 있다고 말한다. "아니면 환자의 고모겠죠, 아마?" 내가 당황한 표정을 짓자 그녀가 분명하게 말한다.

레나다. 하느님, 감사합니다. "오, 그거 잘됐네요. 걔가 오고 있는 줄 몰랐어요"라고 말한 후 나는 레나를 만나러 엘리베이터로 향한다. 타이밍이 완벽하다. 문이 막 열리더니 거기 내 절친이 있고, 레나가 팔을 활짝 펴서 나를 안자 마침내 끔찍하게 외롭다는 느낌이 사라진다.

"여기서 뭐 하고 있어?" 레나가 나를 놓아줬다가 다시 껴안은 다음 반쯤 마신 초콜릿 밀크셰이크를 건네자 내가 묻는다. "이거 내 거야?"

"너 주려고 가져왔는데, 내가 너무 걱정돼서 몇 모금 마셨어. 너도 알겠지만, 먼 길이잖아. 한동안은 아이스박스에 넣어놨는데, 좀 지나니까 나한테 계속 외치더라고. '나 좀 꺼내줘, 나 좀 꺼내줘!'라고."

온갖 감정이 요동치는 상황에서도 나는 웃음이 나온다. "레나, 여기는 어떻게 왔어? 우리가 여기 있는 건 어떻게 알았어?"

"넌 몰라?" 그녀가 의아하다는 듯 대답한다. "존이 나한테 문자 보냈어."

내가 하늘을 보고 말한다. "그 남자가 옳은 일을 했어요. 보세요!"

"너 신에게 말하고 있는 거야?" 레나가 묻는다.

"그건 네가 하는 일이잖아. 난 수술이 끝나기를 기다리는 동안 쓰러지지 않으려고 할 수 있는 일은 뭐든지 하는 것뿐이야."

"얼마나 더 있어야 해?" 그녀가 묻는다.

"아마 한두 시간? 엄청 오래 걸린대. 코리 뇌에 출혈이 있어." 내 눈에서 눈물이 쏟아지기 시작한다.

"오, 코리." 레나가 말한다. "어쩌다 이렇게 됐어?"

내가 레나에게 말하려고 할 때, 엘리베이터가 다시 핑하고 울리더니 문이 열린다.

"탈리아?" 내가 소리친다.

"대체 무슨 일이야? 우리가 왜 병원에 있는 거야?"라고 소리치면서 탈리아도 나를 두 팔 벌려 껴안아 준다. 평소 탈리아답지 않은 행동이라 나는 또 울기 시작한다. "이거 받아"라고 말하면서 탈리아가 내게 솜으로 채워진 커다란 치타 인형을 건넨다.

"이건 뭐야?" 내가 울면서 묻는다.

"병원 선물 가게에 있는 게 죄다 너무 형편없었어. 적어도 이걸로는 껍질을 벗겨서 너한테 멋진 코트를 만들어줄 수 있겠구나 싶었지."

"세상에, 탈리아. 네가 와 줘서 너무 기뻐."

"어떤 수녀가 전화를 걸어 선원처럼 욕을 해대면서 당장 북쪽으로 달려오라고 하면, 달려올 수밖에 없어"라고 탈리아가 말한다.

"전직 수녀가"라고 레나가 정정한다.

"그럼 마이애미에서 여기까지 날아왔어?" 내가 탈리아에게 묻는다.

"아니, 아니. 어제 비행기 타고 뉴욕에 도착했지. 너를 깜짝 놀라게 해주고 또 주말에 플로리다 해독을 제대로 해볼 계획이었어. 햇빛에 손상된 내 머리카락 좀 봐." 그녀가 머리를 기울이면서 여전히 완벽한 천연 곱슬머리를 가리킨다. "그런데 네가 집에 없더라. 네 물건도 모두 박스에 담겨 있고. 그래서 '뭐지?' 하고 있는데, 레나가 전화해서 '제기랄'이라고 생각했지. 그래서 전 남자친구의 차를 빌려서 여기까지 운전해 왔는데, 내가 합법적인 운전면허가 없다고 말해 줬었나? 그러니 나한테는 엄청나게 끔찍한 하루였어."

내가 고개를 흔들면서 운다. "나도 그래."

"그래, 듣긴 들었는데, 어떻게 된 거야?"

내가 탈리아 질문에 대답하기도 전에, 엘리베이터 문이 다시 핑 소리를 내며 열리자 이번에는 우리가 모두 기대에 찬 눈으로 문을 바라본다. 어느 운이 없고 당황스러워 보이는 잡역부가 우리의 눈총을 받으며 엘리베이터에서 내린다. 잡역부가 로비로 사라지자 내가 말한다. "코리가 캠프에서 다이빙대에 머리를 부딪쳤어. 코리는 그 시간에 수영장에 있으면 안 됐기 때문에 코치에게 말하지 않은 것 같아. 그래서 곧바로 잠이 들었다가, 친구들이 연습하러 가자고 노크할 때 깨어나지 못했던 거야. 게다가 휴대폰도 조에게 줘 버린 상태였어. 지도교사가 방 안으로 들어가서 코리를 발견하고는 911에 신고했대. 코치가 내게 전화해서 이리로 오라고 말했어."

"너무 끔찍하다"라고 탈리아가 말한다.

"코리는 아주 강한 아이야"라고 레나가 말한다. "탈리아, 넌 오랫동안 코리를 보지 못했겠지만, 코리는 불독이랑 하일랜드인의 잡종 같다고나 할까. 그러니 이것도 잘 헤쳐나갈 거야."

"그 말이 맞았으면 좋겠어." 내가 레나에게 간청한다. "코리는 정말…, 나는 보낼 수가…."

레나와 탈리아가 함께 나를 껴안는다. 둘 중 하나가 울지 말라고 쉿 소리를 낸다. 다른 하나가 "그런 일은 없을 거야"라고 말한다.

엘리베이터 문이 다시 핑 소리를 낸다. 이번에는 친구들에게 필사적으로 매달려 그냥 계속 운다. 문이 열린다.

대니얼이 걸어 나온다.

"뭐야?"라고 내가 말한다.

탈리아와 레나가 내게서 몸을 뗀다. "저분이…."

"대니얼?"이라고 내가 외친다.

"내가 여기 있어도 괜찮아요?"라고 그가 묻는다.

대답으로 나는 그에게 달려가며 "내 딸이 다쳤어요"라고 말한다. 나는 아는 대로 정확히 그에게 알려주고 싶다. 모든 사실을 그의 머릿속에 밀어 넣고 싶다. "코리 뇌에 출혈이 있대요. 지금 수술 중이에요. 아이 아빠는 잠이 들었어요."

"오, 에이미"라고 그가 말한다. 그는 잠시 나를 안았다가 떨어지면서 내 눈을 바라본다. "당신은 괜찮아요?" 그가 내게 묻는다.

"물론 안 괜찮죠." 내가 대답한다. "하지만 친구들과 당신이 모두 여기 있으니까 더 낫네요." 레나와 탈리아가 우리를 호기심 있게 바라보고 있다.

"너희가 대니얼에게 전화했니?" 내가 둘에게 묻는다.

"나는 저분이 누구인지도 모르는데"라고 탈리아가 말한다.

"저분이 그 섹시한 도서관 사서야"라고 레나가 말하자 대니얼이 얼굴을 붉힌다. "저분이 지난달 동안 네 침대에서 잠을 잤던 분이라고."

"아하!"라고 탈리아가 말한다. "그쪽이 스포츠 시계를 두고 가셨군요. 네 시계가 아니라 너무 다행이다, 에이미."

내가 미소를 짓는다. "저 사람 거야. 대니얼, 얘들이 레나와 탈리아예요."

대니얼이 그들을 힐끗 보면서 말한다. "만나서 반가워요. 더 좋은 상황이었더라면 좋았을 텐데요. 코리는 언제 수술실에서 나와요?"

내가 휴대폰을 보고 말한다. "곧이요. 아니면 수 시간 안에요. 의사들이 뭘 발견하는지에 따라 달라요. 하지만 혹시 모르니 우린 병실로 돌아가야 할 것 같아요."

"누군가는 여기 있어야 해요"라고 대니얼이 말한다. "맷이 금방 이리로 올 거예요. 맷이 나한테 말해 줬거든요."

"맷이요? 탈리아의 조수 맷이요?"

"맷이 뭘 어쨌는데?"라고 탈리아가 묻는다.

"이리 오고 있다고"라고 내가 대답한다.

"저랑 같이 차를 타고 왔어요"라고 대니얼이 말한다. "지금 주차 중입니다."

탈리아가 깜짝 놀라서 고개를 흔든다. "좋아. 너희 둘은 안으로 들어가서 의사를 기다려"라고 그녀가 명령한다. "레나야, 너랑 나는 여기서 맷을 맞이하자꾸나."

나는 접수 데스크 뒤에 있는 새로운 간호조무사에게 가서 코리의 가족이 왔다고 말한다. "이모 둘, 삼촌 하나, 또… 사촌 한 명이요." 맷이 너무 어려서 달리 둘러댈 말이 없기에 사촌이라고 말한다. 간호사가 우리를 향해 눈썹을 치켜뜬다. 탈리아는 흑인이고, 레나는 백인이며, 대니얼은 아시아계이기 때문이다.

"등록해 드릴게요." 간호사가 의심스러운 눈초리를 거두지 않으면서도 그렇게 말한다. 간호사는 대니얼의 신분증을 가지고 가서 우리를 중환자실로 호출한다. 우리 뒤로 문이 닫히는 순간, 대니얼이 내 손을 잡는다. "이건 괜찮아요?"라고 그가 묻는다. "'우리'라는 의미로 받아들일 필요 없어요. 난 그냥… 맷이 전화를 해서 당신 딸이 심하게 다쳤다고 말했어요. 그래서 오지 않을 수가 없었어요. 왜냐하면, 당신에게 일어난 일이라면 그게 무엇이든 정말로 신경 쓰게 되었으니까요."

"당신이 와서 좋아요. 하지만 맷이 어떻게 당신을 찾아냈죠?"

"트위터요." 대니얼이 대답한다. "내가, 어…, 지난 6월에 당신의 맘스프린가 사진이 처음 떴을 때, 잡지 계정으로 직접 메시지를 보냈어요. 우리가 한 번 데이트했던 사이라고 말했고, 잡지사 사람들이 내 번호를 전해주기를 바랐어요."

"정말로요?" 내가 깜짝 놀라서 말한다.

대니얼이 어깨를 으쓱한다. "너무 절박하게 들리는군요. 하지만 그 트렌드 해시태그를 보고 그게 당신이라는 걸 깨달았을 땐, 그냥… 너무 마음이 끌려서 지나칠 수가 없었어요."

"맷은 나한테 그 얘기를 하지 않았어요"라고 내가 말한다.

"맞아요. 그래서 오늘 그 문제에 관해 맷에게 따질 말이 있었지요. 하지만 페이스북에서 당신을 찾아서 다 잘 풀렸잖아요." 그가 갑자기 머뭇거린다. "내 말은, 어느 정도까지는 잘 풀렸었죠. 그래서 온 건 아니에요. 당신을 압박하거나 그럴 생각은 없어요. 그냥 친구로서 여기 온 거예요."

내가 고개를 끄덕인다. "당신이 와서 좋아요. 친구든 뭐든지 간에"라고 내가 말한다. "그냥… 내 기존의 관계도 여기 있어요." 우리가 서 있는 휴게실 복도 쪽으로 내가 고개를 까딱한다.

대니얼은 전혀 움찔하지 않는다. "잘 됐어요. 코리에게는 가족이 필요하니까."

"존은 지금 자고 있어요. 그 사람 뇌에 과부하가 걸려서 전원이 꺼졌나 봐요."

대니얼이 웃는다. "좋아요. 어쨌든 난 기존의 관계를 피하는 건 다 끝냈어요. 사실, 우리 나이가 될 때까지 기존의 관계가 없다면 제대로 살아온 게 아니라는 새로운 보험약관이 생겼거든요."

"그럴지도 몰라요. 하지만 무엇보다도 난 지금 보험을 들 수가 없네요. 게다가 내 딸이 너무 걱정스러워서 다른 건 신경 쓸 수가 없어요."

그가 고개를 끄덕이면서 내 손을 꽉 쥔다. "내가 당신 옆에 있잖아요. 내가 책임지고 당신을 밥 먹이고, 물도 주고, 당신이 무서우면 손잡아 줄게요."

"난 지금 너무 무서워요"라고 내가 말한다.

"그러면 내 손을 놓지 않는 게 제일 좋을 거예요."

나는 그의 손을 내려다보다가 그의 눈을 올려다본다. '맞아'라고 내 가슴이 말한다. 나는 탈리아와 레나와 대니얼과 심지어 맷까지도 여기 같이 있고 싶다. 모든 일이 잘될 거라는 사실을 알게 될 때 조가 여기 있으면 좋겠고, 코리가 마침내 깨어나 내 질척한 눈물을 비웃으면 좋겠고, 존이 그저 멋진 아빠가 됐으면 좋겠고, 레나가 가까운 곳에 있으면 좋겠고, 탈리아가 천으로 된 치타 인형을 가지고 나타나면 좋겠고, 대니얼이 내 손을 꼭 잡고 있으면 좋겠다. 이 사람들이 어디에 있든, 뉴욕이든, 펜실베이니아든, 아니면 북부의 어느 병원이든, 그곳이 내가 있어야 할 곳이다.

나는 대니얼의 어깨에 머리를 얹고 말한다. "고마워요." 그때 휴게실 복도에 그림자가 나타나고, 그림자가 발소리로 변한다. 그리고 마침내, 드디어, 발소리가 푸른 수술복으로 변하고 표정을 읽을 수 없는 닥터 보흐가 내 앞에 서서, 깊게 숨을 들이쉰 후 말하기 시작한다.

20장

열흘 후

"에이미, 준비됐어요?"

대니얼이 다시 내 손을 꼭 잡고 있다. 나는 고개를 젓는다.

"너무 빨라요. 아직 못하겠어요"라고 내가 말한다.

그의 반듯한 입술이 결연한 의지를 드러낸다. "때가 됐어요. 모두가 궁금해하기 시작했어요."

내가 숨을 들이마신다. 좋아. 그의 말이 옳다. 때가 됐다. 난 해낼 수 있다. "코리가 진통제를 맞았나요?" 내가 조심스럽게 묻는다.

"아니요." 그가 대답한다. "마약성 진통제는 몇 시간 전에 다 맞았고, 아직은 진통제를 달라고 하지 않았어요. 정말 코리가 낫고 있는 것 같아요."

이 말에 나는 수없이 되뇐 감사 기도를 조용히 속삭인다. "자, 그럼 가서 애들에게 얘기합시다"라고 말하면서 불이라도 붙은 듯 그의 손을 툭 떨군다. 우리는 따로따로 코리의 회복실의 문지방을 넘어선다. 회복실에는 코리가 침대에 앉아 있고, 그 옆에는 조가 스페인어로 나오는 애니멀 플래닛 독 쇼를 보고 있다. 조가 고개를 흔들고 있다. "나는 아직도 내가 집에 더 일찍 왔어야 한다고 생각해." 말을 꺼내기도 전에 조가 내게 말한다.

"왜? 코리가 괜찮아질 걸 알게 됐고, 어쨌든 쉬는 것 말고는 아무것도 할 수 없는데 네가 굳이 왜 우주 캠프를 빠져야 해?"

"모르겠어. 내가 죄책감을 느끼는 이유는 누나에게 내가 가장 필요할 때 옆에 없어서 그런가 봐."

코리가 동생의 팔 위쪽을 툭 친다. "난 네가 필요하지 않았어. 신경외과 의사가 필요했지. 앨라배마에서 네가 그 괴짜 증서 말고 실제 의료면허를 따 온 게 아니라면 말이야."

조가 인상을 찌푸린다. "가장 사랑하는 형제의 응원이 지금 같은 상황에서는 당연한 거잖아."

코리가 대답한다. "아니야. 네가 딱 적당한 시기에 여기 온 거야. 엄마가 나를 미치게 하기 시작했고, 아빠는 시카고에 있으니까. 그러니까 이제부터는 다 너 하기 달렸어."

대니얼이 한쪽 눈썹을 위로 뜨며 나를 본다. "애들 아빠가 또 갔어요? 벌써?"

나는 어깨를 으쓱한다. "무슨 회의를 해야 한다면서 방금 갔어요"라고 말하면서 대니얼이 주위에 있는 것이 너무 불편한 존이 이번 주는 '옳다구나' 하고 회의에 갔을 것이라고는 말하지 않는다. "퇴원하면 여름방학 끝날 때까지 펜실베이니아에서 만나기로 했어요. 그리고 아이들은 추수감사절이랑 겨울방학에 또 아빠를 보게 될 거예요.” 이제는 코리도, 존도 맑은 정신을 되찾았으므로 이 얘기를 아이들에게 끝없이 반복했다. “좋아, 좋아”라고 아이들은 계속 우리에게 말한다. 아이들은 이 계획에 만족한다. 그렇다, 아이들은 크리스마스 휴가를 해외에서 보내고 싶어 한다. 아니다, 아이들은 아빠가 머물기를 기대하지 않는다. 그렇다, 아이들은 재미있게 지냈지만, 곧 자기들의 진짜 삶으로 돌아가길 원하고, 두어 달에 한 번씩 아빠를 다시 만날 것이다. 또 내년 여름방학 내내 아빠랑 보낼 것이다. 게다가 코리가 기대에 부풀어 지적한다. 학기가 시작되기 전에 판사가 듣게 될 이혼 합의서에 애들 아빠가 나한테 양육비를 주겠다고 약속했으니, 그것만으로도 이번 여름은 '가치가 있다'고.

대니얼은 존과 내가 이혼 서류를 접수한 사실을 알고 있지만, '친구'로서 옆에 있으려 노력했고, 우리 가족에게 많은 시간을 주려고 했기 때문에 가족끼리 하는 대화는 알지 못했다. 그가 깜짝 놀라 보여서 내가 덧붙여 말한다. “이게 존의 실체에요.”

조가 고개를 끄덕인다. “아빤 완벽하지 않아요. 하지만 우리 아빠니까 비난하지 마세요.”

“알았어”라고 대니얼이 대답한다. “자, 너희 엄마랑 내가 같이 들어온 이유는 너희 둘에게 할 말이….”

“우리도 다 알아요”라고 코리가 말한다. “두 분이 데이트하는 거요. 모두 다 알아요. 카다시안 자매 중 한 명이 방금 그걸 트윗했나 싶을 정도로요. 그러니 제발 여기저기 떠벌리고 다니지 말아요, 알았죠? 엄마가 섹스한다고 생각하는 것 자체가 역겹다고요. 혹시… 우리가 안전한 섹스에 관해 정보를 알려주길 바라는 게 아니라면요.”

"우왝"이라고 조가 외친다. 조는 할 수 있는 한 최선을 다해 사악하게 대니얼을 비웃는다. 누구도 자기 엄마한테는 충분치 않은 게 분명하다. 내가 교황을 집에 데려온다 해도, 조는 결함을 찾아내고 말 것이다.

"그건 사양할게." 내가 말한다. "궁금한 게 있으면 의사한테 물어보면 되니까. 하지만 너희들은, 음, 우리가 커플인 걸 어떻게 생각해?"

코리가 어깨를 으쓱하며 "우리 뉴욕으로 이사 가야 해?"라고 묻는다.

내가 고개를 흔든다. "우리 셋이서 가끔 뉴욕으로 놀러 갈 거야." 그러면서 경고한다. "한 달에 한 번은 레나 이모네 집에서 주말을 보내야 할 거고."

"이모네 집에 있을 때는 다이어트 콜라 마셔도 돼?"라고 코리가 묻는다.

나는 못 들은 척한다. "하지만 요점은 아무도 이사 가지 않는다는 거야. 우린 여기 우리의 삶이 있고, 대니얼과 카산드라는 거기서 자기네 삶이 있으니까. 내년 봄에 카산드라가 졸업하면 우리 방식대로 방법을 찾아볼 거야."

"지금 카산드라는 템플대랑 프린스턴대를 지원할 계획이거든." 대니얼이 말한다. "그래서 카산드라가 학교 근처로 이사 가면 우리 삶이 훨씬 쉬워질지도 몰라."

"와우. 프린스턴이래"라고 코리가 눈을 크게 뜨며 말한다.

"지금 경쟁하는 거 아니야"라고 내가 말한다.

"뭐, 공평한 경쟁은 아니네. 머리 부상이 너무 심해서 프린스턴에 못 가는 것은 내 잘못이 아니니까."

내가 웃는다. "그 핑계를 소급해서 적용할 순 없어. 어쨌거나 너한 텐 아무 문제가 없어. 엄마가 알아. 의사들한테 이 병원에 있는 검사는 뭐든지 하라고 시켰으니까."

조가 손을 번쩍 든다.

"조, 이름이 불릴 때까지 기다릴 필요 없어"라고 내가 말한다.

"저분은 선생님이시잖아"라고 조가 대니얼을 곁눈질하면서 말한다.

"나도 선생님이야"라고 나도 모르게 대꾸하고 나서 스스로 흠칫 놀란다.

"좋아, 조. 말해 봐"라고 대니얼이 말한다.

"저도 브롱크스 과학고에 지원해도 돼요?"라고 조가 묻는다.

나는 대니얼을 본다. 대니얼도 나를 보며 씩 웃는다.

나는 고개를 흔든다. "우리 조금만 속도를 줄여볼까, 여러분들. 우린 데이트 중이야. 그게 다야. 엄마 새 남자친구 집으로 이사 갈 생각은 그만."

"왜? 코리 누나는 그때쯤에는 졸업해서 미용실에서 일하고 있을 텐데"라고 조가 대꾸한다. 이 말에 코리가 조를 살짝 밀친다. "우리 학교 2학년에 물리 과목이 없어요. 게다가 브롱크스 체스팀이 매년 우리 학교를 이긴다고요."

나는 "좀 두고 보자"라며 조의 말을 묵살하면서도 상상의 나래를 펼치지 않을 수 없다. 2년 후에 뉴욕시로 이사한다. 조는 마그넷 스쿨(다른 지역 학생들을 유치하기 위해 일부 교과목에 대해 특수반을 운영하는 대도시 학교―옮긴이)에 입학해서 진짜 경쟁을 하면서 최고로 성장해 나간다. 나는 나를 정말로 필요로 하는 학교 도서관에서 수업하면서, 교육 서비스를 받지 못하는 학생들을 위한 유연 도서목록을 만든다. 대니얼과 나는 놀라운 도시 뉴욕에 같이 살면서 매일 밤 같이 책을 읽는다. 생각만 해도 정말 기분 좋다는 건 인정해야겠다.

"난 미용실에서 일하지 않을 거야"라고 코리가 빈정거리며 말한다. "펜실베이니아주를 대표하는 다이빙 선수가 될 거니까."

내가 손을 단호히 들어 올린다.

"완전히 다 낫고, 의사 선생님이 괜찮다고 하면"이라고 코리가 덧붙인다.

"그리고 엄마가 '초월 명상법'을 마스터하면"이라고 내가 말한다.

코리는 성난 눈초리로 조를 쏘아본다.

"엄마 걱정은 하지 마. 엄만 너무 바빠서 알아차리지도 못할걸. 엄마의 새 '남자친구'(조가 손가락으로 따옴표 모양을 만들며 말한다) 때문에, 그리고 남자친구가 엄마를 위해 받은 엄청난 NEA보조금 때문에 바쁠 거야."

코리가 머리를 약간 숙이며 묻는다. "그게 뭐야? NRA보조금?"

"NEA. 국립예술기금"이라고 대니얼이 말한다. "너희 엄마의 시카고 친구 캐서린이 얼마 전, 도서관 학회 직후에 내가 보조금 제안서를 준비하는 걸 도와줬어. 캐서린과 내가 너희 엄마의 유연 도서목록을 들은 이후로 우린 그게 성공할 가능성이 있다는 걸 알아봤단다. 너희 엄마가 믿을지 안 믿을지 모르겠지만. 유연 도서목록을 순조롭게 진행할 방법을 찾는 것이 당신과 계속 데이트할 수 있었던 신의 한 수였어요." 그가 내게 윙크를 하며 덧붙여 말한다.

나는 놀라워하며 고개를 흔든다. "당신과 캐서린이 은밀히 그걸 준비했다니 아직도 믿기지 않아요."

"잠깐, 그거 엄마가 우리 학교에서 시작했던 전자책 도서목록 말하는 거야?"라고 코리가 묻는다. "그거 사실 꽤 재미있었어. 책을 계속 읽기만 한다면."

"맞아. 내 말이 그 말이야." 내가 코리에게 말한다. "우린 그걸 대규모로 확장해 기금을 받아낼 방법을 생각해낼 수가 없었어. 교육위원회는 너무 느리게 움직이니까, 우린 정말로 가치 있는 소설 몇 권을 무료로 다운받을 권리를 얻어내려고 했지. 금전적으로도 해결이 되고 다양한 인구를 대변할 수 있는 소설을 말이야. 그런데 그때 그 생각이 우리한테 떠오른 거야. 뭐, 말하자면 대니얼에게 떠오른 거지. 작가들에게 무료로 저작권을 얻어내려고 하지 말고, '다른 누군가'가 작가들에게 지불하게 할 방법을. 예를 들어 그 설립목적이 지역사회와 작품을 공유하도록 예술가들을 후원하는 기관 같은…."

"그래서 내가 캐서린에게 그 일을 맡겼는데, 캐서린이 보조금 제안자를 알고 있어서, 일이 그렇게 된 거야." 대니얼이 말한다. "그리고 이제 너희 엄마가 자금 부족을 겪는 학교들에서 파일럿 프로그램을 운영하는 총책임자가 됐단다."

"그럼 엄마는 이 아저씨가 엄마의 그 괴짜 도서관 사서 계획에 기금을 마련해줘서 데이트하는 거야?"라고 코리가 믿을 수 없다는 듯 묻는다.

나는 웃음이 터진다. "아니야. 라틴어 농담 때문에 이 남자랑 데이트하는 거야."

대니얼이 활기를 띤다. "마르쿠스 아우렐리우스가 왜 자녀들에게 옥수수죽을 먹게 했는지 아니?" 그가 방을 둘러보며 질문한다. "왜냐하면 자신은 인신공격을 받아들일 수 없었으니까."

우리가 모두 움찔한다. "엄마가 이 남자랑 데이트하는 주된 이유는 아주 매력적이라서야"라고 내가 수정한다.

조가 오싹한 얼굴로 코리를 본다. 코리가 과장되게 구역질하는 소리를 낸다.

"코리야. 너의 살짝 비꼬는 듯한 말투가 그리웠어. 내가 그간 충분히 말하지 않았다면, 다시 말할게. 이번 주에 살아남는 대단한 일을 해줘서 고마워."

"그래"라고 대니얼이 덧붙인다. "난 특히 고마워. 그렇지 않았다면 너를 만날 수 없었을 테니까. 게다가 보조금을 받든 안 받든 너희 엄마가 분명히 다시는 나한테 전화하지 않았을 테니까."

코리가 말한다. "어느 젊은 여자의 목숨 가치를 꽤 이기적인 관점으로 보시네요."

"너랑 카산드라는 아주 잘 어울릴 것 같아"라고 대니얼이 말한다. 나는 그다지 확신할 수 없지만, 그냥 미소를 지으며 고개를 끄덕인다. 둘이 그럴 필요가 없다는 것이 장점이다. 대니얼은 내게 내가 있어야 할 곳에 있으면서도, 뉴욕에서 나 자신에게 발견한 모든 것들을 축하하며 여전히 펜실베이니아에서 내 책임을 충실히 이행할 방법을 찾아주었다. 존 이후의 삶이 외로운 희생자의 삶이거나, 이미 행복하게 자리 잡은 두 가족 스타일이 뒤죽박죽 얽히는 시트콤 〈브래디 번치〉와 같은 삶일 필요는 없다. 세 번째 방법이 있다.

나는 이제야 이해한다. 이제야 지금 가진 것을 사랑하면서, 내 아이들과 삶과 친구들을 사랑하면서 여전히 더 많이 원해도 된다는 것을 이해한다. 밖에 나가서 더 많은 것을 얻어도 괜찮다는 것을, 더 많은 사랑과 우정, 성취감을 얻으면서도 여전히 멋진 엄마일 수 있음을 이해한다.

대니얼 덕분에, 내 친구들 덕분에, 코리와 조 덕분에 나는 마침내 전통적인 수학이 엄마들에게는 적용되지 않는다는 사실을 이해한다. 쉽지는 않겠지만, 나는 100% 엄마이면서도 여전히 100% 나 자신일 수 있다. 그런 생각이 내 사고방식을 바꿨다. 내 아이들을 살보살피기 위해서는 자신을 돌보는 것도 절대 잊으면 안 된다는 것을 이해한다는 뜻이다.

그리고 내가 이 모든 것을 완전히 이해하는 데는 마을 하나 이상이 필요했다. 내게는 '#맘스프린가'가 필요했다.

헤이, 에이미

이 편지들이 너한테 아주 감동적일 것 같아 보낸다. 이번 호가 발행된 이후로 한 달 내내 편지가 들어오고 있어. 일부는 우리에게 온 편지지만, 일부는 확실히 너한테 쓰는 편지더라. 내가 좋아하는 글 몇 개가 맨 위에 있어. 그런데 최근에 우리 잡지사 트위터 피드는 확인해 봤니?

사랑하는 탈리아가

추신 : 맷이 승진했다는 소식을 들으면 기뻐하겠지? 음, 엄밀히 따지자면 승진이 맞아. 월급도 엄청나게 올랐고. 나라면 그 일을 하느니 차라리 죽겠지만. 온라인 마케팅 트렌드 전략가거든. 으윽. 나보단 걔가 더 잘하는 일이야. 맷은 엄청 신이 나 있고, 그 일을 아주 멋지게 해낼 거야. 맷이 네가 맘스프린가의 얼굴이 되어줘서 고맙다고 패션 옷장에서 너를 위한 선물 꾸러미를 만들었어. 나도 코리를 위한 선물 몇 개 챙겨 넣었어. 잘 입어. 왁싱하는 거 잊지 말고!

〈퓨어 뷰티풀〉 잡지사에

저는 잡지사에 편지 같은 건 절대 안 쓰는데, '여러분은 #맘스프린가가 필요한가요?'라는 기사가 얼마나 굉장한지 말하고 싶어서 편지를 쓰게 됐어요. 전 '맘스프린가'라는 아이디어가 존재하는지조차 몰랐지만, 일단 알고 나자 그걸 첫 번째로 말한 사람이 바로 남편이었어요. 남편에게 다음 2주간 내게 맘스프린가를 주지 않으면 떠나버릴 거라고 말했어요. 솔직히 말씀드려서, 진심이었거든요! 제게는 눈에 넣어도 아프지 않은 아이가 셋이나 있지만 제가 지난 7년간 한 일이라고는 코를 닦아주고 기저귀를 갈아주고, 또 반은 농담이긴 하지만 세 살짜리 녀석이 먹느니 차라리 '죽겠다'고 하는 식사를 차린 다음, 녀석에게 두 번째 저녁을 차려주는 것뿐이었어요. 그러면 남편이 주마다(맞아요, 매주) 친구들이랑 행복한 시간을 보내고 집에 돌아와서는 너무 취한 나머지 아이들을 재우지도 못한답니다. 게다가 남편은 친구들과 밤에 볼링을 치는 모임이 있고 늦게까지 일하느라 일요일이면 그냥 온종일 자고 또 자요. 그동안 나는 친정엄마가 저랑 의절하지 않도록 아이들을 데리고 진땀을 빼면서 교회에 가요. 우리 엄마에 관해 말하자면, 엄마는 제가 어떻게 육아를 해야하는지에 관해 이런저런 잔소리를 하시면서, 아이들을 엄격하게 대해야 한다고 계속 말씀하시죠. 하지만 건강에 좋은 음식을 차려놨는데, 아무도 초록색 콩에 손도 대지 않을 때 엄마는 어디 계시게요? 엄마가 어디 계시냐면, 냉장고 옆에 서서 초콜릿 바를 나눠주고 계시죠! 우리 막내는 아직 이도 다 나지 않았는데 말이에요! 그래서 말씀드리지만, 만약 제가 아무도 없는 침대에서 나 혼자 적어도 여덟 시간을 잘 수 없다면, 영원히 달아나 버릴 거예요!

그래서 그 기사를 출판해주셔서 정말 감사해요. 글에 나오는 여자분이 아이들과 떨어져 있는 동안 운동을 하러 다녔다는 건 미친 짓 같았지만요. 저라면 절대 그런 실수는 하지 않을 거예요.

네브래스카주, 오마하에서
애독자 베카 앨트

에이미 B에게

제가 에이미 씨 이야기가 실린 잡지사에다 제 쪽지를 당신에게 전해달라고 부탁했어요. 당신이 저와 제 친구들에게 얼마나 많은 영감을 줬는지 알려주고 싶어서요. 처음에 당신 기사를 치과에서 알게 됐고, 읽자마자 친구들에게 말해야 한다고 생각했어요. 우린 '월요일의 엄마들'이라는 모임이 있는데, 6년 전 같은 시기에 모두 산후 우울증이 와서 그룹 치료를 시작했거든요. 주변의 많은 지지와 좋은 약품 덕분에 지금은 훨씬 좋아졌지만, 아시다시피 육아는 여전히 엄청나게 고된 일이잖아요.

어쨌든, 우리 '월요일의 엄마들' 멤버는 네 명인데, 곧바로 각자 맘스프린가를 일주일간 누릴 수 있도록 서로 도와주기로 했어요. 우리는 근무 스케줄에 따라서 교대로 맘스프린가를 갈 계획인데, 우리 중 한 명이 떠나면 나머지 셋이서 아이들을 학교에 태워다주고 같이 모여서 자도록 돌봐주기도 하면서 필요한 일을 분담해서 하려고 해요. 우리는 그동안 각자 매달 15달러씩 내서 '스파 자금'를 모았어요. 하지만 지금까지도 넷이 모여 호텔에서 하룻밤 지내면서 마사지 받을 방법을 찾을 수가 없었어요. 그래서 이제 그 대신에 돈을 4등분으로 나눠서 각자 일주일 내내 호텔에 충분히 머물면서 조용히 생각하고 휴식을 취할 거예요.

기사에서 보니 당신은 책을 많이 읽던데, 내 맘스프린가가 오면 난 매일 영화를 보러 갈 거예요. 첫째 딸이 태어난 이후로 영화관에 가보질 못해서, 극장 팝콘 냄새가 어땠는지 기억도 나질 않거든요. 오래전에는 내가 얼마나 영화 보러 가는 걸 좋아했는지가 막 기억났어요. 내 친구 칼라는 수영장에서 시간을 보낼 거예요. 칼라는 예전에는 마스터급으로 수영을 잘했는데, 동네에 놀이방이 있는 유일한 체육관에는 수영장이 없거든요. 노엘은 막 젖을 뗀 어린 아들이 있어서 일주일 내내 잠만 자고 싶다고 말하지만, 일단 잠을 충분히 자고 나면 적어도 긴 산책을 느긋하게 하거나 좋은 책을 읽을 에너지는 생길 거라고 봐요. 그리고 내 절친인 앤은 음, 기타를 사시고 갈 거라네요.

에이미, 우리 모두 가까이에 가족이 없고, 지금 당장은 모두 공감을 잘해주는 배우자가 있는 게 아니라서, 당신 기사가 나오기 전까지 우리는 자신에게 며칠을 쓸 수 있다는 생각은 꿈도 꾸지 못했어요. 그렇게 해도 '괜찮다'는 생각은 더더욱 못했고요. 하지만 당신 이야기를 읽고 나서, 우리는 엄마들이 휴식을 취하는 것이 그냥 괜찮을 뿐 아니라 꼭 필요한 일이라는 걸 알았어요. 용감하게 나서서 우리가 필요한 일을 하라고 등 떠밀어줘서 너무나 고마워요.

위스콘신주 배러부에서
월요일의 엄마들이

〈퓨어 뷰티풀〉 잡지사에

저는 실망감을, 아니 분노를 표시하고 싶어서 글을 씁니다. 자신의 책임에서 도망치는 엄마들에 관해 당신네 기사에서 특집으로 다룬 어느 엄마의 한심한 변명을 영웅적 행위라고 떠받드는 당신들의 무책임한 행위에 분노합니다. 당신들은 잡지를 팔아야 하고, 그래서 잡지 페이지에는 섹스나 다른 혐오스러운 짓들이 넘쳐나겠지만, 장장 7페이지에 걸쳐 자기 아이들을 사실상 완전히 낯선 사람이나 다름없는 남자한테 버려둔 여자 이야기를 다루다니요. 그리고 결국 뉴욕시에 있는 모든 남자의 침대에 뛰어들고는 아침에 깨어날 때마다 '치장'과 '헬스클럽'에 갈 걱정을 한다는 이야기는 내가 마음의 준비를 했던 최악의 기사를 훨씬 넘어서는 것이었습니다. 만약 당신네 기사 때문에 원래는 착하고 책임감 있던 여자들이 똑같은 짓을 하게 된다면 어떻게 하죠? 이렇게 위험한 기사를 출판하기 전에 그 정도는 생각해 보지 않았나요? 그런 생각 자체가 역겹기 그지없습니다. 부끄럽고 또 부끄러운 줄 아세요, 〈퓨어 뷰티풀〉 잡지사 여러분. 아이들을 생각해 봐요.

내 구독은 즉시 취소해 주세요.

애리조나주 피닉스에서 데버라 스터키

검색 : #내맘스프린가를 다룬 최고의 트윗들

@eatprayway

나도 그 여자분처럼 뉴욕으로 #내맘스프린가를 갈 계획이지만, 난 훨씬 좋은 옷을 입을 거예요. @purebeautymag

@themommymess

#내맘스프린가 : 그냥 큰 침대 하나, 어둡고 시원한 방, 가끔 시키는 룸서비스랑 와인.

@lawyerrenee

난 #내맘스프린가를 정말로 갖고 싶어요. 아이가 없는 친구랑 멀리 인적 드문 곳에 있는 걔네 호숫가 집에서 지내고 싶어요. 다른 사람들은 어떻게 사는지 보면서요. 아마 항해하는 법을 배울지도 몰라요. 아니, 그냥 낮잠이나 실컷 잘래요.

@momofmatt

#내맘스프린가를 생각만 해도 행복해요. 해변에 갈 때까지 2주 남았어요, 여러분! 이런 대화를 시작해 준 @purebeautymag에 고마워요.

@noahthefarmer

저도 #대드스프린가를 갈 수 있을까요? 우리 아기는 아직 태어나지 않았지만, 아내가 새로운 요리책을 보고 꾸준히 요리하고 있어서, 맛없는 요리를 먹는 의무에서 벗어나고 싶어요. #내맘스프린가

@georgieporgie3

#내맘스프린가는 베네치아에서 할 거예요. 아니, 베네치아는 집어치우고, 토스카나로 갈래요. 영화에 나오는 그 남자랑 같이요. 그리고 맷데이먼도. #비상대책

@kathryninchicago

#내맘스프린가는 : 말 그대로 아이들이 없는 곳이라면 어디든지. #진심임

| 감사의 글 |

크리스 베르너, 티파니 예이츠 마틴, 그리고 이 이야기가 세상에 나오도록 열과 성을 다해 주신 레이크 유니언Lake Union 출판사의 훌륭한 팀에게 감사드립니다. 홀리 루트, 당신은 굉장한 사람이에요.

이 소설 집필이 가능하도록 지지해주고 전문지식을 알려 준 친구들 모두에게 매우 고맙습니다. 특히 애비 포스터 채피, 크리스 애덤스, 제니퍼 페렛터, 맨디 맥고완, 사라 나츠, 샌드라 블록 박사님, 렉시 스프라이, 에이미 K. 루냔에게 감사합니다. 저번 책 탈고 후 새로운 책이 나올 때까지 그사이에 연락을 주신 모든 독자 여러분께 감사합니다. 여러분에게서 많은 영감을 받았어요.

톨 포피 라이터스Tall Poppy Writers(45명의 재능 있는 베스트셀러 여류작가들의 모임 – 옮긴이) 여러분께 감사와 흠모의 마음을 전합니다. 제가 편집하는 동안 오디오북을 들어 준 그리핀 위머와 제가 편집하는 동안 할머니 캠프를 열어 준 샐리 함스에게 고맙습니다. 이스머스 몬테소리 아카데미에 계신 우리 아들의 선생님들, 우리 대가족과 친척들, 그리고 이 이야기를 쓰도록 영감을 주신 지난 7년간 제가 만난 모든 엄마들에게 가슴 속 깊이 감사드립니다. 크리스 메도에게 카벤Karben 4양조장에서 파는 비어 모사만큼 무한한 감사와 사랑을 보냅니다.

옮긴이 **허선영**

전남대학교를 졸업하고 영어 강사를 하던 중, 해석지를 봐도 무슨 말인지 이해 못 하는 학생들을
위해 우리말다운 번역을 해보고 싶은 욕심이 생겼다. 이후 글밥아카데미를 수료하고 바른번역 소
속 번역가로 활동하고 있다. 어려서부터 마음속에만 품어왔던 소설가라는 꿈을, 소설을 번역하
면서 대신 채워가고 있다. 번역한 책으로는 《수선화 살인사건》, 《난센스 노벨》, 《오톨린과 보랏빛
여유》, 《겟 스마트》, 《나는 시크릿으로 인생을 바꿨다》 등이 있다.

남편이 떠나면 고맙다고 말하세요

초판 1쇄 인쇄 2021년 07월 26일
초판 1쇄 발행 2021년 08월 02일

지은이 켈리 함스
옮긴이 허선영
펴낸이 이부연
책임편집 양필성
마케팅 백운호
디자인 김숙희
일러스트 윤유경

펴낸곳 (주)스몰빅미디어
출판등록 제300-2015-157호(2015년 10월 19일)
주소 서울시 종로구 내수동 새문안로3길 30, 세종로대우빌딩 916호
전화번호 02-722-2260
인쇄·제본 갑우문화사
용지 신광지류유통

ISBN 979-11-91731-01-9 03840

한국어출판권 ⓒ (주)스몰빅미디어, 2021